DZIEWCZYNA Z POTOKU

WCIĄGAJĄCY AUSTRALIJSKI THRILLER Z MAŁEGO MIASTECZKA Z ŚMIERTELNĄ TAJEMNICĄ I NIEBEZPIECZNYM UCZUCIEM

CAITLYN LYNCH

SHENANIGANS PRESS

SPIS TREŚCI

ROZDZIAŁ 1

WYCIĄGI BANKOWE LEŻAŁY NA kuchennym stole, obciążenia zaznaczone jaskrawym różem, a wpływy na limonkową zieleń. Saldo ani trochę się nie zgadzało. Zara przesunęła opuszkiem palca po każdej agresywnie różowej liczbie, jakby dotyk mógł je w jakiś sposób wymazać. Kiedyś wzięłaby kolejny zakreślacz, by zaznaczyć rzeczy, z których mogłaby zrezygnować. Subskrypcja Netflixa, członkostwo na siłowni. Ale nie było już z czego rezygnować. Różowe liczby mówiły jasno: zostały jej tylko absolutne podstawy. Woda. Prąd. Podatki lokalne. Kredyt hipoteczny. Jedzenie. Tego ostatniego było ostatnio niewiele.

Dom o konstrukcji szalówkowej trzeszczał, rozprężając się w cieple dnia. Trzy tygodnie. Trzy tygodnie, zanim bank ponownie pobierze ratę kredytu. Przycisnęła palce do skroni, wzięła oddech, który nie dotarł do dna płuc, i otworzyła laptopa.

Ekran logowania do YouTube Studio wypełnił jej pole widzenia. Zawahała się przed naciśnięciem Entera. Był czas, nie tak dawno temu, kiedy podchodziła do tych statystyk z ekscytacją. Każdy kolejny miesiąc przynosił wyższe liczby, więcej subskrybentów, większe przychody. Kanał Zaginieni Australijczycy piął się stale w górę przez pięć lat, aż do momentu...

Strona się załadowała. Ramiona Zary powędrowały w stronę uszu, gdy liczby zaczęły się materializować. Kolejny miesiąc spadków. Wyświetlenia spadły o 18% w porównaniu z poprzednim miesiącem, który i tak był o 22% słabszy od wcześniejszego. Przychód: 1487,32 USD. To nie wystarczało nawet na ratę kredytu, nie mówiąc o mediach, jedzeniu czy ubezpieczeniu. Przychody ze Spotify i innych platform podcastowych dorzucą może kolejne 500 USD, ale to wciąż za mało.

Przycisnęła dłonie płasko do stołu, czując pod skórą fakturę drewna. Nagle poczuła w środku pustkę. Mała, schludna kuchnia wokół niej, niegdyś powód do dumy, gdy kupowała to lokum, teraz zdawała się z niej drwić łuszczącą się farbą i przestarzałymi instalacjami. Stos rachunków obok laptopa z miesiąca na miesiąc stawał się coraz wyższy: prąd, woda, ubezpieczenie.

Zara otworzyła arkusz kalkulacyjny, który stworzyła sześć miesięcy temu, kiedy spadków nie dało się już ignorować. W przypływie wisielczego humoru nazwała go „PLANEM PRZETRWANIA". Wiersze maszerowały w dół ekranu, a każdy reprezentował tydzień pozostałych jej zasobów. Przy obecnym tempie wydatków miała osiem tygodni do całkowitego krachu finansowego. Osiem tygodni, zanim będzie musiała sprzedać dom, wrócić z podkulonym ogonem do rodziców do Brisbane i przyznać, że ich sceptycyzm co do wyboru jej ścieżki zawodowej był od początku uzasadniony.

— Po prostu znajdź prawdziwą pracę — powiedziała jej matka dwa lata temu, po tym wszystkim, co się stało. Po sprawie Little Girls Lost. Po tym, jak internet się od niej odwrócił. Po tym, jak uciekli sponsorzy. Po tym, jak jej dziennikarska wiarygodność legła w gruzach.

Deska podłogowa skrzypnęła w korytarzu. Dev pojawił się w drzwiach kuchni, a jego tyczkowata sylwetka zdawała się zbyt duża jak na to pomieszczenie. Włosy sterczały mu pod dziwnymi kątami, ale oczy za prostokątnymi okularami były czujne mimo wczesnej pory.

— Dzień dobry — powiedział, podchodząc do blatu, gdzie zaczął parzyć kawę. — Długo już na nogach?

Zara zamknęła arkusz i przełączyła kartę na pocztę. — Od jakiegoś czasu.

Dev skinął głową w stronę laptopa. — Pracujesz nad nowym odcinkiem?

— Coś w tym stylu. — Mówiła neutralnym tonem, nie chcąc, by lokator dowiedział się, jak dramatyczna jest sytuacja. Dev wynajmował u niej pokój gościnny od prawie roku. Jego 300 $ tygodniowego czynszu stało się jej finansową deską ratunku. Nie mogła ryzykować, że wystraszy go prawdą.

Ekspres do kawy bulgotał i syczał. Dev oparł się o blat, krzyżując ramiona na piersi. Miał na sobie koszulkę z jakimś mglistym nawiązaniem do gier, którego nie znała.

— Ja, em, słuchałem wczoraj znowu twojego archiwum — powiedział, poprawiając okulary na nosie. — Seria o Dusicielu z Bellwood była genialna. To, jak połączyłaś te trzy nierozwiązane sprawy, których nikt wcześniej ze sobą nie powiązał? To było... — Wykonał rękami gwałtowny gest. — To było prawdziwe dziennikarstwo, wiesz? Kawał śledczej roboty.

Zarę ścisnęło w gardle. Seria o Bellwood była jej przełomowym momentem, tym, który wystrzelił jej podcast do ekstraklasy podcastów faktu. Trzysta tysięcy pobrań w samym pierwszym tygodniu. Sponsorzy sami do niej dzwonili. Krótka, wspaniała chwila, kiedy myślała, że jej się udało. Przychody ze streamingu tej serii pozwoliły jej wpłacić zaliczkę na ten dom.

— Dzięki — wykrztusiła.

Dev nalał kawę do dwóch kubków i przesunął jeden po blacie w jej stronę. Sięgnął do kieszeni, wyciągnął kopertę i położył ją obok jej kubka.

— — Czynsz za przyszły miesiąc — powiedział. — Przepraszam za jednodniowe opóźnienie, dopiero wczoraj wieczorem dotarłem do banku.

— Nie ma sprawy. — Wzięła kopertę, starając się nie okazywać nadmiernego entuzjazmu. Te tysiąc dwieście dolarów pokryje większość bieżących rachunków. W każdym razie te, na których widniało czerwone ponaglenie. Może nawet zaszaleje i kupi na kolację coś innego niż makaron ramen.

Dev zawahał się, wsypując cukier do kawy. — Więc, em, planujesz coś nowego? Mam na myśli, po ostatnim sezonie?

Ostatni sezon, przygotowany pośpiesznie materiał o rozwiązanym morderstwie z lat siedemdziesiątych, który ledwo udało jej się rozciągnąć do czterech odcinków, przyciągnął mniej niż jedną czwartą jej zwykłej widowni. Ostatni odcinek wypuściła trzy tygodnie temu i od tamtej pory nie miała nic w zanadrzu.

— Sprawdzam pewne tropy — odparła, a kłamstwo pozostawiło gorycz na języku. — Nic konkretnego.

Skinął głową z przejęciem i wiarą. Dev taki był — szczery w sposób, który budził w niej zarazem instynkt opiekuńczy, jak i zazdrość. Przygotowania do doktoratu z elektrotechniki i fucha po godzinach przy odzyskiwaniu danych z uszkodzonych urządzeń pochłaniały go bez reszty, ale wciąż znajdował czas, by być jej najwierniejszym fanem.

— Cokolwiek zrobisz następnego, będzie świetne — powiedział z przekonaniem. — Twój głos jest, no wiesz, potrzebny w świecie podcastów faktu. Jest tam za dużo sensacjonalizmu i śmieci.

Ironia tej sytuacji nie umknęła jej uwadze. Dwa lata temu oskarżono ją dokładnie o to samo: sensacjonaliźm, żerowanie na tragedii i lekkomyślność. Sprawa Little Girls Lost. Trzy młode dziewczynki zaginęły w ciągu sześciu lat w małym wiejskim miasteczku. Sprawa od początku wydawała jej się dziwna i podążyła za teorią, która ostatecznie okazała się trafna, ale przyniosła konsekwencje, których nie przewidziała. Sprawca popełnił samobójstwo, gdy zorientował się, że ona jest na jego tropie, uciekając przed sprawiedliwością i zabierając do grobu tajemnicę tego, co zrobił z ciałami dziewczynek.

Tracąc szansę na odpowiedzi, rodziny ofiar obróciły się przeciwko niej. Prasa rzuciła się na nią, a dziennikarz jednej z największych krajowych gazet napisał o niej paszkwil o „amatorskich pseudo-detektywach niszczących wieloletnie śledztwa”. Dochodzenie było zamknięte od lat, zanim ona się nim zajęła. Sponsorzy uciekli z dnia na dzień, a jej miesięczne dochody od tamtej pory systematycznie spadały.

— Dzięki, Dev — powiedziała, czując, że te słowa to za mało.

Dopił kawę trzema wielkimi łykami i wypłukał kubek w zlewie. — Mam rano zlecenie na odzyskiwanie danych. Nie powinno zejść długo, spodziewaj się mnie na lunchu.

Skinęła głową, patrząc, jak zabiera plecak leżący obok lodówki. — Nie masz dzisiaj wykładów?

Posłał jej dziwne spojrzenie. — Jest sobota.

Weekend nie ma większego znaczenia, gdy nie ma się pracy ani pieniędzy. Skinęła głową ponownie, czując, jak lekki rumieniec piecze ją w policzki. — Ach, tak. Zapomniałam.

Czegoś brakowało w stosie rachunków obok niej. Rachunek za internet, płatny do wczoraj. Otworzyła usta, ale zaraz je zamknęła, gdy Dev zarzucił plecak na jedno ramię.

— Jakieś plany na dziś? — zapytał, zatrzymując się w przejściu.

Zara wzruszyła ramionami. — Głównie research. Próbuję znaleźć coś wartego uwagi.

Coś, co uratuje jej karierę. Uratuje jej dom. Osłoni ją przed upokorzeniem wynikającym z porażki.

— Jasne. No to powodzenia. — Pomachał jej niezręcznie i zniknął w korytarzu.

Zara wróciła wzrokiem do stosu rachunków. Rachunku za internet zdecydowanie nie było. Położyła go tam wczoraj wieczorem, na samej górze. Dev musiał go zabrać. Nie ukraść; wiedziała, że go zapłaci. Potrzebował internetu do nauki, do swojej dodatkowej pracy.

Powinna za nim pójść, powiedzieć mu, że sama radzi sobie ze swoimi rachunkami. Ale myśl o przyznaniu się, jak blisko krawędzi się znajduje, była gorsza niż zaakceptowanie jego cichej pomocy. Upijała łyk kawy. Gorzka i mocna, dokładnie jak rzeczywistość, z którą musiała się zmierzyć. Osiem tygodni do końca. Może mniej, jeśli wydarzy się coś niespodziewanego.

Potrzebowała tematu. Nie byle jakiego; czegoś wielkiego. Czegoś tak wciągającego, by przypomnieć ludziom, dlaczego w ogóle zaczęli jej słuchać, zanim wszystko się posypało. Czegoś, co wyciągnie ją znad przepaści.

Zara otworzyła nową kartę w przeglądarce i zaczęła szukać.

Nadszedł czas, by odnaleźć drogę powrotną.

Palce Zary mknęły po klawiaturze. Baza danych policji stanu Queensland dotycząca nierozwiązanych spraw ładowała się powoli; publiczna wersja portalu była celowo toporna, stworzona raczej dla pozorów przejrzystości niż realnej dostępności. Siedziała nad tym od godzin, metodycznie filtrując niewyjaśnione zaginięcia i podejrzane zgony, szukając czegoś, co do niej przemówi. Nie wystarczyłaby byle jaka sprawa. Potrzebowała takiej z luźnymi wątkami, niedopowiedzianymi pytaniami i wystarczającą ilością dowodów, by mieć na czym budować. Sprawy, która zasługiwała na ponowne przyjrzenie się i miała potencjał narracyjny, by odbudować jej reputację.

Sączyła zimną kawę, przewijając kolejną stronę wyników. Zaginieni turyści w parkach narodowych. Podejrzane wypadki samochodowe. Przypadki przemocy domowej z niewystarczającymi dowodami. Bójki barowe zakończone tragicznie, niedoszłe transakcje narkotykowe, kłótnie kochanków zakończone nożem, pięścią lub pistoletem. Każdy przypadek to przerwane życie.

Jej parametry filtrowania były specyficzne: sprawy sprzed pięciu do piętnastu lat — wystarczająco świeże, by żyli świadkowie, i wystarczająco stare, by zdążyły stać się nierozwiązanymi sprawami; sprawy z przynajmniej częściowymi dowodami fizycznymi; sprawy z dokumentacją dostępną poprzez wnioski o informację publiczną. Dodała jeszcze jeden parametr: sprawy spoza dużych aglomeracji. Te odizolowane, gdzie zasoby były ograniczone, a detektywi mogli ulec pokusie pójścia na skróty.

Baza danych się odświeżyła. Dwadzieścia trzy wyniki. Lepiej.

Przewijała, skanując nazwiska i krótkie streszczenia. Nic jej nie przykuło uwagi aż do trzeciej strony, kiedy to jedno nazwisko wręcz wyskoczyło z ekranu:

ZHANG, IRIS (17) – Salt Creek, QLD – 15 października 2014

Zara kliknęła w rekord. Ekran wypełnił się podsumowaniem sprawy i szkolnym zdjęciem nastolatki o długich ciemnych włosach i poważnym spojrzeniu zza prostokątnych okularów. Chińskie rysy, jasnobrązowa cera. Coś w spokojnym spojrzeniu dziewczyny zatrzymało Zarę, przykuło jej uwagę.

Przeczytała streszczenie:

Obiekt znaleziony martwy w Salt Creek dnia 16 października 2014 r. Pozycja: twarzą w dół w około 15 cm wody. Przyczyna zgonu: utonięcie. Śledztwo zakończono 27 października 2014 r. Orzeczenie: przypadkowa śmierć. Sprawa zamknięta.

Dwa tygodnie. Zamknęli sprawę w dwa tygodnie.

Ręka Zary powędrowała bezwiednie do jej własnej twarzy, palce zacisnęły się na policzku. Piętnaście centymetrów wody. To ledwie sześć cali. Jak zdrowa siedemnastolatka może utonąć w piętnastu centymetrach wody?

Kliknęła w szczegóły sprawy, skanując informacje. Iris Zhang była wzorową uczennicą w Liceum w Salt Creek. Złożyła wniosek o wcześniejsze przyjęcie do Queensland College of Art. Brak historii depresji czy problemów ze zdrowiem psychicznym. W raportach toksykologicznych nie stwierdzono obecności narkotyków ani alkoholu. Ciało odkryte przez porannego biegacza o 6:23 rano. Ostatni raz widziana żywa około 22:00 poprzedniego wieczoru, gdy opuszczała restaurację rodziców, by przejść krótki dystans do domu; czas zgonu oszacowano między 22:00 a północą.

— Nawet nie próbowali — wyszeptała Zara do pustego pokoju.

Kliknęła w zdjęcia z miejsca zdarzenia, które zgodnie z prawem muszą znajdować się w publicznej bazie danych, choć często są kiepskiej jakości. Pierwsze pokazywało szerokie ujęcie płytkiego koryta potoku, ledwie strużkę płynącą po gładkich kamieniach. Żółte znaczniki dowodowe upstrzyły okolicę. Drugie przedstawiało zbliżenie na miejsce, gdzie znaleziono ciało — niewielkie zagłębienie w korycie, gdzie woda zbierała się może do wysokości kostek.

Zara przybliżyła się do ekranu, katalogując nieścisłości. Pozycja ciała nie miała sensu. Oficjalny raport podawał, że Iris znaleziono twarzą do dołu. Nawet na ziarnistym zdjęciu Zara widziała, że każdy, kto znalazłby się w tej płytkiej wodzie, mógłby bez trudu skręcić głowę na bok i zaczerpnąć tchu. Nie leżałby twarzą w dół, nie byłby zanurzony. Chyba że był nieprzytomny. Albo ktoś go przytrzymywał.

Przeglądała kolejne zdjęcia, tym razem robione z dystansu. Potok płynął przez coś, co wyglądało na centrum miasteczka; w tle widać było budynki. Drewniana kładka przechodziła nad wodą powyżej miejsca znalezienia ciała. Okolica nie wydawała się dzika ani niebezpieczna, po prostu zwykły potok w zwykłym miasteczku.

Salt Creek. Ta nazwa brzmiała znajomo. Sprawdziła na Google Maps. Małe miasteczko przy Bruce Highway, gdzieś na północ od Bundaberg. Miejsce, przez które większość ludzi przejeżdżała w drodze dokądś indziej, skupisko budynków przy zakurzonej autostradzie. Taki typ miejscowości, gdzie każdy znał każdego, gdzie zauważano obcych i gdzie chińska rodzina mogła rzucać się w oczy.

Zara zawahała się. Sama była w jednej czwartej Wietnamką; jej babcia ze strony matki pochodziła z Hanoi. Choć na pierwszy rzut oka Zara mogła uchodzić za białą, jej włosy były odrobinę zbyt czarne, zbyt proste i lśniące, a ciemne oczy nosiły ledwie zauważalny ślad fałdy nakątnej. Dorastając w Brisbane, doświadczyła subtelnych form rasizmu, które kryły się pod wielokulturową powierzchnią Australii. Sugestie. Pytania o to, skąd „tak naprawdę” pochodzi. Zaskoczenie, gdy okazywało się, że nie ma akcentu.

Czy te same mechanizmy zadziałały w sprawie Iris? Chińska dziewczyna w małym miasteczku w Queensland. Błyskawiczne śledztwo. Wygodne orzeczenie. Sprawa zamknięta.

To nie była już tylko szansa na zawodowy powrót. Coś głębszego ją przyciągało. Poczucie więzi, odpowiedzialności. Widziała siebie w tych poważnych oczach za prostokątnymi okularami.

Wróciła do zdjęcia Iris, studiując jej twarz. W jej wyrazie było coś zdeterminowanego, pewnego rodzaju stałość sugerująca zasady i granice. To nie była dziewczyna, która przypadkowo tonie w potoku dwie minuty spacerem od domu, w potoku, przez który przechodziła pewnie tysiąc razy. To nie była śmierć, którą powinno się zbyć dwutygodniowym dochodzeniem.

Zara otworzyła nowy dokument i zaczęła robić notatki. Pytania pojawiały się szybciej, niż była w stanie je zapisywać:

Dlaczego była nad potokiem w nocy? Kim był znajomy, którego odwiedziła? Czy byli jacyś świadkowie momentu, gdy opuszczała restaurację? Jakieś ślady walki na miejscu? Czy poziom wody tej nocy był normalny, czy podniesiony po deszczu?

Im więcej czytała, tym silniejsze było jej przekonanie, że w oficjalnej wersji coś się nie zgadza. Autopsja potwierdziła utonięcie jako przyczynę zgonu, ale odnotowała „niewyjaśnione siniaki” na przedramionach ofiary. Raport policyjny wspominał o tym jako o „prawdopodobnie dającym się pogodzić z normalną aktywnością nastolatki".

— Bzdura — mruknęła Zara.

Zamknęła na chwilę oczy, zbierając siły. Gdy je otworzyła, szkolne zdjęcie Iris Zhang wciąż było na ekranie, a te poważne oczy zdawały się patrzeć prosto na nią. Prosząc o coś. Żądając czegoś.

Prawdy.

Zara rozpoczęła nowe poszukiwania, tym razem wszystkiego, co mogła znaleźć o Salt Creek w stanie Queensland. O rodzinie Zhang. O tym, co wydarzyło się 15 października 2014 roku i dlaczego nikomu nie zależało na tym, by drążyć głębiej.

Znalazła swój temat. Teraz musiała tylko przekonać samą siebie, że jej motywacje są czysto zawodowe.

Zara zamknęła laptopa. Dźwięk uderzenia obudowy o klawiaturę wybrzmiał jak kropka nad i. Iris Zhang zasługiwała na więcej niż piętnaście centymetrów wody i dwutygodniowe śledztwo. Zasługiwała na więcej niż bycie kolejną statystyką w bazie danych, której nikt nie raczył przeszukiwać. A jeśli Zara miała być ze sobą szczera, potrzebowała tej sprawy tak samo, jak ta sprawa potrzebowała jej. Odepchnęła się od kuchennego stołu i wstała, a jej ciało nagle stało się lekkie dzięki poczuciu celu.

Salt Creek. Sama nazwa brzmiała jak cel wyprawy, który tylko na nią czekał.

Ruszyła przez dom, zbierając potrzebne rzeczy. Najpierw wysłużony skórzany notatnik z wymiennymi wkładami. Staromodny, ale ufała papierowi. Praca z piórem pomagała jej myśleć, pomagała łączyć kropki, które inaczej mogłyby pozostać rozproszone. Potem przyszedł czas na sprzęt do nagrywania: dwa wysokiej jakości mikrofony, kamera, statywy, zapasowe baterie, karty SD. Narzędzia jej pracy, zbyt długo leżące odłogiem. Do aluminiowej walizki dorzuciła powerbanki i kable do ładowania, po czym ją zamknęła.

W sypialni wyciągnęła plecak z szafy i zaczęła pakować ubrania. Na jak długo? Na tydzień? Na dwa? Salt Creek było małe; potwierdziła to podczas swojego researchu. Jeden pub, kilka moteli, chińska restauracja, która musiała należeć do Zhangów. Musi podejść do tego ostrożnie. Małe miasteczka miały dobrą pamięć i silne poczucie lojalności. Zwłaszcza gdy ktoś obcy zadawał pytania o martwe miejscowe dziewczyny.

Zara znieruchomiała z na wpół złożoną koszulą w dłoniach. Musi zarezerwować pokój. Zapłacić za posiłki. Benzyna na drogę na północ. Na koncie oszczędnościowym miała 8872,43 USD, ostatni bufor przed całkowitym finansowym dnem. Ten wyjazd pochłonie co najmniej jedną trzecią tej kwoty, może więcej, jeśli śledztwo się przeciągnie. A przeciągnie się na pewno. Takie sprawy zawsze wymagają czasu.

Alternatywa była nie do pomyślenia. Zostać tutaj, patrzeć, jak oszczędności topnieją do zera, stracić dom, przyznać się do klęski. Przynajmniej w ten sposób upadnie, walcząc.

Skończyła pakować ubrania i poszła do łazienki po przybory toaletowe. W lustrze spojrzało na nią jej odbicie: ciemne oczy, o których dziadek mówił, że „studiują wszystko", włosy spięte w praktyczny kucyk, ostrzejsze niż przed rokiem zarysy kości policzkowych. Stres i okrojony budżet na jedzenie zrobiły swoje. Ale z lustra wyzierało jeszcze coś innego — iskra, której brakowało od miesięcy. Cel.

Wracając do sypialni, odliczyła gotówkę z koperty od Deva. Połowę, pomyślała. Resztę wpłaci do banku; to wraz z wpływami ze streamingu pokryje najpilniejsze rachunki i przynajmniej kolejną ratę kredytu, choć z innymi opłatami będzie musiała jeszcze trochę poczekać. Sześćset dolarów nie zostawi cyfrowego śladu i wystarczy na start. Schowała połowę do wewnętrznej kieszeni torby, połowę do torby na ramię, która służyła jej zarazem za torbę na laptopa i torebkę. Następnie usiadła przy biurku, by dokończyć przygotowania.

Telefon zabrzęczał powiadomieniem. Wpłata od wspierającego na Patreon, jednego z niewielu, którzy pozostali lojalni mimo jej upadku i późniejszego milczenia. Dziesięć dolarów z dołączoną wiadomością: — Brakuje mi twojego głosu. Mam nadzieję, że niedługo wrócisz.

Wpatrywała się w to powiadomienie przez dłuższą chwilę. Poczucie winy z powodu miesięcy ciszy. Wdzięczność za lojalność. Strach, że znów może ich zawieść. Ale przede wszystkim, odświeżone poczucie odpowiedzialności. Ludzie czekali, aż odzyska swój głos. Czekali, aż opowie historie, które mają znaczenie.

Zara otworzyła notatnik i zaczęła pisać:

Iris Zhang, 17 lat, znaleziona martwa w Salt Creek, QLD, 16 października 2014 r.; śmierć nastąpiła noc wcześniej. Sprawa zamknięta po dwóch tygodniach jako przypadkowe utonięcie. 15 cm wody — niemożliwe? Chińska rodzina w małym miasteczku — czynnik rasowy? Siniaki na przedramionach — nie pasuje do wypadku. Dlaczego była nad potokiem po zmroku?

Podkreśliła ostatnie pytanie dwukrotnie. Od tego zawsze trzeba było zacząć: od „dlaczego". Dlaczego Iris Zhang, według wszystkich relacji pilna, ambitna dziewczyna z perspektywą szybkiego przyjęcia na studia, była nad potokiem po zmroku w szkolną noc?

Zara sprawdziła godzinę. Prawie południe. Jeśli wyjedzie teraz, wieczorem może być w Salt Creek. Zebrała sprzęt, notatki, ubrania i stanęła na środku sypialni, robiąc ostatni przegląd w myślach. Gwałtowne pukanie w futrynę przestraszyło ją.

Dev stał w drzwiach, niemal całkowicie je wypełniając. — Wybierasz się gdzieś? — zapytał, spoglądając na spakowany plecak na łóżku.

— Właściwie to muszę z tobą pogadać — powiedziała Zara, zasuwając plecak. — Wyjeżdżam na chwilę na północ w sprawie researchu.

Brwi Deva powędrowały nad okulary. — Do podcastu?

— Może. Jeszcze nie jestem pewna. — Nie była gotowa powiedzieć nic więcej, by nie zapeszyć tego kruchego zapału, który w sobie odnalazła. — Nie będzie mnie co najmniej tydzień, pewnie dłużej. Poradzisz sobie?

— Jasne — odparł Dev, skinąwszy głową. — Mam w przyszłym tygodniu duże zlecenie na odzyskiwanie danych dla kancelarii prawnej, jakieś uszkodzone pliki potrzebne do sprawy. Dobra kasa. Zajmę się tutaj wszystkim.

Zara skinęła głową z ulgą. Ufała Devowi na tyle, na ile mogła ufać komukolwiek w tych dniach. Był solidny, odpowiedzialny i, co ważniejsze, nie miał żadnych związków z jej poprzednią pracą. Był fanem, owszem, ale nigdy nie brał udziału w jej śledztwach. Nigdy nie został skalany skandalem, który pogrążył jej karierę.

— Coś ciekawego? — zapytał Dev, a jego oczy za okularami błyszczały z ciekawości. — Mam na myśli, ten research.

Zara wymusiła uśmiech, starając się znaleźć równowagę między szczerością a ostrożnością. — Może. Dowiesz się w swoim czasie. Pilnuj mi domu.

Dev przytaknął, przestępując z nogi na nogę. — Będę. I, em, powodzenia. Z czymkolwiek to jest.

Dostrzegła troskę kryjącą się za jego niezręcznymi słowami. Dev martwił się nie tylko o nią; martwił się o własną sytuację. Jeśli ona nie spłaci kredytu, jeśli straci dom, on też straci dach nad głową. Swój tani czynsz. Stabilną bazę, z której mógł kończyć doktorat. Nie tylko ona miała coś do stracenia.

— Dzięki — powiedziała, spoglądając mu prosto w oczy po raz pierwszy w tej rozmowie. — Myślę, że może z tego wyjść coś dobrego.

Mówiła szczerze. Nie chodziło tylko o ratowanie kariery czy domu, choć te motywy były realne i naglące. Chodziło o Iris Zhang. O te piętnaście centymetrów wody. O sprawę zakończoną zbyt pośpiesznie w małym miasteczku, gdzie chińska rodzina mogła zostać bez żadnego wsparcia.

Dev posłał jej blady uśmiech i wycofał się z progu. Słyszała, jak idzie korytarzem do swojego pokoju, gdzie stosy dysków twardych i płytek drukowanych tworzyły technologiczną twierdzę.

Zara zarzuciła na ramiona plecak oraz torbę i chwyciła walizkę ze sprzętem. W drzwiach zawahała się. Czy znów popełnia błąd? Rzuca się w sprawę, która może prowadzić donikąd, marnując ostatnie zasoby na przeczucie? Wspomnienie poważnych oczu Iris ze szkolnego zdjęcia dodało jej pewności.

Nie. To nie był błąd. Tym właśnie się zajmowała, do tego była stworzona. Odnajdywanie historii, które inni pominęli. Oddawanie głosu tym, którzy sami nie mogą już mówić.

Zamknęła za sobą drzwi. Znajomy ciężar celu spoczął na jej barkach.

Salt Creek czekało.

Rozdział 2

Deszcz smagał autostradę, a każda kropla roztrzaskiwała się o przednią szybę szybciej, niż wycieraczki nadążały je zbierać. Zara pochyliła się do przodu, mrużąc oczy i patrząc przez wodnistą zasłonę. Kostki jej dłoni na kierownicy zbielały. To, co na północ od Bundaberg zaczęło się jako lekka mżawka, w ciągu kilku minut zmieniło się w podzwrotnikową ulewę, która ograniczyła widoczność do paru metrów. Myślała, że dotrze do Salt Creek wieczorem. Teraz brzmiało to jak żart.

Samochód wpadł w poślizg. Odpuściła pedał gazu, czując gwałtowny skok adrenaliny w piersi. Sześćdziesiąt kilometrów na godzinę wydawało się niebezpiecznie dużą prędkością. Tych kilka innych pojazdów na drodze miało włączone światła awaryjne i poruszało się w ulewie niczym ranne zwierzęta. Z naprzeciwka przemknął z hukiem pociąg drogowy, posyłając na jej szybę falę wody, która oślepiła ją na kilka mrożących krew w żyłach sekund.

— Jasna cholera. — Przełączyła wycieraczki na najwyższy bieg. Zapiszczały w proteście. Prognoza pogody wspominała o możliwych burzach, ale nie o czymś takim. Niebo pociemniało, przybierając barwę posiniaczonego fioletu i szarości, mimo że ledwo minęła czwarta po południu.

Piorun przeciął niebo przed nią. Grzmot nastąpił niemal natychmiast, głośny nawet mimo deszczu bębniącego o dach samochodu. Ramiona bolały ją z napięcia. Oczy piekły ją od wypatrywania oznakowania poziomego na drodze.

Z mroku wyłonił się zielony znak: CHILDERS 5 KM. Odetchnęła. Nie planowała się tu zatrzymywać, ale wizja gorącego posiłku była kusząca. Może znajdzie też pokój. — Trzeba było sprawdzić radar — pomyślała, gdy obok niej przemknął kolejny pociąg drogowy, zalewając auto kaskadą wody. Błąd nowicjusza w końcówce lata w Queensland, gdzie popołudniowe burze wybuchały regularnie. Mając przed sobą jeszcze dwie godziny jazdy do Salt Creek — a czas na GPS-ie wydłużał się za każdym razem, gdy na niego zerkała — Zara podjęła decyzję. Jeśli znajdzie pokój w Childers, zostanie tam na noc.

Miasteczko majaczyło jako rozmazane światła za smugami deszczu na szybach. Zwolniła, wypatrując przez ulewę noclegu. Główna ulica była wyludniona; rozsądni ludzie szukali już schronienia. Zamigotał neon: HIGHWAY REST MOTEL. Część napisu głosiła „wolne pokoje" migoczącą czerwienią. To nie Ritz, ale wystarczy.

Włączyła kierunkowskaz i wjechała na parking. Żwir zachrzęścił pod oponami. Deszcz walił w dach. Wyłączyła silnik i siedziała przez chwilę, zbierając siły na przebiegnięcie do recepcji. Woda spływała po szybie płatami.

Do recepcji było dwadzieścia metrów. Nawet z parasolem zamoknie. Zara złapała portfel i telefon, wsunęła je głęboko do kieszeni, wygrzebała parasol spod siedzenia i pobiegła. Zanim dotarła pod zadaszenie małego budynku recepcji, była przemoczona od pasa w dół.

Dzwonek zabrzęczał, gdy pchnęła drzwi. Zimne powietrze z klimatyzacji uderzyło w jej mokrą skórę. Wzdrygnęła się. Lobby było małe i wysłużone, ale w miarę czyste. Wyblakłe plakaty turystyczne reklamujące Bundaberg Rum Distillery i lęgowisko żółwi Mon Repos zdobiły ściany wyłożone boazerią. Za ladą mężczyzna po sześćdziesiątce podniósł wzrok znad powieki, spoglądając na nią znad okularów do czytania.

— Kiepsko tam na dworze — powiedział.

— Fatalnie. — Zara wytarła buty o wycieraczkę, która widziała dziś już zbyt wiele, i oparła wilgotny parasol o ręcznik, wyraźnie położony w tym celu w holu. — Ma pan wolny pokój na dzisiejszą noc?

— Ma pani szczęście, ostatni. — Nacisnął przycisk obok lady. Kątem oka Zara zauważyła, że do migoczącego napisu „WOLNE POKOJE" dołączyło słowo „BRAK".

Przesunął formularz przez ladę. — Będę potrzebował dokumentu tożsamości. Osiemdziesiąt pięć za noc. Wymeldowanie do dziesiątej rano. Śniadań nie serwujemy, przykro mi.

Zara skrzywiła się w duchu na dźwięk ceny, ale wiedziała, że nie ma sensu się targować. Podpisała formularz, pokazała prawo jazdy i podała kartę kredytową.

— Pokój numer siedem — powiedział mężczyzna, wręczając jej klucz przyczepiony do grubego plastikowego breloka. — Na końcu rzędu, parking jest tuż przed wejściem. Pub po drugiej stronie ulicy serwuje przyzwoite posiłki do ósmej, gdyby była Pani głodna.

— Dziękuję. — Schowała klucz do kieszeni i przygotowała się na kolejny bieg przez deszcz.

Zanim dotarła do samochodu, włosy miała przyklejone do głowy mimo parasola. Przejechała krótki dystans pod siódemkę, parkując tak blisko drzwi, jak to możliwe. Po kilku nerwowych kursach miała już wszystko w środku, kompletnie przemoczone.

Pokój spełniał jej oczekiwania: mały, skromny, czysty. Pojedyncze łóżko z kwiecistą narzutą spraną do pastelowych odcieni. Stolik nocny z lampką bez abażura. Małe biurko. Telewizor, który w dobry dzień odbierał pewnie ze trzy kanały. Łazienka widoczna przez otwarte drzwi: białe kafelki pożółkłe ze starości, prysznic nad wanną.

Deszcz bębnił o dach z blachy falistej. Rytmiczne kapanie z nieszczelnej rynny wybijało takt, a woda zbierała się w kałuży pod oknem.

Najpierw sprawdziła sprzęt. Drogie mikrofony i kamery. Wszystko było suche, futerał spełnił swoje zadanie. Jej ubrania nie miały tyle szczęścia. Wyjęła to, czego potrzebowała na noc, a wilgotne rzeczy powiesiła na drążku prysznicowym.

Po minucie niepokojącego bulgotania w rurach z prysznica popłynęła gorąca woda. Stała pod strumieniem dłużej niż to konieczne, pozwalając, by ciepło przeniknęło jej wychłodzoną skórę. Myśli krążyły wokół informacji, które zebrała o Iris Zhang i Salt Creek. Jutro zacznie się prawdziwa praca. Dzisiejszy wieczór służył regeneracji i przygotowaniom.

Ubrana w suche rzeczy usiadła na łóżku i zaczęła słuchać deszczu. W brzuchu jej zaburczało. Kierownik motelu wspomniał o pubie. Sprawdziła godzinę: tuż po szóstej. Mnóstwo czasu przed zamknięciem kuchni.

Wyjrzała przez okno. Po drugiej stronie ulicy z okien pubu wylewało się żółte światło, ciepłe na tle szarej kurtyny deszczu. Brzuch zaburczał jej znowu, głośniej. Decyzja zapadła.

Zara chwyciła parasol, portfel i telefon, po czym otworzyła drzwi. Deszcz uderzył w nią natychmiast, gnany przez wiatr niemal poziomo. Rozłożyła parasol, który od razu próbował wywinąć się na drugą stronę. Walcząc z nim, by odzyskał kształt, rzuciła się biegiem przez drogę.

Zanim dotarła do wejścia do pubu, parasolka skapitulowała. Jej drugi zestaw ubrań tego dnia był tak samo mokry jak pierwszy. Z włosów jej kapało. Otrząsnęła się z wody najlepiej, jak mogła, i pchnęła drzwi, wchodząc z chaosu w światło, hałas i obietnicę gorącego dania.

Pub otulił Zarę jak ciepły koc. Deszcz dudnił o blaszany dach, ale w środku wentylatory sufitowe mieszały wilgotne powietrze, wcale go nie chłodząc. Lokal był wypełniony do połowy, głównie przez mężczyzn skupionych wokół telewizora zamontowanego nad barem, na którym transmitowano mecz rugby. Ich uwagę przerywały okazjonalne jęki zawodu lub okrzyki triumfu. — Sobotnia noc — pomyślała. — Nic dziwnego, że jest ruch.

Zara starła wodę z ramion i skierowała się do baru, znajdując wolny stołek na samym końcu, z dala od najbardziej zagorzałych fanów sportu.

Barmanka, kobieta z siwiejącymi włosami związanymi w praktyczny kucyk, uniosła brew na widok opłakanej postaci Zary, ale nie skomentowała tego. — Co podać?

— Poproszę jakieś słabe piwo z nalewaka — powiedziała Zara, po czym dodała: — I jedzenie, jeśli kuchnia jeszcze wydaje?

— Kuchnia czynna do ósmej. Mamy dobrego kurczaka parmigiana. Kanapka ze stekiem też niezła. — Barmanka wyciągnęła zalaminowane menu spod lady i przesunęła je w jej stronę.

— Kurczak parmigiana brzmi idealnie, dzięki. — Zara usadowiła się na stołku, krzywiąc się, gdy jej mokre nogi dotknęły syntetycznej skóry. W adidasach czuła nieprzyjemne mlaskanie; powinna była włożyć buty trekkingowe przed wyjściem z pokoju.

Barmanka nalała piwo i postawiła je przed nią. Na szkle już osadzała się rosa. — Kuchnia wyda danie za jakieś dwadzieścia minut.

— Nie ma sprawy. — Zara wzięła duży łyk, pozwalając chłodnemu płynowi spłynąć do gardła. Nie zdawała sobie sprawy, jak bardzo chciało jej się pić.

Pub tętnił rozmowami, które przeplatał komentarz z telewizora i sporadyczne okrzyki. Deszcz nie przerywał ataku na dach — stały rytm sprawiał, że ciepło i światło wewnątrz wydawały się cenniejsze. Zara wyjęła telefon, sprawdzając wiadomości. Nic pilnego. Otworzyła aplikację z notatkami i zaczęła przeglądać to, co zgromadziła na temat Iris Zhang.

Jedenaście lat temu w Salt Creek zginęła osiemnastoletnia dziewczyna. Oficjalnie uznano to za przypadkowe utonięcie. Jej ciało znaleziono twarzą do dołu w potoku mającym zaledwie pół metra głębokości, który przepływał przez miejski park. Brak śladów walki, brak oczywistych obrażeń. Sprawę zamknięto w ciągu kilku tygodni.

Jednak im bardziej Zara zagłębiała się w szczegóły, tym bardziej coś jej nie pasowało. Siniaki odnotowane we wstępnym raporcie z autopsji, ale pominięte w wersji ostatecznej. Brak ran obronnych, mimo że Iris świetnie pływała. Fakt, że potok był tak płytki. Pobieżne śledztwo, brak weryfikacji sprzecznych zeznań świadków.

No i ten e-mail, który otrzymała dwa tygodnie temu od kogoś podpisującego się jako „Przyjaciel". Żadnego nazwiska, żadnych danych, tylko prosta wiadomość: — Iris Zhang nie utonęła przypadkiem. Przyjrzyj się uważniej temu, kto znalazł jej ciało. —

O mało go nie skasowała. Anonimowe cynki zwykle pochodziły od wariatów albo ludzi szukających zemsty. Ale było w tej wiadomości coś, co nie dawało jej spokoju. Zaczęła drążyć, a im więcej wiedziała, tym bardziej oficjalna wersja się sypała.

— Kurczak parmigiana? — Głos barmanki wyrwał ją z zamyślenia.

Zara podniosła wzrok na talerz, który wylądował przed nią. Sznycel był ogromny, przykryty stopionym serem i sosem pomidorowym, z górą frytek obok. Jej żołądek zareagował natychmiast.

— Dzięki. — Schowała telefon i chwyciła za sztućce.

Była w połowie posiłku, gdy na stołek obok niej wsunął się jakiś mężczyzna. Zerknęła na niego z widelcem w połowie drogi do ust.

Mężczyzna mógł mieć około trzydziestu pięciu lat, a jego ogorzała twarz świadczyła o spędzaniu dużej ilości czasu na zewnątrz. Miał na sobie dżinsy i wypłowiałą koszulkę polo, wilgotną od deszczu. Ciemne włosy były nieco za długie, a kilkudniowy zarost sugerował raczej świadomy wybór niż lenistwo.

— Paskudna burza — zagaił, potakując barmance. — Rum z colą, poproszę.

Zara wydała z siebie mało konkretny dźwięk i wróciła do jedzenia. Nie miała ochoty na rozmowę z nieznajomym, zwłaszcza takim, który mógłby próbować ją poderwać.

On jednak chyba nie miał takich zamiarów. Odebrał drinka, wziął porządny łyk i skupił wzrok na meczu rugby w telewizji. Przez kilka minut siedzieli w swobodnej ciszy. Ona jadła, on oglądał grę.

— Nie jesteś stąd — stwierdził w końcu. To nie było pytanie.

— Przejazdem. Burza mnie zatrzymała.

— Zdarza się. — Wziął kolejny łyk. — Jedziesz na północ czy na południe?

— Na północ. A ty?

— Na południe. Do Brisbane. — Skrzywił się. — W każdym razie próbuję. Zobaczyłem radar i uznałem, że lepiej tu przenocować, niż ryzykować.

— Rozsądnie. — Zara dopadła ostatnią frytkę i odsunęła talerz. Piwo też się kończyło. Powinna pewnie wracać do pokoju, by porządnie odpocząć przed jutrzejszą drogą.

Coś jednak trzymało ją na miejscu. Może ciepło pubu po lodowatym deszczu. Może przyjemny szum piwa w pełnym już żołądku. Może fakt, że ten nieznajomy nie był nachalny, nie próbował jej zaimponować, wyciągnąć informacji ani niczego sprzedać. Po prostu tam był, dzieląc z nią przestrzeń podczas burzy.

— Powtórzyć? — zapytała barmanka, wskazując na niemal puste szkło Zary.

Powinna odmówić. Powinna wrócić do pokoju, przejrzeć notatki i przygotować się na jutro. Ale deszcz nie ustawał, a myśl o samotnym pokoju motelowym wcale nie była kusząca.

— Tak, poproszę.

Pojawiło się drugie piwo. Mężczyzna obok zamówił kolejny rum z colą. Mecz się skończył, zastąpiły go skróty i komentarze. Tłum wokół telewizora przerzedził się, gdy ludzie przenosili się do stolików lub szli do domów. Deszcz wciąż atakował dach.

— Nie jesteś przedstawicielką handlową — powiedział po chwili.

— Po czym tak wnioskujesz?

— Brak garsonki. Brak torby na laptopa. I nie masz tego spojrzenia.

— Jakiego spojrzenia?

— Takiego, które mówi, że oceniasz, czy jestem potencjalnym klientem. — Uśmiechnął się lekko. — W moim fachu widuję mnóstwo handlowców. Ty nim nie jesteś.

— A czym się zajmujesz?

— Policja. Sierżant sztabowy. — Wziął łyk drinka. — A ty?

Zara zawahała się. Zawód dziennikarza często budził reakcje, niekoniecznie pozytywne. — Robię podcasty.

— Tak? — Zdawał się szczerze zainteresowany. — O czym?

— Podcasty faktu.

— Ach. — Pokiwał powoli głową. — Pozwól, że zgadnę. Jedziesz do jakiegoś małego miasteczka, żeby wygrzebać nierozwiązaną sprawę sprzed lat i sprawić, by wszyscy poczuli się niekomfortowo.

Nie mogła powstrzymać uśmiechu. — Coś w tym stylu.

— To sprawiedliwe. Zapewne potrzebne. — Dopił drinka. — Większość małych miasteczek ma przynajmniej jedną sprawę, która nikomu nie pasowała. Zazwyczaj dlatego, że ktoś wpływowy chciał, aby o niej zapomniano.

Coś w jego tonie sprawiło, że przyjrzała mu się uważniej. — Brzmi to tak, jakbyś miał w tym doświadczenie.

— Większe, niż bym chciał. — Spojrzał jej w oczy i zobaczyła w nich coś. Frustrację, może. Znużenie. Spojrzenie kogoś, kto poszedł na większe kompromisy, niż by chciał, ale mniejsze, niż się obawiał.

Rozmawiali. Nie o konkretach, nie o sprawach, nazwiskach czy miejscach. Rozmawiali o samej pracy, o trudnościach w dążeniu do prawdy, gdy systemy są zaprojektowane tak, by chronić władzę, a nie służyć sprawiedliwości. O towarzyszącej temu samotności, o tym, jak praca izoluje od ludzi, którzy wolą wygodne kłamstwa.

Pub jeszcze bardziej opustoszał. Barmanka zaczęła wycierać stoliki, rzucając im wymowne spojrzenia. Padło hasło: ostatnia kolejka. Byli jedynymi klientami, którzy zostali.

— Powinniśmy już iść — powiedziała Zara, choć nie wykonała żadnego ruchu, by wstać.

— Powinniśmy. — On również się nie poruszył.

Popatrzyli na siebie. Atmosfera między nimi w ciągu ostatniej godziny uległa zmianie, naładowała się napięciem. Zara wiedziała, co to jest i czym może być. Czymś tymczasowym. Anonimowym. Zazwyczaj tego nie robiła. Nie poznawała nieznajomych w pubach.

Ale dzisiejsza noc wydawała się inna. Burza, izolacja, nieoczekiwana więź z kimś, kto rozumiał jej pracę w sposób, w jaki większość ludzi nie potrafiła. No i sposób, w jaki na nią patrzył — jakby widział ją naprawdę, nie tylko powierzchownie, ale głębiej.

— Jestem w siódemce w motelu po drugiej stronie — usłyszała własny głos.

Jego oczy lekko pociemniały. — Ja w dwunastce.

— Bliżej — szepnęła, czując, jak serce nagle wali jej w piersi.

— Fakt.

Zapłacili rachunki osobno i wyszli razem na zewnątrz, prosto w deszcz, który zelżał i przeszedł w jednostajną mżawkę. Krótki spacer do motelu był pełen napięcia. Żadne z nich się nie odzywało. Oboje byli boleśnie świadomi swojej obecności.

Przy pokoju numer dwanaście otworzył drzwi i przytrzymał je dla niej. Zara weszła do środka, usłyszała, jak drzwi zamykają się za nimi, i odwróciła się twarzą do niego.

Deszcz bębnił o szyby, zmieniając je w impresjonistyczne obrazy nocy. Światła uliczne rozmywały się w wodniste plamy. Stali przez chwilę, a woda kapała z ich ubrań na wykładzinę.

Zara pierwsza wykonała ruch, sięgając ku niemu.

Jego usta odnalazły jej w półmroku. Pocałunek natychmiast stał się głęboki, pomijając wszelką nieśmiałość na rzecz czegoś bardziej zachłannego. Uniósł dłonie, by ująć jej twarz.

— Nie muszę znać twojego imienia — szepnęła mu do ucha.

— To dobrze — odparł ochrypłym głosem. — Ja twojego też nie.

Anonimowość w jakiś sposób ich wyzwoliła. Szarpnęła za jego koszulę, chcąc pozbyć się bariery. Pomógł jej, rozpinając guziki, podczas gdy ona ściągała wilgotny materiał z jego ramion.

Rozbierali się nawzajem, a ubrania lądowały na podłodze w wilgotnych stosach. Jego palce zaplątały się w jej włosy, wciąż mokre od deszczu, uwalniając je z kucyka. Chłodne powietrze na skórze zostało natychmiast skontrowane przez żar jego ciała napierającego na nią. Popchnął ją do tyłu, aż jej nogi dotknęły krawędzi łóżka, po czym opadł z nią na materac.

Przesunęła dłońmi po jego plecach. Nie był idealny, ona też nie, i to w jakiś sposób czyniło wszystko lepszym.

Jego usta poruszały się po jej skórze, odkrywając, co sprawiało, że głośniej wciągała powietrze, co kazało jej mocniej zacisnąć dłonie na jego ramionach. Jej reakcja zdawała się go mobilizować.

Kiedy pochylił się nad nią, oplotła go nogami w pasie, przyciągając bliżej. Oczekiwanie było niemal nie do zniesienia.

— Zabezpieczenie? — zapytał chrapliwie. — Nie mam przy sobie...

— Biorę tabletki — powiedziała. — Jest w porządku.

Chwila milczącego porozumienia. Potem połączyli się, a cała reszta świata przestała istnieć.

Zara obudziła się w szarym półmroku sączącym się przez zasłony. Poczuła na sobie jego wzrok.

— Cześć — powiedziała głosem zachrypniętym od snu.

— Cześć. — Odgarnął jej kosmyk włosów za ucho.

Oboje wiedzieli, że to koniec. To, co wydarzyło się między nimi, należało do nocy, do burzy. Światło dnia przywróciło rzeczywistości ostrość.

Zara usiadła, owijając się prześcieradłem. — Powinnam wracać do swojego pokoju.

Skinął głową. — Ja też muszę niedługo ruszać w drogę.

Ubierali się w ciszy. Sporadyczne spojrzenia, nikłe uśmiechy. Swoboda ludzi, którzy nie muszą niczego udowadniać. Przy drzwiach zatrzymali się.

— To było... — zaczęła.

— Idealne — dokończył, lekko wykrzywiając usta w uśmiechu. — Bo kończy się tutaj.

Skinęła głową. — Właśnie tak.

— Żegnaj, tajemnicza pani. Szerokiej drogi. I powodzenia.

Pochylił się i po raz ostatni przycisnął swoje usta do jej ust. Z uznaniem, ale bez roszczeń. A potem się cofnął.

Zara otworzyła drzwi na świat obmyty przez nocny deszcz. Powietrze pachniało mokrą ziemią i eukaliptusem, niebo było czyste, niemal agresywnie błękitne. Odeszła bez odwracania się, wiedząc, że patrzy, jak odchodzi; wiedząc, że żadne z nich nie spróbuje przedłużyć czegoś, co było idealne właśnie dzięki swojej skończoności.

W swoim pokoju wzięła prysznic, pozwalając, by gorąca woda zmyła fizyczne dowody. Jej umysł już wrzucał kolejny bieg, skupiając się na nadchodzącym dniu. Salt Creek czekało, a wraz z nim śledztwo, które mogło wskrzesić jej karierę. Poważne oczy Iris Zhang ze zdjęcia szkolnego zdawały się patrzeć na nią z pamięci, przypominając, dlaczego w ogóle podjęła tę podróż.

Kolejny zestaw suchych ubrań, buty trekkingowe i była gotowa. Spakowała się szybko, sprawdzając, czy sprzęt jest bezpieczny i czy nic nie ucierpiało od wczorajszego deszczu. Załadowała samochód i poszła do recepcji oddać klucz, dziękując pracownikowi — innemu mężczyźnie niż poprzedniego wieczoru.

Wjeżdżając na Bruce Highway i przyspieszając na północ, poświęciła ostatnią myśl bezimiennemu mężczyźnie i ich wspólnej nocy. Idealny przerywnik, teraz zamknięty. Dobre wspomnienie blaknące w lusterku wstecznym.

Autostrada rozciągała się przed nią, niezakryta już przez deszcz. Czuła się wypoczęta, odzyskała wewnętrzny spokój, którego nie znała od miesięcy — była gotowa stawić czoła wszystkiemu, co czekało w Salt Creek.

ROZDZIAŁ 3

POLA TRZCINY CUKROWEJ CIĄGNĘŁY się bez końca po obu stronach autostrady, tworząc monotonne zielone morze, przerywane jedynie przez pojedyncze zabudowania gospodarskie lub rdzewiejący sprzęt. Zara poprawiła nawiew klimatyzacji, kierując letnie powietrze na twarz. Stary system chłodzenia ledwo radził sobie z narastającym upałem, wydobywając z siebie niewiele więcej niż letni zefirek. Luty w Queensland był bezlitosny, a słońce nie dawało za wygraną nawet przez przyciemniane szyby.

W myślach odtwarzała fakty o Iris Zhang, których nauczyła się na pamięć. Siedemnaście lat. Ambitna. Zasadnicza. Znaleziona twarzą w dół w piętnastu centymetrach wody. Sprawę zamknięto w dwa tygodnie. Fakty krążyły w jej głowie, a każdy kolejny utwierdzał ją w przekonaniu, że oficjalna wersja wydarzeń jest głęboko błędna.

Przy drodze pojawił się wypłowiały zielony znak: „Witamy w Salt Creek. Liczba mieszkańców: 3147". Poniżej ktoś nabazgrał sprayem „PIEKIELNA DZIURA", choć podjęto niezdarną próbę zmycia napisu. — Ten grafficiarz nie jest wielkim fanem tego miasteczka — pomyślała Zara, mijając znak i zwalniając.

Pojawiła się główna ulica, pojedynczy odcinek nadgryzionych zębem czasu budynków stanowiących centrum miasteczka. Bruce Highway przecinała je na wprost, zmuszając podróżnych do zwolnienia, choć rzadko kto się tu zatrzymywał. Po prawej stronie, na rogu, stał pub z łuszczącą się kremową farbą i szyldem reklamującym „Zimne piwo, gorące posiłki". Dalej znajdował się mały supermarket z oknami obklejonymi wyblakłymi plakatami promocyjnymi. Stacja benzynowa, sklep z narzędziami, budka z rybą i frytkami.

Wtedy ją zobaczyła, po lewej stronie drogi: Golden Horse Restaurant. Lokal mieścił się w kwadratowym, ceglanym budynku z czerwonymi obramowaniami i złotymi akcentami. Na szyldzie widniał ręcznie malowany złoty koń stający dęba. To tutaj Iris pracowała z rodzicami, tutaj też widziano ją żywą po raz ostatni, zanim tamtej październikowej nocy, ponad dekadę temu, wyruszyła pieszo do domu.

Najbardziej uderzające było jednak to, co znajdowało się tuż za restauracją — wąwóz przecinający krajobraz niczym rana, głęboki na jakieś piętnaście metrów, dzielący miasto na pół. Bruce Highway przebiegała nad nim po nowoczesnym betonowym moście. To był właśnie Salt Creek, element geograficzny, od którego miasto wzięło nazwę i który odebrał życie Iris Zhang w nieprawdopodobnych okolicznościach. Przejeżdżając powoli przez most, Zara próbowała zajrzeć w dół wąwozu, ale betonowe barierki zasłaniały widok.

Po drugiej stronie mostu minęła szkołę, a właściwie szkoły; liceum i podstawówka sąsiadowały ze sobą, a w tle widać było boiska sportowe. Sklep z paszami wydawał się wyznaczać koniec dzielnicy handlowej, a zabudowania miejskie niemal natychmiast się kończyły.

Zara zjechała na lewo, zatrzymując się na szerokim poboczu, i sprawdziła telefon. Przypomniała sobie, że w mieście są dwa motele; jeden należał do sieciówki, a ceny na stronie zaczynały się od 100 dolarów za noc. Z lekkim żalem spojrzała na zdjęcie lśniącego błękitnego basenu, po czym zamknęła okno i wyszukała drugi motel.

— Ten wygląda bardziej na moją kieszeń — wymruczała. — Zobaczmy, czy mają wolne miejsce. — Sprawdziła lusterka, odczekała na lukę w ruchu, po czym zawróciła i pojechała z powrotem przez miasto, ponownie przekraczając most.

Zara wjechała na parking Salt Creek Motel, parterowego budynku z oblicówką drewnianą pomalowaną na wyblakły błękit. Neonowy napis informujący o wolnych pokojach migotał nieregularnie, jakby nie mógł się zdecydować, czy naprawdę zaprasza gości. Na parking wychodziło sześć drzwi, ponumerowanych od jednego do sześciu. Za szybą biura leniwie kręcił się wentylator sufitowy.

Siedziała przez chwilę, zbierając myśli przed wyjściem z auta. To było to. Miejsce, w którym albo wskrzesi swoją karierę, albo zaliczy całkowity upadek. Pomyślała o racie kredytu hipotecznego płatnej za trzy tygodnie, o swoich topniejących oszczędnościach i o Devie, który po cichu opłacał rachunek za internet, nic o tym nie wspominając. Potem pomyślała o poważnych oczach Iris Zhang na tym szkolnym zdjęciu i zacisnęła szczękę.

Gdy pchnęła drzwi do biura, rozległ się dzwonek. Wewnątrz kobieta po sześćdziesiątce, z okularami do czytania zsuniętymi na czubek nosa, podniosła wzrok znad powieści. Klimatyzacja była ustawiona na arktyczne mrozy, a nagły chłód wywołał gęsią skórkę na ramionach Zary.

— W czym pomóc? — zapytała kobieta neutralnym tonem, ale jej oczy dokonywały oceny. Jednym spojrzeniem omiotła miastowe ubrania Zary, jej profesjonalną fryzurę i niejednoznaczną etniczność, nie okazując przy tym wrogości, ale i nie będąc przesadnie uprzejmą.

— Chciałabym wynająć pokój — powiedziała Zara. — Na początek na tydzień, ale możliwe, że zostanę dłużej.

Kobieta skinęła głową, odkładając książkę. — Jedno- czy dwuosobowy?

— Jednoosobowy wystarczy.

— Siedemdziesiąt za noc. Przy stawce tygodniowej schodzimy do sześćdziesięciu pięciu. — Kobieta wyciągnęła kartę meldunkową. — Poproszę kartę kredytową i dowód tożsamości.

Zara podała prawo jazdy i kartę kredytową, a następnie wypełniła formularz. Kobieta studiowała jej prawo jazdy, spoglądając na przemian to na zdjęcie, to na twarz Zary.

— Langley — przeczytała na głos. — Adres w Brisbane. Służbowo czy dla przyjemności?

— Służbowo — odpowiedziała Zara, nie wdając się w szczegóły.

— Zakwaterowanie jest dopiero od czternastej, ale czwórka nie była wczoraj zajęta. Jest gotowa, jeśli chce Pani się wprowadzić już teraz. — Kobieta oddała prawo jazdy i przeciągnęła kartę przez czytnik.

— Byłoby wspaniale, dziękuję. — Zara wzięła plastikową kartę magnetyczną z logo motelu wyblakłym od częstego używania.

— Czy chce pani jeszcze o coś zapytać? Śniadanie nie jest wliczone w cenę, ale kawiarnia obok supermarketu otwiera się o szóstej. Wi-Fi jest darmowe, hasło znajdzie pani na karcie w pokoju.

— Dziękuję — rzekła Zara. — Właściwie to zastanawiam się nad potokiem. Czy stąd jest do niego jakieś łatwe dojście?

Wyraz twarzy kobiety subtelnie się zmienił. — Przy parku jest ścieżka w dół. Trochę stroma, ale da się przejść. Ale nie ma tam zbyt wiele do oglądania. To tylko potok.

Tylko potok, w którym siedemnastoletnia dziewczyna rzekomo utonęła w wodzie sięgającej do kostek. — Dziękuję za informację — powiedziała zamiast tego Zara.

Po wyjściu na zewnątrz upał znów w nią uderzył; natychmiast poczuła, jak pot zaczyna występować z każdego poru skóry i miała nadzieję, że klimatyzacja w jej pokoju już działa. Jej samochód zdążył się już nagrzać po zaledwie kilku minutach stania na słońcu i skrzywiła się, kładąc dłonie na gorącej kierownicy. Szybko podjechała pod pokój numer cztery i zaparkowała tuż przed nim, w dwóch rzutach wyładowując swój sprzęt i torby.

Pokój spełniał jej oczekiwania, był bardzo podobny do tego w Childers ubiegłej nocy i bez wątpienia identyczny jak tysiące innych pokoi motelowych w małych miasteczkach przy autostradzie w całym kraju. Było tam podwójne łóżko z narzutą w kwiaty, mały stolik z dwoma krzesłami, telewizor, który lata świetności miał już dawno za sobą, oraz łazienka z beżowymi kafelkami i wanną z prysznicem. Ale było czysto, klimatyzacja działała i pokój doskonale nadawał się na jej bazę operacyjną.

Było nawet bezpłatne Wi-Fi, czego się nie spodziewała, ale za co była wdzięczna. Oczywiście przy każdym połączeniu będzie korzystać z VPN-a, ale przynajmniej zaoszczędzi na danych komórkowych i nie będzie musiała dokupować dodatkowych pakietów.

Zara rozpakowała się, rozłożyła laptopa na stole i poukładała obok sprzęt nagrywający. Dwa wysokiej jakości mikrofony, wciąż w futerałach ochronnych. Kamera wideo i statyw. Zapasowe baterie i karty SD. Jej oprawiony w skórę notatnik zawierający notatki z researchu na temat Iris i Salt Creek, mapa miasteczka, którą wydrukowała przed wyjazdem, z zaznaczonymi już kluczowymi lokalizacjami.

W łazience ochlapała twarz zimną wodą i spojrzała w swoje odbicie. Pod oczami miała cienie, pamiątki po nocy w Childers, zarówno po burzy, jak i po tym, co nastąpiło później. Ale pod zmęczeniem było coś, czego nie widziała we własnej twarzy od miesięcy: determinacja.

Osuszyła twarz i wróciła do głównego pokoju, sprawdzając godzinę. Tuż po południu. Zostało jeszcze mnóstwo światła dziennego, by zacząć rekonesans miasteczka, a w szczególności potoku. Jutro uda się do Golden Horse, spróbuje nawiązać kontakt z rodzicami Iris. Ale dzisiaj chodziło o zrozumienie topografii, udokumentowanie miejsca zdarzenia i zebranie dowodów wizualnych, które będą stanowić szkielet jej pierwszego odcinka.

Futerał ze sprzętem przyciągałby zbyt dużą uwagę, gdyby tahała go przez miasto, ale chciała mieć część ekwipunku przy sobie. Mało prawdopodobne, by tego popołudnia przeprowadzała jakieś wywiady, ale chciała nagrać wideo wprowadzające w temat i przedstawiające sprawę, jeśli się uda. Biorąc torbę, zapakowała do niej jeden ze statywów wraz z notatnikiem. Laptopa lepiej zostawić tutaj, choćby zamkniętego w walizce.

Zara wzięła aparat, wsunęła telefon i kartę do pokoju do kieszeni i wyszła z powrotem w upał Queensland. Salt Creek czekało na odkrycie, a gdzieś w tym zakurzonym miasteczku kryła się prawda o tym, co spotkało Iris Zhang.

Niedzielny popołudniowy upał ciężko wisiał nad główną ulicą Salt Creek, gdy Zara szła wzdłuż niej z aparatem w dłoni. Poruszała się swobodnie, udając turystkę dokumentującą urokliwe wiejskie miasteczko, a nie śledczą budującą sprawę. Mimo to czuła na sobie wzrok z kawiarni, gdzie trzech starszych mężczyzn sączyło kawę, z supermarketu, gdzie młoda matka zaganiała dzieci przez automatyczne drzwi, oraz z zaparkowanych pick-upów z opuszczonymi szybami. W mieście tej wielkości nowa twarz była widoczna tak wyraźnie, jakby nosiła migający neon.

Sfotografowała pub, sklep z narzędziami i Golden Horse Restaurant z łuszczącą się czerwoną farbą oraz złotym szyldem. Każde kliknięcie migawki wydawało się ogłoszeniem jej obecności i intencji. Nastoletni chłopiec na deskorolce zwolnił, gdy ją mijał, a na jego ogorzałej od słońca twarzy malowała się ciekawość.

— Jesteś jakąś reporterką czy coś? — zapytał, podbijając deskę do ręki.

— Tylko przejazdem — odpowiedziała Zara z uśmiechem, który nic nie zdradzał. — Robię zdjęcia do mediów społecznościowych.

Wyglądał na nieprzekonanego, ale wzruszył ramionami i ruszył dalej. Zara patrzyła, jak odchodzi, zastanawiając się, czy jest na tyle stary, by znać Iris, by chodzić z nią do szkoły. Prawdopodobnie nie. Iris miałaby teraz prawie trzydzieści lat, gdyby wciąż żyła. Zara musi jednak tutaj uważać. Małe miasteczka mają długą pamięć i silne lojalności.

Szła główną ulicą aż do mostu, gdzie zabudowania ustępowały miejsca niewielkiemu parkowi przytulonemu do krawędzi wąwozu. Było tam sporo rodzin; dzieci wspinały się na urządzenia na placu zabaw, podczas gdy rodzice siedzieli przy stołach piknikowych w plamach cienia. No jasne, uświadomiła sobie. Niedzielne popołudnie w mieście z niewielką liczbą rozrywek. Park był centrum życia towarzyskiego.

Zara okrążyła plac zabaw, skinąwszy uprzejmie głową dorosłym, którzy przerwali rozmowy, by odprowadzić ją wzrokiem. W głębi parku znalazła to, czego szukała: wąską, gruntową ścieżkę znikającą w krzakach, wijącą się w dół wąwozu. Zniszczony znak ostrzegał: „UWAGA: STROMA ŚCIEŻKA DO POTOKU".

Ścieżka opadała gwałtownie, zmuszając ją do ostrożnego stąpania po wystających korzeniach i luźnych kamieniach. Temperatura spadła, gdy zagłębiała się w wąwóz, którego wysokie ściany blokowały bezpośrednie słońce. Rodzime krzewy tłoczyły się przy ścieżce, a ich liście ocierały się o jej ramiona. Na czole wystąpiły jej kropelki potu od wysiłku i utrzymującej się wilgoci.

W połowie drogi zatrzymała się, by złapać oddech. Nad nią wąwóz spinała drewniana kładka, której zwietrzałe deski widać było przez prześwity w koronach drzew. Z tej perspektywy widziała też most autostradowy, znajdujący się znacznie wyżej, po którym raz po raz przejeżdżały pojazdy. Odgłosy bawiących się w parku dzieci ucichły, zastąpione przez łagodny szelest liści i odległy szum ruchu ulicznego.

Szła dalej w dół, na najbardziej stromych odcinkach podpierając się o pnie drzew. Ścieżka stawała się wyraźniejsza w miarę zbliżania się do dna, przechodząc w oczyszczony teren u podstawy wąwozu. I oto był: sam Salt Creek.

Potok ciągnął się przed nią, mając w tym miejscu może dwa metry szerokości; woda płynęła łagodnie po gładkich, zaokrąglonych kamieniach. Słońce przenikało do wąwozu miejscami, tworząc migotliwe wzory na czystej wodzie. Ale to, co natychmiast ją uderzyło, to fakt, jak płytki był to ciek — w większości miejsc ledwo zakrywał kamienie, a okazyjne, nieco głębsze zagłębienia mogły sięgać najwyżej do połowy łydki.

Zara stała nieruchomo, wpatrując się w wodę. *To tutaj* rzekomo utonęła siedemnastoletnia dziewczyna? Z raportów policyjnych wiedziała, że woda była płytka, ale zobaczenie tego na własne oczy sprawiło, że oficjalna wersja wydała się nie tylko mało prawdopodobna, ale wręcz niedorzeczna.

Szła wzdłuż brzegu, aż znalazła konkretne miejsce opisane w raporcie policyjnym – bezpośrednio pod drewnianą kładką. Tutaj woda zbierała się nieco głębiej w naturalnym zagłębieniu, ale nawet po wczorajszym deszczu nie mogło być tu więcej niż piętnaście centymetrów głębokości. Teza, że ktokolwiek mógłby tu przypadkowo utonąć, była niedorzeczna.

Położywszy torbę na suchym kamieniu, Zara zdjęła buty trekkingowe i skarpetki. Gorące kamienie na brzegu parzyły ją w bose stopy, dopóki nie weszła do potoku. Woda była zaskakująco zimna, co stanowiło szok dla skóry po upalnym dniu. Ledwie sięgała jej do kostek. Pochyliła się, zanurzyła koniuszki palców w wodzie i powąchała je, po czym ostrożnie spróbowała kropli. Niesłona... Ciekawe. Skąd zatem wzięła się nazwa Salt Creek? Zapisała sobie w pamięci, żeby to sprawdzić, choć nie miało to znaczenia dla sprawy. Chciała po prostu zaspokoić własną ciekawość.

Wąwóz również wydał jej się dziwny, zdecydowanie zbyt głęboki, by mógł zostać wyżłobiony przez tak łagodny potok jak ten. Czy gdzieś w górze rzeki znajdowała się tama? Jeśli tak, poziom wody w potoku rzadko podnosiłby się znacznie powyżej obecnego stanu. Patrząc na zdrowe drzewa i podszyt schodzący do samej krawędzi wody, wydawało się to prawdopodobne.

Wyświetliła na telefonie jedno ze zdjęć z miejsca zbrodni, sprawdziła swoją pozycję względem drewnianej kładki i ostrożnie podeszła do miejsca, w którym znaleziono ciało Iris. Kamienie pod jej stopami były gładkie, wypolerowane przez lata płynącej wody. Nie tyle śliskie, co wymagające uwagi, by bezpiecznie się poruszać. Mimo to, potrzeba byłoby albo znacznej siły, albo całkowitej niepełnosprawności, by utrzymać czyjąś twarz pod wodą w tym miejscu. Przytomna osoba po prostu odwróciłaby głowę lub podparła się rękami.

Zara rozstawiła statyw na dnie potoku, regulując go tak, by kamera trzymała poziom mimo nierównego podłoża, i przełączyła tryb nagrywania na wideo w wysokiej rozdzielczości. Kadrowała ujęcie, nagrała krótki klip testowy, by upewnić się, że w pożądanym kadrze znajdzie się ona sama stojąca w wodzie z widocznym nad głową drewnianym mostem, po czym nacisnęła przycisk nagrywania i weszła w kadr.

— To tutaj siedemnastoletnia Iris Zhang rzekomo utonęła 15 października 2014 roku — powiedziała głosem opanowanym i profesjonalnym, mimo narastającego w niej gniewu. — Stoję w dokładnie tym samym miejscu, gdzie znaleziono jej ciało, a woda ledwie sięga mi do kostek, pomimo ulewnego deszczu zeszłej nocy.

Poruszyła się lekko, pokazując, jak łatwo jest jej utrzymać równowagę. — Według oficjalnego raportu, Iris została znaleziona twarzą do dołu w około piętnastu centymetrach wody. Śledztwo zakończono po zaledwie dwóch tygodniach oficjalnym orzeczeniem o przypadkowym utonięciu.

Zara pochyliła się, kładąc dłoń płasko na dnie potoku, po czym podniosła ją, a woda spływała jej między palcami. — Pytanie nie brzmi, czy Iris Zhang utonęła. Autopsja to potwierdziła. Pytanie brzmi, jak zdrowa, wysportowana siedemnastolatka mogła przypadkowo utonąć w tak płytkiej wodzie.

Zakończyła nagrywanie, a następnie przestawiła kamerę, by uchwycić inne kąty. Szerokie ujęcia pokazujące całą szerokość potoku, zbliżenia głębokości wody w porównaniu do jej kostki, szczegółowe ujęcia samego dna. Nad nią drewniana kładka rzucała pasiaste cienie na wodę. To również sfilmowała, potem podpory mostu, zastanawiając się, czy Iris przechodziła przez ten most w noc swojej śmierci.

Odległy szum ruchu ulicznego z mostu na autostradzie stanowił stałe tło dźwiękowe. Od czasu do czasu z parku powyżej dobiegały głosy, przypominając o tym, że miasteczko kontynuuje swoją zwyczajną niedzielną rutynę, podczas gdy ona stała w miejscu, w którym młoda dziewczyna zginęła w niemożliwych okolicznościach.

Zara brodziła dalej wzdłuż potoku, dokumentując każdy aspekt miejsca zdarzenia. Każdy nowy kąt, każdy pomiar głębokości wody tylko utwierdzał ją w przekonaniu: Iris Zhang nie mogła tu utonąć przypadkowo. Co oznaczało, że ktoś ją przytrzymał. Ktoś ją zabił. A policja albo całkowicie to przeoczyła, albo celowo zignorowała.

Pakując sprzęt i wkładając buty z powrotem, Zara poczuła głęboką pewność, że znalazła historię, którą trzeba opowiedzieć. Nie chodziło już tylko o ratowanie jej kariery. Chodziło o sprawiedliwość dla dziewczyny, której śmierć została zbagatelizowana, a prawda o niej pochowana równie łatwo jak jej ciało.

Wspięła się z powrotem stromą ścieżką, z kamerą pełną dowodów i umysłem kłębiącym się od pytań. Salt Creek skrywało tajemnicę, a ona zamierzała ją ujawnić, bez względu na to, kto próbowałby ją powstrzymać.

Zanim Zara wróciła do motelu, po krótkim przystanku w barze z rybą i frytkami, by kupić coś na kolację, nad Salt Creek zapadł zmierzch. Dzisiejszy upał wciąż utrzymywał się w ścianach z oblicówki drewnianej, mimo wysiłków ledwo radzącej sobie klimatyzacji. Zamknęła za sobą drzwi na klucz, ostrożnie położyła torbę na stole i rozprostowała ramiona, by rozładować napięcie, które nagromadziło się podczas wspinaczki z potoku. W butach trekkingowych wciąż miała wilgotne stopy, a drobny piasek ze ścieżki wdarł się między palce, ale niemal nie zauważała tego dyskomfortu. Miała to, czego potrzebowała, by zacząć: wizualny dowód na niemożliwość leżącą u podstaw śmierci Iris Zhang.

Zara zrzuciła buty i ściągnęła skarpetki, wycierając stopy ręcznikiem z łazienki. Następnie przygotowała stanowisko pracy: laptop na środku małego stolika, podłączony dysk zewnętrzny, kamera połączona kablem. Jej palce wykonywały znajome czynności związane z przesyłaniem plików, a umysł już układał strukturę narracyjną tego, co miało stać się jej pierwszym odcinkiem.

Materiał zaczął się pobierać, a ona oglądała pierwsze klipy na ekranie podglądu. Oto stała w potoku po kostki w wodzie, która ledwie widocznie przepływała nad jej stopami. Oświetlenie było dobre. Późno popołudniowe słońce wpadało do wąwozu pod odpowiednim kątem, podkreślając płytkość wody i jednocześnie właściwie eksponując jej twarz. Jej głos brzmiał wyraźnie na tle odgłosów łagodnego nurtu i odległego ruchu ulicznego: — To tutaj siedemnastoletnia Iris Zhang rzekomo utonęła...

Przeglądała klipy, zaznaczając najmocniejsze fragmenty. Szerokie ujęcie całego koryta potoku, pokazujące jego skromną szerokość i jednostajną płytkość. Zbliżenie wody opływającej jej kostki. Dramatyczne odsłonięcie dłoni opartej płasko na dnie potoku, a potem uniesienie jej, by pokazać, jak mało było tam wody. Każdy obraz budował kolejny, tworząc niezaprzeczalny argument wizualny: nikt nie mógł tu utonąć przypadkowo.

Zara otworzyła oprogramowanie do edycji, którego znajomy interfejs powitał ją jak stary przyjaciel. Kiedyś ten proces był dla niej tak naturalny jak oddychanie. Lata produkowania podcastu The Lost Australians wyostrzyły jej umiejętności techniczne do poziomu, w którym program wydawał się przedłużeniem jej własnych myśli. Mimo miesięcy mniejszej aktywności, jej palce pamiętały, śmigając po klawiaturze, gdy składała swoją opowieść. Czasami sięgała do paczki z coraz zimniejszymi frytkami, żując jedną bez poczucia smaku, zbyt pochłonięta pracą, by skupić się na jedzeniu.

Utworzyła nowy plik projektu: Dziewczyna z potoku_EP01. Tytuł przyszedł jej do głowy, gdy stała w wodzie, czując kamienie pod stopami i patrząc na drewniany most, którym tej nocy mogła iść Iris. Był prosty, bezpośredni i wyróżniałby się wśród często sensacyjnych tytułów w gatunku podcastów faktu.

Montaż nabierał kształtów, a jej wizja materializowała się na ekranie. Zaczęła od ujęć wprowadzających Salt Creek, wąwóz i sam potok. Potem jej bezpośrednia wypowiedź do kamery, wyjaśniająca podstawowe fakty sprawy. Przeplatała je skanami raportu policyjnego, który zdobyła, podkreślając niespójności. Narracja dążyła do kluczowego pytania: jak zdrowa nastolatka mogła przypadkowo utonąć w piętnastu centymetrach wody?

Jako miniaturkę otworzyła folder zawierający szkolne zdjęcie Iris. Poważne oczy siedemnastolatki patrzyły na nią zza prostokątnych okularów. Były tak podobne do oczu babci Zary, że wywołało to niemal fizyczny ból w jej piersi. To nie była tylko kolejna sprawa. To było osobiste w stopniu, do którego nie do końca się przyznawała, nawet przed samą sobą.

Wprowadziła subtelne poprawki do obrazu, nieco zwiększając kontrast, by twarz Iris była wyraźnie widoczna nawet jako mała miniatura na platformach streamingowych. Tytuł miał pojawić się obok jej twarzy: „Dziewczyna z potoku", odcinek 1: „Piętnaście centymetrów". Czysto, prosto, intrygująco.

Zegar na laptopie wskazywał 22:38. Pracowała od wielu godzin bez przerwy, ale znajomy rytm tworzenia niósł ją naprzód. Teraz nadeszła najważniejsza część: narracja, która spoi wszystko w całość. Zara rozstawiła mikrofon na małym statywie biurkowym, starannie ustawiając pop-filtr. Wzięła łyk wody z butelki, którą napełniła wcześniej, odchrząknęła i rozpoczęła nagrywanie.

— Witajcie w Dziewczynie z potoku — powiedziała, a jej głos przeszedł w profesjonalny rejestr, którego nauczyła się na studiach dziennikarskich i który doskonaliła przez lata pracy w mediach. Gładki, ale nie sztuczny, autorytatywny, lecz pozbawiony pompatyczności, zaangażowany, ale opanowany. — To historia Iris Zhang i prawdy, której Salt Creek nie chce, żebyście usłyszeli.

Kontynuowała, przedstawiając podstawowe fakty sprawy. Jej głos pozostawał stabilny, gdy opisywała oficjalną wersję wydarzeń, po czym lekko się zmienił, pozwalając na ujawnienie oburzenia przy pytaniu o to, jak zdrowa nastolatka mogła utonąć w wodzie po kostki. Szczegółowo opisała własne obserwacje nad potokiem, zebrane dowody wizualne i pytania, które pozostały bez odpowiedzi.

— W nadchodzących odcinkach dowiemy się, kim była Iris Zhang, co wydarzyło się w noc 15 października 2014 roku i dlaczego śledztwo w sprawie jej śmierci zostało tak szybko zamknięte z tak niewiarygodną konkluzją.

Zara ukończyła nagrywanie narracji za jednym podejściem. Przesłuchała nagranie, robiąc notatki o fragmentach, które mogły wymagać ponownego nagrania, ale znalazła tylko drobne usterki, łatwe do naprawienia krótkimi dogrywkami.

Kiedy dopracowała dźwięk i połączyła narrację z obrazem, odcinek nabrał ostatecznego kształtu. Piętnaście minut i siedemnaście sekund ciasno zmontowanego materiału, który wpłrowadzał w sprawę i ustanawiał centralną zagadkę: utonięcie, które nie powinno być możliwe. Nie było to jej najbardziej dopracowane dzieło. Nie miała asystenta ds. researchu, profesjonalnego dźwiękowca ani grafika do napisów. Ale było to przekonujące. Zadawało pytania, które domagały się odpowiedzi. Przemawiało w imieniu dziewczyny, która nie mogła już mówić sama za siebie.

O 23:47 Zara przesłała gotowy odcinek na swoją platformę hostingową. Zostanie on automatycznie rozesłany do Spotify, Apple Podcasts, YouTube i wszystkich innych platform, na których kiedyś kwitło The Lost Australians. Napisała krótki opis, dodała tagi optymalizujące wyszukiwanie, a następnie zaplanowała publikację, wybierając opcję „Rozpocznij transmisję".

Kliknęła Opublikuj i obserwowała, jak pasek postępu się zapełnia. Gdy proces dobiegł końca, zamknęła laptopa i wstała, przeciągając mięśnie zdrętwiałe od wielogodzinnego siedzenia. Fala wycieńczenia zalała ją gwałtownie; jej ciało w końcu poczuło trudy dnia, gdy opuściło je skupienie twórcze.

Zara podeszła do łóżka i osunęła się na nie w ubraniu, zbyt zmęczona, by się przebrać czy nawet odsunąć kapę. Telefon leżał obok niej, teraz milczący, ale mogący rano przynieść kluczowe wieści. Czy nastąpi skok w statystykach? Czy jej pozostali słuchacze zareagują na ten nowy kierunek? Czy zyska nowych obserwujących zainteresowanych historią Iris?

Pytania wirowały jej w głowie, a zmęczenie spychało ją w stronę snu. Osiem tygodni zapasu. Tak obliczyła przed wyjazdem z Brisbane. Osiem tygodni do całkowitego bankructwa finansowego. Ten odcinek, ta sprawa, historia tej dziewczyny — to była jej ostatnia szansa na odbudowanie tego, co straciła po sprawie Little Girls Lost. Ale gdy sen ją morzył, to nie stawki finansowe wypełniały jej myśli, lecz poważne oczy Iris Zhang zza prostokątnych okularów, proszące o prawdę, żądające sprawiedliwości.

Jutro miało się okazać, czy ten hazard uratuje jej karierę, czy zakończy ją definitywnie. Ale tej nocy, w cichej ciemności pokoju w Salt Creek Motel, Zara zaczęła robić to, co potrafiła najlepiej: oddała głos komuś, kto został uciszony. Niezależnie od tego, czy kogoś innego będzie to obchodzić, było w tym poczucie satysfakcji, które pozwoliło jej szybko zapaść w głęboki, bezsenny sen.

ROZDZIAŁ 4

BUDZIK W TELEFONIE WYRWAŁ Zarę ze snu o szóstej rano. Zamrugała, zdezorientowana, wciąż w pełnym ubraniu z poprzedniego wieczoru, czując ból w karku od niewygodnego ułożenia na poduszce. Przez chwilę nie mogła sobie przypomnieć, gdzie jest, a potem wszystko do niej wróciło. Salt Creek. Iris Zhang. Odcinek, który wrzuciła tuż przed północą. Jej dłoń wystrzeliła w stronę telefonu, by uciszyć alarm, po czym, z sercem łomoczącym o żebra, otworzyła panel analityczny.

Liczby ładowały się powolnie, motelowe Wi-Fi ledwo radziło sobie z porannym ruchem. Usiadła, rozmasowując kark i zaklinając stronę, by wczytała się szybciej. Gdy w końcu się pojawiła, zamrugała dwukrotnie, pewna, że źle widzi.

Wyświetlenia: 7 823 Subskrypcje: +412

— Co u licha? — szepnęła. Zamknęła aplikację i otworzyła ją ponownie, zakładając jakiś błąd systemowy. Liczby pozostały te same, a nawet wzrosły o kilka oczek na jej oczach. To nie mogło być możliwe. Jej ostatni odcinek, pośpiesznie przygotowany materiał o morderstwie z lat siedemdziesiątych, ledwo przekroczył dwa tysiące wyświetleń w pierwszym tygodniu. A teraz miała prawie osiem tysięcy w niecałe sześć godzin?

Przełączyła się na analitykę YouTube'a, gdzie wzrost był jeszcze wyraźniejszy. Algorytm podchwycił jej wideo i agresywnie je promował. Miniaturka ze zdjęciem szkolnym Iris obok potoku pojawiła się w sekcji „Na czasie" wśród podcastów true crime.

Jej palce drżały lekko, gdy przewijała stronę do sekcji komentarzy:

— „O cholera, to jest NIEBYWAŁE. Nie ma mowy, żeby to był wypadek. Wciągnęłam się".

— „Brakowało nam ciebie, Zara. Nikt nie opowiada takich historii tak jak ty. Ta biedna dziewczyna zasługuje na sprawiedliwość".

— „Mieszkam teraz w Wielkiej Brytanii, ale dorastałem trzy godziny jazdy od Salt Creek. Pamiętam, kiedy to się stało; to nigdy nie trzymało się kupy. Dziękuję za zajęcie się tą sprawą".

— „Subskrybuję! Kiedy kolejny odcinek?"

Komentarze spływały kaskadą, dziesiątki naraz. Przewijała je szybko, szukając głosów krytycznych, oskarżeń o żerowanie na tragedii, które prześladowały ją po sprawie Little Girls Lost. Było ich kilka, zawsze się pojawiały, ale tonęły pod falami wsparcia i zaangażowania.

Zara spuściła nogi z łóżka i podeszła do laptopa, uruchamiając go, by lepiej przyjrzeć się statystykom. Większy ekran potwierdził to, co pokazał telefon: jej materiał rozprzestrzeniał się w sieci w sposób, jakiego nie doświadczyła od niemal dwóch lat. Wskaźniki rosły nawet wtedy, gdy na nie patrzyła. Wyświetlenia, udostępnienia, komentarze, subskrypcje.

Co najważniejsze, prognozowany przychód na ten miesiąc już teraz osiągnął 1 200 dolarów tylko z tego jednego odcinka. Jeśli wzrost utrzyma się choćby w połowie na tym poziomie, mogła liczyć na 5 000 dolarów lub więcej w skali miesiąca. Rata kredytu. Rachunki. Jedzenie, które nie byłoby zupką chińską ani najtańszą puszką tuńczyka.

Jej dłoń nieświadomie powędrowała do piersi, naciskając na mostek, gdzie od miesięcy tkwił ciasny węzeł. Wciąż tam był, ale jakby nieco luźniejszy, jakby ktoś rozplątał pierwsze kilka nitek.

Otworzyła panel swojej platformy streamingowej, gdzie podcastowa wersja audio wykazywała podobny wzrost. Pobrania wynosiły 6 435 i stale rosły. Wskaźniki zaangażowania pokazywały, że ludzie słuchają całego odcinka, nie wyłączając go w połowie. Najwyższa retencja, jaką widziała od... cóż, od czasu tamtej sprawy.

Powiadomienia z portalu Patreon informowały o piętnastu nowych subskrybentach w ciągu ostatnich sześciu godzin, z których każdy zadeklarował miesięczne wsparcie w wysokości od 5 do 25 dolarów. Troje dawnych patronów powróciło, zostawiając wiadomości:

— „Dobrze cię widzieć znów w formie. Ta sprawa potrzebuje kogoś takiego jak ty".

— „Nigdy nie straciłem wiary. To jest ta Zara Langley, którą wspierałem od samego początku".

— „Bierzcie moje pieniądze. Muszę wiedzieć, co stało się z Iris".

Zara oparła się w fotelu. Uznanie. Po miesiącach topniejących statystyk, finansowej paniki i zastanawiania się, czy jej kariera dobiegła końca, oto miała konkretny dowód, że wciąż ma odbiorców. Że jej głos wciąż się liczy. Że nie straciła tego „czegoś", co sprawiało, że była w tym tak dobra.

Ale nie chodziło tylko o nią. Ludzie przejęli się historią Iris. Zadawali te same pytania, które ona zadawała sobie, stojąc po kostki w tamtym potoku. Jak zdrowa siedemnastolatka mogła utonąć w piętnastu centymetrach wolno płynącej wody? Dlaczego śledztwo zamknięto tak szybko? Co naprawdę wydarzyło się tamtej nocy?

Otworzyła notatnik i zaczęła zapisywać reakcje, pytania podnoszone w komentarzach, których wcześniej nie rozważała, oraz powiązania sugerowane przez słuchaczy, które mogły prowadzić do nowych ścieżek śledztwa. Tego brakowało jej najbardziej: współpracy, którą dają podcasty faktu, sposobu, w jaki zaangażowana publiczność stawała się rozszerzonym zespołem badawczym, oferując perspektywy i informacje, których sama mogłaby nigdy nie odkryć.

Telefon zawibrował od wiadomości od Deva:

— „Właśnie przesłuchałem. Genialne. W komentarzach aż huczy. Wróciłaś".

Uśmiechnęła się, poruszona jego entuzjazmem i wsparciem. Odpisała:

— „Dzięki. To dopiero początek, ale wygląda obiecująco".

Jej uwaga wróciła do analityki, liczby wciąż rosły. To nie był typowy skok po premierze; to był ten charakterystyczny schemat materiału, który jest udostępniany poza krąg stałych odbiorców. Algorytm ją promował, a ludzie reagowali.

Co ważniejsze, reagowali na historię Iris. Na fundamentalną niesprawiedliwość, jaką było zlekceważenie śmierci młodej Australijki chińskiego pochodzenia. Na dowody wizualne, które sprawiały, że oficjalne orzeczenie było nie do przyjęcia. Na poważne oczy za prostokątnymi okularami, które zdawały się patrzeć prosto na widzów, prosząc o pomoc.

Zara wstała i przeciągnęła się, jej ciało wciąż było sztywne po wczorajszym schodzeniu do potoku i wspinaczce z powrotem. Przeszła do małej motelowej łazienki, chlapiąc twarz zimną wodą. W lustrze jej odbicie wyglądało inaczej niż wczoraj. Ostre kąty kości policzkowych wciąż tam były, widać było ślady stresu i marnego budżetu na jedzenie. Ale jej oczy się zmieniły. Iskra celu, którą poczuła wczoraj, rozpaliła się w coś silniejszego, bardziej pewnego.

Musiała być ostrożna. Ten wczesny sukces niczego nie gwarantował. Już wcześniej czuła taki nagły przypływ przy innych sprawach, tylko po to, by później uderzyć w mur, trafić na ślepe zaułki czy opór. Salt Creek było małym miasteczkiem z długą pamięcią. Jeśli kryła się tu jakaś tajemnica, ludzie strzegli jej przez dziesięć lat. Nie oddadzą jej tak łatwo.

Ale po raz pierwszy od dwóch lat Zara czuła wiatr w plecach, a nie w twarz. Miała dynamikę. Miała odbiorców. Na horyzoncie pojawiała się finansowa ulga.

Co najważniejsze, miała do opowiedzenia historię Iris. I jeśli pierwsze sześć godzin miało być jakąś wskazówką, ludzie byli gotowi słuchać.

Wróciła do laptopa, otwierając dokument, w którym zaczęła planować kolejny odcinek. Podstawowa struktura już była, ale teraz dodała notatki z komentarzy, pytania do sprawdzenia, aspekty do zgłębienia. Dzisiaj musiała dowiedzieć się więcej o samym Salt Creek, o historii potoku, o tym, jak miasto zareagowało na śmierć Iris. I musiała znaleźć sposób, by podejść do rodziny Zhang, zdobyć ich zaufanie, upewnić się, że opowiada historię ich córki w sposób, który uszanuje jej pamięć, a nie będzie ją wykorzystywał.

Palce Zary poruszały się po klawiaturze, pewnie i zdecydowanie. Dynamika historii, która zaczyna budzić emocje. Tego właśnie jej brakowało. To właśnie potrafiła robić najlepiej.

Dla Iris. Dla siebie. Dla prawdy, której ktoś w tym mieście nie chciał ujawniać.

Biblioteka Publiczna w Salt Creek mieściła się w tym samym budynku co poczta – była to ceglana budowla z czasów federacji z wysokimi oknami i wytartymi kamiennymi schodami prowadzącymi do podwójnych drzwi. Zara weszła po nich tuż po otwarciu o dziewiątej, z notatnikiem i laptopem w torbie, gotowa zagłębić się w historię miasta. Wyszukiwania w sieci dostarczyły jej podstawowych informacji, ale lokalne archiwa kryły detale kontekstowe, których potrzebowała, by zrozumieć nie tylko sam potok, ale i społeczność wokół niego. Zrozumienie geografii i historii było jej priorytetem; mogło wyjaśnić, dlaczego siedemnastoletnia dziewczyna znalazła się nad potokiem po zmroku i dlaczego nikt nie kwestionował jej rzekomego przypadkowego utonięcia w wodzie po kostki.

Wewnątrz biblioteki panował przyjemny chłód, a pod sufitem powoli obracały się wentylatory nad rzędami półek. W powietrzu unosił się zapach papieru i pasty do mebli – ten charakterystyczny aromat biblioteki, który był taki sam bez względu na miejsce. Mimo niewielkich rozmiarów, pomieszczenie wydawało się zadbane i uporządkowane, z kącikiem dziecięcym ożywionym kolorowymi pufami, rzędem czterech komputerów publicznych i działem historii lokalnej wyeksponowanym blisko lady głównej.

Za ladą siedziała kobieta pod sześćdziesiątkę, o srebrzystych włosach obciętych na starannego boba, z okularami do czytania wiszącymi na koralikowym łańcuszku wokół szyi. Podniosła wzrok, gdy drzwi zamknęły się za Zarą, posyłając jej powitalny uśmiech.

— Dzień dobry — powiedziała głosem pełnym ciepła typowego dla kogoś, kto szczerze lubi kontakt z ludźmi. — Nie widziałam pani tu wcześniej. Tylko przejazdem?

— Zostanę w mieście na trochę — odpowiedziała Zara, podchodząc do lady. — Prowadzę badania. Miałam nadzieję dowiedzieć się czegoś więcej o historii miasta.

Uśmiech kobiety stał się jeszcze szerszy. Wyraźnie cieszyła się na pomoc. — Cóż, trafiła pani we właściwe miejsce. Jestem Esther, jestem tu bibliotekarką od dwudziestu siedmiu lat. Wiem o tym mieście więcej niż większość ludzi, którzy się tu urodzili. — Wyciągnęła rękę, którą Zara uścisnęła. — Historia lokalna to moja specjalność. Co konkretnie panią interesuje?

— Jestem Zara. Na początek ciekawi mnie, skąd wzięła się nazwa potoku. Właściwie nie jest słony, przynajmniej nie tam, gdzie sprawdzałam wczoraj.

Oczy Esther rozbłisły, wyraźnie zadowolonej z możliwości podzielenia się wiedzą. — Ma pani rację, nie jest słony tam, gdzie przepływa przez miasto. Nazwa wzięła się z dalszego biegu rzeki, około dwóch kilometrów za wąwozem. Jest tam mały wodospad, a poniżej woda przepływa przez teren zalewowy, który ciągnie się aż do ujścia rzeki. Przypływy wpychają sól w górę potoku. Pierwotna stacja hodowli bydła, która dała nazwę miastu, powstała właśnie tam w tysiąc osiemset sześćdziesiątym drugim roku, wypasając bydło na żyznych terenach zalewowych.

Wyszła zza lady, gestem zapraszając Zarę do przeszklonej gabloty z dawnymi fotografiami. — Oto oryginalna osada — powiedziała, wskazując na zdjęcie w sepii przedstawiające surową drewnianą konstrukcję nad brzegiem wody. — Zniszczona przez cyklon w tysiąc dziewięćset trzydziestym siódmym roku, ale do tego czasu nad wąwozem przerzucono tu kładkę, by poprowadzić porządną drogę, i miasteczko zaczęło rosnąć tutaj, w punkcie przeprawy.

Zara przyjrzała się fotografii, zauważając, jak inaczej wyglądał potok. Szerszy, o szybszym nurcie. — Wąwóz wydaje się zbyt głęboki, by mógł go uformować obecny potok — zauważyła. — Czy w przeszłości był większy?

— Absolutnie ma pani rację — Esther skinęła głową z aprobatą. — Dobra obserwacja. Potok był znacznie potężniejszy, zanim w dwa tysiące pierwszym roku zbudowano w górnym biegu rzeki zaporę Blackwell. To projekt hydrotechniczny mający chronić pola uprawne przed powodziami w porze deszczowej. Teraz potok płynie porządnie tylko wtedy, gdy spuszczają wodę z tamy.

Zara wyciągnęła notatnik, zapisując te szczegóły. — Czyli od tamtego czasu potok wylał tylko kilka razy?

— Zgadza się. Tylko wtedy, gdy mamy pogodę cyklonalną, która zmusza ich do dużego zrzutu wody z tamy. Ostatni duży zrzut miał miejsce w dwa tysiące jedenastym roku, zmył starą drewnianą kładkę i musieli ją odbudować. Poza tym wygląda to mniej więcej tak, jak teraz. Przez większość roku to ledwie strużka.

To potwierdziło przypuszczenia Zary. Potok, w którym rzekomo utonęła Iris, nie był płytki tylko tego konkretnego dnia; był płytki z założenia, kontrolowany przez tamę w górnym biegu rzeki, rzadko przybierając do znaczącej głębokości, z wyjątkiem zarządzanych zrzutów lub ekstremalnych zjawisk pogodowych.

— Czy w październiku dwa tysiące czternastego roku wystąpiły jakieś nietypowe zjawiska pogodowe? — zapytała, starając się zachować swobodny ton.

Esther zmarszczyła lekko brwi. — Październik dwa tysiące czternastego? Niech pomyślę... Nie, to byłaby typowa wiosenna pogoda. Ciepłe dni, może jakaś sporadyczna popołudniowa burza, ale nic cyklonalnego o tej porze roku.

— Więc potok wyglądał mniej więcej tak, jak widziałam go wczoraj? Płytki, po prostu płynący po kamieniach?

— Tak, zgadza się. O tej porze roku to tylko łagodny nurt, chyba że był konkretny zrzut z tamy, ale to ogłaszają z wyprzedzeniem. — Esther podeszła do półki w kącie biblioteki, która wyglądała na rzadko odwiedzaną, i wyjęła gruby segregator z etykietą: „Geografia lokalna i zapisy pogodowe". — Mogę sprawdzić, czy były wtedy jakieś planowane zrzuty, jeśli pani chce?

— To byłoby bardzo pomocne — powiedziała Zara.

Esther wertowała segregator, znajdując stronę z roku dwa tysiące czternastego. Przesunęła palcem po kolumnie z datami. — Nie, w październiku nic. Był mały zrzut na początku grudnia, ale październik był całkowicie zwyczajny.

Zara skinęła głową, robiąc kolejną notatkę. To było ważne. Oficjalne potwierdzenie, że w noc śmierci Iris potok znajdował się w swoim normalnym, płytkim stanie. Teza o niemożliwości przypadkowego utonięcia stawała się coraz bardziej konkretna z każdym nowym elementem układanki.

— To fascynujące — powiedziała. — Pracuję właśnie nad podcastem o tym mieście i chciałabym uwzględnić w nim ten kontekst historyczny. — Przerwała, uważnie obserwując wyraz twarzy Esther, po czym dodała: — Szczególnie interesuje mnie to, co przytrafiło się Iris Zhang.

Zmiana była natychmiastowa i dramatyczna. Otwarty, przyjazny wyraz twarzy Esther zatrzasnął się niczym zaryglowane drzwi. Jej ramiona sztywno stężały, usta zacisnęły się w wąską linię, a segregator zamknęła z taką stanowczością, która wydawała się nieproporcjonalna do tej prostej czynności.

— Och, tak naprawdę nie lubimy o tym rozmawiać — stwierdziła głos wyraźnie chłodniejszym tonem. — To było dawno temu. Straszny wypadek, rzecz jasna, ale rozpamiętywanie takich rzeczy nikomu nie służy.

Zara zachowała neutralną minę, mimo że w jej głowie odezwały się dzwonki alarmowe. — Rozumiem, że to może być trudne, ale jako dziennikarka chcę oddać głos historiom, które mogły zostać pominięte.

— Nic nie zostało pominięte — przerwała jej Esther, odstawiając segregator na półkę. — Policja przeprowadziła śledztwo i ustaliła, że to był wypadek. Biedna dziewczyna poślizgnęła się, uderzyła w głowę i utonęła. Takie rzeczy się zdarzają. — Zaczęła gorączkowo poprawiać książki i teczki, które wcale nie wymagały poprawiania, unikając wzroku Zary.

— Ale w piętnastu centymetrach wody...

— Przepraszam panią — Esther znów jej przerwała — ale mam dziś rano katalogowanie do zrobienia. Zapraszam do zapoznania się z naszym działem historii lokalnej. — Gestem wskazała nieokreślony punkt na półkach. — Wszystko jest wyraźnie opisane.

Zara spróbowała z innej strony. — Czy znała pani Iris osobiście? Albo jej rodzinę?

— W mieście tej wielkości każdy każdego zna — odparła Esther, używając banału jako wykrętu od odpowiedzi. — A teraz proszę mi wybaczyć. — Wróciła za biurko, wyciągnęła stos kart katalogowych i skupiła na nich całą uwagę.

Odprawienie było jednoznaczne. Zara podziękowała za informacje historyczne i zgodnie z sugestią przeszła do działu historii lokalnej, ale reakcja Esther powiedziała jej więcej, niż mogłaby wyczytać z jakiejkolwiek książki na tych półkach. W ciągu kilku sekund postawa kobiety zmieniła się całkowicie: z entuzjastycznej lokalnej historyczki stała się nieprzystępną strażniczką tajemnic, gdy tylko padło nazwisko Iris Zhang.

Zara przeglądała półki jeszcze przez kolejne dwadzieścia minut, znajdując kilka pozycji o rozwoju miasta, ale bez ani jednej wzmianki o śmierci Iris. Nic dziwnego w przypadku biblioteki w małym miasteczku. Szykując się do wyjścia, zerknęła na Esther, która pomagała teraz starszemu panu, a po jej wcześniejszym chłodzie nie było już śladu.

Na zewnątrz, stojąc na schodach biblioteki, Zara na chwilę przystanęła, by dokończyć notatki. Reakcja Esther potwierdziła jej przypuszczenia: to miasto zbiorowo zdecydowało, że nie będzie rozmawiać o tym, co spotkało Iris Zhang. Niezależnie od tego, czy wynikało to z poczucia winy, współudziału, czy zwykłej chęci pójścia naprzód, milczenie było celowe i wymuszone.

To tylko utwierdziło Zarę w przekonaniu, że musi je przerwać.

Pub Salties był zapełniony w połowie, gdy Zara dotarła na kolację. Poniedziałkowy wieczorny tłum stanowił mieszankę miejscowych odpoczywających po pracy i kilku przejezdnych. Wnętrze pubu pasowało do jego nadszarpniętej zębem czasu fasady: drewniane podłogi wyślizgane przez dekady chodzenia w ciężkich butach, ściany obwieszone wyblakłymi zdjęciami lokalnych drużyn sportowych i powietrze przesycone zapachem piwa oraz smażonego jedzenia. Zara wybrała stolik w rogu, który dawał jej wyraźny widok na wejście i pozwalał siedzieć plecami do ściany — nawyk wyrobiony podczas lat pracy śledczej. Zamówiła hawajski kurczak parmigiana, o którym barman zapewniał, że jest „najlepszy po tej stronie Bundy", a potem wyciągnęła telefon, by znów sprawdzić analitykę; był to przymus, którego nie potrafiła wyzbyć się przez cały dzień.

Liczby nadal rosły. Wyświetlenia przekroczyły już 32 000, a liczba komentarzy szła w setki. Co ważniejsze, prognozowany przychód za ten miesiąc przebił barierę 5 000 dolarów — kwotę, która przyniosła Zarze fizyczne uczucie ulgi tak głębokiej, że aż zakręciło jej się w głowie. Rata kredytu. Media. Jedzenie. Nadchodzące odnowienie rejestracji samochodu. Mogła pokryć to wszystko i wciąż mieć wystarczająco dużo, by kontynuować śledztwo.

Podano jej kurczaka parmigiana w towarzystwie góry frytek i małej sałatki. Zara podziękowała barmanowi i wzięła kęs, zdziwiona tym, jak autentycznie dobre było to danie, zwłaszcza gdy słodki ananas rozpłynął się w jej ustach. Nie zdawała sobie sprawy, jak bardzo była głodna; na śniadanie zjadła batonik zbożowy, a na lunch pośpieszną kanapkę z małej kawiarni obok biblioteki. Jadła powoli, delektując się każdym kęsem i wciąż przeglądając komentarze w telefonie, robiąc w myślach listę pytań, na które powinna odpowiedzieć w następnym odcinku.

Była w połowie posiłku, gdy atmosfera w pubie subtelnie się zmieniła. Rozmowy przycichły, głowy zwróciły się w stronę wejścia. Zara podniosła wzrok, by zobaczyć przyczynę tego poruszenia.

W drzwiach stała młoda kobieta, omiatając wzrokiem salę. Nie miała nawet trzydziestki, pomyślała Zara, ale biła z niej pewność siebie i opanowanie kogoś znacznie starszego. Jej miodowy blond opadał idealnymi falami na ramiona, ewidentnie ułożony przez profesjonalistę. Miała na sobie ciemne lniane spodnie, które prawdopodobnie kosztowały więcej niż cały strój Zary, jedwabną bluzkę w delikatnym błękicie pasującym do jej oczu oraz dyskretną złotą biżuterię. Elegancko, ale bez epatowania bogactwem — rodzaj swobodnej elegancji, której osiągnięcie wymaga sporych pieniędzy.

Tym, co uderzyło Zarę najbardziej, był nie tylko nienaganny wygląd kobiety, ale reakcja, jaką wywołała. Barman natychmiast sięgnął po jej stałego drinka. Mężczyźni lekko się wyprostowali, kobiety korygowały wyraz twarzy. To nie był strach, raczej respekt. Rodzaj szacunku zarezerwowany dla kogoś z wpływami.

Kobieta skinęła głową na powitanie kilku bywalcom, wymieniając krótkie uprzejmości w drodze do baru. Wtedy jej wzrok spoczął na Zarze — nieznajomej twarzy obcej osoby — i coś mignęło w jej spojrzeniu. Rozpoznanie? Z pewnością ciekawość. Bez wahania zmieniła kierunek marszu.

— To pani musi być tą podcasterką, o której wszyscy mówią — powiedziała, podchodząc do stolika. — Jestem Kirsty Cannon, radna hrabstwa Salt Creek. Nie ma pani nic przeciwko, żebym się dosiadła? — Gestem wskazała puste krzesło naprzeciwko Zary.

Pytanie było czystą formalnością, bo już zdążyła odsunąć krzesło. Zara skinęła głową, przełykając kęs jedzenia. — Zara Langley — odparła, wycierając dłoń w papierową serwetkę, zanim ją wyciągnęła.

Uścisk dłoni Kirsty był krótki i zdecydowany, jej skóra była chłodna i sucha mimo ciepła panującego w pubie. — Słyszałam dziś o pani podcaście od kilku zaniepokojonych mieszkańców — powiedziała, sadowiąc się na krześle. — Dziewczyna z potoku, zgadza się? O Iris Zhang?

Wieści szybko się niosły. Nic dziwnego w takim miasteczku, ale Zara zastanawiała się, którzy dokładnie „zaniepokojeni mieszkańcy" tak prędko zwrócili się do radnej hrabstwa. Czyżby Esther, ta miła bibliotekarka, chwyciła za telefon w chwili, gdy Zara przekroczyła próg biblioteki?

— Zgadza się — potwierdziła Zara, odkładając widelec. — Badam okoliczności jej śmierci. Oficjalne orzeczenie nigdy nie wydawało mi się sensowne.

Na twarzy Kirsty pojawił się wyćwiczony wyraz współczucia – mina, którą Zara widywała u polityków podczas konferencji prasowych. — To była straszna tragedia. Wie pani, Iris i ja byłyśmy najlepszymi przyjaciółkami. Wciąż o niej myślę.

Najlepszymi przyjaciółkami? Zara zachowała kamienną twarz mimo nagłego zainteresowania, jakie wzbudziło w niej to wyznanie. To był nieoczekiwany obrót spraw. Bezpośredni dostęp do kogoś, kto rzekomo dobrze znał Iris.

— To musiało być dla pani niesłychanie trudne — powiedziała Zara, uważnie obserwując Kirsty. — Chętnie posłucham o niej od kogoś, kto znał ją osobiście.

— Była wspaniała — rzekła Kirsty, a jej wzrok stał się nieobecny, choć nie na tyle, by uznać to za szczere emocje. — Taka mądra, taka utalentowana. Wszyscy wiedzieliśmy, że zajdzie daleko.

Zara skinęła głową, zachęcając do podania konkretów. — Jakie to były talenty? Czym się pasjonowała?

Chwila wahania, niemal niezauważalna, ale Zara ją wyłapała. — Głównie sztuką. Była bardzo kreatywna. Zawsze nad czymś pracowała. — Kirsty przerwała, po czym zmieniła temat. — Właściwie dlatego chciałam z panią porozmawiać. Martwię się o wpływ, jaki pani podcast może mieć na rodzinę Zhangów. Oni i tak już wiele przeszli, a wyciąganie tego wszystkiego po tylu latach...

Zmiana tematu była gładka, ale w umyśle Zary zapaliła ostrzegawcze światło. Kirsty stosowała uniki, uciekając od szczegółowych informacji o Iris.

— Rozmawiała pani ostatnio z Zhangami? Jak oni się czują? — zapytała Zara, zarówno z autentycznej ciekawości, jak i chcąc sprawdzić wiarygodność rzekomej więzi Kirsty z rodziną.

— Widuję ich czasem w mieście. Trzymają się raczej na uboczu, skupieni na prowadzeniu restauracji. — Kolejna ogólnikowa odpowiedź. — Ale rozgrzebywanie tych ran nie pomoże im w uleczeniu. Czasem dbanie o kogoś oznacza chronienie go przed bólem, którego nie musi przeżywać na nowo.

To zdanie brzmiało na wyuczone, jakby Kirsty przygotowała je sobie, zanim do niej podeszła. Zara wzięła łyk piwa, rozważając kolejne pytanie.

— Jaka Iris była jako osoba? Poza jej talentami, mam na myśli. Co chciałaby pani, żeby ludzie wiedzieli o pani najlepszej przyjaciółce?

Kirsty uśmiechnęła się, ale uśmiech nie objął jej oczu. — Była miła. Troskliwa. Taka przyjaciółka, która pamięta o każdych urodzinach, która zauważa, gdy masz gorszy dzień.

Puste komunały, które można by przypisać każdemu. Radar Zary na bzdury zaczął pikać.

— Czy miała jakieś konkretne plany dotyczące studiów? Słyszałam, że ubiegała się o wcześniejszy tryb przyjęcia. — Badala grunt, szukając pęknięć na idealnej fasadzie Kirsty, ale nie wiedziała o tej kobiecie wystarczająco dużo, by wiedzieć, gdzie docisnąć.

— Tak, miała ogromną motywację do nauki — odparła Kirsty, znów z tym niemal niedostrzegalnym wahaniem. — Składała papiery do kilku uczelni. Wszyscy spodziewaliśmy się, że świetnie sobie poradzi, gdziekolwiek pójdzie.

Ani słowa o Queensland College of Art, o którym wyraźnie wspomniano w raporcie policyjnym. Żadnych osobistych anegdot. Żadnych konkretnych wspomnień, których najlepsza przyjaciółka z pewnością powinna mieć pod dostatkiem.

— Dlaczego pani zdaniem była tamtej nocy nad potokiem? — zapytała Zara, przechodząc do bardziej bezpośredniego ataku.

Sylwetka Kirsty lekko zesztywniała. — Myślę, że nikt z nas nie dowie się tego na pewno. Było ciemno, może chciała iść na skróty. To był straszny wypadek.

— W piętnastu centymetrach wody?

— Wypadki zdarzają się w nieoczekiwany sposób — odparła Kirsty, a w jej głosie pod gładką powłoką pojawiła się nutka irytacji. — Mogła się poślizgnąć, uderzyć w głowę. Policyjne śledztwo było wnikliwe.

Dwutygodniowe śledztwo, które zignorowało fizyczną niemożliwość takiego scenariusza? Zara bardzo w to wątpiła.

— Jako jej najlepsza przyjaciółka, czy zauważyła pani coś niezwykłego w dniach poprzedzających jej śmierć? Wspominała o jakichś obawach albo konfliktach?

Uśmiech Kirsty pozostał niezmienny, ale w jej oczach coś stwardniało. — Iris była normalną nastolatką z normalnymi nastoletnimi problemami. Nie działo się nic nietypowego. —

Zerknęła na zegarek. — Powinnam pozwolić pani dokończyć kolację. Chciałam się tylko przedstawić i wyrazić zaniepokojenie faktem, jak ten podcast może wpłynąć na naszą społeczność. — Wstała, wygładzając marynarkę. — Salt Creek to zżyta społeczność. Tutaj dbamy o siebie nawzajem. Mam nadzieję, że weźmie to pani pod uwagę, kontynuując swój... projekt.

Słowa były uprzejme, ale podtekst ostrzeżenia był nie do pomylenia. Zara spojrzała jej prosto w oczy. — Zawsze biorę pod uwagę wpływ moich materiałów. Szczególnie na tych, którzy zasługują na rzetelne opowiedzenie ich historii.

Przez twarz Kirsty przeszedł jakiś cień, być może irytacja, a może niepokój, zanim znów przybrała swój polityczny uśmiech. — Miło było panią poznać, Zaro. Życzę udanego pobytu w Salt Creek. — Odwróciła się i podeszła do baru, natychmiast nawiązując rozmowę z grupą mężczyzn, którzy wyprostowali się na jej widok, a ich twarze wyrażały teraz pełną uwagi estymę.

Zara obserwowała ją przez chwilę, po czym wyciągnęła notes, spisując spostrzeżenia na gorąco:

Kirsty Cannon – twierdzi, że była najlepszą przyjaciółką Iris, ale rzuca tylko ogólnikami. Żadnych konkretnych wspomnień. Nie wspomniała o QCA, gdy pytałam o plany na studia. Sztywna mowa ciała przy dopytywaniu. Szybko przeszła do bycia „zaniepokojoną losem rodziny". Ostrzeżenie, że w mieście „dbamy o siebie nawzajem" zabrzmiało jak groźba. Coś jest bardzo nie tak z tą zatroskaną przyjaciółką.

Podkreśliła ostatnie zdanie dwukrotnie, a potem zjadła ostatni kęs wystygłego już kurczaka. Kirsty Cannon właśnie trafiła na sam szczyt jej listy osób do dalszego sprawdzenia.

ROZDZIAŁ 5

Komisariat Policji w Salt Creek przycupnął na samym końcu głównej ulicy — parterowy, ceglany budynek, który bardziej przypominał gabinet stomatologiczny z lat siedemdziesiątych niż siedzibę organów ścigania. Zara pchnęła szklane drzwi, a nagłe przejście z palącego, południowego upału w klimatyzowany chłód wywołało ciarki na jej ramionach. Bawełniana koszula, wilgotna od potu po krótkim spacerze z motelu, nagle wydała się zimna na skórze.

Recepcja potwierdziła jej dentystyczne skojarzenia: wyblakłe linoleum w urzędowym beżu, ściany pomalowane na odcień kremowy, który pożółkł z upływem lat, i wentylator sufitowy wirujący tak powoli, jakby odmierzał czas, zamiast wprawiać powietrze w ruch. Na ścianie wisiał plakat o przemocy domowej z rogami zawiniętymi do środka, a numer infolinii wyblakł od wieloletniej ekspozycji na słońcu. W pomieszczeniu pachniało starymi dokumentami i przemysłowym środkiem czyszczącym.

Za ochronną szklaną szybą kobieta po pięćdziesiątce podniosła wzrok znad ekranu komputera. Jej mundur policji stanu Queensland wydawał się o rozmiar za duży, zwisając z wąskich ramion, ale wyraz jej twarzy był czujny, badawczy.

— Dzień dobry. W czym mogę pomóc? — zapytała neutralnym, profesjonalnym głosem.

Zara podeszła do lady, prostując się. — Przyszłam spotkać się z kimś w sprawie dostępu do akt sprawy. Chodzi o Iris Zhang.

Mina kobiety nie drgnęła, ale coś w jej spojrzeniu stężało. — Czy jest pani umówiona?

— Nie, ale dzwoniłam wczoraj i powiedziano mi, że dziś rano ktoś będzie mógł ze mną porozmawiać.

Recepcjonistka studiowała ją jeszcze przez chwilę. — Nazwisko?

— Zara Langley.

Kobieta skinęła głową, podnosząc słuchawkę telefonu. Odwróciła się lekko, mówiąc cichym głosem, którego Zara nie była w stanie dokładnie dosłyszeć. Po krótkiej wymianie zdań odłożyła słuchawkę i zwróciła się do niej.

— Detektyw sierżant Pennell zaraz panią przyjmie. Proszę usiąść.

Zara podziękowała skinięciem głowy i przeszła do jednego z plastikowych krzeseł ustawionych pod ścianą. Winyl był popękany, w jednym rogu brakowało małego kawałka, odsłaniając piankę. Przysiadła na krawędzi, kładąc torbę na kolanach i wyciągając notes oraz cyfrowy dyktafon.

Sprawdziła poziom baterii w dyktafonie. Pełny. Przetestowała go szeptem: — Próba, raz, dwa, trzy — po czym zatrzymała nagrywanie i usunęła plik testowy. Jej dłonie były wilgotne mimo klimatyzacji. To spotkanie miało ogromne znaczenie. Uzyskanie dostępu do oficjalnych akt dostarczyłoby jej kluczowych szczegółów, których publiczna baza danych nie zawierała. Zdjęcia z sekcji zwłok. Transkrypcje przesłuchań. Notatki oficera prowadzącego dochodzenie. Wszystkie elementy, których potrzebowała, by zrozumieć, jak utonięcie w piętnastu centymetrach wody mogło zostać uznane za nieszczęśliwy wypadek.

Przerzuciła strony notesu do miejsca, gdzie przygotowała pytania. Kluczem było zacząć profesjonalnie, bez konfrontacyjnego tonu. Poprosić o dostęp do akt jako dziennikarka badająca nierozwiązaną sprawę sprzed lat. Przedstawić swoje kwalifikacje. Dopiero przyciśnięta do muru zamierzała wspomnieć o fizycznej niemożliwości tego, co stwierdzało oficjalne orzeczenie.

Zara zerknęła na zegarek. Minęło dziesięć minut. Wykorzystała ten czas na przećwiczenie swojego podejścia. — Badam okoliczności towarzyszące śmierci Iris Zhang na potrzeby podcastu dokumentalnego. Chciałabym poprosić o dostęp do akt sprawy na podstawie ustawy o prawie do informacji.

Formalnie. Profesjonalnie. Bez oskarżeń, po prostu rutynowa prośba, którą byłoby trudno odrzucić wprost, zwłaszcza biorąc pod uwagę, że sprawa została oficjalnie zamknięta.

Dźwięk otwieranych drzwi przykuł jej uwagę. Spojrzała w górę, spodziewając się stereotypowego wiejskiego gliniarza. Starszego, z brzuszkiem, lekceważącego.

Ciemne włosy, nieco za długie. Szaroniebieskie oczy. Świeża, choć lekko wymięta koszula, jakby miał ją na sobie od świtu, chociaż była dopiero połowa poranka.

Mężczyzna z Childers.

Ich spojrzenia się spotkały, a na obu twarzach odmalował się wzajemny szok. Bezimienny nieznajomy, z którym spędziła noc, był detektywem sierżantem Garrettem Pennellem. Dokładnie tym funkcjonariuszem, którego musiała przekonać, by udostępnił jej akta Iris Zhang.

Przez jedną straszną, zawieszoną w czasie chwilę żadne z nich się nie poruszyło. Wentylator sufitowy kontynuował swój leniwy obrót, zegar na ścianie tykał, a gdzieś w innym pokoju dzwonił nieodebrany telefon. Wszystko inne wydawało się zamrożone, gdy ich wspólna przeszłość zawisła w powietrzu między nimi.

Zobaczyła w jego oczach rozpoznanie, po którym szybko pojawiły się niepokój, niedowierzanie, a może i błysk tego samego żaru, który wspólnie wykrzesali w tamtym motelowym pokoju. Grdyka mu drgnęła, gdy przełknął ślinę.

Potem jego twarz się zmieniła. Szok zniknął, zastąpiony przez starannie wypracowaną beznamiętność. Wyprostował ramiona, a jego postawa stała się bardziej formalna, zdystansowana.

— Pani Langley? — powiedział, a jego głos nie zdradzał nic z tego, co przed chwilą między nimi zaszło. Jeśli recepcjonistka zauważyła ich chwilowy paraliż, nie dała tego po sobie poznać, ponownie skupiając uwagę na ekranie komputera.

Zara odchrząknęła, zmuszając się do przybrania neutralnego wyrazu twarzy. — Tak. Detektyw sierżant Pennell?

Skinął głową raz, przytrzymując otwarte drzwi. — Tędy proszę.

Zebrała torbę, notes i dyktafon, nadwrażliwa na każdy swój ruch. Miała wrażenie, że jej nogi są oddzielone od reszty ciała, gdy wstała i podeszła do niego. Kiedy przechodziła przez próg, na tyle blisko, by poczuć zapach jego wody po goleniu, przed oczami mignął jej obraz jego ust przy jej obojczyku, jego dłoni na jej skórze. Stłumiła tę myśl.

Drzwi zamknęły się za nimi. Cokolwiek wydarzyło się w Childers, należało teraz do alternatywnej rzeczywistości, o której oboje musieli udawać, że nigdy nie istniała.

Pokój przesłuchań był mały i duszny, a jego beżowe ściany były puste, jeśli nie liczyć lustra weneckiego i zbyt głośno tykającego zegara. W kącie marniał na wpół uschnięty kwiatek doniczkowy o zakurzonych, zaniedbanych liściach. Garrett wskazał na metalowe krzesło naprzeciwko siebie; jego ruchy były formalne, jakby widzieli się po raz pierwszy. Zara usiadła, kładąc dyktafon i notes na stole między nimi — kruchą barykadę przeciwko niemożliwej intymności tej sytuacji.

— Czy nie ma pan nic przeciwko, żebym nagrywała tę rozmowę? — zapytała głosem pewniejszym, niż się czuła.

— To nie będzie konieczne — odparł Garrett, krótko i profesjonalnie. — To nieformalna rozmowa, nie oficjalne przesłuchanie.

Zauważyła, jak ostrożnie ułożył dłonie na stole. Płasko, z opanowaniem, bez nerwowego bębnienia palcami. Obrączka, której brak zauważyła w Childers, wciąż była nieobecna. A więc nie był żonaty. Po prostu człowiek, który zdecydował się spędzić noc z nieznajomą podczas burzy. Człowiek, który teraz siedział naprzeciw niej jako przeszkoda w jej śledztwie.

— Rozumiem, ale wolę prowadzić dokładną dokumentację.

— Skoro tak pani woli. — Wzruszył ramieniem.

Włączyła dyktafon, podając datę, godzinę i uczestników dla celów nagrania. Garrett obserwował ją z nieczytelnym wyrazem twarzy, ale dostrzegła lekkie napięcie jego szczęki.

— Dla formalności — powiedział, gdy tylko skończyła mówić — nie wyrażam zgody na reemisję żadnej części tego nagrania w jakiejkolwiek formie. To spotkanie ma charakter grzecznościowy i nie stanowi części oficjalnego protokołu.

„Sprytny", pomyślała. — Rozumiem — powiedziała na głos. — I zgadzam się, żeby żadna część tej rozmowy nie została wyemitowana. Posłuży ona wyłącznie moim własnym notatkom.

— Zatem w czym mogę pani dzisiaj pomóc, pani Langley? — Formalny sposób, w jaki się do niej zwrócił, był celowy. Mur.

Zara przeszła do swojej wyćwiczonej prośby. — Badam okoliczności towarzyszące śmierci Iris Zhang na potrzeby podcastu dokumentalnego. Chciałabym poprosić o dostęp do kompletnych akt sprawy na podstawie ustawy o prawie do informacji.

— — Znam pani podcast — powiedział. — Wczoraj wieczorem przesłuchałem pierwszy odcinek na Spotify.

Spotify. Wersja wyłącznie audio. A więc nie widział nagrania wideo, na którym stała w potoku, demonstrując niewielką głębokość wody. To przynajmniej wyjaśniało jego szok na jej widok.

— Zatem rozumie pan, dlaczego zależy mi na przejrzeniu kompletnych akt — kontynuowała. — Publiczna baza danych udostępnia jedynie ułamek informacji.

Garrett odchylił się lekko, jego sylwetka była sztywna. — Sprawa została gruntownie zbadana i zamknięta ponad dekadę temu. Oficjalne orzeczenie to nieszczęśliwy wypadek przez utonięcie.

— W piętnastu centymetrach wody? — Pytanie wyrwało się jej, zanim zdołała złagodzić ton.

Jego oczy spotkały się z jej oczami bezpośrednio po raz pierwszy, odkąd usiedli. To był błąd, bo coś między nimi przeskoczyło —

prąd wspólnego wspomnienia, którego żadne z nich nie mogło przyznać istnienia.

— — Wypadki zdarzają się w nieoczekiwany sposób — powiedział, powtarzając słowa Kirsty Cannon z poprzedniego wieczoru tak niemal dosłownie, że Zara zastanawiała się, czy ten zwrot nie był częścią scenariusza całego miasteczka.

Garrett sięgnął po długopis leżący na stole, jego palce otarły się o jej dłoń. Cofnął rękę, jakby się oparzył, po czym zrekompensował to sobie, podnosząc długopis z wymuszoną swobodą. Ale widziała to zawahanie, niemal niezauważalny skurcz w jego oddechu.

— Byłam na miejscu zdarzenia — powiedziała, poprawiając się na krześle, gdy on pochylił się do przodu. — Udokumentowałam głębokość potoku, przepływ wody, ukształtowanie terenu. Pod względem fizycznym oficjalna wersja się nie zgadza.

— Poziomy wody się zmieniają. Patrzy pani na miejsce zdarzenia ponad dziesięć lat później.

— Blackwell Dam reguluje poziom wody od 2001 roku. Według lokalnych zapisów w październiku 2014 roku nie było żadnych niezwykłych zrzutów wody ani zjawisk pogodowych. Potok wyglądał tak jak teraz. Płytki, łagodny, w większości miejsc sięgający ledwie do kostek.

Coś mignęło w jego spojrzeniu. Być może zdziwienie, że tak rzetelnie przygotowała się do tematu. Klimatyzator w rogu zakrztusił się, walcząc z wilgocią napierającą z zewnątrz.

— Rozgrzebuje pani stary ból bez powodu — powiedział teraz ciszej. — Rodzina Zhang wystarczająco wycierpiała, żeby jeszcze zamieniać śmierć ich córki w rozrywkę.

Oskarżenie zabolało, tak jak miało zaboleć. — Tu nie chodzi o rozrywkę. Chodzi o prawdę. Siedemnastoletnia dziewczyna nie mogła przypadkowo utonąć w piętnastu centymetrach wody.

— Nie wie pani, co się wydarzyło tamtej nocy.

— Pan też najwyraźniej nie wie, skoro wierzy pan w oficjalne orzeczenie.

Przymrużył oczy na to wyzwanie. Pochylił się, a zapach jego wody po goleniu uniósł się nad stołem. Zara zmusiła się, by nie zareagować, by nie pokazać po sobie, że pamięta, jak ten zapach mieszał się z deszczem na jego skórze.

— Jestem policjantem od czternastu lat — powiedział. — Wiem, jak dochodzi do wypadków, jak szybko sprawy mogą przybrać zły obrót.

— A ja jestem dziennikarką od dwunastu lat — odparowała. — I wiem, kiedy coś kupy się nie trzyma.

Wpatrywali się w siebie, a zawodowa wrogość ledwie maskowała ich palącą świadomość bliskości drugiego człowieka. Jego rękawy były podwinięte do łokci, odsłaniając przedramiona, o których pamiętała, jak przesuwała po nich palcami. Jej bluzka była zapięta na profesjonalną wysokość, ale wiedziała, że on pamięta, co skrywa się pod nią. Ta wiedza wisiała między nimi, niemal obsceniczna w tych okolicznościach.

— Akta, o które pani prosi, zawierają poufne informacje — powiedział, przerywając ciszę. — Zdjęcia z sekcji zwłok. Zeznania świadków. Prywatne szczegóły dotyczące osoby nieletniej.

— Wszystko to zostałoby potraktowane z należytą dyskrecją.

— Tak jak w pani podcaście? Nadając spekulacje na temat zamkniętej sprawy do tysięcy słuchaczy?

— Zadając zasadne pytania dotyczące podejrzanej śmierci.

Garrett bębnił raz palcami o stół, po czym zastygł w bezruchu.
— Słyszałem pani teorie w wersji audio. Ale czy wzięła pani
pod uwagę, że Iris mogła mieć jakiś incydent medyczny? Napad
padaczkowy, być może, albo zasłabnięcie, które obezwładniło ją,
zanim upadła?

— Autopsja nie wykazała żadnych dowodów na schorzenia
współistniejące.

— Publiczny raport jest skrócony. Pełna autopsja zawiera dodatkowe szczegóły.

— W takim razie chciałabym zobaczyć te szczegóły — naciskała
Zara. — Jeśli istnieje sensowne wyjaśnienie medyczne, chcę o
nim wiedzieć. Ale nawet jeśli istnieje, pozostaje pytanie bez
odpowiedzi: dlaczego Iris w ogóle tam była? Sprawdziłam już
trasę, którą powinna była wracać do domu z restauracji the
Golden Horse. Dom jej rodziców znajduje się po tej samej stronie miasta. Nie powinna była znaleźć się nawet w pobliżu potoku.

Zapadła krótka, pełna napięcia cisza. I w tej chwili Zara mogłaby
przysiąc, że dostrzegła potakiwanie w oczach Garretta, zanim
odwrócił wzrok.

— Będzie pani musiała złożyć formalny wniosek o udostępnienie informacji. — Wyciągnął formularz z teczki i przesunął go
po stole. — Rozpatrzenie może potrwać od czterech do sześciu
tygodni.

Ich palce znów się zetknęły, gdy brała formularz, i tym razem
żadne nie mogło udawać, że tego nie zauważa. Ten dotyk trwał o ułamek sekundy za długo. Wspomnienie Childers wisiało między nimi — burza, pub, jego pokój, ciemność, ich ciała
poruszające się w rytmie wspólnego oddechu. Intymność, którą
się dzielili, kontrastowała groteskowo z ich obecną sytuacją.

Klimatyzator znów parsknął, po czym przeszedł w ociężałe buczenie. Na skroni Garretta, mimo chłodu, pojawiły się krople potu. Zara założyła nogę na nogę i zaraz ją zdjęła, boleśnie świadoma jego bliskości.

— Złożę to dzisiaj — powiedziała, składając formularz i wkładając go do notesu. — Ale mam nadzieję, że rozumie pan, iż nie opuszczę miasta w oczekiwaniu na decyzję. Ta historia ma drugie dno i zamierzam je odkryć, z oficjalną współpracą czy bez niej.

Coś, co mogło być podziwem, mignęło na jego twarzy, po czym zniknęło. — To pani prawo.

Zegar na ścianie tykał głośno w ciszy, która nastąpiła. Żadne z nich nie wydawało się chętne, by jako pierwsze zakończyć spotkanie, by przerwać to dziwne napięcie, które ich więziło.

— — Małe miasteczka mają długą pamięć, pani Langley — powiedział w końcu Garrett, odchylając się na krześle i stwarzając między nimi dystans, który wydawał się zarówno konieczny, jak i celowy. — — Tym podcastem sprawia pani, że staje się tu pani niemile widziana. Ludzie gadają. Pamiętają, kto mąci ich spokój.

Ostrzeżenie zawisło w powietrzu. Zara spotkała jego spojrzenie, nie dając się zastraszyć mimo uścisku w żołądku. Czy mówił to jako policjant dbający o relacje ze społecznością, czy też w jego ostrzeżeniu kryło się coś bardziej konkretnego? Tak czy inaczej, nie zamierzała się wycofać.

— Czy to groźba, detektywie sierżancie Pennell?

— Obserwacja — odparł tonem neutralnym, ale o twardym spojrzeniu. — Jest pani obcą osobą, która rozgrzebuje bolesne wspomnienia. Nie każdy to doceni.

— A co ze sprawiedliwością dla Iris Zhang? Czy ona liczy się mniej niż święty spokój?

Wyraz jego twarzy stężał. — Zakłada pani, że stała się niesprawiedliwość. Sprawa została zbadana zgodnie z procedurą.

— Procedurą, która w jakiś sposób przeoczyła fizyczną niemożliwość tego, by zdrowa nastolatka przypadkowo utonęła w wodzie po kostki? — Zara pochyliła się do przodu. — Jestem w Salt Creek zaledwie od paru dni, a już znalazłam nieścisłości, które powinny być oczywiste dla śledczych. Więc albo śledztwo było niekompetentne, albo ktoś celowo patrzył w inną stronę.

Szczęka Garretta się zacisnęła. — Oskarża pani wydział o uchybienia na podstawie filmu, który nakręciła pani dla lajków i wyświetleń.

— Kwestionuję ustalenia na podstawie dowodów fizycznych i zdrowego rozsądku. — Stuknęła w notes. — — Siniaki na ramionach Iris, odnotowane w podsumowaniu sekcji zwłok, ale zlekceważone jako „typowe dla normalnej aktywności nastolatków". Głębokość wody. Brak urazu głowy, który mógłby wyjaśnić utratę przytomności. Sprzeczne zeznania na temat jej poruszania się tamtej nocy.

Coś zmieniło się w jego oczach. — Była pani bardzo zajęta.

— Moją pracą jest bycie dociekliwą.

— A moją pracą jest ochrona tej społeczności.

— Przed czym? Przed prawdą?

Każde słowo między nimi wydawało się naładowane, a zawodowy konflikt nakładał się na ich niewypowiedzianą historię. Jego wzrok zatrzymał się na niej o ułamek sekundy za długo, a żar, który nie miał nic wspólnego z klimatem Queensland, mrowił ją na skórze.

— Pakuje się pani w coś, co panią przerasta — powiedział, zniżając głos. — To nie jest wielkie miasto, do którego można wpaść, narobić rabanu i wyjechać, gdy zrobi się nieprzyjemnie.

— Nie wyjadę, dopóki nie uzyskam odpowiedzi. Jeśli blokuje pan sprawę, by chronić reputację wydziału...

— Próbuję zapobiec temu, by wyrządziła pani więcej szkody niż pożytku — przerwał jej, a w jego głosie przebiło się coś gwałtownego. — Ta sytuacja ma swoje zawiłości, których pani nie rozumie.

— Więc proszę mi je wyjaśnić.

Garrett wstał gwałtownie, odsuwając krzesło. Metalowe nogi zgrzytnęły o linoleum. — — Muszę przynieść jeszcze jeden formularz do pani wniosku — powiedział napiętym głosem.

Okrążył stół, idąc w stronę szafki na dokumenty w kącie. Aby do niej dotrzeć, musiał przejść za jej krzesłem, wchodząc w pole jej widzenia obwodowego. Ta bliskość stała się nagle, przejmująco intymna w tym małym pokoju. Zatrzymał się bezpośrednio za nią, na tyle blisko, że czuła ciepło jego ciała i zapach jego skóry spod wody po goleniu.

Kark Zary zapłonął, gdy ten zapach przywołał wspomnienia tamtej nocy w Childers. Jego usta przy jej szyi. Jego dłonie w jej włosach. Ciężar jego ciała nad nią. Dźwięki, które wydawał, gdy przesuwała paznokciami po jego plecach.

Siedziała w bezruchu, a on zwlekał jeszcze sekundę, zanim ruszył dalej do szafki. Wiedzieli dokładnie, jak każde z nich wygląda nago, jakie dźwięki wydaje podczas rozkoszy, a teraz musieli udawać, że nic z tego się nie wydarzyło.

Garrett wrócił dłuższą drogą, unikając ponownego przechodzenia za jej plecami. Kiedy kładł przed nią formularz, ich dłonie krótko się zetknęły.

— Ten tutaj szczegółowo opisuje wymogi dotyczące dostępu do akt w zamkniętych sprawach — powiedział głosem opanowanym, mimo rumieńca, który wykwitł na jego żuchwie. — Musi pani bardzo precyzyjnie określić, o jakie dokumenty pani wnioskuje.

— Chcę wszystkich — odparła Zara, walcząc o utrzymanie równego głosu. — Całych akt sprawy. Bez cenzury.

— To tak nie działa.

— Więc niech mi pan powie, jak to działa, panie detektywie. — Użycie jego oficjalnego tytułu wydawało się upokarzające, biorąc pod uwagę, że znała dokładną strukturę blizny na jego lewym ramieniu — tej, o której powiedział jej, że jest pamiątką po upadku z drzewa w dzieciństwie.

Wypuścił powoli powietrze, sprawiając wrażenie, jakby toczył walkę między oficjalną rolą a czymś bardziej osobistym. — Musi pani zrozumieć, w co się pani pakuje, pani Langley. To nie Brisbane. Tu panują inne zasady. Konsekwencje też są inne.

— Czy próbuje mnie pan odsunąć od sprawy?

— Sugeruję, by rozważyła pani skutki swoich działań. — Jego oczy spotkały się z jej oczami. — Nie tylko dla miasta, ale i dla samej siebie.

Nie była już pewna, czy mówi o śledztwie, czy o nich. Może o jednym i drugim.

— Poradzę sobie z konsekwencjami — powiedziała, wytrzymując jego spojrzenie.

— Jest pani pewna? Bo gdy raz otworzy się pewne drzwi, nie da się ich już zamknąć.

— To nie jest moja pierwsza trudna sprawa — powiedziała Zara, zbierając notes i dyktafon, czując potrzebę natychmiastowego opuszczenia tego pokoju i ucieczki przed jego obezwładniającą bliskością. — Nie wyjadę stąd bez tych dokumentów.

— To pani wybór. — Wstał równocześnie z nią. — Ale proszę nie mówić, że pani nie ostrzegałem.

— Przyjęłam do wiadomości, detektywie sierżancie.

Stanęli naprzeciw siebie nad stołem, sztywni i ostrożni, a lakoniczne słowa w żaden sposób nie maskowały skomplikowanych podtekstów. Cokolwiek wydarzyło się w Childers, było teraz w innym życiu — życiu, do którego nie mogli się przyznać, by nie pogorszyć sprawy.

— Odprowadzę panią — powiedział w końcu, ruszając w stronę drzwi.

Zara skinęła głową i szła za nim korytarzem do recepcji, przez cały czas zachowując bezpieczny dystans.

Przy ladzie frontowej zatrzymał się. — Do widzenia, pani Langley.

— Panie detektywie — odpowiedziała krótkim skinięciem głowy.

Na zewnątrz upał uderzył w nią niczym ściana, co jednak przyniosło niemal ulgę po duszącej atmosferze tamtego pokoju. Zara postała chwilę na schodach komisariatu, porządkując myśli. Wszechświat miał wisielcze poczucie humoru. Ze wszystkich mężczyzn we wszystkich pubach w całym Queensland spędziła noc z tym jednym detektywem, który teraz stał między nią a prawdą o Iris Zhang.

Telefon zawibrował w jej kieszeni. Prawdopodobnie Dev sprawdzał postępy albo przyszło kolejne powiadomienie o rosnących statystykach podcastu. Ale te sprawy wydawały się teraz odległe, przyćmione przez komplikację, której nie mogła przewidzieć.

Zara wyprostowała ramiona i zaczęła iść w stronę motelu. Śledztwo właśnie stało się nieskończenie bardziej złożone, ale jej postanowienie nie zachwiało się. Jeśli już, to rzucane jej pod nogi kłody tylko utwierdziły ją w przekonaniu, że w sprawie Iris Zhang jest coś bardzo nie tak.

A detektyw sierżant Garrett Pennell wiedział więcej, niż chciał wyjawić.

ROZDZIAŁ 6

Południowe słońce grzało Zarę w kark, gdy szła z komisariatu w stronę Golden Horse Restaurant. Spotkanie z detektywem sierżantem Pennellem wciąż budziło w niej niepokój: to niezręczne rozpoznanie, zawodowy antagonizm podszyty ich przemilczaną historią, jego zawoalowane ostrzeżenia. Odgoniła te myśli, skupiając się na kolejnym wyzwaniu. Zhangowie. Rodzice Iris. Musiała podejść do nich ostrożnie, z szacunkiem. Sprawa ich córki mogła być dla niej deską ratunku, ale dla nich Iris nie była żadną „sprawą". Była ich dzieckiem.

The Golden Horse mieściła się przy głównej ulicy; czerwona i złota farba zdążyły już wyblaknąć, ale wciąż odcinały się od otaczających restaurację wysłużonych budynków. Na szyldzie dumnie prężył się ręcznie namalowany golden horse, a płatki złota lśniły w ostrym słońcu Queensland. Przez duże frontowe okna Zara dostrzegła stoliki przykryte białymi obrusami, przy kilku siedzieli już pierwsi goście. Poczuła ścisk w żołądku. Ci ludzie stracili jedyną córkę w okolicznościach wymykających się wszelkim wyjaśnieniom, a ona zamierzała teraz zakłócić spokój, który być może udało im się odnaleźć w ciągu ostatniej dekady.

Zatrzymała się na chodniku, mocniej zaciskając palce na pasku torby. Już wcześniej przeprowadzała wywiady z pogrążonymi w żałobie rodzinami, nauczyła się poruszać po kruchym gruncie między dziennikarską dociekliwością a ludzką przyzwoitością. Ale tutaj czuła coś innego. Coś bardziej osobistego. Może to przez to niemożliwe utonięcie, pospieszne śledztwo, milczącą zgodę miasteczka, by nie kwestionować tego, co się stało. A może to te poważne oczy za prostokątnymi okularami nie dawały jej spokoju.

Wyprostowała ramiona i pchnęła drzwi. Cichy dzwonek obwieścił jej przybycie. Wnętrze restauracji lśniło czystością, a w powietrzu unosił się intensywny aromat imbiru, czosnku i przyprawy pięciu smaków. Kilka stolików zajmowali miejscowi jedzący wczesny lunch, ich rozmowy zlewały się w cichy szum pod delikatną chińską muzyką instrumentalną płynącą z ukrytych głośników. Za niewielkim kontuarem stała kobieta, którą Zara natychmiast rozpoznała dzięki zebranym informacjom: May Zhang, matka Iris.

Była drobniejsza, niż Zara się spodziewała, miała może metr sześćdziesiąt wzrostu, a jej czarne włosy, mocno przetykane siwizną, były ściągnięte w praktyczny kok. Jej okrągła twarz o łagodnych rysach niegdyś zapewne często się uśmiechała, lecz teraz wydawała się zastygła w żałobnej czujności. Miała na sobie prostą czarną bluzkę i ciemne spodnie, a jej jedyną ozdobę stanowiła jadeitowa bransoletka.

Gdy zadzwonił dzwonek, May podniosła wzrok. Jej ciemne, inteligentne oczy w mgnieniu oka oceniły Zarę. — Stolik dla jednej osoby? — zapytała beznamiętnie. W jej australijskim akcencie nie było słychać śladu chińskiego pochodzenia, tak widocznego w rysach twarzy.

— Właściwie — zaczęła Zara, podchodząc do lady — to chciałam porozmawiać z panią, pani Zhang. Nazywam się Zara Langley. Prowadzę badania nad tym, co przytrafiło się Iris.

Temperatura w pomieszczeniu zdawała się spaść o dziesięć stopni. Ręka May, która właśnie sięgała po menu, zamarła w powietrzu.

— Nie mamy nic do powiedzenia na ten temat — odparła, a jej głos stał się ostry jak brzytwa. — To było dawno temu.

— Rozumiem — powiedziała Zara łagodnym, lecz stanowczym tonem. — Ale uważam, że w sprawie śmierci Iris wciąż pozostają pytania bez odpowiedzi. Oficjalne orzeczenie nie...

— Już to słyszeliśmy — przerwała jej May, kurczowo zaciskając palce na krawędzi lady. — Dziennikarze, autorzy podcastów kryminalnych, ludzie twierdzący, że chcą pomóc, odkryć prawdę. Biorą to, czego chcą — nasz ból, naszą historię — a potem odchodzą. Nic się nie zmienia. Iris nadal nie żyje.

Bezpośredniość tych słów uderzyła Zarę niczym fizyczny cios. Spodziewała się oporu, ale surowa gorycz w głosie May zdradzała głębię cierpienia, które po ponad dekadzie wciąż było świeże.

— Nie jestem tu, by żerować na państwa żałobie — powiedziała ostrożnie Zara. — Naprawdę wierzę, że w śledztwie coś przeoczono. Potok, w którym znaleziono Iris...

— Potok, w którym zginęła moja córka — wcięła jej się May — to po prostu potok. Rozmawianie o tym jej nie przywróci. Pisanie o tym nic nie zmieni. Powiedzieliśmy już wszystko, co mieliśmy do powiedzenia.

Ruch w drzwiach kuchni przykuł uwagę Zary. Wyszedł z nich mężczyzna, jego biały kitel kucharski nosił ślady przygotowań do lunchu. David Zhang był mocniejszej budowy niż żona, miał szersze rysy twarzy i okulary w drucianych oprawkach. Jego czarne włosy siwiały na skroniach, a ramiona były lekko zgarbione od lat spędzonych przy stanowiskach do gotowania.

Natychmiast dostrzegł Zarę i zdawał się oceniać ją i szufladkować jednym spojrzeniem, zanim przeniósł wzrok na żonę.

David podszedł do May i położył jej dłoń na ramieniu. Gest ten był zarazem opiekuńczy, jak i wspierający — fizyczna manifestacja ich wspólnego frontu. Postawa May nieco złagodniała pod jego dotykiem, choć jej twarz pozostała czujna.

— Czy jest jakiś problem? — zapytał David głosem niższym niż u żony. Mówił z lekkim akcentem; Zara dowiedziała się z dokumentacji, że May urodziła się w Australii, w rodzinie o chińskich korzeniach mieszkającej w Melbourne od stulecia, ale David pochodził z Hongkongu.

— To pani Langley — powiedziała May, a lekki nacisk na nazwisko sugerował, że już o niej słyszeli. — Przyszła w sprawie Iris.

David ponownie spojrzał na Zarę, jego oczy za szkłami okularów były nieprzeniknione. — Nie rozmawiamy o córce z obcymi — oznajmił krótko, lecz stanowczo.

Zara wiedziała, kiedy należy się wycofać. Dalsze naciskanie tylko umocniłoby ich opór i zamknęło jakąkolwiek nikłą szansę na rozmowę w przyszłości. Skinęła głową, rozluźniając postawę i przyjmując mniej konfrontacyjną pozę.

— Rozumiem — powiedziała. — Przepraszam, że nachodzę państwa w pracy. Czy mogłabym w takim razie zamówić coś na wynos? Nie jadłam jeszcze lunchu.

Ta prośba wyraźnie ich zaskoczyła — ta nagła przemiana z dociekliwej dziennikarki w zwykłą klientkę. Po chwili May przesunęła menu na wynos po ladzie.

— Nasz specjalny smażony ryż szefa kuchni jest bardzo popularny — powiedziała nieco mniej wrogim, choć dalekim od serdeczności tonem.

— Brzmi świetnie. Dziękuję.

David wrócił do kuchni, a May nabiła zamówienie na kasę. Zara zapłaciła, po czym stanęła z boku lady, czekając i starając się wyglądać swobodnie, a jednocześnie chłonąc każdy szczegół restauracji. Zdjęcia na ścianach pokazywały lokal na przestrzeni lat: młodszych May i Davida, przecinanie wstęgi podczas uroczystego otwarcia, lokalne nagrody. Jednak nigdzie nie widziała zdjęć Iris. Wyglądało to tak, jakby ich córka została starannie usunięta z przestrzeni publicznej; zapewne jej wizerunek zachowano gdzie indziej, w prywatności.

Inni goście od czasu do czasu zerkali w jej stronę z zaciekawieniem, ale bez niechęci. Zara zastanawiała się, ilu z nich znało Iris, ilu było na jej pogrzebie, a ilu bezkrytycznie przyjęło wersję o niemożliwym utonięciu.

Dziesięć minut później May wyszła z kuchni z białą plastikową torbą, w której znajdował się pojemnik na wynos. Podała go Zarze, nie patrząc jej w oczy.

— Dziękuję — powiedziała Zara, odbierając torbę. Gdy odwracała się do wyjścia, dodała cicho: — Mówiłam szczerze. Nie jestem tu, by żerować na tym, co się stało. Chcę to po prostu zrozumieć.

May nic nie odpowiedziała, ale gdy Zara dotarła do drzwi, obejrzała się za siebie. May patrzyła na nią i przez ułamek sekundy jej starannie kontrolowany wyraz twarzy drgnął. To, co Zara ujrzała, nie było wcześniejszą wrogością, lecz czymś znacznie bardziej złożonym. Przebłyskiem bolesnej nadziei, natychmiast zduszonym przez strach przed dopuszczeniem jej do głosu.

Dzwonek dźwięknął, gdy Zara wyszła na ostre słońce z ciepłą torbą w dłoniach. Ciężar odpowiedzialności osiadł na jej barkach, przygniatając ją mocniej niż wcześniej. Jeśli pociągnie ten temat i zawiedzie, nie tylko zaprzepaści swoją ostatnią szansę na zawodową rehabilitację. Potwierdzi również wszystkie obawy Zhangów dotyczące obcych, którzy obiecują odpowiedzi, a przynoszą jedynie więcej cierpienia. Zdradziłaby ich po raz kolejny, tak jak system zdradził ich już raz.

Ale ten błysk nadziei w oczach May powiedział jej coś ważnego: pod ochronną skorupą wrogości Zhangowie również pragnęli odpowiedzi. Po prostu nie mogli już znieść ciężaru nadziei.

Zara wróciła do Salt Creek Motel, niosąc w dłoni kołyszącą się torbę z jedzeniem. Spotkanie z Zhangami pozostawiło w niej poczucie pustki. Ich żal był niemal namacalny, liczył ponad dekadę, a wciąż był wystarczająco świeży, by wypełnić całe pomieszczenie. Rozumiała ich nieufność. Dziennikarze wpadający znienacka, wyciskający emocje z ich tragedii, a potem znikający, gdy tylko pojawiał się kolejny temat. Nie mogła ich winić za to, że uznali ją za taką samą osobę. Ale ten przebłysk nadziei w oczach May wciąż ją prześladował. Pod obronnym pancerzem oni także chcieli poznać prawdę.

Gdy skręcała w stronę swojego pokoju motelowego, Zara nagle zamarła. Na betonowym schodku przed jej drzwiami siedział mężczyzna. Miał może trzydzieści lat, był solidnie zbudowany, ubrany w proste, ale dobrej jakości ubrania: jasnobrązowe bojówki i ciemnoszarą koszulę z zapięciem na guziki i rękawami podwiniętymi do łokci. Patrzył w telefon, sprawiając wrażenie pochłoniętego lekturą, ale coś w jego pozie sugerowało, że czeka. Na nią.

Tętno Zary przyspieszyło. Zacisnęła palce na kluczach w kieszeni, w myślach oceniając, czy mogą posłużyć jako improwizowana broń. Ale był środek dnia, parking motelowy był widoczny z głównej ulicy, a samochody przejeżdżały regularnie. Z pewnością nie groziło jej tu niebezpieczeństwo.

Mężczyzna podniósł wzrok, czując jej obecność. Napotkał jej spojrzenie i wstał, chowając telefon do kieszeni. Jego ruchy były ostrożne, jakby podchodził do płochliwego zwierzęcia.

— Zara Langley? — zapytał, zachowując dystans. Jego głos był cichy, spokojny. Nie brzmiał groźnie.

— Kto pyta? — Nie ruszyła się z miejsca, zachowując bezpieczną odległość.

— Jestem Vince. — Przeczesał dłonią włosy w nerwowym geście. — Vincent Thorne. Byłem chłopakiem Iris Zhang. Widziałem wczoraj twój pierwszy odcinek na YouTube.

Napięcie w ramionach Zary nieco zelżało, a w jego miejsce pojawił się dreszcz ekscytacji. Chłopak Iris! Potencjalna kopalnia informacji, ktoś, kto znał ją osobiście, intymnie. Ktoś, kto mógł faktycznie chcieć rozmawiać.

— Przepraszam, że tak się tu zjawiam bez zapowiedzi — kontynuował, gdy nie odpowiedziała od razu. — Ale nie miałem czasu czekać... Jutro wylatuję. Jestem inżynierem pracującym w systemie FIFO, dwa tygodnie w pracy, tydzień wolnego w kopalni w środkowym Queensland. Ale bardzo chciałem porozmawiać z tobą o Iris. — Głos mu lekko zadrżał przy jej imieniu, ponad dekada żałoby wciąż była słyszalna. — Bo myślę, że masz rację.

Zara zrobiła krok do przodu, potem kolejny. — Rację w czym dokładnie?

— Że to nie był wypadek. — Jego oczy wpiły się w jej spojrzenie, były niewzruszone i poważne. — Iris nie mogła utonąć w ten sposób. Nie przez przypadek. Nie ona.

Instynkt dziennikarski Zary ożył. — Czy byłby pan gotów opowiedzieć o tym oficjalnie? Do podcastu?

Vince skinął głową. — Po to tu jestem. Chcę, żeby ludzie wiedzieli, kim naprawdę była. Co naprawdę się jej stało. — Rozejrzał się po parkingu motelu. — Choć może nie tutaj, na zewnątrz?

— Oczywiście. — Zara minęła go, by otworzyć drzwi, a jej wcześniejsza ostrożność rozwiała się w obliczu tej nieoczekiwanej szansy. — Proszę wejść. Muszę rozstawić sprzęt.

Z Vincem w środku pokój motelowy wydał się mniejszy. Zara położyła torbę z jedzeniem na małym stoliku, zapominając o nim w ferworze ekscytacji. Krzątała się po pokoju, wyjmując aparat i statyw z pokrowca, ustawiając mikrofony i przygotowując miejsce do wywiadu.

— Muszę zrobić parę rzeczy, żeby dźwięk był dobrej jakości — wyjaśniła, zaciągając zasłony, by wyeliminować światło z tyłu, i przestawiając krzesła, by odpowiednio wykadrować ujęcie. — Brał pan już udział w takim wywiadzie?

Vince pokręcił głową. — Nigdy. Po śmierci Iris kilku reporterów zadawało pytania, ale niewiele mówiłem. Miałem siedemnaście lat i byłem w szoku. A zanim przeanalizowałem to wszystko na tyle, by móc mówić, oni zdążyli już uznać to za wypadek i zająć się czymś innym.

Pracując, Zara go obserwowała. Biła od niego pewna solidność, sugerująca, że można na nim polegać. Siedział ze złaczonymi dłońmi, patrząc, jak się przygotowuje. Nie wiercił się, nie sprawdzał telefonu. Czekał spokojnie, jak ktoś, kto długo czekał na to, by powiedzieć coś ważnego.

— Czy mógłby pan najpierw opowiedzieć mi trochę o sobie? — zapytała Zara, regulując poziomy mikrofonów. — Skąd pan znał Iris i czym się pan teraz zajmuje?

— Pracuję jako inżynier dla Fortescue — powiedział. — Latam do pracy w Bowen Basin. Iris... znałem Iris całe życie. Chodziliśmy razem do podstawówki, potem do liceum. Byłem o rok wyżej. Chodziliśmy ze sobą prawie rok, zanim zginęła.

Zara skończyła ustawiać kamerę, sprawdziła kadr i nacisnęła przycisk Record. Usiadła na krześle naprzeciwko Vince'a, na tyle blisko, by swobodnie rozmawiać, ale nie naruszając jego przestrzeni. — Proszę mi opowiedzieć o Iris — poprosiła, a jej głos przeszedł w profesjonalny ton, którego używała podczas wywiadów. — Jaka była?

W obliczu Vince'a coś złagodniało. — Była niesamowita — odparł. — Nie tylko inteligentna, choć owszem, była najlepsza w klasie, ale promienna, pod każdym względem. Miała ten specyficzny sposób patrzenia na świat, który sprawiał, że inni też zaczynali widzieć rzeczy inaczej.

Opisywał Iris ze szczegółami, jakie zna tylko ktoś, komu naprawdę zależało. Jej pasję do fotografii i mediów cyfrowych. To, jak potrafiła spędzać godziny, by jedno ujęcie wyszło idealnie. Jej determinację w tworzeniu portfolio, które miało jej zapewnić wcześniejsze przyjęcie do Queensland College of Art. Sposób, w jaki przesuwała okulary na czubek głowy, gdy ich nie używała, co zostawiało na jej czole ślady, które on zwykł gładzić palcem.

— Miała swoje zasady — kontynuował, a jego głos stawał się coraz bardziej ożywiony. — Silne zasady. Nie szła na kompromisy w sprawach, które były dla niej ważne. Etyka, prawość, to, jak powinno się traktować ludzi. — Jego twarz spochmurniała. — Czasami myślę, że to właśnie przez to zginęła.

Zara pochyliła się lekko do przodu. — Co ma pan na myśli?

Vince pokręcił głową. — Nie wiem dokładnie. Ale Iris, którą znałem, nie znalazłaby się nad tym potokiem przypadkiem. I na pewno nie mogłaby tak po prostu wpaść i utonąć. Po pierwsze, świetnie pływała. Po drugie, była ostrożna. Rozważna w każdym działaniu.

— Gdzie pan był, kiedy to się stało? — zapytała Zara, zachowując neutralny, profesjonalny ton.

— W Nowej Zelandii — odparł bez wahania. — Moja babcia była bardzo chora, w Auckland. Pojechałem tam z rodzicami, żeby się z nią zobaczyć. Byliśmy tam przez dziesięć dni. Miałem pieczątki w paszporcie, karty pokładowe. Policja wszystko zweryfikowała. — Jego szczęka się zacisnęła. — Przyleciałem do domu dzień po tym, jak ją znaleźli. Nawet nie zdołałem się pożegnać.

Ból w jego głosie był surowy, nieudawany. To nie był popis żałoby; to był ktoś, kto wciąż z nią żył. Kontrast z Kirsty Cannon, rzekomą najlepszą przyjaciółką Iris, nie mógł być większy.

— Czy Iris wspominała o jakichś problemach w dniach poprzedzających pański wyjazd do Nowej Zelandii? — drążyła Zara. — Jakieś obawy? Konflikty z kimkolwiek?

Vince milczał przez chwilę, zastanawiając się. — Pracowała nad projektem. Czymś do swojego portfolio. Była tym podekscytowana, ale też... nie wiem, skryta? Nie chciała nikomu nic pokazywać, dopóki nie skończy. — Zmarszczył brwi. — I coś było na rzeczy z Kirsty. Jakieś napięcie między nimi.

— Z Kirsty Cannon? Tą radną? — Zara ostrożnie dobierała słowa. — Spotkałam Kirsty przelotnie wczoraj wieczorem. Powiedziała, że była najlepszą przyjaciółką Iris.

— Tak. Przyjaźniły się od lat; jak mówiłem, wszyscy dorastaliśmy razem. Ale coś się stało. Iris nie wyjaśniła dokładnie co, powiedziała tylko, że Kirsty zrobiła coś, co przekroczyło granicę. Że się poróżniły. — Skrzywił się. — Cokolwiek to było, musiało być poważne. Iris nie kończyłaby przyjaźni z błahych powodów. Była lojalna do szpiku kości.

Zara zanotowała w pamięci, by pociągnąć ten wątek. Ogólnikowe opisy Iris autorstwa Kirsty w tym kontekście nabierały zupełnie innego znaczenia.

— Czy był ktoś, kto mógł chcieć skrzywdzić Iris? — zapytała, uważnie obserwując jego reakcję.

Twarz Vince'a pociemniała. — Zadaję sobie to pytanie od jedenastu lat. Gdybym wiedział, dawno poszedłbym na policję. — Głos mu uwiązł w gardle. — Wie pani, ona była miłością mojego życia. Byliśmy nastolatkami i ludzie mówią, że to za wcześnie, by to wiedzieć, ale ja wiedziałem. Nadal wiem.

W jego oczach stanęły łzy, których nie próbował ukryć. — Proszę, niech się pani dowie, co naprawdę jej się stało — powiedział głosem zachrypniętym od emocji. — Proszę. Ona zasługuje na prawdę. Jej rodzice na nią zasługują. Muszę wiedzieć, kto nam ją odebrał. *Dlaczego* ją zabili.

Szczerość tej błagalnej prośby uderzyła Zarę prosto w serce. To nie był tylko dobry materiał; to był człowiek, który wciąż dźwigał ciężar niewyjaśnionej straty, wciąż szukający ukojenia po ponad dekadzie. Nie pytała, czy Vince ma żonę lub dziewczynę. Coś jej podpowiadało, że zaprzeczy. On nie potrafił odpuścić Iris.

— Zrobię wszystko, co w mojej mocy — obiecała i w tamtej chwili myślała to szczerzej niż cokolwiek innego od dawna. Nie chodziło już tylko o ratowanie kariery. Chodziło o sprawiedliwość dla dziewczyny z potoku i dla ludzi, którzy ją kochali.

Być może, jeśli znajdzie odpowiedzi, Vince zazna spokoju i ruszy dalej.

Pokój wydał się pustszy, gdy Vince wyszedł. Zara siedziała przy małym stoliku, wpatrując się w nietknięty pojemnik ze smażonym ryżem, który zdążył już wystygnąć. W brzuchu jej burczało, ale zignorowała to, przysuwając do siebie laptopa. Wywiad z Vincentem Thorne'em był dokładnie tym, czego potrzebowała. Relacją z pierwszej ręki od kogoś, kto znał Iris bardzo blisko, kto mógł opowiedzieć o niej jako o człowieku, a nie tylko o ofierze. Kogoś, kto podważał oficjalną wersję wydarzeń i sam miał żelazne alibi. To nagranie było czystym złotem. Prawdziwym, niezaprzeczalnym magnesem na widzów. A jednak jego żałoba była tak surowa i autentyczna, że sprowadzanie jej do zwykłego „contentu" wydawało się w pewien sposób niewłaściwe.

Wypuściła powietrze. Vince sam do *niej* przyszedł. Chciał tego, sam o to prosił. Zgodził się na nagranie, wiedząc, co ona z nim zrobi. Zasługiwał na to, by jego część historii została opowiedziana, by jego pytania zostały usłyszane, i to ją wybrał na posłańca.

Podłączyła kamerę do laptopa i zaczęła przesyłać pliki, obserwując pasek postępu przesuwający się powoli do przodu. W innym życiu pewnie miałaby do tego asystenta, kogoś, kto skatalogowałby materiał, przygotował transkrypcje, wyłapał najlepsze wypowiedzi. Teraz była sama w pokoju motelowym, w mieście, z którego większość mieszkańców najchętniej by ją wygnała.

Transfer plików dobiegł końca. Zara otworzyła program do montażu, a znajomy interfejs powitał ją jak stary przyjaciel. Utworzyła nowy projekt: „Dziewczyna z potoku_EP02". Ten odcinek będzie inny niż pierwszy. Pojawią się nie tylko jej pytania i teorie, ale i świadek. Głos, który przeciwstawi się milczeniu miasta.

Zaczęła przeglądać materiał, notując kody czasowe momentów, w których zeznania Vincenta były szczególnie mocne. Jego opis charakteru Iris: zasadnicza, zdeterminowana, ostrożna. Jego pewność, że nie utonęła przypadkiem. Wzmianka o napięciu między Iris a Kirsty Cannon – wątek, który będzie musiała później zbadać. Najbardziej poruszające były jego czyste emocje, łzy w oczach, gdy mówił o dziewczynie, którą kochał i stracił.

Zara pieczołowicie konstruowała narrację, budując strukturę odcinka podczas selekcji klipów. Zaczęła od kontekstu, krótko streszczając pierwszy odcinek dla nowych słuchaczy. Wspomniała, że mieszkańcy Salt Creek bardzo niechętnie rozmawiają o Iris, chroniąc być może kogoś ze swojego grona. Następnie przedstawiła Vincenta, tłumacząc jego relację z Iris oraz fakt, że to on sam zgłosił się do Zary, chcąc przedstawić swoją wersję wydarzeń. Chcąc, być może, opowiedzieć o Iris, gdy nikt inny nie chciał tego robić. Wykorzystała jego opisy, by namalować obraz tego, kim była Iris – nie tylko ofiarą ze zdjęć z miejsca zbrodni, ale pełnowymiarową młodą kobietą z marzeniami, talentami i silnymi zasadami.

Pracowała miarowo, kierowana dziennikarskim instynktem. Co poruszy słuchaczy? Co posunie śledztwo do przodu? Jakie pytania rodzą jego zeznania, które mogłaby zgłębić w kolejnych odcinkach?

Podczas montażu Zara raz po raz wracała do jednego konkretnego ujęcia. Momentu, w którym Vincent opisywał, jak Iris przesuwała okulary na głowę, gdy ich nie używała, zostawiając na czole ślady, które on gładził palcem. Ten szczegół był intymny, specyficzny, niemożliwy do zmyślenia. Dzięki niemu Iris stawała się prawdziwa w sposób, w jaki nie potrafiły tego zrobić raporty policyjne czy szkolne fotografie. Zara umieściła ten fragment na początku odcinka, wiedząc, że przykuje uwagę słuchaczy i sprawi, że los dziewczyny z potoku nie będzie im obojętny.

Sięgnęła po butelkę wody i wzięła długi łyk. Znalazła widelec i zjadła trochę zimnego ryżu, świadoma, że musi mieć coś w żołądku. Montaż szedł dobrze, ale emocjonalny ciężar słów Vincenta osiadł jej na piersi. Jego żałoba była namacalna, miała ponad dekadę, a wciąż była na tyle żywa, by wyciskać mu łzy z oczu. Oglądając to w kółko podczas nadawania kształtu odcinkowi, Zara poczuła, że sama musi mrugać, by powstrzymać własne łzy. To nie był tylko „content". To było czyjeś życie, czyjaś strata.

Jednak profesjonalna część jej mózgu nie mogła zignorować faktu, co to nagranie zrobi dla jej podcastu. Zeznania Vincenta były wstrząsające, emocjonalne, autentyczne. To był ten rodzaj materiału, który buduje zaangażowanie, sprawia, że słuchacze wciągają się w historię i wracają po więcej. To on mógł uratować jej dom, karierę i kruche poczucie własnej wartości zawodowej.

Przygotowała mikrofon, by nagrać narrację. Jej głos musiał poprowadzić słuchaczy przez słowa Vincenta, nadając im kontekst i zadając pytania, które oni sami by zadali. Odchrząknęła, wypiła łyk wody i zaczęła:

— Vincent Thorne miał siedemnaście lat, gdy jego dziewczyna, Iris Zhang, została znaleziona martwa w Salt Creek. Ponad dekadę później jego żal wciąż jest świeży, a pytania pozostają bez odpowiedzi. W tym odcinku usłyszymy głos kogoś, kto znał Iris bardzo blisko – nie tylko jako ofiarę, ale jako błyskotliwą młodą kobietę z marzeniami, zasadami i przyszłością, którą jej odebrano.

Zamilkła na chwilę, po czym kontynuowała:

— To, co Vince ujawnia na temat charakteru Iris, rzuca nowe światło na to, czy mogła ona przypadkowo utonąć w piętnastu centymetrach wody. Wprowadza to również nowe elementy do naszego śledztwa, w tym kwestię napięć między Iris a Kirsty Cannon, obecną radną hrabstwa, która twierdzi, że była najlepszą przyjaciółką Iris.

Po nagraniu narracji Zara wplotła ją w odcinek, nakładając ją na starannie dobrane przebitki z potoku, miasta i szkolnego zdjęcia Iris. Efekt był dopracowany mimo skromnych środków. Przekonujący, emocjonalny, profesjonalny.

Na zakończenie wybrała ostatnią prośbę Vince'a. Jego twarz wypełniła kadr, oczy mokre od niezaschniętych łez, głos drżący z emocji: — Była miłością mojego życia. Proszę, dowiedz się, co naprawdę jej się stało. Proszę.

Zara pozwoliła temu fragmentowi wybrzmieć bez narracji, dając tej surowej prośbie stanowić mocny finał, po czym wyciszyła obraz do muzyki końcowej podcastu. Siła przekazu była niezaprzeczalna. Widzowie poczują jego cierpienie, podzielą jego potrzebę uzyskania odpowiedzi. Wrócą do kolejnego odcinka, pragnąc dowiedzieć się więcej.

Wyeksportowała plik, obserwując, jak pasek postępu znów się zapełnia. Dwadzieścia trzy minuty i czterdzieści siedem sekund materiału, który posunie jej śledztwo do przodu i – jeśli reakcja na pierwszy odcinek była jakąś wskazówką – znacznie poprawi jej statystyki. Połączenie emocjonalnych zeznań i nowych rewelacji na temat potencjalnego zamieszania Kirsty Cannon nakręci zaangażowanie, sprowokuje teorie w komentarzach, a być może nawet zachęci innych świadków do ujawnienia się.

Gdy eksport dobiegł końca, Zara przesłała odcinek na platformę hostingową. Napisała opis, dodała tagi, dołączyła stworzoną wcześniej miniaturę – podzielony ekran pokazujący zdjęcie szkolne Iris obok kadru z wywiadu z Vincentem, o szczerym i pełnym bólu wyrazie twarzy. Następnie zaplanowała natychmiastową publikację.

Kliknęła opcję „Publikuj" i patrzyła, jak na ekranie pojawia się potwierdzenie. Ulga zmieszała się z czymś cięższym, bardziej złożonym. Może z poczuciem winy, że wykorzystała żałobę Vincenta jako materiał, nawet za jego wyraźną zgodą. Albo z niepokojem o odpowiedzialność, którą teraz dźwigała – już nie tylko wobec widzów czy konta w banku, ale wobec Vincenta, Zhangów i samej Iris.

Zara zamknęła laptopa i ponownie sięgnęła po pojemnik z zimnym ryżem, jedząc mechanicznie i jednocześnie sprawdzając telefon. Powiadomienia już zaczęły spływać. Liczba wyświetleń rosła, pojawiały się komentarze, udostępnienia przybierały na sile. Odcinek znajdował odbiorców, być może docierając jeszcze dalej niż pierwszy.

Odłożyła widelec, nagle czując, że nie zdoła dokończyć posiłku. Słowa Vincenta odbijały się echem w jej głowie: — *Była miłością mojego życia. Proszę, dowiedz się, co naprawdę jej się stało. Proszę.* Ciężar jego zaufania, jego dziesięcioletniej żałoby, spoczął na jej barkach obok presji związanej z ratą kredytu, topniejącymi oszczędnościami i zawodową przyszłością.

Cokolwiek miało się wydarzyć, Zara wiedziała, że ta sprawa stała się czymś więcej niż tylko drogą powrotną do sławy. Stała się obietnicą daną martwej dziewczynie, chłopakowi, który ją kochał, i rodzicom wciąż sparaliżowanym żałobą. Obietnicą, której nie mogła złamać, z powodów wykraczających daleko poza finanse.

ROZDZIAŁ 7

UPAŁ NAPIERAŁ NA JEJ skórę, gdy Zara szła główną ulicą Salt Creek, a na linii włosów, mimo wczesnej pory, perlił się pot. Podniosła aparat, kadrując Golden Horse Restaurant w wizjerze i skupiając się na liniach widoczności między wejściem a trasą, którą Iris musiałaby pokonać, by dotrzeć nad potok w swoją ostatnią noc — przez wejście do parku, a potem ścieżką w dół wąwozu. Kolejny element układanki do udokumentowania, kolejny kąt do rozważenia.

Dom Zhangów leżał w przeciwnym kierunku, jedną przecznicę za główną ulicą. Albo Iris wcale nie „szła do domu", jak powiedziała rodzicom, albo po drodze spotkała kogoś, kto namówił ją, by zamiast tego udała się nad potok. Przeszedłszy trasę nad wodę, Zara nie wierzyła, by ktokolwiek mógł zanieść tam Iris; było zbyt stromo i niewygodnie. Iris dotarła tam na własnych nogach, z jakiegokolwiek powodu.

Zara opuściła aparat i zrobiła notatkę w telefonie: — Bezpośrednia linia wzroku z restauracji do wejścia do parku. Każdy obserwujący z Golden Horse widziałby Iris kierującą się w stronę potoku zamiast do domu. — Otarła czoło wierzchem dłoni i szła dalej, a jej torba ciężko obijała się o biodro.

Sukces dwóch pierwszych odcinków dał jej chwilę oddechu, ale nie pozwolił na osiadanie na laurach. Musiała być drobiazgowa. Wywiad z Vincentem był fascynującym materiałem, ale potrzebowała czegoś więcej: konkretnych dowodów, nieścisłości w oficjalnej wersji wydarzeń, świadków gotowych mówić do mikrofonu. To ostatnie okazywało się nieuchwytne.

Sfotografowała trasę od restauracji do kładki, robiąc zdjęcia pod różnymi kątami, odnotowując potencjalne martwe punkty, miejsca, w których ktoś mógł niepostrzeżenie śledzić Iris. Słońce wspinało się coraz wyżej, a jego odbicie od witryn sklepowych potęgowało żar. Koszulka lepiła się jej do pleców, a asfalt zdawał się promieniować ciepłem w górę przez podeszwy jej butów trekkingowych.

Dzwonek zabrzęczał, gdy pchnęła drzwi do sklepu z paszą, a nagły cień przyniósł chwilową ulgę. Powietrze wewnątrz pachniało skórą, ziarnem i olejem silnikowym — charakterystyczną wiejską wonią, która przypominała jej, jak daleko jest od Brisbane. Wentylator sufitowy obracał się leniwie nad głową, wprawiając w ruch ciepłe powietrze, lecz wcale go nie chłodząc.

Za ladą mężczyzna po sześćdziesiątce oderwał wzrok od katalogu maszyn rolniczych. Jego ogorzała twarz świadczyła o dekadach spędzonych w słońcu Queensland, a głębokie zmarszczki wokół oczu zdradzały szczerą ciekawość, ale nie rozpoznanie; a więc nie oglądał YouTube'a.

— Dzień dobry — powiedział, zamykając katalog. — W czym mogę pomóc?

Zara uśmiechnęła się, przybierając swobodny ton, który dopracowała do perfekcji przez lata pracy śledczej. — Tylko się rozglądam. Jestem tu nowa.

— Turystka? — Jego ton sugerował, jak mało prawdopodobna wydawała mu się ta możliwość.

— Pracuję nad projektem — odpowiedziała, przechadzając się wzdłuż półki z rękawicami roboczymi i czapkami, zachowując swobodny ton. — Pan jest tu od dawna?

— W przyszłym miesiącu miną czterdzieści trzy lata. — Mężczyzna nieco się rozluźnił, zawsze chętny do rozmowy o sobie. — Przejąłem interes po ojcu w osiemdziesiątym szóstym.

— W takim razie musi pan znać tu wszystkich.

— Mniej więcej. — Skinął głową z wyraźną dumą. — Spędzając cztery dekady za tą ladą, widzi się, jak przychodzą i odchodzą całe pokolenia.

Zara podeszła bliżej, przeglądając stojak z koszulami roboczymi i stopniowo kierując rozmowę na właściwe tory. — Musiał pan widzieć wiele zmian przez te lata.

— Trochę. Ale nie tak wiele, jak by się mogło wydawać. Salt Creek jest dość przywiązane do swoich zwyczajów.

Skinęła głową, jakby się nad tym zastanawiała. — Czytałam o tragedii, która wydarzyła się tutaj kilka lat temu. Młoda dziewczyna? Iris Zhang?

Zmiana była subtelna, ale natychmiastowa. Jego ramiona stężały, a wzrok przemknął ku drzwiom za jej plecami. — Straszna sprawa.

— Znał pan jej rodzinę?

— Rodzice wpadają czasem po artykuły ogrodnicze. Trzymają się raczej na uboczu. — Jego palce bębniły o ladę w nerwowym geście.

— Coś takiego musiało dotknąć wszystkich — Zara mówiła lekkim, niegroźnym tonem. Ta uwaga była zaproszeniem do podzielenia się tym, co on sam czuł w związku z tą sprawą.

— To już przeszłość — powiedział, używając niefortunnego w tych okolicznościach sformułowania. — Miasto poszło naprzód.

— Naprawdę? Odniosłam wrażenie...

— Dzień dobry, Ray. — Głęboki głos za jej plecami sprawił, że Zara poczuła dreszcz na kręgosłupie.

Odwróciła się i zobaczyła Garretta Pennella stojącego w przejściu, na tyle blisko, że poczuła zapach jego wody po goleniu — ten sam co w Childers, ten sam co w pokoju przesłuchań na komisariacie.

— Detektywie — przywitała się głosem starannie neutralnym, mimo nagłego przyspieszenia tętna.

— Pani Langley. — Skinął głową, po czym zerknął za nią na właściciela sklepu. — Są już te słupki ogrodzeniowe, Ray?

— Jutro, sierżancie. Odłożę kilka panu.

Garrett skierował uwagę z powrotem na Zarę. — Widziałem dziś rano twój samochód na parkingu pod motelem. Te opony są praktycznie łyse. Prosisz się o wypadek.

Zara zjeżyła się na tę uwagę i domniemaną krytykę jej sytuacji finansowej. — Zajmę się tym, jak będzie mnie na to stać.

Jego oczy zatrzymały się na jej oczach o ułamek sekundy za długo, a przemknęło przez nie coś nieodgadnionego. Potem podszedł bliżej i powiedział ciszej, tylko do jej uszu: — Warsztat Micka, obok stacji benzynowej. Powiedz mu, że ja cię przysłałem. Założy ci przyzwoite używane opony za połowę ceny nowych.

Bliskość między nimi naelektryzowała powietrze; ich ciała pamiętały Childers, nawet jeśli umysły udawały, że jest inaczej. Zara czuła bijący od niego żar, z tej odległości widziała plamki ciemniejszego błękitu w jego szaroniebieskich oczach.

— Dziękuję — powiedziała sztywno, niepewna, dlaczego jego pomoc irytuje ją bardziej niż opór. Może dlatego, że psuło to narrację, którą sobie stworzyła: Garrett Pennell, przeszkoda na drodze do prawdy.

Odwróciła się z powrotem do sprzedawcy, zdeterminowana, by kontynuować pytania, ale mężczyzna nagle pochłonął się przekładaniem towarów za ladą.

— Potrzebujesz czegoś jeszcze, Ray? — zapytał Garrett, wciąż stojąc tak blisko, że Zara czuła jego obecność bez patrzenia na niego.

— Wszystko w porządku, Garrett. Dam znać, jak przyjadą te słupki.

Zara poczuła, że uwaga Garretta wraca do niej, a jego spojrzenie było niemal namacalne na jej skórze. Odmówiła odwrócenia się, odmówiła przyznania, że cokolwiek dzieje się między nimi. Po chwili usłyszała, że rusza w stronę drzwi.

— Porządne opony mogą uratować ci życie na tych drogach, pani Langley. Warto to rozważyć. — Dzwonek zabrzęczał, gdy wychodził, a gorąco z zewnątrz wdarło się na chwilę do środka, by wypełnić próżnię po jego odejściu.

Sprzedawca, Ray, kontynuował niepotrzebne porządki, a jego wcześniejsza otwartość wyparowała. Jakakolwiek nikła szansa na wyciągnięcie od niego informacji zniknęła wraz z pojawieniem się Garretta. A może to jej pytania o Iris go uciszyły? Przez ten zbieg okoliczności nie sposób było mieć pewności.

— Dziękuję za poświęcony czas — powiedziała, kierując się do wyjścia. Ray skinął głową, nie podnosząc wzroku.

Na zewnątrz upał znów w nią uderzył, a na jej czole natychmiast pojawił się pot. Zara sprawdziła telefon, robiąc krótką notatkę z interakcji: — Właściciel sklepu z paszą (Ray) niechętny do rozmów o Iris. Pojawienie się Pennella zakończyło rozmowę; zbieg okoliczności czy celowe przerwanie? —

Spojrzała w dół ulicy, gdzie udał się Garrett, ale on zdążył już zniknąć. Rekomendacja opon utkwiła jej w głowie; był to gest, który nie pasował do jej wyobrażenia o nim. Pomocny, wręcz opiekuńczy, co nie miało sensu, jeśli chciał, by jak najszybciej opuściła miasto. Chyba że był to jego sposób na powiedzenie, że doskonale wie o jej skromnych zasobach i że w końcu będzie musiała się poddać i wrócić do domu. Opony były drogie. Zresztą, jak on w ogóle zauważył, że są zużyte? Czy specjalnie sprawdzał jej samochód, szukając słabych punktów?

Zara wyprostowała się i kontynuowała dokumentację, wypierając to spotkanie z myśli. Miała pracę do wykonania. Miasto do zmapowania. Pytania do zadania.

I detektywa do rozgryzienia, jedno niepokojące spotkanie po drugim.

Przed południem Zara znalazła się pod supermarketem w Salt Creek, gdy słońce w pełni objęło już panowanie nad dniem. Wybrała ten moment, by złapać poranną kierowniczkę, Emmę

Sutton, podczas jej przerwy na papierosa. Kobieta przed trzydziestką, z tlenionymi blond włosami związanymi w niedbały kok, początkowo była niepewna, zerkając przez ramię, jakby ktoś mógł ją obserwować. Jednak ostrożne pytania Zary o wspólne czasy w liceum stopniowo uśpiły jej czujność.

— Nie byłyśmy blisko ani nic z tych rzeczy — powiedziała Emma, wypuszczając dym z dala od Zary. — Inne kręgi, rozumiesz? Ale wszyscy znali Iris. Najlepsza w każdej klasie, wiecznie pracowała nad jakimś projektem.

— Byłyście w tym samym roczniku? — Zara mówiła swobodnie, z dyktafonem ukrytym w kieszeni.

Emma potrząsnęła głową. — Rok wyżej od niej i Kirsty, ten sam co Vince. Ale to małe miasteczko, w szkole nie było wielu dzieciaków. Wszyscy się znaliśmy, a rok czy dwa różnicy nie robiły większego znaczenia, jeśli chodzi o wspólne spędzanie czasu. Widziałam twój podcast, tak przy okazji. Vince zawsze szalał za Iris. Nigdy nie spojrzał na żadną inną, nawet jak inne dziewczyny próbowały.

Zara odnotowała w myśli to potwierdzenie oddania Vince'a. — Czy zauważyłaś coś niezwykłego u Iris w dniach przed jej śmiercią?

Emma zaciągnęła się ponownie, zastanawiając się. — Była... spięta. Jakby coś ją gryzło. — Obniżyła głos. — Pracowałam wtedy na kasie, jeszcze w szkole. Iris przyszła dwa dni przed... przed tym, co się stało. Nie była sobą.

— W jakim sensie?

— Zazwyczaj pogadała, zapytała, co u mojego młodszego brata — miał astmę, zawsze pamiętała, by zapytać. Ale tamtego dnia wydawała się rozkojarzona. Ciągle oglądała się za siebie. — Emma zmarszczyła brwi na to wspomnienie. — I kupiła pendrive. Jeden z tych drogich, z dużą ilością miejsca. Zapłaciła gotówką, co było dziwne, bo Zhangowie zawsze używali karty na wydatki firmowe.

Tętno Zary przyspieszyło. Pendrive. Vince wspomniał, że Iris pracowała nad czymś do swojego portfolio, czymś, czego bardzo pilnowała. — Powiedziała, po co jej on?

— Nie, ale... — Oczy Emmy nagle rozszerzyły się, skupiając na czymś za ramieniem Zary. Jej postawa stężała. — Powinnam wracać do pracy. Przepraszam.

Zara odwróciła się i zobaczyła Garretta wychodzącego z kawiarni obok z kawą na wynos. Natychmiast ich dostrzegł, a jego twarz stężała, gdy zaczął się zbliżać. Emma zgasiła papierosa i mruknęła: — Przepraszam — po czym pośpiesznie wróciła do środka, nawet nie spoglądając na Garretta, gdy go mijała.

— Widzę, że zyskujesz tu popularność — powiedział Garrett, zatrzymując się kilka kroków od Zary.

Fala frustracji wezbrała w jej piersi. Kolejny wywiad przerwany, kolejny potencjalny trop ucięty przez jego pojawienie się. — Masz w zwyczaju zastraszać świadków, czy robisz to tylko wtedy, gdy ja z nimi rozmawiam?

Garrett podszedł bliżej. Jego głos stał się tak niski, by przechodnie nie mogli go usłyszeć. — Nie rozumiesz dynamiki małego miasteczka. Ludzie żyją z tą historią od ponad dekady. Rozgrzebujesz żałobę dla czego? Dla swoich wyników w podcaście?

Oskarżenie zabolało właśnie dlatego, że część niej dostrzegała w nim ziarno prawdy. Ale teraz jej motywy były silniejsze, coś, co ugruntowało się po spotkaniu z Vincentem i po ujrzeniu tego błysku w oczach May Zhang.

— Dla sprawiedliwości — odpowiedziała, nie cofając się mimo jego bliskości. — Dla czegoś, na czym tobie powinno zależeć.

Jego szczęka zacisnęła się, a pod skórą zadrgał mięsień. — Myślisz, że wiesz wszystko po kilku dniach spędzonych tutaj?

Gniew w jego głosie wydawał się nieproporcjonalnie duży, osobisty w sposób, który nie miał sensu u policjanta po prostu broniącego pracy swojego wydziału. Chyba że miał powód, by przyjmować postawę obronną. Chyba że coś wiedział.

Ich ciała były zwrócone ku sobie, a kłótnia niosła w sobie energię czegoś zupełnie innego, czegoś, czego żadne z nich nie chciało przyznać. Żar między nimi nie był tylko gniewem; był nierozwiązanym napięciem z Childers, z pokoju przesłuchań, z każdego spotkania od tamtej pory.

— Wiem wystarczająco dużo, by widzieć, że oficjalna wersja wydarzeń się nie klei — powiedziała Zara, świadoma potu perlącego się na jej skroniach i rumieńca wykwitającego na szyi, który nie wynikał wyłącznie z upału czy gniewu. — Wiem, że siedemnastoletnia dziewczyna nie mogła przypadkowo utonąć w wodzie po kostki. Wiem, że ludzie w tym mieście milkną, gdy wspominam jej imię, co mówi mi, że wiedzą coś, o czym nie chcą mówić.

Oczy Garretta ani na chwilę nie opuszczały jej twarzy, a intensywność jego spojrzenia była niemal fizycznie odczuwalna. — Nie masz pojęcia, co tu wywołujesz. Tu nie chodzi tylko o Iris Zhang.

— Więc powiedz mi, o co chodzi — rzuciła wyzywająco, robiąc pół kroku w jego stronę, mimo że rozsądek podpowiadał co innego.

Stali teraz tak blisko, że widziała zarost na jego szczęce i czuła zapach kawy z jego oddechu. Grupa starszych kobiet na pobliskiej ławce wymieniła porozumiewawcze spojrzenia, najwyraźniej biorąc to napięcie za zwykłą wrogość między obcą a miejscowym stróżem prawa. Gdyby to tylko było takie proste.

— Nie możesz tak po prostu tu wpaść, żądać odpowiedzi i oczekiwać, że każdy wybebeszy przed twoim mikrofonem całe swoje życie — powiedział, a mięsień na jego szczęce zadrgał. — Ci ludzie zbudowali swoje życie wokół pewnych porozumień, pewnych... układów.

— Układów? — Zara uczepiła się tego słowa. — Co to dokładnie znaczy?

W jego oczach coś błysnęło. Może żal, że powiedział o kilka słów za dużo. Cofnął się, zwiększając dystans między nimi, a Zara poczuła utratę tej bliskości niczym fizyczny brak.

— To znaczy, że stajesz się tu niemile widziana — powiedział w końcu, teraz już chłodniejszym, bardziej opanowanym głosem. — Nie mów potem, że cię nie ostrzegałem.

Odwrócił się i odszedł z nietkniętą kawą w dłoni. Zara patrzyła za nim, a serce waliło jej o żebra. Twarz płonęła jej z gniewu i czegoś jeszcze, do czego nie chciała się przyznać.

Starsze kobiety na ławce wciąż się przyglądały. Jedna nachyliła się, by szepnąć coś, co reszta skwitowała mądrym potakiwaniem. Zara zignorowała je, skupiając się na tym, co wyjawiła Emma, zanim Garrett im przerwał. Pendrive. Iris kupująca nośnik danych, płacąca gotówką, by nie zostawić śladu. Coś, nad czym pracowała i co wymagało dyskrecji.

I ten dziwny dobór słów Garretta: *układy*. Nie kłamstwa, nie tuszowanie faktów, ale układy. Jakby miasteczko zbiorowo przystało na pewną wersję wydarzeń, strukturę zbudowaną wokół tego, co naprawdę spotkało Iris Zhang.

Zara wyciągnęła telefon i zaczęła robić notatki, póki rozmowa była świeża w jej pamięci. Emma Sutton mogła już nie chcieć z nią rozmawiać po tym, jak zobaczyła reakcję Garretta, ale powiedziała wystarczająco dużo, by dać jej nowy wątek. A sam Garrett nieświadomie zdradził więcej, niż prawdopodobnie zamierzał.

Śledztwo posuwało się naprzód, mimo jego prób blokowania go. A może on wcale nie próbował go blokować? Jego ostrzeżenia można było odczytywać na wiele sposobów: jako szczerą troskę o spokój miasteczka albo coś bardziej osobistego. Coś, co sprawiało, że jego oczy ciemniały, gdy na niego naciskała, coś, co sprawiało, że robił krok w jej stronę, zamiast odejść.

Zara potrząsnęła głową, zmuszając myśli do powrotu do sprawy. Nie mogła pozwolić sobie na rozkojarzenie, zwłaszcza przez kogoś o szaroniebieskich oczach i z ostrzeżeniami, które brzmiały niemal jak troska.

Salties tętniło życiem w piątkowy wieczór, a wentylatory pod sufitem obracały się bezużytecznie, walcząc z żarem bijącym od tłumu i upałem mijającego dnia. Zara zajęła ostatni wolny stolik w rogu. Przed nią stał otwarty laptop z nagraniami znad potoku; dzięki słuchawkom mogła wyłowić subtelny szum wody spod gwaru panującego w pubie. Celowo wybrała miejsce publiczne, częściowo ze względu na Wi-Fi, które działało lepiej niż rwane połączenie w motelu, a częściowo po to, by obserwować lokalsów w ich naturalnym środowisku. Po trzech godzinach i jednym kurczaku parmigiana poczyniła spore postępy nad trzecim odcinkiem, choć raz po raz rozpraszała ją zmieniająca się dynamika lokalu.

Przy barze tłoczyły się trzy rzędy ludzi: farmerzy wciąż w ubraniach roboczych, rzemieślnicy odpoczywający po tygodniu pracy i młodzi mieszkańcy wystrojeni na wieczorne wyjście, które nieuchronnie kończyło się tutaj, w jedynym lokalu w mieście. Rozmowy wokół niej wzbierały i cichły, czasami nagle milknąc, gdy ktoś wspomniał o Iris lub „kobiecie od podcastu", by po chwili powrócić wraz z ukradkowymi spojrzeniami w jej stronę.

Zara poprawiła słuchawki, próbując skupić się na programie do edycji, a nie na sporadycznych, wrogich spojrzeniach. Jej trzeci odcinek nabierał kształtów, łącząc rewelacje Emmy o pendrive'ie z fragmentami zeznań Vince'a i krótką opowieścią o historii miasteczka, którą dodała dla tła. Narracja zmierzała ku ważkiemu pytaniu: jakie informacje posiadała Iris, że warto było za nie zabić?

Atmosfera w pubie uległa subtelnej zmianie, ton i głośność rozmów dostosowały się do czegoś nowego. Zara podniosła wzrok, instynktownie szukając przyczyny. Żołądek jej się zacisnął, gdy w progu pojawił się Garrett w towarzystwie dwóch innych mężczyzn. Wszyscy byli po cywilnemu, ale ich postawa zdradzała policjantów: ta sama czujność, to samo uważne omiatanie wzrokiem pomieszczenia.

Zara spuściła wzrok na ekran, a tętno jej przyspieszyło, mimo usilnych starań, by zachować obojętność. Czuła na sobie ciężar spojrzenia Garretta, gdy odnotował jej obecność, choć demonstracyjnie nie odrywała wzroku od pracy. Kątem oka widziała, jak jego koledzy zajmują stolik, podczas gdy on sam ruszył w stronę baru.

Tłum rozstąpił się przed nim nieznacznie, bez przesady, ale z tą subtelną rezerwą, jaką darzy się lokalną władzę. Zatrzymał się przy barze tuż obok jej stolika, odwrócony do niej plecami, czekając na swoją kolej. Żadne z nich nie zareagowało na obecność drugiego, a jednak Zara była nadwrażliwa na jego bliskość, na zapach wody po goleniu mieszający się z wonią piwa i smażonego jedzenia.

Cisza między nimi naprężyła się niczym struna, podczas gdy barman obsługiwał kolejnych klientów. Gdy w końcu podszedł do Garretta, jego pytanie niemal utonęło w zgiełku: — Co podać, sierżancie?

— Szklankę piwa (schooner) Great Northern — odparł Garrett, po czym dodał, nie odwracając się: — I to, co pije ta pani. — Wskazał głową w stronę Zary.

Spojrzała na niego, zaskoczona tym gestem po ich konfrontacji pod supermarketem. — Nie potrzebuję twoich jałmużn, detektywie.

Garrett odwrócił się wówczas, opierając jedną rękę o krawędź baru, i po raz pierwszy tego wieczoru spojrzał jej prosto w oczy. — To nie jałmużna. Uprzejmość zawodowa.

Barman czekał z uniesionymi brwiami, zawieszony między nimi. Hałas pubu zdawał się cichnąć wokół ich stolika, choć Zara wiedziała, że to tylko jej wyostrzone zmysły potęgują to wrażenie. Kilku pobliskich gości przyglądało się im z kiepsko maskowanym zainteresowaniem.

— Dla mnie też piwo — powiedziała w końcu, ulegając bardziej z chęci zakończenia publicznej obserwacji niż z faktycznej akceptacji jego gestu.

Garrett skinął barmanowi, który odszedł, by przygotować zamówienie. Przez chwilę nie rozmawiali, a brak słów wypełniał ciężar ich poprzednich spotkań: Childers, komisariat, supermarket. Każda interakcja nakładała się na poprzednią, tworząc między nimi coś coraz bardziej skomplikowanego.

— Zawsze jesteś taka uparta? — zapytał cicho, przerywając milczenie.

Zara spojrzała mu prosto w oczy, nie dając się zastraszyć ani jego bliskością, ani pełnym lokalsów pubem. — A ty zawsze tak bardzo dbasz o to, by utrzymać status quo?

W jego wyrazie twarzy coś drgnęło. Może frustracja, a może niechętny podziw. Zanim zdążył odpowiedzieć, podano napoje. Garrett zapłacił, po czym wziął swoje piwo w jedną dłoń, a jej szklankę w drugą. Postawił trunek na stole i przesunął w jej stronę; ich palce niemal się zetknęły.

— Miłego wieczoru, Langley — powiedział głosem podszytym nutą, której nie potrafiła do końca rozszyfrować.

Wrócił do kolegów, zostawiając Zarę z niechcianym piwem i kłującą świadomością bycia obserwowaną — zarówno przez całą salę, jak i, sporadycznie, przez samego Garretta. Zdjęła słuchawki, nie będąc już w stanie skupić się na montażu pod ciężarem jego wzroku, który co jakiś czas odnajdywał ją z drugiego końca sali.

Piwo stało przed nią, a na szklance perliła się rosa. Nie powinna go pić. Przyjmowanie przysług od funkcjonariusza, który stał między nią a prawdą o Iris Zhang, wydawało się niewłaściwe, wręcz kompromitujące. A jednak odmowa teraz ściągnęłaby tylko więcej uwagi. Zara wzięła łyk, po czym wróciła do pracy, zmuszając się do skupienia mimo rozpraszaczy.

Godzinę później postępy były mizerne. Trzecie piwo zamówione przez szatyna przy barze „dla pani od podcastu” uprzejmie odrzuciła, dwa pierwsze ledwie tknęła. Atmosfera stawała się coraz bardziej duszna: upał, hałas, ukradkowe spojrzenia — jedne ciekawskie, inne wrogie. Gdy grupa młodych mężczyzn przy sąsiednim stoliku zaczęła głośno dyskutować o

„szukających atencji miastowych dziennikarkach, które powinny pilnować własnego nosa", Zara uznała, że czas iść.

Spakowała laptopa do torby, wzięła ostatni łyk piwa na kuraż i wstała. Gdy ruszyła w stronę wyjścia, bardziej poczuła, niż zobaczyła, że uwaga Garretta skupiła się na niej. Nocne powietrze na zewnątrz było tylko marginalnie chłodniejsze niż wnętrze pubu, ciężkie od wilgoci zwiastującej poranny deszcz.

Zara nie przeszła nawet dziesięciu kroków, gdy drzwi pubu otworzyły się za jej plecami. Nie musiała się odwracać, by wiedzieć, kto wyszedł za nią.

— Odprowadzę cię do motelu — powiedział Garrett, zrównując się z nią w kilku krokach.

— Doskonale potrafię trafić sama — odparła, ale bez większego przekonania. Prawda była taka, że niektóre z tych spojrzeń w pubie sprawiły, że poczuła się nieswojo. Małe miasteczka potrafiły szybko stać się nieprzyjazne, a ona była tu zdecydowanie obca.

— Zrób mi tę przyjemność — odrzekł, dotrzymując jej kroku.

Szli w milczeniu przez kilka minut. Ulica była cicha, nie licząc odgłosów pubu w oddali i okazjonalnego szumu przejeżdżającego auta. Napięcie między nimi znów się zmieniło — było mniej konfrontacyjne niż pod supermarketem i bardziej skomplikowane niż podczas ich służbowego spotkania na komisariacie.

— Dlaczego za mną wyszedłeś? — zapytała w końcu.

Garrett nie odpowiedział od razu. — Kilku tych chłopaków w środku przesadziło z piciem. Lepiej dmuchać na zimne.

— To twoja profesjonalna ocena sytuacji, sierżancie sztabowy?

— — Po służbie wystarczy Garrett. — Zerknął na nią, potem znów przed siebie. — I tak, to profesjonalna ocena. Piątkowe wieczory, za dużo piwa, kobieta spoza miasta idąca sama... to nie jest dobre połączenie.

Zara przetrawiła te słowa. Czy on naprawdę martwił się o jej bezpieczeństwo, czy to kolejna taktyka, by ją spłoszyć, by przypomnieć jej, że tu nie pasuje? A może chodziło o coś zupełnie innego, o coś, czego żadne z nich nie chciało nazwać po imieniu?

Dotarli do motelu i za szybko, i za wolno. Zara zatrzymała się przed swoimi drzwiami, szukając karty magnetycznej w torbie. Garrett stał krok dalej z rękami w kieszeniach i przyglądał się jej.

Znalazłszy kartę, odwróciła się do niego niepewnie. Powietrze między nimi wydawało się naładowane elektrycznością, pełne możliwości, których żadne z nich nie wypowiedziało na głos. Jego oczy trzymały jej wzrok, po czym na moment spoczęły na jej ustach i wróciły wyżej. Poczuła, jak nieznacznie chwieje się w jego stronę, przyciągana prądem płynącym między nimi wbrew wszelkim racjonalnym sprzeciwom jej umysłu.

Przez chwilę Zara myślała, że on skróci ten dystans. Jego ciało się napięło, ciężar niemal niedostrzegalnie przesunął się do przodu. Wstrzymała oddech, nie wiedząc, czy chce, by ją pocałował, czy też by go odepchnęła, pewna jedynie tego, że to niemożliwe napięcie musi zostać przerwane.

Wtedy Garrett cofnął się, a wyraz jego twarzy zamknął się niczym drzwi. Bez słowa odwrócił się i odszedł, a jego kroki cichły w nocy, zostawiając Zarę samą przed drzwiami pokoju hotelowego.

Opadła plecami na drzwi, wypuszczając powietrze. Przepełniała ją frustracja — na Garretta, na samą siebie, na całą tę sytuację. Co było z nią nie tak? Ten człowiek potencjalnie utrudniał jej śledztwo, może nawet brał udział w tuszowaniu tego, co stało się z Iris. Fakt, że spędzili ze sobą jedną noc, zanim wiedzieli, kim są, nie powinien mieć znaczenia.

A jednak jej skóra wciąż mrowiła, a tętno nie chciało zwolnić. Zara odepchnęła się od drzwi i wsunęła kartę z większą siłą, niż było to konieczne. Musiała się skupić, pamiętać, po co tu jest. Iris Zhang zasługiwała na sprawiedliwość, a miłosne perypetie z miejscowym detektywem tylko odciągały ją od celu.

Nieważne, jak bardzo wspomnienie z Childers wisiało między nimi niczym niespełniona obietnica.

ROZDZIAŁ 8

Dzwonek u wejścia do The Golden Horse brzdęknął cicho, gdy Zara weszła do środka po raz czwarty w tym tygodniu. Poranek w porze lunchu minął, pozostawiając zajęte tylko dwa stoliki: przez starszą parę siedzącą przy oknie i kierowcę ciężarówki pochylonego nad talerzem kurczaka w miodzie. May Zhang spojrzała znad lady; jej wyraz twarzy nie był już tak nieufny jak podczas pierwszej wizyty Zary, ale daleki od powitalnego. Postęp, pomyślała Zara. Powolny, ostrożny postęp.

Wybrała ten sam stolik w kącie, który zajmowała za każdym razem — wystarczająco blisko kuchni, by móc obserwować, kto wchodzi i wychodzi, a jednocześnie na tyle daleko od pozostałych gości, by zachować prywatność. Znajome zapachy imbiru, anyżu gwiazdkowatego i soi otoczyły ją, przywołując wspomnienia innej kuchni z dawnych lat.

Zara zrezygnowała z dań na wynos po tym pierwszym niezręcznym spotkaniu, decydując się na jedzenie w restauracji, gdzie May mogła ją widzieć, a jej obecność stawała się łagodną uporczywością, a nie najściem. Przebiła się już przez różne sekcje menu: gotowane na parze pierożki o idealnie przezroczystym cieście, chrupiące kalmary z solą i pieprzem, aromatyczny duszony bakłażan. Każde danie było bezbłędne, smaki zrównoważone i wyraziste w sposób, jakiego sieciowe restauracje nigdy nie potrafiły osiągnąć. David Zhang był naprawdę świetnym kucharzem; ta restauracja w Brisbane byłaby prawdziwą sensacją. W wiejskim Queenslandzie stanowiła autentyczny skarb.

May podeszła z notesem; poruszała się żwawo i konkretnie. Miała na sobie te same praktyczne czarne spodnie i prostą bluzkę co każdego innego dnia, a jej przetykane siwizną włosy były spięte w ten sam ciasny kocok. Jedynie jadeitowa bransoletka stanowiła namiastkę osobistej ekspresji — zielony kamień lapał światło przy każdym jej ruchu.

— Na co ma pani dzisiaj ochotę? — zapytała May tonem neutralnym, ale nie chłodnym.

— Poproszę beef ho fun — odparła Zara. — I herbatę jaśminową.

May zapisała zamówienie bez komentarza, lecz zawahała się przed odejściem. Jej ciemne oczy przez chwilę studiowały Zarę, jakby w głowie układało jej się pytanie. Zara czekała, zachowując otwarty, cierpliwy wyraz twarzy.

— Dlaczego pani ciągle wraca? — zapytała w końcu May ciszej, tak by słyszała ją tylko Zara. — Czy to ze względu na pani... badania? — To ostatnie słowo miało w sobie gorzki posmak.

Zara rozważała kłamstwo, jakąś strategiczną odpowiedź, która mogłaby pchnąć śledztwo do przodu. Zamiast tego poczuła, że chce powiedzieć prawdę.

— Dla jedzenia — powiedziała po prostu. — Przypomina mi kuchnię mojej babci. Mamy mojej mamy. Pochodziła z Hanoi.

Brwi May uniosły się lekko, co było pierwszą autentyczną reakcją, jaką Zara u niej dostrzegła.

— Jest pani Wietnamką? — W pytaniu nie było oskarżenia, tylko zaskoczenie.

— W jednej czwartej. Moja babcia przyjechała do Australii w latach siedemdziesiątych, jako wojenna narzeczona. — Zara dotknęła swojej twarzy, bardzo delikatnej fałdy nakątnej w kącikach oczu. — Wiem, że po mnie tego nie widać. Mój ojciec to Szkot-Australijczyk. Ludzie zazwyczaj nie potrafią tego stwierdzić, dopóki nie podam mojego pełnego imienia, Zara Ngoc Langley.

Wyraz twarzy May zmienił się niemal niezauważalnie. Jakby oceniała ją na nowo.

— Babcia mieszkała z nami, dopóki nie skończyłam piętnastu lat — kontynuowała Zara, niepewna, dlaczego się tym dzieli, ale nie potrafiąc przestać. — Nauczyła mnie gotować, choć nigdy nie stałam się tak dobra jak ona. Kiedy zmarła, czułam, jakbym straciła więź z tą częścią samej siebie. — Wykonała nieokreślony gest ręką, wskazując na restaurację. — Pani jedzenie, wiem, że to inna kuchnia, ale jest w nim jakaś staranność, ta równowaga smaków... to przypomina mi jej dania.

Dłonie May, które dotąd mocno ściskały notes, nieco się rozluźniły.

— Ludzie widzą to, co chcą widzieć — powiedziała May po chwili łagodniejszym głosem. — Kiedy po raz pierwszy otworzyliśmy to miejsce, dwadzieścia pięć lat temu, klienci pytali, czy jestem spokrewniona z właścicielami chińskiej restauracji w Bundaberg. — Przez jej twarz przemknęła znajoma irytacja. — Bo przecież wszyscy Chińczycy muszą się znać, prawda? Moja rodzina pochodzi z Melbourne. Jeden z przodków przyjechał tutaj na gorączkę złota w dziewiętnastym wieku!

Zara skinęła głową, rozpoznając to wspólne doświadczenie. — Mój nauczyciel historii w dziesiątej klasie zapytał, czy mogłabym przedstawić „osobistą perspektywę" na wojnę w Wietnamie. Urodziłam się w Brisbane. Moja *matka* urodziła się w Brisbane. Moja babcia nigdy nie rozmawiała o wojnie.

Kącik ust May drgnął ku górze, nie był to całkiem uśmiech, ale coś bliskiego. — W większości ludzie mają dobre intencje.

— W większości — zgodziła się Zara.

Przez moment zaistniało między nimi nić porozumienia, krucha, lecz prawdziwa. Wtedy dzwonek u drzwi ogłosił wejście kolejnego klienta, przerywając czar. May wyprostowała się, a na jej twarz powróciła profesjonalna maska.

— Przyniosę pani herbatę — powiedziała, odwracając się.

Zara patrzyła, jak odchodzi, czując mały przypływ nadziei. Może nie był to żaden przełom, ale szczelina w murze między nimi.

Następnego dnia Zara wróciła na późny lunch, celowo wybierając porę, która według jej obserwacji była najspokojniejsza. Kiedy weszła, restauracja była pusta, a May siedziała sama przy ladzie, przeglądając coś, co wyglądało na faktury. Bez słowa skinęła głową w stronę stałego stolika Zary w kącie.

— Poproszę dzisiaj warzywne chow mein — powiedziała Zara, gdy May podeszła. — I ponownie herbatę jaśminową.

May zapisała zamówienie, a potem zawahała się. — Ta wietnamska restauracja w Brisbane, w której pani pracowała, gdzie się znajdowała? — zapytała.

Zara zamrugała z zaskoczenia. — W West Endzie. Małe miejsce o nazwie Mekong River. Skąd pani wiedziała, że pracowałam w wietnamskiej restauracji?

May wzruszyła ramionami, a na jej ustach pojawił się cień tajemniczego uśmiechu. — Rodzaj restauracji to był domysł, ale… sposób, w jaki porusza się pani po sali, jak pani trzyma talerze i sztućce. Jak kelnerka.

Zara uśmiechnęła się. — Trzy lata podawania do stołu w czasie studiów. Właściciel był przyjacielem mojej babci z wietnamskiej społeczności.

May skinęła głową, po czym zniknęła w kuchni. Kiedy wróciła z herbatą kilka minut później, restauracja wciąż była pusta. Zamiast wrócić za ladę, May odsunęła krzesło naprzeciwko Zary i usiadła. Ten gest był tak nieoczekiwany, że Zara zamarła z filiżanką w połowie drogi do ust.

— David pojechał po zaopatrzenie do Bundaberg — powiedziała May, jakby usprawiedliwiając swoje niezwykłe zachowanie. — Wróci na kolację. — Splotła dłonie na stole, a jej jadeitowa bransoletka zsunęła się na nadgarstek. — Chce pani wiedzieć o Iris.

To nie było pytanie. Zara ostrożnie odstawiła filiżankę, czując wagę tej chwili i kruche zaufanie, którym właśnie ją obdarzano.

— Tak — odrzekła po prostu. — Chcę zrozumieć, kim była. Nie tylko to, co się jej stało.

Oczy May studiowały twarz Zary, szukając czegoś. Może szczerości, może szacunku. Cokolwiek to było, najwyraźniej znalazła tego wystarczająco dużo, by kontynuować.

— Była genialna — powiedziała May, a w tym słowie mieszały się duma i ból. — Kreatywna. Od małego ciągle coś tworzyła, wymyślała historie, robiła małe projekty artystyczne. — Jej palce nakreśliły na stole niewidzialny wzór. — Kiedy miała czternaście lat, nakręciła dokument o historii tego miasteczka. Przeprowadziła wywiady z najstarszymi mieszkańcami, znalazła zdjęcia, których nikt nie widział od lat. Towarzystwo historyczne wciąż pokazuje go zwiedzającym, choć wycięli jej nazwisko z napisów końcowych. — Na jej twarzy odmalował się ból; to nonszalanckie wymazanie osiągnięć córki odebrała jako przejaw niepotrzebnego okrucieństwa.

Zara słuchała, nie przerywając i nie robiąc notatek, dając wspomnieniom May należytą przestrzeń, choć w duchu postanowiła już odnaleźć to nagranie i pokazać je na swoim kanale YouTube w całości, z należytym uznaniem zasług Iris.

— Chciała studiować w Queensland College of Art — kontynuowała May. — To był program wczesnego przyjęcia, żeby mogła pójść tam po jedenastej klasie zamiast czekać kolejny rok. Przygotowywała swoje portfolio, kiedy... — Głos jej zadrżał, ale zaraz się opanowała. — Na pewno by ją przyjęli. Profesorowie, którzy widzieli jej prace później, wszyscy to potwierdzali.

— Czy była tu szczęśliwa? — zapytała cicho Zara. — W Salt Creek?

May zastanowiła się nad pytaniem. — Była szczęśliwa z tym, kim była. Czasami frustrowały ją ograniczenia tego miasteczka. Widziała więcej niż to miejsce, ale nie patrzyła na nie z góry. — Smutny uśmiech błąkał się po jej ustach. — Chciała opowiadać historie o ludziach, których inni nie dostrzegali. „Mamo, każdy ma historię wartą opowiedzenia" — mówiła.

Dzwonek w kuchni oznajmił, że zamówienie Zary jest gotowe. May wstała; moment zwierzenia został zawieszony, ale nie przerwany. Kiedy wróciła z parującym talerzem, postawiła go przed Zarą.

— Powinnam wrócić do rachunków — powiedziała, wskazując ręką w stronę lady. A potem, niemal od niechcenia, dodała: — Proszę przyjść jutro, jeśli pani chce. David robi kaczkę po pekińsku w soboty. Nie ma jej w menu, ale zawsze mamy porcję.

Zara skinęła głową, rozumiejąc to zaproszenie — nie chodziło o posiłek, lecz o uchylone drzwi. — Chętnie skorzystam. Dziękuję.

May wróciła za ladę, a Zara zajęła się makaronem, czując nagły ścisk w gardle. Zrobiono pierwszy prawdziwy krok ku zaufaniu, a wraz z nim pojawił się pierwszy obraz Iris jako kogoś więcej niż tylko ofiary ze sprawy karnej — jako głęboko kochanej córki, błyskotliwego umysłu utraconego zbyt wcześnie. Jedząc, Zara czuła ciężar tego zaufania, będący zarazem brzemieniem i darem.

Domek Jane Goulding przycupnął na skraju wąwozu; oblicówka drewniana była niemal całkowicie skryta za gąszczem rodzimych kwiatów i starannie wypielęgnowanych drzew owocowych. Zara szła krętą kamienną ścieżką do drzwi frontowych, ostrożnie omijając sennego scynka krótkoogonowego wygrzewającego się na ciepłych kamieniach. Po dniach stopniowego zjednywania sobie May, ten trop pojawił się niespodziewanie. Właścicielka restauracji wspomniała o „ulubionej nauczycielce" Iris nad sobotnią kaczką po pekińsku, a na jej ustach pojawił się rzadki uśmiech, gdy mówiła o kobiecie, która pielęgnowała talent jej córki. Jeden telefon później Zara otrzymała zaproszenie na niedzielne popołudnie.

Zapukała do drzwi pomalowanych na radosny turkus. Ze środka dobiegły kroki i drzwi otworzyły się, ukazując wysoką, smukłą kobietę o uderzających srebrnych włosach, obciętych w stylowego boba, który schodził ostro od karku ku szczęce. Mimo siedemdziesięciu lat Jane Goulding poruszała się jak osoba o połowę młodsza, a jej oczy za modnymi prostokątnymi oprawkami były bystre i czujne.

— Zara, jak miło cię poznać! — powiedziała rześkim, wyraźnie brytyjskim akcentem. — Wejdź, wejdź. Wstawiłam już wodę.

Wnętrze domku było równie kolorowe jak ogród: ściany wyłożone regałami z książkami, obrazy w żywych barwach i dumnie wyeksponowane kolekcje czegoś, co wyglądało na studenckie projekty. Jane poprowadziła Zarę do przeszklonej werandy z widokiem na wąwóz, gdzie obok stosu teczek z portfolio czekała taca z herbatą. Rozmawiały luźno, podczas gdy Zara rozstawiała kamerę i mikrofony do wywiadu.

— Przypominasz mi nieco Iris, co ciekawe — stwierdziła Jane, nalewając herbatę do filiżanek z delikatnej porcelany. — Coś w twojej prezencji. Sposób, w jaki trzymasz fason.

Zara nacisnęła przycisk Record i usiadła, zaskoczona tym porównaniem. — Słyszałam, że była niezwykłą osobą.

— Wyjątkową — poprawiła ją Jane, sadowiąc się w wiklinowym fotelu naprzeciwko Zary. — Przez czterdzieści pięć lat nauczania nie miałam drugiej takiej uczennicy jak Iris. Umiejętności technicznych można się oczywiście nauczyć, ale jej *oko*, to wrodzone wyczucie opowieści, tego, co jest ważne w kadrze... to był czysty talent. — Wskazała na teczki na stole. — Zachowałam kopie wszystkich jej prac. Oczywiście za zgodą May i Davida. Oni nie mogli znieść patrzenia na to po... cóż. Ale ja nie mogłam znieść myśli, że to zostanie zapomniane. Zapytam ich kiedyś ponownie, czy by ich nie chcieli. Gdy przyjdzie mój czas. Nie chciałabym, żeby to przepadło.

— Poproszę May i Davida o zgodę na udostępnienie tego na moich kanałach — powiedziała natychmiast Zara. — Zgadzam się; ja też uważam, że to nie powinno przepaść.

— Myślę, że to byłoby coś wspaniałego! — zawołała radośnie Jane. — Porozmawiam też z May, jeśli zauważysz u niej jakikolwiek opór.

Jane otworzyła pierwszą teczkę, ukazując starannie poukładane pendrive'y, płyty DVD i materiały drukowane, a każdy z nich był opisany starannym pismem. Wybrała jeden z nośników i włożyła go do eleganckiego laptopa, który wydawał się nie pasować do staroświeckiej estetyki domku.

— To był jej wniosek na stanowy konkurs mediów, kiedy miała szesnaście lat — wyjaśniła Jane, obracając ekran tak, by Zara mogła widzieć.

Film, który zaczął się wyświetlać, był pięciominutowym dokumentem o suszy w regionie, opowiedzianym poprzez wywiady z miejscowymi rolnikami. To, co natychmiast uderzyło Zarę, to kompozycja: każde ujęcie było celowo skadrowane, montaż zwarty i profesjonalny, a narracja budowana w sposób znacznie wykraczający poza to, czego można by się spodziewać po uczennicy liceum.

— Wygrała — powiedziała cicho Jane. — Pokonała studentów o trzy, cztery lata starszych.

Jane pokazała jej więcej: reportaż fotograficzny dokumentujący dłonie mieszkańców Salt Creek — spracowane ręce rolników, oprószone mąką palce piekarza, paznokcie mechanika pobrudzone smarem; każde zdjęcie ujawniało charakter poprzez te proste detale. Słuchowisko badające relację miasteczka z potokiem, od którego wzięło nazwę, nakładające relacje historyczne na współczesne głosy i subtelną oprawę dźwiękową. Film krótkometrażowy inscenizujący incydent z przeszłości miasta, kiedy to mieszkańcy ukryli zbiegłego więźnia wbrew rozkazom władz.

— Wszystko, co tworzyła, miało wiele warstw — mówiła Jane, podczas gdy Zara siedziała zafascynowana pracami. — Powierzchowne znaczenie dla przypadkowego widza i głębsze motywy dla tych, którzy chcieli przyjrzeć się bliżej. Rozumiała niuanse w sposób, którego większość dorosłych nigdy nie osiąga.

Zara poczuła narastający ból, gdy dzięki swoim pracom Iris stawała się coraz bardziej realna, mimo że sama ani razu nie pojawiła się na ekranie; nie była już tylko ofiarą, nie tylko sprawą kryminalną, ale błyskotliwą młodą kobietą z własnym głosem i wizją. Te dzieła ukazywały kogoś, kto bacznie obserwował otoczenie, kto odnajdywał piękno w zapomnianych zakamarkach, kto podchodził do swoich bohaterów z empatią, ale nigdy z sentymentalizmem. Kogoś, kogo strata była nie tylko osobistą tragedią rodziny, ale też uciszeniem twórczego głosu, zanim zdążył w pełni wybrzmieć.

— portfolio, które przygotowywała przed śmiercią — kontynuowała Jane, otwierając kolejny plik — zagwarantowałoby jej przyjęcie w ramach programu wczesnego przyjęcia do QCA. Profesorowie, którym je później pokazałam, byli... cóż, jeden z nich właściwie się rozpłakał. — Głos jej zadrżał. — Tak zmarnowany talent. Tak straszna strata.

Zara obejrzała pięknie skonstruowany esej wideo o tożsamości nastolatków na australijskiej prowincji, zawierający wywiady z rówieśnikami Iris, w tym krótkie fragmenty z Vince'em i kilka z Kirsty Cannon. Kontrast między opanowaną, elokwentną młodą kobietą za kamerą a pustym potokiem, w którym znaleziono jej ciało, wywołał w piersi Zary niemal fizyczny ból.

— Czy była lubiana w szkole? — zapytała Zara, odzyskując głos.
— May wspomniała, że czasami frustrowały ją ograniczenia tego miasteczka.

Jane uśmiechnęła się blado, mieszając herbatę. — Może bardziej szanowana niż lubiana. Talent w tym wieku może izolować. Inni uczniowie podziwiali ją, ale niektórzy czuli się onieśmieleni. — Upiła łyk, rozważając kolejne słowa. — W tych ostatnich tygodniach było widać napięcie między nią a Kirsty Cannon. Zauważyłam to na moich lekcjach.

Zainteresowanie Zary gwałtownie wzrosło. — Jakiego rodzaju napięcie?

— Na powierzchni zwykłe nastoletnie dramaty. Obie interesowały się tym samym chłopcem, Vincentem Thorne'em. — Jane spojrzała Zarze prosto w oczy. — Czy on o tym nie wspomniał?

— Nie — odparła zaskoczona Zara. — Mówił o randkowaniu z Iris, ale nigdy nie wspomniał, że Kirsty była nim zainteresowana.

Jane zaśmiała się cicho, choć w tym dźwięku było mało humoru. — O tak, Kirsty była zainteresowana, i to bardzo. Nie żeby wykonała jakiś ruch przed śmiercią Iris. Zrobiła to parę miesięcy później, jeśli dobrze pamiętam. Dość niesmaczne, doprawdy. — Pokręciła głową. — Vincent odrzucił ją dość publicznie. Powiedział coś ciętego, co ją gruntownie upokorzyło. Nie pamiętam jego dokładnych słów, ale sprowadzało się to do tego, że nie jest Iris i nigdy nie mogłaby nią być. Rodzaj brutalnej szczerości, w której nastolatki się specjalizują.

Zara przyswajała te informacje, łącząc je z obecną pozycją Kirsty jako radnej i jej starannie pielęgnowanym wizerunkiem. Publiczne odrzucenie i upokorzenie musiały być druzgocące dla kogoś tak dbającego o opinię, zwłaszcza ze strony chłopaka, na którym jej zależało — chłopaka, który kochał jej rywalkę.

— Dziwi mnie, że Vince o tym nie wspomniał — powiedziała ostrożnie Zara.

— Och, chłopcy w tym wieku potrafią być niezwykle nieświadomi takich dynamik — odparła Jane. — Poza tym to wszystko zostało przyćmione przez śmierć Iris. Vince niedługo potem wyjechał na uniwersytet. Mógł nie zdawać sobie sprawy ze znaczenia tej sytuacji.

Albo mógł uznać to za nieistotne w kontekście śmierci Iris, skoro wydarzyło się później, pomyślała Zara. Ale jeśli Kirsty żywiła uczucia do Vince'a, gdy ten spotykał się z Iris...

— Czy były jakieś sygnały, że ten trójkąt powodował problemy przed śmiercią Iris? — zapytała Zara.

Jane zastanowiła się nad pytaniem. — Nic poza zwykłą nastoletnią niezręcznością. Kirsty zawsze była... powściągliwa. Dbała o swój wizerunek. — Zamknęła laptopa z namysłem. — Napięcie, które zauważyłam, nie dotyczyło Vince'a, a przynajmniej nie odniosłam takiego wrażenia. Iris trzymała coś blisko piersi, nie dzieląc się tym z nikim, nawet z Kirsty, co było nietypowe. Często ze sobą współpracowały. — Skrzywiła się lekko. — Odniosłam wrażenie, że Kirsty czuła się wykluczona, a może nawet zagrożona tym, nad czym pracowała Iris.

To pokrywało się z tym, co Vince powiedział jej o tym, że Iris pilnie strzegła swojego końcowego projektu, oraz z informacją od Emmy o pendriveie kupionym za gotówkę. Kolejny element układanki, choć Zara nie była jeszcze pewna, gdzie pasuje.

— Utrzymuje Pani kontakt ze swoimi uczniami — zauważyła Zara. — Czy widuje Pani teraz Kirsty?

— Rzadziej, odkąd przeszłam na emeryturę. Stara się odwiedzać szkołę przy każdej uroczystości, więc zawsze ją tam widywałam. Zawsze oddana absolwentka. — Uśmiech Jane nie sięgnął jej oczu. — Dobrze sobie radzi, nasza Kirsty. Najmłodsza radna w historii miasta, na ścieżce do polityki stanowej, by pójść w ślady ojca. Może kiedyś Canberra. — Przerwała, przyglądając się Zarze. — Choć czasem zastanawiam się, co Iris pomyślałaby o sukcesach swojej byłej najlepszej przyjaciółki. Tak bardzo się różniły. Iris była samą treścią, Kirsty to tylko fasada.

Porównanie zawisło w powietrzu, podczas gdy Jane zaczęła pakować portfolios. — Zgrałam dla ciebie cyfrowe kopie wszystkiego na ten dysk. — Podała jej smukły przenośny dysk twardy. — Praca Iris zasługuje na to, by ją zobaczyć, by ją zrozumieć. — Może to pomoże ci pojąć, co się jej stało.

— Chciałabym tego — powiedziała Zara, przyjmując dysk, uderzona po raz kolejny przepaścią między tętniącą życiem siłą twórczą widoczną w pracach Iris a oficjalną wersją o przypadkowym utonięciu. — Dziękuję, że się Pani tym ze mną podzieliła.

Jane odprowadziła ją do drzwi, zatrzymując się na progu. — Znajdź prawdę — powiedziała cicho, a jej brytyjska powściągliwość nieco pękła. — Zasługiwała na coś znacznie więcej niż ta bzdurna historia o utonięciu.

Zara skinęła głową. — Staram się — obiecała. — Ona zasługuje na to, by o niej pamiętano.

Jane przetarła wilgotne oczy i potaknęła. — Podoba mi się twój podcast — dodała na koniec. — Będę czekać na kolejny odcinek.

Idąc z powrotem w stronę miasta, Zara miała głowę pełną nowych pytań. Dlaczego Vince nie wspomniał o zainteresowaniu Kirsty jego osobą? Czy było to dla niego po prostu nieistotne, czy zbyt bolesne, by do tego wracać? I co ważniejsze, czy zazdrość mogła odegrać rolę w tym, co przydarzyło się Iris Zhang tamtej październikowej nocy?

Zara siedziała po turecku na łóżku w motelu, z laptopem na kolanach, starannie redagując e-mail do Vince'a. Rewelacja o zainteresowaniu Kirsty wymagała potwierdzenia, ale wahała się nad sformułowaniami, nie chcąc brzmieć oskarżycielsko w kwestii jego milczenia. Po kilku próbach zdecydowała się na bezpośrednie podejście: — Rozmawiałam dziś z Jane Goulding i wspomniała o czymś interesującym: że Kirsty była tobą zainteresowana, a ty odrzuciłeś ją po śmierci Iris. Zastanawiam się, czy możesz to potwierdzić i czy uważasz, że może to mieć związek z tym, co stało się z Iris.

Przeczytała to dwukrotnie, po czym dodała: — Chcę jasno zaznaczyć, że nie sugeruję, iż zataiłeś informacje. Rozumiem, że mogło to wydawać się niepowiązane lub zbyt osobiste, by wspominać o tym w naszym wywiadzie. — Po ostatnim sprawdzeniu kliknęła „wyślij", a jej myśli już krążyły wokół tego, jak ten potencjalny trójkąt może zmienić jej postrzeganie całej sprawy.

Odpowiedź przyszła szybciej, niż się spodziewała, ledwie dwadzieścia minut później. Zara właśnie wyszła spod prysznica, gdy jej laptop wydał dźwięk powiadomienia. Owinęła się ręcznikiem i usiadła, by przeczytać wiadomość od Vince'a, a krople wody spadały z jej włosów na klawiaturę.

— Cześć Zara. Tak, to miało miejsce, choć nie myślałem o tym od lat. Nie miało to związku ze śmiercią Iris, bo wydarzyło się później, dlatego o tym nie wspomniałem. To było jakieś dwa miesiące po jej śmierci; pamiętam, że był czas Bożego Narodzenia. Kirsty dopadła mnie na imprezie, powiedziała, że powinniśmy „pocieszyć się nawzajem", skoro oboje tęsknimy za Iris. Byłem pijany, wściekły i pewnie bardziej okrutny, niż było to konieczne. Nie pamiętam dokładnie, co powiedziałem, ale coś w stylu, że nigdy nie będzie dorównywać Iris i że wolałbym być sam na zawsze, niż z kimś, kto tylko przypominałby mi o tym, co straciłem. To nie był mój najlepszy moment, ale miałem osiemnaście lat, byłem w żałobie i szczerze mówiąc, trochę zniesmaczony jej wyczuciem czasu. Nigdy więcej się do mnie nie odezwała. I tak wyjeżdżałem do Brisbane na studia, więc wtedy niewiele mnie to obchodziło.

— Z perspektywy czasu widzę, jak upokarzające musiało to być dla niej, zwłaszcza jeśli czuła coś do mnie, gdy byłem z Iris. Ale szczerze nie sądzę, by łączyło się to ze śmiercią Iris. Kirsty i Iris były przyjaciółkami, najlepszymi przyjaciółkami według Kirsty, choć nie przypominam sobie, by Iris kiedykolwiek użyła tego określenia. W ostatnich tygodniach było między nimi pewne napięcie, ale z pewnością nigdy nie pomyślałem, że może chodzić o mnie. Wydawało się, że ma to więcej wspólnego z projektami szkolnymi i podaniami na studia.

— Chętnie porozmawiam więcej, jeśli uważasz, że to ważne. Nie będzie mnie w Salt Creek przez kolejne 8 dni, ale mogę zadzwonić jutro po zmianie, jeśli chcesz.

— Vince

Zara przeczytała e-mail dwukrotnie, rozważając jego implikacje. Czas zdarzeń sprawiał, że było mało prawdopodobne, by odrzucone uczucia bezpośrednio doprowadziły do śmierci Iris, ale dodawało to kolejny wymiar postaci Kirsty i jej relacji z zmarłą dziewczyną. Napięcie, o którym wspomniał Vince, zgadzało się z tym, co mówiła Jane o Iris niechętnej do dzielenia się swoim projektem z Kirsty.

Wytarła włosy ręcznikiem, przemyśliwując opcje dla następnego odcinka. Trójkąt miłosny z pewnością wzbudziłby zainteresowanie odbiorców. Ludzie kochają takie dramaty. Jednak bez mocniejszych dowodów na powiązanie ze śmiercią Iris, podkreślanie tego wątku groziło zmianą podcastu w dokładnie taki rodzaj żerowania na tragedii, o który oskarżano ją przy sprawie Little Girls Lost... i rozwścieczeniem miejscowych jeszcze bardziej, niż już byli.

— Nie — powiedziała na głos do pustego pokoju. — Nie idziemy w tę stronę. Jeszcze nie teraz.

Zamiast tego skupi się na twórczości Iris, na przywołaniu jej do życia jako osoby, a nie tylko ofiary. Takie podejście oddawało szacunek zarówno prawdzie, jak i zaufaniu, którym obdarzyli ją Zhangowie. Wątek Kirsty mógł poczekać, aż znajdzie bardziej konkretne powiązania ze sprawą.

Ubrana i z jasno określonym celem, Zara otworzyła program do montażu i zaczęła składać kolejny odcinek. Wycięła fragmenty rozmowy z Jane, chwytając wspomnienia nauczycielki o Iris i jej opisy niezwykłego talentu młodej kobiety. Zadzwoniła do May i za jej zgodą dołączyła urywki prac Iris: fragmenty jej dokumentów, kawałki nagrań audio, obrazy z jej esejów fotograficznych, z dopiskiem, że pełne wersje prac Iris zostaną udostępnione oddzielnie na jej kanale.

Podczas montażu Zara poczuła znajomą satysfakcję z tworzenia porywającej narracji, ale także coś głębszego: poczucie odpowiedzialności wobec dziewczyny, której życie rekonstruowała z cudzych wspomnień i jej własnych dzieł. To nie był tylko „content"; to była próba przywrócenia pamięci, sprawienie, by Iris stała się kimś więcej niż tylko ofiarą znalezioną w potoku.

Pracowała przez cały wieczór i noc. O drugiej nad ranem miała gotową roboczą wersję, która wydawała się odpowiednia: pełna szacunku, angażująca, konkretna. Dodała swój komentarz lektorski, łącząc poszczególne elementy i podkreślając kontrast między pełną życia, utalentowaną młodą kobietą na nagraniach a oficjalną wersją o nieszczęśliwym utonięciu.

Ostateczny szlif zajął kolejne trzy godziny. Kiedy w końcu wrzuciła odcinek do sieci o świcie, czuła ogromne wycieńczenie, ale satysfakcja była silniejsza niż zmęczenie. Ten odcinek pozwoli widzom zżyć się z Iris jako człowiekiem, sprawi, że sprawiedliwość dla niej zacznie ich obchodzić w sposób, w jaki sensacja o nastoletnim trójkącie miłosnym nigdy by nie zdołała.

Padła na łóżko, gdy pierwsze promienie słońca przesączyły się przez cienkie motelowe zasłony, ustawiając budzik na południe, by sprawdzić wyniki odcinka.

Kiedy się obudziła, z zaspanymi oczami i wciąż zmęczona, jej telefon rozświetlał się od powiadomień. Sięgnęła po niego po omacku, mrużąc oczy, by odczytać liczby. Wyświetlenia już na poziomie 47 000 i szybko rosły. Tysiące komentarzy. Udostępnienia, polubienia, nowi subskrybenci — wszystkie wskaźniki szybowały w górę w tempie, którego nie widziała od szczytu popularności Zaginionych Australijczyków.

Otworzyła panel administracyjny na laptopie, czekając na załadowanie analityki. To nie było zwykłe zaangażowanie, lecz zaangażowanie z sensem. W komentarzach dyskutowano o talencie Iris, wyrażano oburzenie stratą takiego potencjału, żądano sprawiedliwości. Widzowie nawiązywali więź z Iris jako osobą, dokładnie tak, jak Zara miała nadzieję.

Najbardziej zaskakujący był prognozowany przychód za ten miesiąc: 20 000 dolarów. Wpatrywała się w tę liczbę, pewna, że przez zmęczenie źle ją odczytuje. Ale nie, kwota nadal tam była, niemal kpiąc swoją nieprawdopodobnością. Dwadzieścia *tysięcy* dolarów. Dość, by spłacać kredyt hipoteczny przez miesiące. Dość, by wymazać długi na kartach kredytowych. Dość, by zacząć oddychać.

Zaśmiała się — dźwiękiem będącym czymś pomiędzy niedowierzaniem a ulgą — skrolując kolejne komentarze. Ludzie się zaangażowali, nie tylko w zagadkę, ale w samą Iris. Strategia zadziałała powyżej jej najbardziej optymistycznych przewidywań.

Kolejną godzinę Zara spędziła na odpowiadaniu na kluczowe komentarze i robieniu notatek do przyszłych odcinków. Miała teraz od Jane dość materiału na co najmniej dwa kolejne odcinki, skupiające się na różnych aspektach twórczości Iris, przy jednoczesnym stopniowym budowaniu tezy, że śmierć nie mogła być przypadkowa.

Gdy zamykała laptopa, wypłynęło wspomnienie: Garrett Pennell mówiący jej o łych oponach, polecający warsztat Micka. Wtedy ta uwaga ją zirytowała, odebrała ją jako krytykę swojej sytuacji finansowej. Teraz, mając w perspektywie dwadzieścia tysięcy dolarów, to wspomnienie wywołało inne emocje: dziwną mieszankę poczucia triumfu i czegoś na kształt wdzięczności.

Chwyciła kluczyki, nagle pełna determinacji. Nowe opony. Mała rzecz, być może, ale symboliczna — dowód, że nie zamierza w najbliższym czasie opuszczać Salt Creek, że postanowiła zapuścić korzenie i ma zasoby, by zostać tu tak długo, aż odkryje prawdę o tym, co spotkało Iris Zhang.

A jeśli Garrett Pennell przypadkiem zauważy jej odświeżony samochód, cóż, będzie to po prostu dodatkowa korzyść.

ROZDZIAŁ 9

ZARA SIEDZIAŁA PO TURECKU na motelowym łóżku z laptopem na kolanach. Tani klimatyzator rzęził i jęczał, wyrzucając z siebie co jakiś czas letnie powietrze, które niewiele dawało w starciu z upalnym latem w Queensland napierającym na szyby. Przeglądała sekcję komentarzy pod najnowszym odcinkiem. Czterdzieści osiem tysięcy wyświetleń i liczba ta wciąż rosła. Dziewczyna z potoku przestała być zwykłym podcastem; stawała się ruchem społecznym.

Odcinek poświęcony twórczości Iris odbił się echem znacznie wykraczającym poza jej oczekiwania. Widzowie nie tylko angażowali się w zagadkę kryminalną; nawiązywali więź z Iris jako osobą, dzieląc się oburzeniem z powodu straty tak wielkiego talentu i domagając się odpowiedzi na pytanie, jak ktoś tak ostrożny i rozważny mógł przypadkowo utonąć w wodzie sięgającej do kostek.

— Dokument Iris o Salt Creek powinien zostać wysłany na festiwale filmowe — napisał jeden z komentujących. — Jej oko do kompozycji było niezwykłe.

— Nie mogę przestać myśleć o jej serii zdjęć dłoni — dodał inny. — Sposób, w jaki potrafiła uchwycić charakter postaci dzięki tak prostym detalom. Wraz z jej śmiercią straciliśmy wybitny talent.

Zara wzięła łyk letniej wody. To było dokładnie to, na co liczyła: wskrzeszenie Iris jako kogoś więcej niż tylko ofiary, sprawienie, by ludziom zależało na prawdzie o jej śmierci, bo zależy im na niej samej. Prognozowany przychód również stale rosnął, oscylując obecnie wokół 22 000 dolarów za miesiąc. Finansowy oddech po miesiącach duszenia się w długach.

Zatrzymała się na komentarzu, który wyróżniał się na tle pełnych emocji reakcji: — Stara kładka znajdowała się pięćdziesiąt metrów w górę potoku od miejsca, które pokazałaś, a nie dwadzieścia. Mylisz podstawy geografii.

Zara zmarszczyła brwi, szybko otwierając swoje notatki. Komentujący miał rację; pomyliła odległość w narracji. Zapisała sobie, by sprostować to w następnym odcinku, po czym czytała dalej. Pojawiło się więcej poprawek, dziwnie szczegółowych:

— Iris nie chodziła na lekcje angielskiego do pana Petersona w ostatniej klasie, tylko do pani Hargrove. Sprawdź fakty.

— Wąwóz nie kończy się „tuż na wschód od miasta", jak twierdzisz. Do wodospadu są ponad trzy kilometry. Taka niestaranność podważa twoją wiarygodność.

Zara czytała z coraz większym niepokojem, a początkowa irytacja własnymi błędami ustąpiła miejsca lękowi. To nie były luźne spostrzeżenia widzów; to była precyzyjna, lokalna wiedza, szczegóły, które mógł znać tylko ktoś z Salt Creek.

Wierzchem dłoni starła pot z czoła. Pokój nagle wydał się bardziej klaustrofobiczny, choć jego wymiary pozostały bez zmian. Rozległ się dźwięk powiadomienia, kolejny komentarz:

— Powinnaś bardziej uważać na to, kogo oskarżasz. Małe miasteczka mają dobrą pamięć, a dziennikarze, którzy sieją zamęt, nie zagrzewają tu długo miejsca.

Ścisnęło ją w żołądku. To nie było już sprostowanie; to było ostrzeżenie. Przewinęła dalej, znajdując więcej wiadomości o coraz bardziej wrogim wydźwięku:

— Niektóre historie lepiej zostawić pogrzebane. Dla dobra wszystkich.

— Czy twój pokój w motelu domyka się porządnie na noc? Salt Creek nie zawsze jest bezpieczne dla obcych.

Przy ostatnim komentarzu zaparło jej dech. Sprawdziła profile użytkowników: wszystkie anonimowe, wszystkie założone w ciągu ostatniego tygodnia, na żadnym nie było innej aktywności poza komentowaniem jej filmów. Nie do namierzenia.

Zara zamknęła laptopa, wstała i sprawdziła, czy drzwi do pokoju są zamknięte, a łańcuch zabezpieczony. Racjonalna część jej mózgu upierała się, że to tylko typowe internetowe trolle, klawiaturowi wojownicy próbujący ją wystraszyć czczymi groźbami. Ale dziennikarka w niej — ta część, która przez lata wypracowała instynkt podpowiadający, kiedy temat staje się niebezpieczny — szeptała, że tym razem jest inaczej. To było lokalne, konkretne i celowo eskalowane.

Wróciła do laptopa, zrobiła zrzuty ekranu każdego niepokojącego komentarza, odnotowując sygnatury czasowe i identyfikatory użytkowników. Następnie otworzyła nowy dokument i zaczęła analizować schematy: style pisania, ujawnioną konkretną wiedzę, czas publikacji postów. Jej dłonie poruszały się automatycznie, wchodząc w rutynę śledczą, która zawsze ją uspokajała, gdy sprawy się komplikowały.

Komentarze zaczęły pojawiać się około trzech godzin po publikacji odcinka, co sugerowało, że ktoś miejscowy obejrzał go wcześnie rano i zareagował niemal natychmiast. Konkretna wiedza o planie zajęć Iris wskazywała na kogoś powiązanego ze szkołą: nauczyciela, pracownika administracji lub byłego ucznia. A groźba dotycząca jej pokoju hotelowego oznaczała, że ktoś dokładnie wiedział, gdzie mieszka.

Ale czego szukali? Co wywołało tę eskalację? Ostatni odcinek nie wymieniał potencjalnych podejrzanych ani nie proponował nowych teorii na temat śmierci Iris. Po prostu prezentował jej twórczość, jej talent. Chyba że...

Zara ponownie otworzyła film, przeskakując do fragmentów dokumentów Iris, które zamieściła. Czy nieświadomie pokazała coś, czego ktoś nie chciał widzieć? Jakiś detal w pracach Iris, który ujawniał więcej, niż zamierzono?

Zegar na laptopie wskazywał 18:42. Na zewnątrz słońce zaczynało zachodzić, rzucając długie cienie przez cienkie firanki. Zara podeszła do okna i wyjrzała na niemal pusty parking. Żadnych podejrzanych pojazdów, nikt nie obserwował jej z drugiej strony ulicy. Tylko zwyczajna cisza wczesnego wieczoru w Salt Creek.

Wróciła do komputera, skopiowała zrzuty ekranu do bezpiecznego folderu w chmurze, po czym wysłała krótką wiadomość do Deva: — Pod najnowszym odcinkiem pojawiają się niepokojące komentarze. Nic konkretnego, ale mam oczy dookoła głowy. Zdzwonimy się jutro?

Jeśli ktoś mógł namierzyć te anonimowe konta, to tylko Dev. Nie chciała go alarmować, ale wystrzelenie racy ostrzegawczej wydawało się po prostu rozsądne, a wiedziała, że on natychmiast zacznie to sprawdzać.

Klimatyzator znów zakrztusił się, po czym wypuścił nieco chłodniejszy strumień powietrza. Zara przetarła kark, na którym mimo niemal zupełnego bezruchu zebrał się pot. Wiedziała, że komentarze nie powinny jej zastraszać. Internetowy hejt był praktycznie wpisany w zawód każdej dziennikarki, a co dopiero takiej, która badała sprawę potencjalnego tuszowania morderstwa. Jednak niepokoiła ją ta szczegółowość, lokalna wiedza, wyraźny zamiar wyprowadzenia jej z równowagi.

Zamknęła dokument i zamiast niego otworzyła program do montażu. Najlepszą odpowiedzią nie był odwrót, lecz atak. Zaczęła szkicować plan kolejnego odcinka, skupiając się na nieścisłościach w oficjalnym śledztwie. Jeśli ktoś próbował ją odstraszyć, fundamentalnie nie rozumiał, co nią kieruje. Groźby nie zmuszały jej do ucieczki; zmuszały ją do głębszego kopania.

Mimo to konkretna wzmianka o jej pokoju motelowym nie dawała jej spokoju. Zerknęła ponownie na drzwi, okna, łazienkę, gdzie małe okienko pozostawało szczelnie zamknięte. Może powinna rozważyć przeprowadzkę, znalezienie miejsca mniej oczywistego. Domek Jane Goulding był na tyle duży, że znalazłby się tam wolny pokój; mogłaby go wynająć na kilka tygodni, gdyby poprosiła. Ale nie; ucieczka byłaby sygnałem słabości, potwierdzeniem, że zastraszanie działa.

Zara wyprostowała ramiona i wróciła do pracy. Nigdzie się nie wybierała. Dopóki nie odkryje, co naprawdę przydarzyło się Iris Zhang. Dopóki nie zrozumie, dlaczego jej śmierć po jedenastu latach wciąż wywołuje tak instynktowne reakcje.

I dopóki nie zidentyfikuje dokładnie tego, kto tak desperacko próbuje pogrzebać prawdę, która nie chce pozostać w ukryciu.

Zara wróciła do Salt Creek Motel tuż po siedemnastej następnego popołudnia, z kontem bankowym lżejszym o prawie tysiąc dolarów, ale za to z samochodem, który w końcu stabilnie trzymał się drogi. Postanowiła nie słuchać sugestii Garretta w kwestii używanych opon po tym, jak Mick pokazał jej różnicę w jakości bieżnika. — Te spokojnie starczą pani na dwa lata przy tych kilku tysiącach kilometrów, jakie pani robi rocznie — powiedział, klepiąc nowe opony Michelin, które zamówił specjalnie dla niej, gdy pierwszy raz przywiozła auto. — Tamte używane opony mogłyby strzelić po pół roku. Dzięki sukcesowi podcastu, z którego miało spłynąć ponad dwadzieścia tysięcy dolarów, mogła sobie pozwolić, by raz na zawsze zrobić wszystko porządnie. Zaparkowała przed swoim segmentem. Widok znajomego, obskurnego tymczasowego domu był dziwnie kojący po całym dniu spędzonym na zatapianiu się w twórczości Iris w bibliotece, gdzie Esther stanowiła w tle nieco wrogą, czujną obecność.

Gdy jednak otworzyła drzwi, coś w jej percepcji się zmieniło. Drzwi były zamknięte. Zasłony zaciągnięte dokładnie tak, jak zapamiętała. Nic na pierwszy rzut oka nie budziło podejrzeń. A jednak czuła, że coś jest nie tak — subtelne zaburzenie atmosfery, które jej ciało zarejestrowało, zanim świadomy umysł zdołał je zidentyfikować.

Pokój wyglądał normalnie: łóżko posłane, czysta koszula przerzucona przez krzesło tam, gdzie ją zostawiła, etui na laptopa na biurku. Kiedy jednak weszła do środka, to złe przeczucie skrystalizowało się w konkretnych detalach.

Jej książki na nocnym stoliku, trzy wydania w miękkiej oprawie i skórzany notatnik, były ułożone w innej kolejności. Z przyzwyczajenia zostawiła notatnik na górze; teraz leżał jako trzeci w stosie. Zamek w jej walizce, zawsze zasunięty do końca, był rozchylony na centymetr przy jednym z brzegów. Kosmetyczka, którą rano położyła na blacie w łazience, znajdowała się po przeciwnej stronie umywalki.

Ktoś był w jej pokoju. Ktoś dotykał jej rzeczy.

Zara podeszła najpierw do biurka. Serce jej waliło, gdy sprawdzała kufer ze sprzętem. Zamek był nienaruszony. Otworzyła go i zobaczyła, że komputer oraz dysk twardy Jane z materiałami Iris są bezpieczne, nietknięte. Jej sprzęt nagrywający, drogi aparat Sony i mikrofony, które spłacała od osiemnastu miesięcy, również leżały na swoim miejscu.

Niczego nie ukradli. Czegoś szukali.

Skóra jej cierpła na myśl o nieznanych dłoniach buszujących w jej prywatnej przestrzeni, badających jej dobytek, otwierających walizkę z poskładanymi ubraniami, wystawiających intymne przedmioty na widok kogoś obcego. Przeszła do łazienki, przyglądając się jej uważniej. Szczoteczka do zębów stała idealnie w kubku, ale krem nawilżający został przesunięty, a nakrętka nie była do końca dokręcona.

— Cholera — szepnęła, a jej głos drżał w ciszy pokoju.

Zara wyciągnęła telefon i sprawdziła godzinę: 17:23. Sprzątaczki skończyłyby obchód wiele godzin temu, a poza tym zawsze wywieszała zawieszkę „Proszę nie przeszkadzać". To nie był personel. To było celowe działanie.

Podeszła do okien, sprawdzając zamki, oglądając ramy w poszukiwaniu śladów włamania. Nic. Wróciła do kufra ze sprzętem, kucnęła, by mieć zamek na wysokości oczu, i wtedy to zobaczyła: drobne zarysowania wokół zamka, jakby ktoś niezdarnie próbował go otworzyć wytrychem.

A więc ktokolwiek to zrobił, nie był profesjonalistą. Czy przekupił, czy przekonał recepcjonistę, by wpuścił go do pokoju? Ukradł uniwersalny klucz, który musi mieć sprzątaczka, by wejść do wszystkich pomieszczeń? Zara była niemal pewna, że od nikogo pracującego w motelu nie usłyszy szczerej odpowiedzi.

W głowie błysnęły jej anonimowe komentarze z ostatniej nocy: „Czy twój pokój w motelu domyka się porządnie na noc? Salt Creek nie zawsze jest bezpieczne dla obcych". To nie była przypadkowa groźba, lecz celowe ostrzeżenie od kogoś, kto już wiedział, że ma dostęp do jej pokoju.

Chodziła po małym pokoju, sześć kroków od ściany do ściany, próbując zapanować nad oddechem. Czego szukali? Dysku twardego Jane z pracami Iris? Jej notatek z badań? Czy był to po prostu akt zastraszenia, wiadomość, że żadne miejsce nie jest naprawdę prywatne, że jest obserwowana?

Tak czy inaczej, zamiar był jasny: wystraszyć ją, sprawić, by poczuła się zagrożona, zmusić do wyjazdu.

Zara zmusiła się, by stanąć w miejscu i pomyśleć. Mogłaby nic nie mówić, udawać, że nie zauważyła, ale wtedy ten, kto to zrobił, uznałby, że jego wiadomość nie dotarła do adresatki.

Albo mogła zadzwonić na policję. Zgłosić włamanie, stworzyć oficjalny protokół. Dać znać komukolwiek, kto za tym stoi, że nie da się zastraszyć i zmusić do milczenia.

Wpatrywała się w telefon. Numer na Komisariat Policji w Salt Creek miała już zapisany w kontaktach. Telefon oznaczał, że prawdopodobnie przyjedzie Garrett. Garrett o szaroniebieskich oczach, które widziały zbyt wiele, z jego ostrzeżeniami, które teraz wydawały się mniej groźbami, a bardziej szczerą troską.

Wspomnienie jego fizycznej obecności w Childers, jego bliskości w pokoju przesłuchań i tej nocy, gdy odprowadził ją z pubu do domu, wywołało niechciane drżenie w jej żołądku. Skomplikowane. Zbyt skomplikowane.

Dziennikarski instynkt wygrał jednak z osobistym wahaniem. Dokumentuj wszystko. Twórz ślad w papierach. Trzymaj się procedur. Nie musiała lubić Garretta Pennella, by korzystać z systemu, który reprezentował.

Zara zrobiła zdjęcia naruszonych przedmiotów telefonem, uważając, by niczego więcej nie dotknąć. Następnie schowała dumę do kieszeni i zadzwoniła na komisariat. Czekając na połączenie, omiatała wzrokiem swoją sprofanowaną przestrzeń, a początkowy szok zaczął ustępować miejsca gniewowi.

Ktoś myślał, że zastraszy ją takimi marnymi zagrywkami. Ktoś wierzył, że ucieknie przy pierwszej oznace oporu. Wyraźnie nie rozumieli, co sprowadziło ją do Salt Creek — nie tylko zawodowa desperacja, ale autentyczna wiara w sprawiedliwość, oddanie prawdzie, które pozwalało jej przetrwać groźby znacznie gorsze niż te.

— Komisariat Policji w Salt Creek, słucham — odezwał się głos recepcjonistki.

— Mówi Zara Langley — powiedziała, a jej głos był stabilny mimo wciąż odczuwalnego niepokoju. — Chciałabym zgłosić włamanie w Salt Creek Motel.

Nie da się przegonić. Ani anonimowym komentarzom, ani naruszeniu prywatności, ani subtelnym groźbom. Ktokolwiek przeszukał jej pokój, odniósł tylko jeden skutek: potwierdził to, co już podejrzewała — była coraz bliżej czegoś, co ktoś desperacko chciał utrzymać w tajemnicy.

Garrett przybył w ciągu siedemnastu minut od jej telefonu. Zara odliczała czas, siedząc na krawędzi krzesła przy biurku, nie chcąc siadać na łóżku, którego mogły dotykać nieznane ręce. Rozpoznała dźwięk jego wozu, zanim go zobaczyła — charakterystyczny warkot, z jakim policyjny LandCruiser wjeżdżał na miejsce parkingowe pod jej oknem. Gdy rozległo się zapukanie, trzy ostre uderzenia, szybko wstała, wygładziła koszulę i otworzyła drzwi. Stał w nich, wypełniając sobą niemal całą futrynę, z miną urzędową, która nie do końca maskowała troskę w jego oczach.

— Pani Langley — powiedział formalnie, choć coś w jego głosie łagodziło ten służbowy dystans. — Zgłosiła pani włamanie?

Osunęła się na bok, by wpuścić go do środka, boleśnie świadoma, jak jego obecność sprawia, że mały pokój staje się jeszcze mniejszy. Miał dziś na sobie mundur: błękitną koszulę z insygniami policji z Salt Creek, ciemne spodnie i pas taktyczny. Oficjalny, budzący respekt. A jednak nie mogła przestać o nim myśleć w cywilnych ciuchach, jakich używał w Childers, czując w pamięci jego ciało przy swoim.

— Nic nie zginęło — wyjaśniła, wskazując na subtelne ślady wtargnięcia. — Ale ktoś grzebał w moich rzeczach. Czegoś szukał.

Garrett skinął głową, wyciągając mały aparat cyfrowy i notatnik.

— Czy mogłaby mnie pani oprowadzić i pokazać, co pani zauważyła? — zapytał, stojąc na tyle blisko, że czuła zapach jego wody po goleniu wymieszany z aromatem kawy i ledwie wyczuwalną wonią proszku do prania. Zbyt blisko jak na służbowe kontakty, a jednak żadne z nich się nie odsunęło.

Opisywała każdy naruszony przedmiot, gdzie leżał wcześniej i skąd wie, że został przesunięty. Kiedy mówiła, jego wzrok raz po raz wracał do jej twarzy, badając jej wyraz w sposób wykraczający poza policyjne procedury. Przechodził z nią po pokoju, fotografując przestawione książki, częściowo niedosunięty suwak walizki. Jego ruchy były oszczędne i profesjonalne, ale Zara zauważyła, jak się ustawia — zawsze między nią a drzwiami, jakby spodziewał się, że intruz może w każdej chwili wrócić.

— Zajmuje pani ten sam pokój od zakwaterowania? — zapytał, pisząc w notatniku.

— Tak, od dziesięciu dni.

— Ktoś poza obsługą miał do niego dostęp? Odwiedzali panią znajomi? Współpracownicy?

— Nie. Spotykałam się z ludźmi w mieście: z Jane Goulding, z May Zhang, ale nigdy tutaj. O, z wyjątkiem Vince'a Thorne'a, ale on jest teraz w kopalni, w której pracuje. — Zawahała się. — Zawsze wywieszam wywieszkę „Proszę nie przeszkadzać". Sprzątaczki nie było tu od trzech dni.

Zapisał to, po czym podniósł wzrok. Jego szaroniebieskie oczy spotkały jej spojrzenie. — Czy zauważyła pani, żeby ktoś panią śledził? Żeby ktoś wykazywał nietypowe zainteresowanie pani osobą?

Pytania te wykraczały poza standardową procedurę przy zwykłym włamaniu bez kradzieży. To była osobista troska, słabo zamaskowana pod płaszczem służbowej rzetelności.

— Niczego konkretnego nie dostrzegłam. Ale pojawiło się... — Zawahała się, po czym wyciągnęła telefon i pokazała mu zrzuty ekranu z anonimowymi komentarzami. — To zaczęło się wczoraj, po tym jak mój ostatni odcinek trafił do sieci.

Garrett wziął telefon, przeglądając wiadomości. Podczas lektury drgnął mu mięsień w szczęce, a jego twarz mocno spoważniała. Gdy dotarł do komentarza o zamku w drzwiach motelowych, mocniej zacisnął palce na aparacie.

— Dlaczego tego nie zgłosiłaś? — Jego głos był niski, pobrzmiewał w nim autentyczny gniew. Zdała sobie sprawę, że był skierowany nie na nią, lecz na tego, kto stał za groźbami.

— Myślałam, że to zwykły internetowy trolling. Aż do teraz.

Oddał jej telefon, muskając palcami jej dłoń. — To nie jest trolling. To celowe zastraszanie. — Podszedł bliżej, ściszając głos. — Robisz z siebie cel, Zara. To już nie jest tylko małomiasteczkowa niechęć.

— Nie wycofam się — powiedziała, unosząc dumnie podbródek. — Skoro ktoś tak bardzo chce mnie wystraszyć, to znaczy, że muszę być blisko czegoś ważnego.

— Albo kogoś niebezpiecznego. — Uniósł dłoń, niemal dotykając jej twarzy, po czym ją opuścił. — Nie rozumiesz, w co wdepnęłaś.

— Więc powiedz mi — rzuciła wyzwanie, nieświadomie podchodząc bliżej. — Czego nie dostrzegam, Garrett? Czego mi nie mówisz?

Powietrze między nimi zgęstniało, ciężkie od niewypowiedzianych słów, od wspomnienia tamtej nocy w Childers, od napięcia, które narastało przy każdym kolejnym spotkaniu. Jego wzrok spoczął na jej ustach, zatrzymał się tam na moment, po czym znów napotkał jej spojrzenie. Profesjonalny dystans całkowicie pękł.

Nie była pewna, kto pierwszy wykonał ruch. Może oboje naraz, przyciągnięci siłą, która działała między nimi od ich pierwszego spotkania. Jego usta odnalazły jej, gorące i pełne desperacji, a dłoń powędrowała w górę, by podtrzymać tył jej głowy. Odpowiedziała natychmiast, poczuła przypływ pożądania i przywarła do niego, zaciskając palce na jego koszuli.

Ten pocałunek w niczym nie przypominał tego z Childers — nie był radosny ani badawczy. Był ciężki od potrzeby, lęku, gniewu i czegoś głębszego, czego nie potrafiła nazwać. Objął ją mocno w talii, przyciągając do siebie, jakby chciał ją fizycznie osłonić przed wszelkimi zagrożeniami czyhającymi na zewnątrz. Jej ciało pamiętało jego dotyk; instynkt przejął kontrolę, gdy wygięła się ku niemu.

To Garrett odsunął się pierwszy, choć jej nie puścił. Oparł czoło o jej czoło, oboje próbowali uspokoić oddech.

— Martwię się o ciebie — powiedział ochrypłym głosem. — To nie jest zabawa. Salt Creek ma tajemnice, których ludzie będą bronić za wszelką cenę.

Ciepło jego ciała sprawiało, że trudno jej było się skupić, ale Zara zmusiła się, by zrobić krok w tył i odzyskać jasność myślenia. — Poradzę sobie. Nie przepędzą mnie stąd metodami na zastraszenie.

— To nie są tylko metody na zastraszenie. — Niechętnie puścił jej talię. — Ktoś był w twoim pokoju, Zara. Ktoś, kto wie, gdzie śpisz i nad czym pracujesz. To eskaluje.

— Tym bardziej mam powód, by kopać dalej. — Wygładziła koszulę, starając się odzyskać opanowanie. — Nie wyjadę, dopóki nie dowiem się, co się stało z Iris.

Na jego twarzy odmalowała się cała gama uczuć: frustracja, troska i być może niechętny podziw. Przeczesał dłonią włosy, rozglądając się po pokoju. — Pozwól mi przynajmniej porozmawiać z menedżerem motelu o zmianie zamków. Może dołożymy taki, do którego tylko ty będziesz miała klucz. I uważaj, komu ufasz.

Ironia sytuacji nie umknęła jej uwadze. Ufała właśnie temu człowiekowi, który od samego początku ostrzegał ją przed tym śledztwem. Powierzała mu swoje bezpieczeństwo, swoje usta, instynkty własnego ciała.

Garrett zebrał notatnik i aparat, kierując się do wyjścia. Zatrzymał się w progu, odwracając się, jakby chciał dodać coś jeszcze. Ich spojrzenia się spotkały, po czym po prostu skinął głową i wyszedł.

Drzwi zamknęły się za nim. Zara stała nieruchomo, słuchając, jak jego kroki cichną. Jej usta wciąż mrowiły po jego pocałunku. Pokój wydawał się jednocześnie pusty i dziwnie zatłoczony jego nieobecnością — pusty bez jego fizycznej postaci, a zatłoczony pytaniami o to, co się przed chwilą stało, co to oznaczało i dokąd może doprowadzić.

Opadła na krawędź łóżka, nie martwiąc się już o to, kto mógł go wcześniej dotykać. Tętno powoli wracało do normy, ale wspomnienie ciała Garretta przy jej własnym, jego opiekuńczej postawy i zapachu — mydła, kawy i czegoś tak charakterystycznie jego — który wciąż unosił się w powietrzu, sprawiało, że jej skóra była rozpalona i wrażliwa na każdy bodziec.

Naprawdę martwił się o jej bezpieczeństwo. To nie była gra ani udawanie. Ale czy to oznaczało, że nie był zamieszany w to, co spotkało Iris? Czy może jego troska była czysto prywatna, oddzielona od zawodowych lojalności i obowiązków?

Zara przycisnęła palce do skroni, próbując oczyścić myśli. Włamanie, pełne gróźb wiadomości, pocałunek — wszystko to wirowało w głowie w mylącym splocie niebezpieczeństwa i pożądania. Najgorsze nie było to, że ktoś był w jej pokoju, ani to, że anonimowi użytkownicy grozili jej w sieci.

Najgorsze było to, że gdy Garrett stał w progu, szykując się do wyjścia, chciała go poprosić, żeby został.

ROZDZIAŁ 10

PUKANIE WYRWAŁO ZARĘ z niespokojnych snów; było natarczywe, a jednocześnie niepewne. Mrugnęła, patrząc na zegarek przy łóżku: 6:17 rano. Za wcześnie na obsługę hotelową. Po wczorajszym włamaniu jej tętno przyspieszyło; wyślizgnęła się z pościeli i narzuciła kardigan na koszulę nocną, po czym ostrożnie podeszła do drzwi. Wyjrzała przez wizjer i spięła się, dopóki nie rozpoznała drobnej sylwetki po drugiej stronie: to była May Zhang, stała ze splecionymi przed sobą dłońmi — w jasnym porannym świetle wyglądała jednocześnie na zdeterminowaną i niepewną.

Zara otworzyła drzwi, zdejmując łańcuch. — May? Czy wszystko w porządku?

May miała na sobie wyprasowane czarne spodnie i prostą niebieską bluzkę, a jej przetykane siwizną włosy były upięte w zwyczajowy koczek, choć nieco luźniej niż zazwyczaj, jak gdyby ubierała się w pośpiechu. W dłoniach ściskała mały bukiet rodzimych kwiatów, których żywe kolory kontrastowały z jej ponurym wyrazem twarzy.

— Chciałabym pani coś pokazać — powiedziała May głosem opanowanym mimo lekkiego drżenia palców. — Jeśli ma pani czas. Teraz.

— Oczywiście — odparła Zara, a zaskoczenie ustąpiło miejsca ciekawości. — Proszę dać mi pięć minut na ubranie się.

May skinęła głową, cofając się o krok. — Poczekam.

Zara ubrała się szybko, wkładając szorty i lekką bawełnianą koszulę, przeczesała włosy i związała je w kucyk. Odruchowo chwyciła dyktafon i telefon, ale potem zawahała się, niepewna, jaki charakter ma to zaproszenie. Dyktafon został na stole, ale telefon wsunęła do kieszeni.

Na zewnątrz powietrze było ciężkie od wilgoci, a słońce wciąż walczyło, by przebić się przez mgłę wiszącą na horyzoncie. May stała wyprostowana, wbijając wzrok gdzieś przed siebie. Gdy Zara wyszła, May po prostu skinęła głową i ruszyła przodem, oczekując, że Zara pójdzie za nią.

Szły w milczeniu przez budzące się do życia miasteczko. Właściciel kawiarni otwierający swój lokal skinął głową May, a na widok towarzyszącej jej Zary na jego twarzy odmalowało się zaskoczenie. Ciekawość małego miasteczka, pomyślała Zara, albo coś bardziej konkretnego: świadomość tego, co oznacza fakt, że May Zhang idzie ramię w ramię z kobietą od podcastu.

May poprowadziła je główną ulicą, minęła hotel, a potem skręciła do małego parku publicznego ze spłowiałymi stołami piknikowymi i placem zabaw dla dzieci. Poranna rosa wsiąkała w buty sportowe Zary, gdy szły na przełaj przez trawę, kierując się nie ku ścieżce schodzącej do potoku, gdzie znaleziono ciało Iris, lecz w stronę starej drewnianej kładki przerzuconej nad wąwozem.

— Tutaj przychodzę — powiedziała May; były to jej pierwsze słowa od wyjścia z motelu. — Co tydzień. Od jedenastu lat.

Wskazała na kładkę, której drewno poszarzało od słońca i deszczu, a deski, choć solidne, zdradzały swój wiek pęknięciami i ciemniejszymi sękami. Wzdłuż brzegów wąwozu kwitły żółte akacje, a ich słodki zapach mieszał się z ziemistą wonią płynącego poniżej potoku. Woda płynęła czysta i płytka po gładkich kamieniach, sięgała zaledwie do kostek.

May weszła na kładkę wyćwiczonym, znajomym krokiem. Mniej więcej w połowie drogi zatrzymała się i uklękła, po czym wetknęła trzymane w rękach rodzime kwiaty w szparę w barierce, układając je na małej metalowej tabliczce przytwierdzonej do bocznej belki. Zara podeszła bliżej, by przyjrzeć się prostemu grawerunkowi: „Iris Zhang, ukochana córka, 1997–2014”.

— Rada miasta nie zgodziła się na prawdziwy pomnik — wyjaśniła May beznamiętnym głosem, choć jej palce spoczywały długo na metalowej płytce, gładząc imię córki. — Powiedzieli, że to „zachęcałoby do makabrycznej turystyki”. Richard Cannon wynegocjował ten kompromis. Tabliczka jest na tyle mała, że nikt jej nie zauważy, jeśli nie wie, gdzie szukać.

Wciąż klęczała, poprawiając kwiaty i upewniając się, że nie wypadną i nie wpadną do potoku. — Przychodzę tu, żeby z nią porozmawiać — kontynuowała May, teraz ciszej. — Opowiadam jej o restauracji, o nowych przepisach jej ojca. Zadaję jej pytania, na które nie może odpowiedzieć.

May spojrzała na Zarę, a w jej ciemnych oczach lśniły niewypłakane łzy, którym nie pozwalała spłynąć. — Proszę usiąść ze mną — powiedziała; nie było to pytanie, ale też nie do końca rozkaz. Poklepała dłonią wysłużone drewno obok siebie.

Zara usiadła na kładce, czując szorstkość drewna pod dłońmi i udami, zwieszając nogi przez poręcz obok nóg May. Z tej perspektywy wyraźniej widziała potok, gładkie kamienie pod wodą i cień kładki tworzący chłodniejsze miejsce, w którym gromadziły się małe rybki. Piętnaście centymetrów wody. Za mało, by utonąć przez przypadek.

— Powiedzieli, że spadła — rzekła May, podążając za wzrokiem Zary. — Że uderzyła się w głowę, straciła przytomność i utonęła mimo płytkiej wody. — Jej głos pozostawał opanowany. — Ale Iris znała ten potok. Bawiła się w nim od dziecka. Miała pewny krok, była ostrożna.

Zara skinęła głową; z tej pozycji nieprawdopodobieństwo oficjalnej wersji wydarzeń było jeszcze bardziej uderzające. — Czy miała powód, by być tutaj tamtej nocy? — zapytała cicho.

Palce May wciąż nieświadomie błądziły po pamiątkowej tabliczce. — Żadnego, o którym by nam powiedziała. Miała iść z restauracji prosto do domu. W przeciwnym kierunku. Nie było powodu, by nadkładać drogi do potoku, chyba że...

— Chyba że ktoś poprosił ją o spotkanie tutaj albo spotkał ją po drodze i namówił, żeby z nim poszła — dokończyła łagodnie Zara.

May skinęła głową, wciąż wpatrzona w wodę poniżej. — Ktoś, komu ufała na tyle, by przyjść tu z nim w nocy.

Siedziały w milczeniu. Wiatr poruszył liśćmi eukaliptusów okalających wąwóz, rzucając na wodę tańczące, pstre cienie. Zara poruszyła się, zmieniając pozycję na twardym drewnie, a gdy oparła dłoń, by złapać równowagę, jej wzrok padł na coś nietypowego między zniszczonymi deskami.

Coś czarnego, zaklinowane głęboko w szczelinie między dwiema deskami, spoczywało na jednej z belek nośnych pod powierzchnią kładki. To nie był liść ani śmieć; kształt był zbyt regularny, a materiał zbyt twardy. Zara nachyliła się bardziej, mrużąc oczy.

— May — szepnęła. — Tam na dole coś jest, między deskami.

May podniosła wzrok, na jej twarzy odmalowała się konsternacja. — Gdzie?

Zara wskazała na wąską szczelinę. — Tam. Coś czarnego, z czymś, co wygląda jak... naklejka? Na metalowej lub plastikowej powierzchni.

May pochyliła się, mrużąc oczy, by zajrzeć w cień pod deskami kładki. — Nie... czekaj. — Westchnęła gwałtownie. — Widzę to.

— Tkwi tam od dawna — stwierdziła Zara, badając, jak przedmiot osiadł i jak drewno pod wpływem pogody uległo zniszczeniu wokół niego, niemal więżąc to, co znajdowało się poniżej. — Może całe lata. To wygląda jak telefon.

May chwyciła Zarę za nadgarstek, zaciskając palce. — Nigdy nie znaleźli telefonu Iris! Czy to możliwe, żeby...? — Nie potrafiła dokończyć pytania, a w jej oczach walczyły nadzieja z przerażeniem.

Instynkt śledczy Zary ożył, jej umysł zaczął analizować możliwości i powiązania. Coś zgubionego lub ukrytego na kładce, gdzie Iris Zhang po raz ostatni była żywa, nieodkryte przez jedenaście lat. Coś małego, czarnego, z czymś w rodzaju ozdobnej naklejki.

— Musimy to wyciągnąć — powiedziała, już oceniając, jak sięgnąć w głąb wąskiej szczeliny. — Widzi pani, czy to w ogóle drgnie?

May skinęła głową, a niepewność ustąpiła miejsca determinacji. Pochyliła się, zaglądając w szparę; jej palce były jednak zbyt duże, by zmieścić się w zwietrzałej przestrzeni.

— Prawie mogę go... — zaczęła May, po czym wycofała się sfrustrowana. — Ani drgnie. A jeśli będziemy go tylko poruszać, może wpaść do wody.

— W takim razie musimy spróbować też od dołu — odrzekła Zara, już wstając i przenosząc wzrok z zaklinowanego przedmiotu na płytki potok. — Zejdę do wody. Jeśli wypadnie, złapię go.

Oczy May rozszerzyły się. — Myśli pani, że to może być...?

Zara nie odpowiedziała bezpośrednio, nie chcąc budzić nadziei, których mogła nie spełnić, ale w jej głowie kłębiły się domysły. — Sprawdźmy to — rzuciła tylko, kierując się już ku końcowi kładki i ścieżce prowadzącej w dół do potoku.

Ścieżka nad potok była tak stroma, jak Zara zapamiętała ze swojej pierwszej wizyty w tym miejscu, co zmuszało ją do chwytania się wystających korzeni i młodych drzewek, by nie stracić równowagi przy schodzeniu. Poranna wilgoć oblepiała jej skórę, a koszula zdążyła przykleić się do pleców, zanim jeszcze dotarła do brzegu. Nad nią May znalazła urwaną gałąź i ostrożnie ustawiała się na kładce, bezpośrednio nad zaklinowanym przedmiotem; jej ruchy były powolne i celowe, jakby jeden fałszywy krok mógł sprawić, że ich znalezisko runie do wody.

— Jestem na dole! — zawołała Zara, zdejmując buty i wchodząc do potoku.

Gwałtowny chłód wody na kostkach sprawił, że aż wstrzymała oddech. Mimo dusznego upału gęstniejącego w powietrzu potok był zimny, zasilany przez podziemne źródła, które utrzymywały niewielki nurt, mimo że tama w górze rzeki odcięła większość dopływu. Gładkie kamienie obsuwały się pod jej stopami, gdy brodziła ku środkowi, ustawiając się dokładnie pod szczeliną, w której tkwił przedmiot.

— Widzi go pani stamtąd? — zapytała May, wychylając się przez barierkę ze ściśniętym gardłem.

Zara odchyliła głowę, mrużąc oczy przed coraz silniejszym blaskiem słońca przebijającym się przez deski. — Nie, nic nie widzę. Ale jestem dokładnie pod panią. Jeśli uda się go obluzować, spróbuję go złapać.

May uklękła na kładce, wsuwając cienką gałąź w szczelinę między deskami; jej twarz była skupiona. — Spróbuję go delikatnie wypchnąć — powiedziała. — Proszę być gotową.

Gałąź skrobała o drewno, szukając oparcia. Pot wystąpił na czoło Zary, gdy czekała z karkiem bolącym od patrzenia w górę, a woda powoli znieczulała jej stopy mimo narastającego upału.

— Chyba... — May pchnęła mocniej. — Chyba zaczyna się...

Przerwał jej głośny trzask, gdy koniec gałęzi się ułamał, przez co May na moment straciła równowagę. Gałąź uderzyła z siłą w przedmiot i Zara zobaczyła, jak jego róg wyłania się znad krawędzi belki nośnej, chwiejąc się niebezpiecznie.

— Przesunął się! — krzyknęła, rozstawiając szerzej nogi w wodzie, z rękami uniesionymi w pogotowiu.

May odzyskała równowagę, mocniej chwytając skróconą gałąź. — Jeszcze jedno pchnięcie — powiedziała bardziej do siebie niż do Zary.

Gałąź zahaczyła o krawędź przedmiotu, podważając go. Przez ułamek sekundy zdawało się, że zawisł w szczelinie, niezdecydowany. Potem przechylił się, wysunął z wieloletniego więzienia i zaczął spadać.

Zara rzuciła się naprzód, rozbryzgując wodę wokół łydek, i wyrzuciła ręce w górę. Przedmiot uderzył w jej dłonie, niemal wyślizgnął się z palców, ale w końcu pewnie go pochwyciła. Pęd sprawił, że cofnęła się chwiejnie o krok, ale ustała na nogach, trzymając zdobycz bezpiecznie przy piersi.

— Mam go! — zawołała, patrząc na to, co trzymała w rękach.

To był niewątpliwie telefon komórkowy, starszy smartfon w czarnej obudowie pękniętej wzdłuż jednej krawędzi, z ekranem przypominającym pajęczynę pęknięć. Z tyłu znajdowały się naklejki, ale to, co przedstawiały, dawno już wyblakło.

W górze May była już w ruchu; porzuciła gałąź i ruszyła pędem przez kładkę, a jej zazwyczaj miarowy krok ustąpił miejsca ledwie kontrolowanemu pośpiechowi. Zara odbrnęła do brzegu, uważając, by nie poślizgnąć się na gładkich kamieniach, trzymając telefon wysoko nad wodą.

Gdy dotarła na suchy ląd, May już tam była, schodząc na dół jakimś cudem szybciej niż wcześniej Zara, mimo swojego wieku. Jej wzrok utkwiony był w telefonie.

— Chciałabym zobaczyć — powiedziała głosem ledwie słyszalnym.

Zara ostrożnie przekazała urządzenie, patrząc, jak palce May drżą na krawędziach aparatu, gdy obracała go, by przyjrzeć się naklejkom z tyłu.

— To jej — powiedziała May, a przy drugim słowie głos jej się załamał. — To telefon Iris. Te naklejki... nakleiła je w dniu, w którym dostała ten telefon. Mówiła, że to jej „zestaw medialny" w miniaturze. — Jej kciuk pogładził jedną z naklejek; był to delikatny gest. — Ta ma kształt mikrofonu, widzi pani? Taki był na niej obrazek. Miała identyczne na laptopie.

May podniosła wzrok, a w jej oczach lśniły łzy. — Policja mówiła, że nie może znaleźć jej telefonu. Że musiał wpaść do wody i zostać zniesiony z prądem. — Jej głos stwardniał. —

Ale on tu był. Przez cały ten czas. Dokładnie tam, gdzie ona... dokładnie tam, gdzie ją znaleziono.

Zara obserwowała, jak na twarzy May świadomość ustępuje miejsca zrozumieniu konsekwencji faktu, że telefon został wbity w kładkę, a nie zabrany przez prąd. To był dowód, który mógł ujawnić, co naprawdę wydarzyło się tamtej nocy, z kim spotkała się Iris, co widziała lub o czym wiedziała.

— Jej laptop też zniknął — kontynuowała May, a w jej żałobę wplatał się teraz gniew. — Detektyw Finch przyszedł do naszego domu dzień po tym, jak... jak ją znaleźli. Powiedział, że potrzebują jej laptopa do śledztwa. Oczywiście go mu daliśmy. — Jej palce mocniej zacisnęły się na telefonie. — Trzy tygodnie później, kiedy poprosiliśmy o zwrot, powiedział, że został „opracowany i wrócił do magazynu dowodów". Ale kiedy David poszedł go odebrać, nikt nie mógł go znaleźć. Po prostu zniknął. Jakby nigdy nie istniał.

May podeszła bliżej, zaciskając dłonie na telefonie aż do białości kłykci. — Nie może pani im tego oddać — powiedziała nagle gwałtownie, drugą ręką chwytając Zarę za nadgarstek. — Proszę mi obiecać. Tutejsza policja... oni są częścią tego, co się stało. Zabrali jej laptopa, zignorowali siniaki na ramionach, uznali to za wypadek, choć każdy widział... — Urwała, ciężko oddychając.

Zara zawahała się, czując jak etyka dziennikarska walczy z ludzką empatią. Zatajenie dowodu w policyjnym śledztwie oznaczało przekroczenie granicy, której wcześniej nie brała pod uwagę, a która w razie wykrycia mogłaby zniszczyć jej karierę zawodową. Jednak desperacja w oczach May, drżące palce zaciskające się na telefonie i nadgarstku Zary, przemawiały do głębszej prawdy: tu nie chodziło tylko o rzetelność dziennikarską, ale o sprawiedliwość, której odmawiano przez lata.

Zresztą, żadnego policyjnego śledztwa nie było. To nie była nierozwiązana sprawa sprzed lat; sprawę tę zamknięto dawno temu. Chyba że Zara zdoła przedstawić nowe, niepodważalne dowody — dowody, które być może uda się znaleźć w tym telefonie.

— Obiecuję — powiedziała w końcu Zara. — Ale May, musimy spróbować odzyskać wszystko, co na nim jest. Tam mogą być dowody, wiadomości, zdjęcia, rejestry połączeń lub SMS-y, które powiedzą nam, co wydarzyło się tamtej nocy.

Ulga sprawiła, że rysy May złagodniały, a uścisk na nadgarstku Zary zelżał, choć kobieta nie puściła jej całkowicie. — Myśli pani, że to możliwe? Po tym wszystkim? Po tylu latach na deszczu i słońcu?

— Współczesne telefony są zaskakująco wytrzymałe — odparła Zara, choć sama nie była tego do końca pewna. — Obudowa wydaje się nienaruszona, co zapewniło pewną ochronę. I nie był zanurzony w wodzie, a jedynie wystawiony na działanie warunków atmosferycznych. — Skinęła głową na urządzenie. — Są specjaliści, którzy mogliby przeprowadzić odzyskiwanie danych.

May skinęła głową, ostrożnie podając telefon Zarze. Przekazanie przedmiotu było celowe, znaczące — to był akt powierzenia zaufania w równym stopniu, co urządzenia. — Ostatnia rzecz, której dotykała — powiedziała cicho, jakby ta myśl dopiero teraz do niej dotarła.

Zara delikatnie przyjęła telefon, rozumiejąc znaczenie tego, co trzyma w dłoni. Nie był to tylko potencjalny dowód, ale bezpośrednia więź z Iris, być może zapis jej ostatnich rozmów, jej ostatnich chwil. Palce May jeszcze przez moment spoczywały na obudowie, niechętnie zrywając kontakt z tym niespodziewanym łącznikiem z córką.

— Będę się z nim obchodzić ostrożnie — obiecała Zara, patrząc May prosto w oczy. — Będę panią informować o wszystkim, co znajdziemy, i dopilnuję, żeby do pani wrócił, bez względu na wszystko.

Palce May w końcu opadły, jej ramiona się wyprostowały, gdy widocznie zaczęła odzyskiwać nad sobą panowanie. — Polubiłaby panią — powiedziała nagle, a te słowa całkowicie zaskoczyły Zarę. — Iris. Nie tolerowała głupców ani pozerów. Doceniłaby pani determinację. — Cień uśmiechu pojawił się na jej wargach. — I upór.

Ten niespodziewany komplement poruszył w Zarze jakąś strunę, sprawiając, że poczuła ścisk w gardle. Skinęła głową, nie potrafiąc znaleźć odpowiedniej odpowiedzi, i ostrożnie schowała telefon do kieszeni.

— Powinnyśmy już iść — powiedziała May, spoglądając w stronę kładki, gdzie kwiaty ku pamięci Iris wciąż leżały przy tablicy pamiątkowej. — Zanim ktoś nas zobaczy.

Wróciły w milczeniu ścieżką prowadzącą przez wąwóz, a Zara była boleśnie świadoma ciężaru w swojej kieszeni. Telefon wydawał się cięższy, niż wynikałoby to z jego masy. Opierała się pokusie dotknięcia go przez materiał szortów, jak gdyby ten kontakt mógł w jakiś sposób naruszyć kruche dane, które pozostały w środku. Zamiast tego skupiła się na praktycznym problemie: kto byłby w stanie wydobyć informacje z urządzenia tak uszkodzonego po tylu latach wystawienia na działanie żywiołów? I co ważniejsze, komu mogła powierzyć jego zawartość?

Gdy wyszły na otwarty teren, May rozejrzała się ostrożnie, zanim przemówiła ściszonym głosem. — Czy będzie pani w stanie... zobaczyć, co tam jest?

Zara rozważyła pytanie. — Osobiście nie. Uszkodzenia są rozległe, a odzyskiwanie danych z tak zniszczonego telefonu wymaga specjalistycznego sprzętu. Nawet gdyby jakimś cudem wciąż się włączał, w co wątpię, wewnętrzne podzespoły prawdopodobnie skorodowały.

Ramiona May lekko opadły, a chwilowa nadzieja zniknęła z jej oczu.

— Ale — kontynuowała Zara, uważnie obserwując wyraz twarzy May — znam kogoś, kto mógłby pomóc.

Policja nie wchodziła w grę po tym, co May wyjawiła o zaginionym laptopie. Lokalni spece od technologii zaczęliby gadać w tak małym miasteczku. Komercyjna firma zajmująca się odzyskiwaniem danych wymagałaby dokumentów, rejestrów, stwarzałaby ryzyko wycieku. I choć Garrettowi można było ufać, jego stanowisko sprawiało, że nie mogła go brać pod uwagę, niezależnie od skomplikowanych uczuć, jakie ich łączyły.

Była jednak jedna osoba, o której wiedziała, że posiada zarówno umiejętności techniczne, jak i gwarantuje absolutną dyskrecję. Ktoś, czyje granice etyczne były jasne, a lojalność nie budziła wątpliwości. Ktoś, kto potraktuje to jako fascynującą technologiczną zagadkę, a nie potencjalny problem prawny.

— Mój współlokator z Brisbane — powiedziała Zara, utwierdzając się w podjętej decyzji. — Dev. Robi doktorat z elektrotechniki, specjalizuje się w odzyskiwaniu danych i informatyce śledczej. Ma sprzęt, który dorównuje laboratoriom uniwersyteckim, z czego większość zbudował sam. — W jej głosie pojawiła się nutka dumy. — Odzyskiwał dane z urządzeń, które zawodowcy uznali za beznadziejne przypadki. I jest całkowicie godny zaufania.

May przyglądała się jej twarzy, szukając pewności. — Pojechałaby pani z powrotem do Brisbane?

Zara skinęła głową. — Dzisiaj. Jeśli wyjadę niedługo, mogłabym być tam późnym popołudniem, przekazać mu telefon i wrócić jutro. — Spojrzała May prosto w oczy. — On nigdy nie zaangażowałby władz bez naszej wyraźnej zgody, rozumie też, co oznacza dyskrecja. Takie wyzwania techniczne to coś, dla czego żyje.

— I ufa mu pani całkowicie? — zapytała May, a pytanie to było obciążone latami jej nieufności wobec oficjalnych organów i złamanymi obietnicami.

— W tej chwili dosłownie powierzam mu pod opiekę mój dom. I powierzyłabym mu własne życie — odparła po prostu Zara. — Dev jest... jest genialny, a przy tym jest etyczny do szpiku kości. — Uśmiechnęła się lekko. — To chyba jedyna znana mi osoba, która jest bardziej uparta ode mnie, jeśli chodzi o rozwiązywanie problemów.

May zdawała się ważyć te słowa, zestawiając je ze swoją despercką potrzebą ochrony tej ostatniej więzi z córką. W końcu skinęła głową, a ulga stała się widoczna w złagodzeniu napięcia wokół jej ust.

— Jak długo zajęłoby mu... sprawdzenie, czy cokolwiek da się odzyskać?

— To zależy od stopnia uszkodzeń — przyznała Zara. — To mogą być dni, mogą być tygodnie. Telefon leżał tam przez jedenaście lat. Bateria na pewno uległa degradacji, być może wyciekły z niej substancje korozyjne na inne podzespoły. Kości pamięci mogą być uszkodzone nie do naprawienia. — Nie chciała dawać złudnej nadziei. — Dev będzie szczery co do szans.

Dotarły do obrzeży parku, miasteczko wokół nich budziło się do życia. Starszy mężczyzna idący z psem skinął głową May, posyłając Zarze zaciekawione spojrzenie. Kurierska furgonetka przejechała z turkotem, kierowca zwolnił, by im się przyjrzeć, po czym przyspieszył.

— Ludzie będą gadać — mruknęła May, dostrzegając to zainteresowanie. — Zawsze gadają.

— Niech gadają — odparła Zara, starając się zachować swobodną postawę mimo cennego ładunku w kieszeni. — Jesteśmy po prostu dwiema osobami, które poszły razem na spacer.

Usta May wygięły się w cieniu uśmiechu. — I to jaki spacer. — Powoli pokręciła głową. — Tak się cieszę, że posłuchałam tego cichego głosu, który kazał mi zaprosić cię na wspólny spacer dzisiaj rano. Myśli pani, że to Iris wskazała mi właściwy kierunek?

— Nie wiem — przyznała szczerze Zara. — Może. Badając nierozwiązane sprawy, widziałam już dziwne rzeczy. Ludzi podejmujących dziwne decyzje, które prowadziły do przełomów, a potem nie potrafili wyjaśnić, dlaczego to zrobili. Nie wykluczam niczego.

Podczas drogi umysł Zary wybiegał już naprzód ku logistyce. Musi zadzwonić do Deva, przygotować go na to, co przywiezie. Spakować rzeczy, żeby zabrać je ze sobą; nie chciała zostawiać ich w pokoju motelowym na noc, nie po włamaniu.

— Jeśli tam są jakieś wiadomości — powiedziała nagle May, przerywając myśli Zary — SMS-y albo połączenia z tamtej nocy... — Zawahała się, po czym kontynuowała. — Chcę wiedzieć. Nawet jeśli będą trudne do przyjęcia. Nawet jeśli zmienią to, jak ją pamiętam. — Jej głos wzmocnił się. — Przez jedenaście lat żyłam półprawdami. Teraz zniosę całą prawdę, jakakolwiek by nie była.

Zara skinęła głową, rozumiejąc jakiej odwagi wymaga taka otwartość po latach ochronnej izolacji.

— Przekażę pani wszystko, co znajdziemy — obiecała. — Niczego nie zataję.

Skręciły w główną ulicę, przed nimi ukazał się The Golden Horse, którego czerwono-złoty szyld lśnił w porannym słońcu. David pewnie był w środku, przygotowując się do pracy, nieświadomy tego, co odkryły. Nieświadomy, że jego żona poczyniła ten ogromny krok w stronę ujawnienia prawdy o śmierci ich córki.

— Powinna pani już iść — powiedziała May, gdy zbliżyły się do restauracji. — Proszę spakować to, czego pani potrzebuje do Brisbane. Im wcześniej pani wyjedzie, tym wcześniej pani wróci. — Przerwała, po czym dodała cicho: — Powiem Davidowi, co znalazłyśmy. I co zamierzamy zrobić.

Zara skinęła głową, świadoma spojrzeń z okien sklepów i z mijających ich samochodów. Małe miasteczka nie znają prywatności, szczególnie dla obcych. — Zadzwonię do pani, kiedy dotrę do Brisbane — powiedziała. — I ponownie, kiedy będę jutro ruszać w drogę powrotną.

May wyciągnęła nagle rękę, ściskając dłoń Zary. Kontakt był krótki, ale mocny, przekazujący wdzięczność i zaufanie. Potem odwróciła się i ruszyła w stronę restauracji, a jej sylwetka prostowała się z każdym krokiem, gdy przywdziewała z powrotem swoją znajomą zbroję godności.

Zara patrzyła, jak odchodzi, czując ciężar odpowiedzialności na swoich barkach mocniej niż telefon w kieszeni. To nie chodziło już tylko o ratowanie jej kariery, ani nawet o odkrywanie prawdy dla niej samej. Chodziło o matkę, która przez jedenaście lat żyła w nieznośnej niepewności, o ojca, który uciekł w pracę, by nie konfrontować się z żałobą, o utalentowaną młodą kobietę, której życie zostało skradzione przez przemoc przebraną za wypadek.

Odwróciła się i ruszyła w stronę motelu, by się spakować, przyspieszając kroku. Na rogu zatrzymała się, spoglądając w stronę wąwozu, gdzie potok płynął spokojnie między brzegami. Z tej odległości wyglądał na cichy i zwyczajny; trudno było sobie wyobrazić, że był sceną przemocy, która zakończyła jedno życie i zgruchotała inne.

Zara pomyślała o Iris przechodzącej przez tę kładkę w swoją ostatnią noc, być może idącej na spotkanie z kimś, komu ufała, kimś, kto zdradził to zaufanie w najgorszy możliwy sposób. Czy upuściła telefon przypadkiem podczas szamotaniny? Czy został tam celowo ukryty później? Pytań przybywało, ale po raz pierwszy od czasu przyjazdu do Salt Creek Zara czuła, że wreszcie mogą mieć ścieżkę prowadzącą do odpowiedzi.

— Nie zawiodę was — szepnęła, a obietnica ta była skierowana zarówno do Iris, jak i do May, choć żadna z nich nie mogła jej usłyszeć. — Cokolwiek ci się stało tamtej nocy, dowiemy się tego. I ktoś w końcu za to odpowie.

Z tymi słowami odwróciła się i odeszła, już w myślach przygotowując się do drogi do Brisbane, rozmowy z Devem i ostrożnego obchodzenia się z tym, co mogło być ich najważniejszym jak dotąd dowodem. Telefon w jej kieszeni był czymś więcej niż tylko urządzeniem; był kluczem, który mógł wreszcie odblokować prawdę o dziewczynie z potoku.

Rozdział 11

Autostrada Bruce Highway rozciągała się przed Zarą, a bijący od asfaltu żar falował w słońcu, które grzało mocno przez przednią szybę. Sześć godzin jazdy tylko z własnymi myślami i radiem do towarzystwa. Sześć godzin na odtwarzanie w głowie każdej chwili spędzonej nad potokiem z May Zhang; na wyczuwanie przez materiał kieszeni telefonu Iris opartego o udo; na wielokrotne analizowanie rosnącej sieci powiązań w Salt Creek, która w jakiś sposób doprowadziła do znalezienia ciała siedemnastoletniej dziewczyny w piętnastu centymetrach wody.

Pola trzciny cukrowej ustępowały miejsca rzadkim zaroślom, by po chwili znów zmienić się w tereny uprawne, ale krajobraz ledwo do niej docierał, bo myśli pędziły jak szalone. Jedenaście lat. Telefon tkwił w tym moście przez jedenaście lat, podczas gdy May i David Zhang żyli z oficjalnym kłamstwem na temat śmierci ich córki. Podczas gdy ten, kto był za to odpowiedzialny, pozostawał na wolności, budując życie na fundamencie tego kłamstwa.

— Jeśli są tam jakieś wiadomości — powiedziała May — chcę o nich wiedzieć. Nawet jeśli będą trudne do zniesienia.

Zara mocniej zacisnęła dłonie na kierownicy, aż pobielały jej kłykcie. Włamanie do jej pokoju motelowego nabrało teraz nowego znaczenia. Ktoś uznał, że jest blisko. Ktoś bał się tego, co może odkryć. A teraz, jeśli ktokolwiek dowiedziałby się, że zabrała dowód z miejsca śmierci, wypadku czy morderstwa, jej wiarygodność ległaby w gruzach wraz z jakąkolwiek szansą na sprawiedliwość dla Iris.

Telefon brzęknął powiadomieniem o wiadomości. To Dev potwierdzał, że będzie w domu, kiedy przyjedzie. Zadzwoniła wcześniej, ale mówiła mętnie o powodach powrotu; nie chciała przez telefon wyjaśniać, co ze sobą wiezie. Lepiej było pokazać mu to osobiście. Dev rozumiał dyskrecję lepiej niż większość ludzi; jego poboczna działalność polegająca na pomaganiu ludziom w odzyskiwaniu utraconych danych nauczyła go, kiedy lepiej nie zadawać pytań.

Gdy północne przedmieścia Brisbane zaczęły wdzierać się na autostradę, ramiona Zary odrobinę się rozluźniły. Zostawiła za sobą czujne spojrzenia mieszkańców Salt Creek, przynajmniej na jedną noc. Żadnej małomiasteczkowej inwigilacji, żadnego Garretta z jego szaroniebieskimi oczami, które widziały zbyt wiele, żadnych wścibskich pytań od miejscowych, zastanawiających się, dlaczego nie chce zostawić tej sprawy w spokoju. Tylko jej dom o konstrukcji szalówkowej w Aspley z obwisłymi rynnami i współlokator, który był prawdopodobnie najbliższą jej osobą na świecie.

Późne popołudniowe światło kapało na ulicę złotymi odcieniami, gdy wjechała na podjazd, a znajomy chrzęst żwiru pod oponami okazał się bardziej kojący, niż się spodziewała. Dom wyglądał dokładnie tak, jak go zostawiła: biała farba łuszcząca się na rogach, drzwi z siatką lekko przekrzywione, zioła w doniczkach na frontowych schodach w różnych stadiach usychania, mimo obiecanej opieki Deva.

Zanim zdążyła sięgnąć po klucze, drzwi otworzyły się na oścież i stanął w nich Dev. Jego tyczkowata sylwetka wypełniała przejście, a okulary zsuwały mu się z nosa jak zwykle.

— Syn marnotrawny podcastingu powraca! — wykrzyknął. Postąpił krok do przodu, po czym zawahał się, a jego naturalne społeczne wycofanie dało o sobie znać. — Czy to moment na przytulenie? Twój ostatni odcinek był genialny, więc myślę, że się kwalifikuje.

Zara uśmiechnęła się mimo wszystko. — Zdecydowanie moment na przytulenie — powiedziała, zrzucając plecak, by przyjąć jego krótki, nieco sztywny uścisk.

— Wyglądasz okropnie — zauważył, gdy się odsunął, szczery jak zawsze. — Nie sypiasz dobrze w tym miasteczku w Queensland?

— Prawie w ogóle nie śpię. — Podniosła torbę i weszła za nim do środka, gdzie przywitał ją znajomy zapach elektroniki, kawy i słaba, chemiczna woń sprzętu Deva. — Dobrze będzie spędzić noc we własnym łóżku. Ale nie dlatego tu jestem; przywiozłam coś, w czym potrzebuję twojej pomocy.

Przestrzeń życiowa Deva od czasu jej wyjazdu skolonizowała większą część wspólnych pomieszczeń; płytki drukowane i sprzęt do lutowania rozlały się po stole w jadalni, a na biurku w kącie stały teraz trzy monitory zamiast dwóch. Ale jej ulubiony fotel pozostał wolny, a wytarta niebieska tkanina przywoływała ją niczym stary przyjaciel.

— Najpierw herbata? Czy od razu do rzeczy? — zapytał, ruszając w stronę czajnika elektrycznego, czytając z jej postawy potrzebę dostarczenia kofeiny.

— Do rzeczy — powiedziała Zara, ostrożnie sięgając do kieszeni. — To jest... delikatna sprawa, Dev. Wykraczająca poza twoje zwykłe zlecenia odzyskiwania danych.

Jego brwi powędrowały nad okulary, a w oczach pojawiła się ciekawość. — Intrygujące. Wiesz, że żyję dla wyzwań.

W salonie Zara odwinęła telefon z warstw materiału — szalika, a potem koszulki — których użyła jako amortyzacji na czas podróży. Położyła go delikatnie na stoliku kawowym między nimi nabożnym ruchem, świadoma tego, czego to urządzenie mogło być świadkiem.

— Mam powody sądzić, że to telefon Iris Zhang — powiedziała cicho.

Oczy Deva rozszerzyły się, a jego wzrok biegał między telefonem a twarzą Zary. — Dziewczyna z potoku? Jej prawdziwy telefon? — Trzymał ręce przy sobie, jeszcze nie sięgając po urządzenie, świadom powagi tego, co przed nimi leżało. — Gdzie ty go... nie, właściwie nie mów mi szczegółów. Zakładam, że nie został ci oficjalnie przekazany przez policję.

— Nie został — potwierdziła Zara. — I potrzebuję w tej sprawie całkowitej dyskrecji. Żadnych pytań o ciągłość dowodową, żadnych rozmów z nikim.

Skinął głową krótko i zdecydowanie. — Zrozumiałem. — Wtedy wzięła górę jego zawodowa ciekawość; pochylił się, badając telefon wzrokiem, nie dotykając go. — Samsung Galaxy S3, premiera w 2012 roku, więc musiał być całkiem nowy, kiedy zmarła w 2014. — Przyglądał się pęknięciom na ekranie i korozji widocznej wokół krawędzi. — Znaczne uszkodzenia, choć może nie aż takie, jakich spodziewałbym się po jedenastu latach ekspozycji na czynniki zewnętrzne? — Szybko rzucił Zarze pytające spojrzenie.

— Leżał w częściowo osłoniętym miejscu — wykręciła się od odpowiedzi.

Przyniósł ze swojego pokoju małe etui i rozpiął je, prezentując narzędzia: pęsety, małe śrubokręty, lupę z podświetleniem. — Pozwól, że przyjrzę mu się porządnie.

Zara patrzyła, jak Dev delikatnie demontuje telefon. Dokumentował każdy krok aparatem w swoim telefonie, mrucząc pod nosem techniczne uwagi i układając każdy element w równej linii. Mimo wcześniejszego skrępowania, z technologią w dłoniach Dev poruszał się niczym chirurg.

— Bateria jest całkowicie zdegradowana, zgodnie z oczekiwaniami — powiedział, ostrożnie oddzielając komponenty. — Obwody wewnętrzne wykazują rozległą korozję. Procesor prawdopodobnie jest uszkodzony nieodwracalnie. — Podniósł wzrok, patrząc Zarze prosto w oczy. — Ale mam dobrą wiadomość. Jest w nim karta microSD.

Uniósł maleńki plastikowy kwadracik z metalowymi stykami, który był w zadziwiająco dobrym stanie. — Te rzeczy są zaskakująco odporne. Obudowa chroniła ją przed bezpośrednim wpływem czynników zewnętrznych. Jest spora szansa, nie gwarancja, ale szansa, że uda mi się odzyskać z tego dane.

— Ile to zajmie? — zapytała Zara.

Mina Deva spoważniała. — Tydzień, minimum. Może dłużej. Będę musiał wyczyścić styki, stworzyć niestandardowe środowisko odzyskiwania, być może nawet naprawić samą kartę. — Odłożył ostrożnie komponent. — I Zara, muszę postawić sprawę jasno: to może się nie udać. Po jedenastu latach w takich warunkach dane mogą być uszkodzone nie do odzyskania.

Skinęła głową, czując, jak nagle zalewa ją fala wyczerpania. Adrenalina po odkryciu, długa podróż, ciężar zaufania May — to wszystko uderzyło jednocześnie. Opadła na fotel, a jej ciało w końcu przyznało, jak wielkiemu napięciu było poddane w ostatnich tygodniach.

— Rozumiem — powiedziała. — Ale musimy spróbować. To jedyny ślad, który nie został skażony przez jedenaście lat małomiasteczkowego milczenia.

Dev spojrzał znad rozłożonego telefonu. — Chcesz mi streścić to, co do tej pory odkryłaś? Z podcastu wiem sporo, ale zgaduję, że jest coś więcej, czym nie podzieliłaś się publicznie.

Zara podała mu wygładzoną wersję: nieprawdopodobne utonięcie, opór miasta przed pytaniami, włamanie do jej pokoju, stopniowe budowanie zaufania u May Zhang. Opisała znalezienie telefonu tego ranka, znaczenie miejsca jego odkrycia i brakujący laptop, który zniknął z policyjnych dowodów. Pominęła jednak starannie wszelkie wspomnienia o Garretcie, ich wspólną noc w Childers, zanim dowiedziała się, kim jest, skomplikowane napięcie między nimi od tamtego czasu oraz pocałunek w jej pokoju motelowym, który pozostawił ją zdezorientowaną i rozdartą.

Pewne sekrety nie należały tylko do niej, by mogła się nimi dzielić, a pewne komplikacje lepiej było trzymać z dala od samego śledztwa. Przynajmniej tak sobie powtarzała, patrząc, jak Dev kataloguje każdą część tego, co mogło być ich największą nadzieją na sprawiedliwość.

Dev podniósł wzrok, wciąż układając komponenty. — Zara — powiedział, a jego głos zmienił ton z technicznego na osobisty — czy ty jesteś tam bezpieczna? Te włamania, anonimowe groźby... wygląda na to, że poruszyłaś coś poważnego.

Pytanie zawisło między nimi, bezpośrednie i nieuniknione. Zara sięgnęła po butelkę wody, biorąc łyk, by zyskać chwilę na zastanowienie. Prawda była złożona: nieznane zagrożenia, detektyw, którego nie potrafiła do końca wyczuć, miasto z pogrzebanymi tajemnicami, za które warto zabijać. Ale przez lata pracy śledczej do perfekcji opanowała sztukę swobodnego lawirowania.

— Oczywiście, że tak — odparła lekko, lekceważąco. — Małe miasteczka to tylko dużo krzyku. Chcą mnie nastraszyć, żeby mnie przegonić, ale tak naprawdę nie są groźni.

Oczy Deva zwęziły się za szkłami okularów. Znał ją wystarczająco długo — rok wspólnego dzielenia rachunków, kolacji na wynos i okazyjnych nocnych rozmów — by rozpoznać specyficzną kadencję jej głosu, gdy nie była do końca szczera. Jego palce znieruchomiały na karcie microSD, ale nie naciskał dalej. To był ich niepisany układ: szanować wzajemnie swoje granice, nawet gdy podejrzewali, że te granice skrywają kłopoty.

— Cóż, twoja kariera podcasterki z pewnością nie jest zagrożona — powiedział zamiast tego, zmieniając temat. — Twoja liczba subskrybentów potroiła się od pierwszego odcinka. Analizy, które śledzę, pokazują wskaźniki zaangażowania, przy których sponsorzy korporacyjni płakaliby ze szczęścia.

Uczucie ulgi zalało Zarę na wieść o zmianie tematu. — To niesamowite — przyznała. — Po katastrofie z Little Girls Lost myślałam, że jestem skończona. — Przeczesała palcami włosy, wciąż zaskoczona własnym sukcesem. — Zapłaciłam ratę kredytu za ten miesiąc i spłaciłam dług na karcie kredytowej z oszczędności. Duża wypłata, prawie trzydzieści tysięcy dolarów, powinna wpłynąć w przyszłym miesiącu.

— Trzydzieści tysięcy? — Dev gwizdnął cicho. — Z zaledwie czterech odcinków?

— Algorytm znów mnie pokochał — powiedziała, wzruszając ramionami, choć w jej głosie mimo prób zachowania obojętności pobrzmiewała duma. — Ludziom zależy teraz na Iris. Chcą dla niej sprawiedliwości.

— Chcą kolejnego odcinka — poprawił ją Dev, choć bez złośliwości. — Złapałaś ich na tajemnicę, która była ignorowana przez ponad dekadę. A jakość produkcji jest wyjątkowa, biorąc pod uwagę, że robisz to w pojedynkę.

Zara uśmiechnęła się, pozwalając sobie na chwilę satysfakcji. Po miesiącach zawodowego lotu swobodnego znów odnalazła grunt pod nogami. — Pomyślałam, że powinniśmy to uczcić tajskim jedzeniem z tej absurdalnie drogiej knajpy w Chermside — zasugerowała. — Ja stawiam.

— Odważny ruch finansowy — skwitował Dev beznamiętnie, ale na tę perspektywę oczy mu się rozświetliły.

Podczas gdy Dev składał zamówienie — zielone curry dla niej, massaman dla niego, sajgonki do podziału — Zara poszła do kuchni zrobić herbatę. Znajoma rutyna napełniania czajnika, wybierania kubków i odmierzania liści do zaparzacza uspokoiła ją. Stąd mogła obserwować Deva przy pracy; był pochylony nad telefonem Iris, całkowicie pochłonięty zadaniem.

Miała szczęście, że trafiła na takiego współlokatora. Rozumiał jej nieregularne godziny pracy i okazjonalną potrzebę absolutnej ciszy. Ich przyjaźń rozwijała się stopniowo, oparta na wzajemnym szacunku dla prywatności i uznaniu dla kompetencji technicznych.

— Co do tych anonimowych komentarzy — powiedział Dev, gdy wróciła z herbatą, przyjmując swój kubek. — Trochę poszperałem.

— Oczywiście, że tak — odparła Zara, sadowiąc się w fotelu. Pomysł Deva na relaks często obejmował śledzenie cyfrowych okruchów tylko po to, by sprawdzić, dokąd prowadzą. — Znalazłeś coś ciekawego?

— Ciekawe to mało powiedziane. — Odstawił kubek, a jego twarz spoważniała. — Natknąłem się na ścianę zabezpieczeń cybernetycznych, która nie powinna istnieć w przypadku przypadkowych internetowych trolli. Ktokolwiek zostawił te komentarze, zna się na rzeczy: dobre szyfrowanie, zaawansowane korzystanie z VPN-ów, prawdopodobnie nawet protokoły bezpieczeństwa na poziomie rządowym.

Mimo ciepłego kubka w dłoniach, Zarę przeszył dreszcz zimna. — Na poziomie rządowym? Masz na myśli systemy policyjne?

Dev wzruszył ramionami, ale ten swobodny gest nie pasował do niepokoju w jego oczach. — Może. Albo wojskowe. Albo kogoś, kto nauczył się tych technik oficjalnymi kanałami. Chodzi o to, że to nie są tylko wściekli miejscowi piszący z telefonów. To ktoś przeszkolony.

Sugestia ciężko zawisła między nimi. Zara pomyślała o Garretcie, jego szaroniebieskich oczach i ostrożnych ostrzeżeniach. O Kirsty Cannon i jej politycznych powiązaniach. Jak daleko sięgała sieć ochronna wokół śmierci Iris?

— Jest coś jeszcze — kontynuował Dev, poprawiając okulary. — Wzorce czasowe sugerują, że ktoś monitoruje twoje wrzuty w czasie rzeczywistym. Komentarze pojawiają się w ciągu kilku minut od publikacji nowych treści, z regularnością wskazującą na zautomatyzowane alerty.

Zara mocniej zacisnęła palce na kubku. — Czyli ktoś pilnuje wszystkiego, co publikuję. Natychmiast.

— I odpowiada coraz bardziej wrogimi wiadomościami. — Dev spojrzał jej prosto w oczy. — Zara, znam cię na tyle dobrze, by wiedzieć, że nie odpuścisz tej historii. Ale bądź ostrożna. To, na co wpadłaś, kogoś bardzo niepokoi.

— Będę — obiecała, a słowa były mechaniczne i puste.

Dev westchnął, widząc marność tej obietnicy. — Chociaż zamykaj drzwi i regularnie dawaj mi znać, co u ciebie, dobrze? Martwię się.

Przerwał im dzwonek do drzwi — przyjechało jedzenie. Gdy rozkładali pojemniki na stoliku kawowym, odłożywszy wcześniej starannie rozebrany telefon, Zara poczuła wdzięczność za zrozumienie Deva. Nie naciskał na szczegóły, którymi nie była gotowa się podzielić, nie żądał porzucenia śledztwa, nie prawił kazań o ryzyku. Zamiast tego pomoże tak, jak potrafi: odzyskując dane z niemożliwych źródeł, śledząc cyfrowe odciski stóp, zapewniając bezpieczną przystań, gdy będzie musiała zebrać siły.

— Za Dziewczynę z potoku — powiedział Dev, unosząc sajgonkę w udawanym toaście. — Niech doprowadzi cię do prawdy i pokaźnego stanu konta.

Zara stuknęła swoją sajgonką o jego, doceniając próbę rozluźnienia atmosfery. — Za prawdę — zawtórowała mu. — I za przyjaciół, którzy nie zadają zbyt wielu pytań.

Uśmiechnął się, ale w jego oczach za szkłami okularów wciąż tliła się powaga. Oboje wiedzieli, że jutro wróci do Salt Creek, do niebezpieczeństw, których żadne z nich w pełni nie rozumiało. Ale tego wieczoru mogli udawać, że największym zmartwieniem jest wybór między kolejną porcją zielonego curry a zostawieniem miejsca na mango sticky rice, na które szarpnęli się na deser.

Pola trzciny cukrowej przesuwały się za oknami samochodu w nieskończonych rzędach, przerywane okazjonalnie przez małe miasteczka, które pojawiały się i znikały niczym ulotne myśli. Zara wyjechała z Brisbane o świcie, pragnąc wrócić do Salt Creek, zanim ktokolwiek zauważy jej nieobecność — choć najwyraźniej ta szansa już przepadła, jeśli śledztwo Deva w sprawie anonimowych komentarzy było trafne. Ktoś uważnie śledził jej publikacje. Czy wiedzieli też, że wyjechała z miasteczka na noc? Czy domyślali się dlaczego?

Walizka ze świeżymi ubraniami na tylnym siedzeniu wydawała się małym zwycięstwem. Czyste koszule, bielizna nieprana w motelowej umywalce, jej ulubione szorty, które początkowo zostawiła, myśląc, że to śledztwo potrwa dni, a nie tygodnie. Małe pocieszenia w sytuacji, która zapowiadała się na coraz mniej komfortową.

Wspomnienie telefonu Iris, teraz starannie rozłożonego w pracowni Deva, ciążyło jej na umyśle. Dała May obietnicę: trzymać policję z dala od tego odkrycia, podążać za dowodami, dokądkolwiek prowadzą, bez oficjalnej ingerencji. Ale po rewelacjach Deva na temat wyrafinowanych zabezpieczeń stojących za anonimowymi groźbami, nie mogła przestać się zastanawiać, czy podjęła słuszną decyzję. Jeśli Garrett był zamieszany w tuszowanie sprawy, zatajenie dowodów było uzasadnione. Jeśli nie był, potencjalnie utrudniała wymierzenie sprawiedliwości za śmierć Iris.

Zostawiła Deva pochylonego nad stołem warsztatowym, przygotowującego już specjalistyczne roztwory czyszczące dla karty microSD. — Nie oczekuj szybkich rezultatów — ostrzegł. — Tego rodzaju odzyskiwanie danych jest żmudne. I Zara — jego mina była niezwykle poważna — uważaj, komu o tym mówisz. Jeśli ktoś posunął się do takich środków, by cię zastraszyć, nie poprzestanie na włamaniach i groźbach w internecie.

Pojawił się znajomy znak powitalny Salt Creek o wyblakłych literach na łuszczącej się farbie. Zara zwolniła, wjeżdżając w granice miasta, mijając The Golden Horse z jego czerwono-złotym szyldem. Ruch wewnątrz przykuł jej uwagę: May wycierała stoliki przed porą lunchu. Musiała skontaktować się z Zhangami, poinformować ich o ocenie Deva, nie budząc przy tym fałszywych nadziei. Ale ta rozmowa musiała poczekać. Najpierw musiała rozgościć się z powrotem w pokoju, zaplanować kolejny ruch i sprawdzić, czy nic innego nie zostało naruszone podczas jej nieobecności.

Parking Salt Creek Motel był niemal pusty; większość gości wymeldowała się rano, a nowi jeszcze nie dotarli. Zara zaparkowała na swoim stałym miejscu, zabrała walizkę oraz torbę na ramię i ruszyła do pokoju. Nowy zamek, który założył Garrett, lśnił w słońcu — małe ustępstwo na rzecz bezpieczeństwa w miejscu, gdzie sekrety zdawały się przesiąkać przez ściany.

Pokój wydawał się nietknięty, dokładnie taki, jaki go zostawiła. Zara rzuciła walizkę na łóżko, a znajome sprężyny jęknęły pod ciężarem. Ledwie zdążyła ją rozpiąć, gdy wyrwało ją z zadumy głośne pukanie do drzwi — trzy zdecydowane uderzenia, które natychmiast rozpoznała. Tętno jej przyspieszyło w sposób, którego nie chciała zbyt głęboko analizować.

Gdy otworzyła drzwi, w progu stał Garrett; jego sylwetka była sztywna, a szaroniebieskie oczy omiatały jej twarz, jakby szukały śladów obrażeń. Miał na sobie mundur; błękitna koszula sprawiała, że jego oczy wydawały się bardziej szare niż niebieskie, a ciemne spodnie były wyprasowane zgodnie z regulaminem. Wyglądał na profesjonalistę w każdym calu, gdyby nie błysk czegoś zdecydowanie nieoficjalnego w jego spojrzeniu.

— Gdzie byłaś? — zażądał odpowiedzi głosem napiętym od czegoś, co mogło być gniewem lub troską. — Nie wróciłaś na noc do motelu.

Zara uniosła brew, opierając się demonstracyjnie o futrynę. — Nie wiedziałam, że muszę ci meldować, jeśli jadę na noc do domu.

Jego profesjonalna maska opadła, a przez głos przebiła frustracja. — Martwiłem się. — To wyznanie zdawało się wyrwane niechętnie. — Po tym włamaniu, groźbach… wstąpiłem wczoraj wieczorem sprawdzić, co u ciebie, a ciebie nie było. Nie było samochodu. Żadnej kartki, żadnej wiadomości.

— Martwiłeś się w ramach swoich obowiązków zawodowych jako oddany sierżant sztabowy Salt Creek? — dogryzła mu, ignorując ciepło, które rozlało się w niej na wieść o jego trosce.

— Zara. — Samo jej imię, wypowiedziane w ten sposób, zburzyło w niej jakiś mur.

Nie była pewna, kto pierwszy wykonał ruch. Może oboje, przyciągnięci przez prąd, który płynął między nimi od czasu Childers. Jego usta odnalazły jej, gorące i zaborcze, a dłoń przycisnęła dół jej pleców, przyciągając ją do siebie. Odpowiedziała natychmiast, zaciskając palce na materiale jego mundurowej koszuli, a pocałunek stał się głębszy.

Wtedy rzeczywistość uderzyła z powrotem. Telefon. Zaufanie May. Dowód, który wywiozła z Salt Creek — dowód, który ten człowiek, ten policjant, miał zawodowy obowiązek zabezpieczyć. Dowód, który celowo przed nim ukrywała.

Zara zesztywniała i odsunęła się, tworząc fizyczny dystans. Oczy Garretta pociemniały, gdy zarejestrował tę zmianę, a jego ręce opadły wzdłuż ciała.

— O co chodzi? — zapytał ochrypłym głosem.

— O nic. — Skłamała, a słowo to miało gorzki posmak. — Po prostu... to skomplikowane. Ty jesteś policjantem. Ja prowadzę śledztwo w sprawie, którą wasz wydział zamknął lata temu.

To nie było kłamstwo, po prostu nie cała prawda. Nie mogła mu powiedzieć o telefonie, nie zdradzając May. Nie mogła go dalej całować, nie czując, że zdradza własną etykę zawodową. Konflikt lojalności skręcał jej wnętrzności.

— To nie to — powiedział Garrett, przymrużając lekko oczy i studiując jej twarz. — Jest coś jeszcze. Coś, czego mi nie mówisz.

Mimo starań, na jej twarzy odmalowało się poczucie winy. Nigdy nie potrafiła dobrze ukrywać emocji; dlatego wolała być za mikrofonem niż przed kamerą. Cofnęła się głębiej do pokoju, potrzebując przestrzeni, by trzeźwo myśleć. — Jest mnóstwo rzeczy, których ci nie mówię. Tak samo jak jestem pewna, że ty masz swoje tajemnice przede mną.

Garrett obserwował ją, a detektyw w nim widocznie katalogował jej reakcje, odczytując subtelne sygnały, nad którymi nie panowała. Jego postawa zmieniła się niemal niezauważalnie: z mężczyzny, który ją przed chwilą całował, znów stał się funkcjonariuszem, który ostrzegał ją, by trzymała się z dala od tego śledztwa.

— Coś znalazłaś — powiedział, a jego słowa nie były pytaniem, lecz stwierdzeniem. — Podczas swojej nieobecności.

Zara zachowała neutralny wyraz twarzy dzięki wieloletniemu doświadczeniu dziennikarskiemu. — Pojechałam do domu wziąć świeże ubrania i sprawdzić, co z budynkiem. Nie wszystko kręci się wokół śledztwa.

Nie spuszczał z niej wzroku, szukając prawdy, którą zatajała. — Naprawdę? W twoim przypadku? — Zawiesił głos, a cisza była pełna niewypowiedzianych pytań. — Bądź ostrożna, Zara. Cokolwiek robisz, kogokolwiek chronisz... nie masz jeszcze pełnego obrazu sytuacji.

Ostrzeżenie zawisło między nimi — na tyle dwuznaczne, że nie wiedziała, czy jej groził, czy rzeczywiście martwił się o jej bezpieczeństwo. Może jedno i drugie. Złożoność ich relacji — zawodowych przeciwników, niechętnych sojuszników i tego fizycznego przyciągania — sprawiała, że każda interakcja była polem minowym.

— Powinnam się rozpakować — powiedziała w końcu, wskazując na otwartą walizkę.

Garrett skinął głową, akceptując odprawienie, choć jego oczy mówiły, że ta rozmowa nie jest zakończona. — Zamykaj drzwi na klucz — rzucił, odwracając się do wyjścia. — I Zara? Następnym razem, gdy postanowisz zniknąć na noc, miło byłoby dostać jakieś info.

Drzwi zamknęły się za nim. Zara stała nieruchomo, słuchając, jak jego kroki cichną. Jej usta wciąż mrowiły po jego pocałunku, a ciężar tajemnicy przygniatał jej sumienie. Tydzień — tak powiedział Dev. Jeden tydzień, zanim dowiedzą się, co jest na telefonie Iris. Jeden tydzień na nawigowanie po coraz groźniejszych wodach Salt Creek bez utonięcia w jego sekretach ani w szaroniebieskich odmętach oczu Garretta Pennella.

ROZDZIAŁ 12

ZARA SPRAWDZIŁA ZEGAREK PO raz trzeci w ciągu zaledwie kilku minut, po czym ponownie omiotła wzrokiem wejście do Salt Creek High School. Według sekretarki szkolnej, dyrektor Eleanor Hargrove zazwyczaj kończyła prace administracyjne około czwartej, co dawało Zarze jakieś piętnaście minut by ją przechwycić. Ta sama Eleanor Hargrove uczyła tutaj angielskiego, gdy Iris była uczennicą; była nauczycielką, na której lekcje Iris faktycznie uczęszczała, wbrew temu, co Zara omyłkowo zasugerowała w swoim podcaście. Mały błąd, ale taki, na który natychmiast rzucili się owi anonimowi komentatorzy. Słuchacze, którzy znali szkołę zbyt dobrze, by być zwykłymi internetowymi trollami.

Przesunęła się pod eukaliptusem, próbując znaleźć odrobinę cienia na szkolnym parkingu. Ostatni dzwonek wybrzmiał czterdzieści pięć minut temu, o trzeciej, i większość rodziców odebrała już swoje dzieci. Z budynku wyłaniało się jeszcze kilku maruderów, wykrzykujących pożegnania do przyjaciół.

Grupa starszych uczniów przeszła obok, rzucając Zarze zaciekawione spojrzenia. Jedna dziewczyna szepnęła coś do drugiej, a Zara wyłapała słowa — pani od podcastu, zanim obie wybuchnęły chichotem. Wieści w Salt Creek rozchodziły się szybko; stawała się lokalną celebrytką, choć to, czy pomoże to, czy zaszkodzi jej śledztwu, pozostawało kwestią otwartą.

Przestąpiła z nogi na nogę; przez wilgoć koszula nieprzyjemnie lepiła jej się do pleców. Kolejna rozmowa z Jane Goulding dała jasno do zrozumienia, że Eleanor Hargrove może mieć cenne informacje o ostatnich tygodniach życia Iris. Jane wspomniała, że napięcie między Iris a Kirsty było zauważalne na lekcjach. Eleanor Hargrove uczyła angielskiego obie dziewczynki.

Ruch na parkingu przykuł jej uwagę. Lśniący srebrny SUV wjechał na miejsce postojowe i wysiadła z niego Kirsty Cannon z okularami przeciwsłonecznymi na czubku miodowoblond włosów, ubrana w dopasowaną niebieską sukienkę, w której wyglądała jednocześnie profesjonalnie i przystępnie. Rozejrzała się po terenie szkoły, po czym jej wzrok spoczął na Zarze.

Nawet z tej odległości Zara widziała, że Kirsty ma zaczerwienione oczy. Gdy podeszła bliżej, jej chód wydał się Zarze wyreżyserowany — był to raczej starannie przygotowany występ publiczny niż przypadkowe spotkanie. Ustawiła się bezpośrednio na chodniku, zapewniając sobie maksymalną widoczność zarówno z drogi, jak i dla każdego, kto mógłby właśnie wychodzić ze szkoły.

— Zara — zawołała Kirsty głosem na tyle donośnym, by przyciągnąć uwagę, ale nie na tyle, by sprawiać wrażenie, że o nią zabiega. — Tak się cieszę, że na panią wpadłam.

Zara wyprostowała się, a jej dziennikarski instynkt ożył. — Pani radna Cannon. Co za niespodzianka.

— Proszę, niech mi pani mówi po prostu Kirsty. — Zatrzymała się w bezpiecznej odległości, na wyciągnięcie ręki, wystarczająco blisko, by zachować pozorny intymny ton, ale dość daleko, by pozostać w granicach przyzwoitości. Głos jej lekko drżał, ale było to drżenie, które wydawało się raczej wyliczone niż niekontrolowane. — Chciałam z panią porozmawiać o pani podcaście.

— Słucham — odpowiedziała neutralnie Zara.

— To sprawia tyle bólu — powiedziała Kirsty, a w jej oczach wezbrały łzy, które jednak nie spłynęły po policzkach. — Nam wszystkim. Miasto zaczęło już lizać rany, a teraz... — Gesto gestykulowała bezradnie, a ruch ten był elegancki mimo widocznego wzburzenia. — Rozpruwa Pani blizny, które nigdy całkowicie się nie zagoiły.

Zara przyjrzała się twarzy Kirsty: idealnemu tuszowi do rzęs, który nie rozmazał się mimo płaczu, i starannie kontrolowanemu drżeniu dolnej wargi. — Rozumiem, że to musi być trudne — powiedziała. — Szczególnie dla kogoś, kto był blisko z Iris.

— Byłyśmy najlepszymi przyjaciółkami — szepnęła Kirsty zbolałym głosem. Łza w końcu wypłynęła i potoczyła się po jej policzku niczym w zwolnionym tempie. — Od podstawówki. Znałam ją lepiej niż ktokolwiek inny. — Otarła łzę. — Dlatego to tak bardzo boli. Widzieć, jak sprowadza się ją do... materiału do słuchania.

Dobór słów uderzył Zarę jako celowo prowokacyjny, mający wpędzić ją w poczucie winy. Pozostała jednak spokojna, obserwując, jak wzrok Kirsty co jakiś czas ucieka w bok, by upewnić się, że publiczność wciąż na nich patrzy.

— Nie próbuję sprowadzić Iris do poziomu materiału medialnego — odpowiedziała spokojnie Zara. — Próbuję zrozumieć, co się z nią stało. Oficjalne wyjaśnienie nie zgadza się z faktami.

— Faktami? — Głos Kirsty załamał się w perfekcyjny sposób. — A co z faktem, że jej rodzice muszą na nowo przeżywać swój najgorszy koszmar? Co z faktem, że nasza społeczność jest malowana jako... jako co? Spiskowcy? Mordercy? — Kolejna łza, kolejne eleganckie otarcie. — Tu nie chodzi tylko o Iris. Chodzi o nas wszystkich, którzy ją kochali.

Zara zauważyła, jak Kirsty kładzie nacisk na ból społeczności zamiast na osobistą żałobę, jak każde nawiązanie do Iris powracało do zbiorowych doświadczeń miasteczka. — Jeśli była pani z Iris tak blisko, jak pani twierdzi, to czy nie chciałaby pani poznać prawdy o tym, co ją spotkało?

Wyraz twarzy Kirsty zmienił się; był to błysk tak krótki, że Zara mogłaby go przeoczyć, gdyby nie patrzyła uważnie. Za łzami, w jej oczach mignął chłód, zanim maska troski powróciła na swoje miejsce.

— Prawdy? — zapytała Kirsty. — Prawda jest taka, że wypadki się zdarzają, nawet ostrożnym ludziom. Prawda jest taka, że czasem nie ma złoczyńców, jest tylko tragedia. — Dotknęła ramienia Zary; jej palce były chłodne mimo upału. — Proszę, przez wzgląd na wszystkich, którzy ją znali i kochali, niech pani pozwoli Iris spoczywać w spokoju.

— Nie mogę tego zrobić — powiedziała stanowczo Zara, cofając się przed dotykiem Kirsty. — Nie wtedy, gdy dowody sugerują, że Iris nie utonęła przypadkiem.

Wyreżyserowane udręczenie na twarzy Kirsty zachwiało się na ułamek sekundy. — Dowody? — powtórzyła, a jej głos stał się nagle ostrzejszy, po czym znów złagodniał. — Jakie dowody mogą istnieć po jedenastu latach?

— Właśnie po to tu jestem, żeby się tego dowiedzieć — odpowiedziała Zara, wytrzymując wzrok Kirsty. — I nie spocznę, dopóki nie zrozumiem, co naprawdę wydarzyło się tamtej nocy.

Opanowanie Kirsty znów zawiodło; chłód zastąpił smutek w jej oczach na mgnienie oka, zanim odzyskała kontrolę. Ta transformacja była niepokojąca, jakby patrzyło się na inną osobę, która na chwilę wychodzi z cienia, by zaraz potem zostać schowaną głęboko pod maską.

— Sprawia pani, że ludzie czują się niekomfortowo — powiedziała Kirsty, a jej głos stwardniał mimo łez wciąż lgnących do rzęs. — Iris by tego nie zniosła.

To stwierdzenie brzmiało fałszywie w obliczu wszystkiego, czego Zara dowiedziała się o Iris — utalentowanej filmowczyni, która dokumentowała historię miasteczka, tworzyła sztukę przeznaczoną do oglądania i ubiegała się o wcześniejsze przyjęcie na studia, by realizować swoje kreatywne ambicje.

— Myślę, że Iris chciałaby prawdy — odparła cicho Zara. — Sądząc po tym wszystkim, czego się o niej dowiedziałam, ceniła uczciwość ponad wszystko.

Uśmiech Kirsty zesztywniał i nie docierał już do oczu. — Nie znała jej pani — powiedziała, a każde słowo było precyzyjne mimo jej pozornie emocjonalnego stanu. — A ja tak. — Zerknęła na zegarek, tym gestem przerywając napięcie chwili. — Muszę iść. Mam posiedzenie rady.

Odwróciła się, opanowana i elegancka mimo niedawnego pokazu emocji, i ruszyła w stronę swojego SUV-a. Słońce błyskało w jej włosach, gdy odchodziła; jej postawa była nienaganna, kroki miarowe — nie było w niej ani śladu po kimś, kto przed chwilą płakał za rzekomo najlepszą przyjaciółką.

Zara odprowadziła ją wzrokiem, pewna już, że rola zatroskanej przyjaciółki była właśnie tym — rolą. Pod dopracowaną powierzchownością Kirsty kryło się coś bezwzględnego. Pytanie brzmiało, czy jej ręce były splamione śmiercią Iris i jakie dowody mogłyby łączyć ją z tamtą nocą nad potokiem.

Odwróciła się z powrotem w stronę wejścia do szkoły, bardziej niż kiedykolwiek zdeterminowana, by porozmawiać z Eleanor Hargrove. Skoro Kirsty tak bardzo zależało na przerwaniu śledztwa, Zara musiała być blisko prawdy. A Kirsty nie poprzestanie na publicznych łzach i zawoalowanych groźbach. Stawka właśnie wzrosła i Zara musiała działać szybko, zanim jakiekolwiek pozostałe dowody znikną bezpowrotnie, tak jak przed laty zniknął laptop Iris.

Rozczarowanie ciążyło Zarze, gdy szła z powrotem do motelu, wciąż prażona popołudniowym słońcem. Dyrektor Hargrove okazała się stratą czasu: była uprzejma, ale zdystansowana, i twierdziła, że ledwo pamięta Iris Zhang. — Tyle uczniów przewinęło się przez te lata — powiedziała z uśmiechem, który nie sięgał oczu. — A niedługo potem zostałam dyrektorką. Obowiązki administracyjne z czasem zacierają wspomnienia z sali lekcyjnej. — Wygodna luka w pamięci, która nosiła wyraźne ślady wpływów Kirsty Cannon.

Idąc, Zara odtwarzała w myślach występ Kirsty pod szkołą. Starannie wymierzone łzy, strategiczne ustawienie się na widoku publicznym, momenty, w których maska opadła, odsłaniając pod żałobą coś zimnego i wyrachowanego. To nie było zachowanie kogoś opłakującego dawną przyjaciółkę; to była desperacja kogoś, kto ma coś do ukrycia.

Z westchnieniem sięgnęła do kieszeni po kartę do pokoju. Postanowiła, że pójdzie na kolację do The Golden Horse i zje ją, przeglądając dokumenty, które przyszły na jej e-mail wcześniej tego dnia; było to kilka kolejnych oryginalnych raportów policyjnych, które spływały do niej od paru dni, ale nie ujawniały niczego, czego by już nie wiedziała.

Była już niemal pod drzwiami, z kartą wyciągniętą w stronę zamka, gdy dotarło do niej, że coś jest nie tak. Jej samochód stał zbyt nisko, dziwnie przechylony na jedną stronę.

Jej auto, zaparkowane tuż pod drzwiami, w pełnym słońcu i na widoku z ulicy, zostało brutalnie zaatakowane. Wszystkie cztery nowiutkie opony były pocięte — nie tylko przebite, ale wściekle rozprute; gumowe nici leżały na szutrze niczym wypatroszone wnętrzności. Nacięcia sugerowały użycie ostrego noża i celowej siły, a nie przypadkowy akt wandalizmu.

Serce waliło jej o żebra, gdy podchodziła do pojazdu, omiatając wzrokiem pusty parking w poszukiwaniu świadków, sprawcy, kogokolwiek. Drzwi biura motelu były zamknięte, a neon WOLNE POKOJE migotał w słońcu. Jej samochód był jedynym na parkingu; był środek tygodnia i w motelu panował spokój, kilku spóźnionych podróżnych mogło się zameldować dopiero później.

Żadnych świadków. Wiedziała już, że nie ma tu kamer; Garrett był tym faktem wyjątkowo zirytowany po włamaniu do jej pokoju.

Gdy okrążała maskę, coś białego przykuło jej wzrok — złożona kartka papieru wsunięta pod wycieraczkę. Drżącymi palcami wyjęła ją; papier był ciepły od słońca i nagrzanej szyby. Notatka została napisana ręcznie czarnym markerem, litery były kanciaste i staranne, wyraźnie zakamuflowane:

PRZESTAŃ GRZEBAĆ ALBO DO NIEJ DOŁĄCZYSZ

Cztery słowa. Dwadzieścia dziewięć liter. Groźba na całe życie skondensowana w jednej linijce.

W gardle poczuła kwas i gorącą żółć. Jej nowe opony — spory wydatek i dowód determinacji, by zostać w Salt Creek do czasu odkrycia prawdy — zostały celowo zniszczone, by przekazać jasny komunikat. Postęp był wyraźny: nękanie w internecie, włamanie, a teraz bezpośrednia groźba fizyczna połączona ze zniszczeniem mienia. Eskalacja, która odzwierciedlała postępy w jej śledztwie.

A sformułowanie „do niej dołączysz" nie pozostawiało wątpliwości, o kogo chodzi. Iris Zhang, znaleziona twarzą w dół w piętnastu centymetrach wody.

Ręka Zary drżała, gdy sięgała po telefon. Powinna to najpierw udokumentować, zrobić zdjęcia zniszczeń, zabezpieczyć notatkę jako dowód. Dziennikarka w niej zadziałała automatycznie mimo strachu, uwieczniając każdą pociętą oponę, notatkę trzymaną w dłoni i pustą okolicę, która pozwoliła komuś podejść do jej auta niezauważonym.

Dopiero wtedy zadzwoniła na komisariat, przez chwilę trzymając kciuk nad bezpośrednim numerem Garretta, by ostatecznie wybrać linię ogólną. Profesjonalny dystans. Zgłoszenie przestępstwa. To nie było prywatne wołanie o pomoc.

— Salt Creek Police Station, słucham — odezwała się recepcjonistka.

— Tu Zara Langley z Salt Creek Motel — powiedziała, dumna z tego, jak stabilny był jej głos mimo drżenia dłoni. — Chciałabym zgłosić akt wandalizmu i groźby pozostawione na moim samochodzie.

— Zaraz kogoś przyślę, panno Langley — odpowiedziała recepcjonistka z nutą rozpoznania w głosie. Oczywiście teraz już wszyscy w mieście wiedzieli, kim jest.

— Dziękuję — powiedziała Zara, kończąc połączenie, zanim jej opanowanie zdążyło prysnąć.

Oparła się o ścianę motelu, a szorstka cegła drapała ją przez cienką koszulę, zakotwiczając ją w fizycznym odczuciu, podczas gdy jej myśli pędziły. Kto to zrobił? Wybór czasu sugerował kogoś, kto wiedział, że pojechała do szkoły, kogoś, kto być może widział ją rozmawiającą z Kirsty. Kogoś, kto wiedział o jej nowych oponach i o tym, co one reprezentowały — jej determinację, by zostać w Salt Creek. Kogoś, kto chciał się jej pozbyć na tyle desperacko, by zagrozić jej życiu.

Dźwięk nadjeżdżającego pojazdu wyrwał ją zamyślenia. Policyjny LandCruiser wjechał na parking, poruszając się szybciej, niż było to konieczne. Garrett.

Zaparkował jedno miejsce obok jej zdewastowanego samochodu i wysiadł z wozu, zanim jeszcze opadł kurz. Jego mundurowa koszula była ciemna od potu między łopatkami, jakby stał na pełnym słońcu. Miał profesjonalnie neutralny wyraz twarzy, ale jego oczy szybko ją omiotły od stóp do głów, jakby sprawdzał, czy nie odniosła żadnych obrażeń.

— Pani Langley — powiedział oficjalnie, pomimo ich skomplikowanej przeszłości. — Zgłosiła pani akt wandalizmu?

Wskazała na swój samochód, obserwując jego twarz, gdy przyglądał się pociętym oponom i metodycznej destrukcji.

— Stało się to, kiedy pani nie było? — zapytał, obchodząc pojazd i kucając, by zbadać nacięcia w gumie.

— Tak. Byłam w szkole, a potem wróciłam prosto tutaj. — Zawahała się, po czym wyciągnęła rękę z notatką, która wciąż była złożona. — To było pod wycieraczką.

Garrett wziął papier, rozkładając go ostrożnie za krawędzie, jakby chciał zachować odciski palców, choć oboje wiedzieli, że sprawca byłby zbyt ostrożny, by je zostawić. Jego wzrok przebiegł po tych czterech słowach i w tej chwili jego profesjonalna maska opadła.

Zanim zdążył nad tym zapanować, przez jego twarz przemknął strach, surowy i autentyczny. Nie troska, nie zmartwienie, ale strach. Szczęka mu zacisnęła się, a mięsień pod skórą drgnął, gdy mocno zacisnął zęby. Jego palce zbielały na krawędziach papieru. Przez tę jedną, zapierającą dech chwilę Garrett nie był detektywem badającym dowody, lecz mężczyzną w obliczu zagrożenia skierowanego przeciwko komuś, na kim mu zależało.

Transformacja trwała zaledwie kilka sekund, zanim przywołał rysy twarzy do profesjonalnego porządku, ale Zara to widziała. Cokolwiek działo się między nimi, niezależnie od jego roli w śledztwie, jego strach o jej bezpieczeństwo był prawdziwy. A ta rzeczywistość komplikowała wszystko.

— Kiedy ostatni raz widziała pani auto w nienaruszonym stanie? — zapytał, znów kontrolując głos, gdy wkładał notatkę do torebki na dowody.

Zara odpowiadała automatycznie, podając godziny, szczegóły i swoje podejrzenia co do tego, kto mógł ją widzieć w szkole. Ale jej umysł wciąż wracał do tego błysku strachu w jego oczach, do tego, co on oznaczał i co ujawniał. Jeśli Garrett Pennell, sierżant sztabowy w Salt Creek, szczerze bał się o jej bezpieczeństwo, to niebezpieczeństwo było realne.

Garrett wyciągnął telefon. Wykonał dwa szybkie połączenia: najpierw do serwisu lawet, prosząc o natychmiastową pomoc krótkim, rzeczowym tonem; potem do warsztatu Micka, wyjaśniając sytuację, przy czym opanowany gniew sprawił, że jego głos stał się niższy i chrapliwy. — Nie zamykaj warsztatu, Mick.

Nieważne, która jest godzina. Przygotuj cztery nowe opony, te same micheliny, które właśnie kupiła. — Słuchał przez chwilę, po czym dodał: — Potraktuj to jako sprawę priorytetową dla policji. — Po zakończeniu rozmów odwrócił się do Zary z dziką opiekuńczością w spojrzeniu, która nie miała nic wspólnego z zawodowym obowiązkiem.

— Laweta będzie tu za pięć minut — powiedział, chowając telefon do kieszeni. — Sam zawiozę panią do warsztatu Micka. — To nie było pytanie ani propozycja, tylko stwierdzenie faktu.

Zara skinęła głową, wciąż wytrącona z równowagi przez te czyste emocje, które dostrzegła na jego twarzy, gdy czytał notatkę. Jego szczęka pozostawała napięta, a mięsień drgał pod ogorzałą skórą, gdy lustrował sąsiednie pokoje motelowe, pusty parking i drogę za nim. Ustawił się nieco przed nią, jakby fizycznie osłaniał ją przed potencjalnym zagrożeniem.

— Muszę wziąć kilka rzeczy z pokoju — powiedziała, kierując się do drzwi.

Garrett ruszył za nią, na tyle blisko, że czuła jego obecność za plecami. — Poczekam tutaj — oznajmił, stając na zewnątrz, gdy ona weszła do środka.

Wewnątrz Zara chwyciła butelkę zimnej wody i pociągnęła długi łyk. Tak naprawdę niczego z pokoju nie potrzebowała, ale potrzebowała chwili, by odzyskać panowanie nad sobą, ponieważ reakcja Garretta wykraczała poza zawodową troskę i nie do końca wiedziała, jak sobie z tym poradzić. Szybkość jego przybycia, intensywność gniewu, ta opiekuńcza postawa — nic z tego nie pasowało do roli chłodnego, lokalnego funkcjonariusza. A przecież był to ten sam człowiek, który ostrzegał ją przed badaniem śmierci Iris, który reprezentował system, jaki zawiódł Zhangów, i który mógł być nawet zamieszany w to, co wydarzyło się jedenaście lat temu.

Kiedy wyszła, Garrett rozmawiał z kierowcą lawety, który kręcił głową i cmokał, podczepiając samochód Zary, by wciągnąć go na platformę. Dłoń Garretta spoczęła na jej dole pleców, gdy szli do jego policyjnego LandCruisera — dotyk był lekki, ale zdecydowany, prowadzący i ochronny.

Wnętrze pojazdu było nieskazitelnie czyste, w przeciwieństwie do jej zagraconego auta. Gdy usadowiła się na miejscu pasażera, drzwi obok niej się zamknęły. Garrett wsunął się na fotel kierowcy, a jego szerokie ramiona i konsola między nimi sprawiły, że przestrzeń wydała się nagle mniejsza i bardziej intymna, niż się spodziewała.

Uruchomił silnik, ale nie odjechał od razu, obserwując, jak operator lawety kończy załadunek jej uszkodzonego samochodu. Jego kłykcie na kierownicy były białe, a z profilu widać było napięcie.

— Oni się tym zajmą — powiedział, błędnie interpretując jej milczenie jako martwienie się o auto.

— To nie o samochód się martwię — odparła Zara, odwracając się bezpośrednio do niego. — Chodzi o eskalację. Groźby w sieci, potem włamanie, a teraz to. Co będzie następne?

Szczęka Garretta zacisnęła się jeszcze mocniej, o ile to było możliwe. — Właśnie dlatego przedyskutujemy dodatkowe środki bezpieczeństwa, podczas gdy Pani opony będą wymieniane.

Gwałtowna opiekuńczość w jego głosie sprawiła, że przez jej pierś rozlało się ciepło — niebezpieczne ciepło, które zagrażało jej obiektywizmowi i celowi pobytu w Salt Creek. Wyjrzała przez okno, zbierając myśli, gdy przejeżdżali przez miasteczko, obok the Golden Horse z jego czerwono-złotym szyldem, obok sklepu z paszą, gdzie Ray zamilkł jak głaz na widok Garretta.

— Dlaczego tak bardzo ci zależy, żeby nic mi się nie stało? — zapytała w końcu, a pytanie zawisło w zamkniętej przestrzeni między nimi.

Jego oczy pozostały utkwione w drodze. — To moja praca.

— Czyżby? — naciskała Zara, odwracając się na siedzeniu, by przyjrzeć się jego profilowi. — Pańską pracą jest chronić mieszkańców Salt Creek. Ja nie jestem jedną z nich. Jestem obcą osobą, która bada sprawę uznaną przez pański wydział za wypadek jedenaście lat temu. — Przerwała, obserwując jego reakcję. — Niektórzy powiedzieliby, że łatwiejszą opcją byłoby odwrócenie wzroku, gdy ktoś próbuje mnie zastraszyć.

Kłykcie na kierownicy jeszcze bardziej mu pobielały — to był jedyny zewnętrzny znak, że jej słowa go poruszyły. — Tak nie działam — powiedział stłumionym głosem.

— To sprawia wrażenie osobistego — rzekła cicho.

Słowa te zawisły między nimi, ciężkie od podtekstów: Childers, pocałunek w jej pokoju motelowym, napięcie, które płynęło między nimi pomimo wszelkich barier zawodowych.

Garrett nie odpowiedział. Cisza przeciągała się, wypełniona jedynie mruczeniem silnika i okazjonalnym trzeszczeć policyjnego radia. Miejscowi spoglądali z ciekawością na policyjny pojazd z Zarą na miejscu pasażera; ich widok z pewnością dał już początek nowym plotkom.

Kiedy wjechali na parking przed warsztatem Micka, Garrett natychmiast wrócił do swojej opiekuńczej postawy. Szedł tuż obok niej, jego ciało było lekko zwrócone w jej stronę, a oczy lustrowały warsztat, jakby oceniał potencjalne zagrożenia. Mick wyszedł z biura, wycierając ręce w szmatę, a jego wyraz twarzy zmienił się z zawodowego powitania w zaciekawioną ocenę, gdy zarejestrował ich bliskość i panujące między nimi napięcie.

— Masz gotowe te micheliny, Mick? — zapytał Garrett swobodnym tonem, choć jego postawa mówiła co innego.

— Wszystko gotowe — potwierdził Mick. Zerknął na Zarę. — Paskudna sprawa z tymi oponami. Aż trudno uwierzyć, że ktoś w Salt Creek mógłby coś takiego zrobić.

— Ktoś wysłał wiadomość — powiedziała Zara beznamiętnie. — Mało subtelną.

Mick pokręcił głową. — Małe miasteczka, co? Nie można puścić bąka, żeby wszyscy nie wiedzieli, co się jadło na śniadanie. — Zniknął na zapleczu, zostawiając ich samych w przedniej części warsztatu.

Zara odwróciła się bezpośrednio do Garretta. — Tu nie chodzi o policyjny protokół — rzuciła wyzwanie, zniżając głos tak, by Mick nie usłyszał jej z magazynu. — To, jak się zachowujesz... to nie jest tylko zawodowa troska.

Oczy Garretta spotkały jej oczy, szaroniebieskie i intensywne. Przez chwilę myślała, że znów uniknie odpowiedzi, że schowa się za odznaką i stopniem służbowym. Zamiast tego jego wyraz twarzy się zmienił.

— Ktoś ci grozi — powiedział, a każde słowo było staranne i wyważone. — To nie jest coś, do czego mogę podchodzić swobodnie.

To wyznanie zawisło w powietrzu; to, co pozostało niewypowiedziane, było równie istotne jak to, co padło. *Nie jesteś kimś, do kogo mogę podchodzić swobodnie.*

— Granica między tym, co osobiste a zawodowe, czasem się zaciera — kontynuował, a jego głos stał się jeszcze cichszy. — Zwłaszcza w takim miasteczku jak to.

Zara była boleśnie świadoma tego, jak blisko siebie stoją, zaledwie na wyciągnięcie ręki. Warsztatowe świetlówki rzucały cienie na jego twarz, podkreślając napięcie szczęki i intensywność spojrzenia. Ich ciała skierowane były ku sobie niczym przyciągające się magnesy, a przyciąganie między nimi było fizyczne i niezaprzeczalne.

— A po której stronie tej granicy jesteśmy w tej chwili? — zapytała, a pytanie to było zarazem wyzwaniem, jak i zaproszeniem.

Zanim zdążył odpowiedzieć, moment przerwał huk lawety wjeżdżającej do warsztatu. Garrett cofnął się, a jego profesjonalna maska wróciła na miejsce, gdy odwrócił się, by powitać kierowcę, choć jego oczy mówiły Zarze, że ta rozmowa jeszcze się nie skończyła.

Obserwowała, jak rozmawia z kierowcą, instruując go, gdzie postawić jej samochód. Cokolwiek działo się między nimi, komplikowało i tak już złożone śledztwo. Garrett Pennell, detektyw, który ostrzegał ją przed grzebaniem w sprawie śmierci Iris, teraz zaciekle bronił jej bezpieczeństwa. Ta sprzeczność nie miała sensu, chyba że w tej sprawie — i w samym Garrettcie — kryły się warstwy, których jeszcze nie odkryła.

Mick wyłonił się z zaplecza z pierwszą oponą, tocząc ją w stronę samochodu. — Zajmie to około godziny — powiedział. — Tam jest poczekalnia, jeśli chce Pani kawy. Albo może pani wrócić za chwilę.

Dłoń Garretta spoczęła na krótko na dole jej pleców, gdy szli w stronę małego pokoju dla klientów; dotyk był ciepły przez jej koszulę. — Musimy omówić, co dalej — powiedział cicho. — Ktokolwiek to zrobił, nie poprzestanie na tym.

Pewność w jego głosie sprawiła, że mimo ciepła płynącego z jego bliskości, przeszły ją dreszcze. Nie powiedział wprost, że zagrożenie jest realne, że ktokolwiek pociął jej opony i zostawił tę notatkę, jest w pełni zdolny do dotrzymania obietnicy, by „dołączyła" do Iris Zhang. Pytanie brzmiało, czy determinacja Garretta, by ją chronić, wynikała z tego, że wiedział, kto stoi za groźbami... czy też on błądził w ciemnościach tak samo jak ona.

Tak czy inaczej, linia między nimi znów się przesunęła, to, co osobiste i zawodowe, zatarło się w coś, czego żadne z nich nie mogło łatwo zdefiniować ani zanegować. I gdy zasiedli w małej poczekalni, stykając się kolanami w ciasnej przestrzeni, Zara zastanawiała się, czy to połączenie ostatecznie doprowadzi ją do prawdy o Iris, czy też stanie się kolejną komplikacją w śledztwie już i tak pełnym ukrytych motywów i pogrzebanych tajemnic.

ROZDZIAŁ 13

Warsztat Micka malał w lusterku wstecznym, gdy Garrett odwoził Zarę do motelu. Żadne z nich się nie odzywało. Nowe opony zostały zamontowane szybko, ale kartka z napisem *PRZESTAŃ GRZEBAĆ ALBO DO NIEJ DOŁĄCZYSZ* spoczywała między nimi w przezroczystej torebce na dowody niczym trzeci pasażer. Na zewnątrz burza, która zagrażała okolicy przez całe popołudnie, w końcu nadciągała; powietrze było tak gęste od wilgoci, że oddychało się nim jak przez mokrą bawełnę. Zara wpatrywała się w okno, obserwując błyskawice migoczące na horyzoncie, a jej odbicie na tle ciemniejącego nieba przypominało ducha.

Kiedy wjechali na parking motelowy, Garrett zgasił silnik, ale nie kwapił się do wyjścia. Jego palce bębniły o kierownicę w nerwowym rytmie, kłócącym się z jego zwykłym opanowaniem.

— Powinnaś się spakować — powiedział w końcu zachrypniętym głosem. — Mogę ci zorganizować nocleg gdzie indziej. Gdzieś bezpieczniej.

Zara odwróciła się w jego stronę. — Nie uciekam.

Ich oczy spotkały się w przyćmionym świetle panującym w aucie, a wyraz jego twarzy uległ zmianie; profesjonalny dystans pękł. To on pierwszy odwrócił wzrok, skinął głową raz, gwałtownie, jakby nie spodziewał się innej odpowiedzi i sięgnął po klamkę, ewidentnie zamierzając dopilnować, by bezpiecznie weszła do środka.

Przed pokojem motelowym dłoń Zary lekko drżała, gdy wkładała kartę magnetyczną do zamka. Latarnia uliczna rzucała długie cienie na beton, a powietrze było ciężkie od nadchodzącego deszczu. Pchnęła drzwi i zawahała się na progu, nagle świadoma konsekwencji tego, co zamierzała zrobić.

— Wejdź — powiedziała, a słowa te niosły ze sobą większy ciężar, niż sugerowała ich prostota.

Garrett wszedł za nią, jego szerokie ramiona na krótką chwilę wypełniły futrynę, zanim przeszedł obok niej. Stanął niezręcznie na środku małego pokoju, zbyt potężny jak na tę przestrzeń. Mimo że klimatyzacja działała przez całe popołudnie, w pomieszczeniu wciąż wydawało się zbyt duszno.

Zara położyła torbę na biurku i odwróciła się do niego, pozwalając, by mowa ciała wyraziła to, czego nie była jeszcze gotowa wypowiedzieć na głos. Napięcie między nimi narastało od czasu pobytu w Childers — był to nurt, któremu żadne z nich nie mogło zaprzeczyć mimo zawodowych barier i wzajemnej podejrzliwości. I nagle poczuła zmęczenie tą walką. Być może to nadchodząca burza przypomniała jej o tamtej nocy w Childers, o gwałtownej namiętności, która wtedy między nimi wybuchła.

Znowu tego pragnęła. Teraz.

Jednak zamiast podejść do niej, Garrett zaczął chodzić po pokoju — trzy kroki w jedną stronę, potem zwrot. Przeczesał dłońmi włosy, jeszcze bardziej je mierzwiąc; był to gest tak nietypowo nerwowy, że Zara poczuła ukłucie niepokoju.

— Garrett?

Przestał krążyć, stanął plecami do niej, z ramionami sztywnymi pod jasnoniebieską koszulą mundurową. Kiedy się odezwał, jego głos był napięty, jakby wyciągał słowa z jakiejś głębokiej, opornej otchłani.

— Muszę ci coś powiedzieć.

Zara usiadła na brzegu łóżka, czując, że cokolwiek ma nastąpić, wymaga przestrzeni, wymaga jej bezruchu wobec jego poruszenia.

— Byłem tam — powiedział, odwracając się do niej z udręką w oczach. — W dwutysięcznym czternastym roku. Byłem młodszym posterunkowym, który jako pierwszy odpowiedział na wezwanie w sprawie Iris Zhang.

To wyznanie zawisło między nimi, pierwsza nitka zaczęła się pruć. Milczała, pozwalając mu kontynuować, ale jej oczy się rozszerzyły. W aktach, które do tej pory otrzymała, nigdzie nie widziała jego nazwiska. Wiedząc, że policja stanu Queensland preferuje regularne przenoszenie funkcjonariuszy i nie lubi, by spędzali zbyt wiele czasu na wiejskich placówkach, gdzie mogliby zbytnio zżyć się ze społecznością i stracić neutralność, uznała, że to niemożliwe, by Garrett wtedy tutaj był.

— To ja znalazłem ją w potoku. — Głos mu drgnął przy słowie „znalazłem", a profesjonalne opanowanie ostatecznie się rozsypało. — Leżała twarzą w dół w wodzie, która ledwo zakrywała mi buty. Piętnaście centymetrów, najwyżej. I miała sińce, świeże sińce na tylnej stronie ramion. Ślady palców. Takie, które powstają tylko wtedy, gdy ktoś cię przytrzymuje siłą.

Znowu zaczął krążyć, słowa płynęły teraz szybciej, jakby pękła tama. — Wszystko udokumentowałem. Sińce, głębokość wody, brakujący telefon, fakt, że w ogóle nie powinno jej tam być, skoro wracała z restauracji do domu. Nic się nie zgadzało. Nic nie wskazywało na przypadkowe utonięcie.

Zara obserwowała go, widząc nie opanowanego sierżanta sztabowego, który ostrzegał ją przed tym śledztwem, lecz człowieka dźwigającego na barkach ciężar dziesięciu lat poczucia winy.

— Poszedłem z tym do Fincha. Do starszego sierżanta detektywa Malcolma Fincha. — Garrett wykrzywił usta, wymawiając to nazwisko. — Był wtedy tutaj starszym oficerem, oczywiście głównym śledczym. Pokazałem mu moje notatki, zdjęcia, wyjaśniłem, dlaczego to nie mógł być wypadek. A on... on po prostu na mnie spojrzał, tym wzrokiem, którego nigdy nie zapomnę, jak na dziecko, które wtrąciło się do rozmowy dorosłych.

Ramiona Garretta opadły, gdy mówił dalej ściszonym głosem. — Powiedział mi, że jestem nowy, niedoświadczony, że widzę rzeczy, których nie ma. Że dziewczyna ewidentnie się poślizgnęła, uderzyła w głowę i utonęła w nieszczęśliwym wypadku. Kiedy drążyłem temat sińców, stwierdził, że pewnie stoczyła się do wąwozu, zanim wpadła do potoku, i poobijała się po drodze.

— Ale mu nie uwierzyłeś — powiedziała cicho Zara.

— Nie. — Słowo było suche, ostateczne. — Ale miałem dwadzieścia pięć lat, zaledwie kilka lat służby za sobą. A Finch był... cóż, był Finchem. Szanowany. Miał znajomości. Typ oficera, któremu młodzi gliniarze mają się podporządkowywać.

Na zewnątrz błysnęło, na moment oświetlając jego twarz w ostrym kontraście, podkreślając bruzdę między brwiami i zaciętą linię ust.

— Dwa miesiące później przeniesiono mnie do Cairns. Oficjalnie była to „szansa na rozwój kariery". Nieoficjalnie — usuwano mnie z sytuacji, w której zadawałem zbyt wiele pytań. —

Przestał chodzić i stanął przed nią. — Próbowałem odpuścić. Próbowałem wmówić sobie, że może Finch miał rację, że byłem zbyt gorliwy, że widziałem powiązania tam, gdzie ich nie było.

— Ale nie potrafiłeś — stwierdziła Zara, rozpoznając w nim to samo uparte dążenie do prawdy, które napędzało i ją.

— Nie. To we mnie zostało. Przy każdym utonięciu, przy którym pracowałem, przy każdym zgłoszeniu o młodej ofierze, wracałem myślami do Iris Zhang. Do tego, co widziałem. Do tego, co wiedziałem. — Nabrał drżącego tchu. — Ostatnie osiem lat spędziłem na budowaniu solidnej reputacji, najpierw w Cairns, potem w Brisbane, pnąc się po szczeblach kariery. I przez cały ten czas zbierałem też informacje o Finchu, o tym, co się tutaj wydarzyło.

Wszystkie elementy układanki wskoczyły Zarze na swoje miejsce; zagadkowa motywacja detektywa w końcu stała się jasna. — Dlatego trzy lata temu wróciłeś do Salt Creek.

Garrett skinął głową, krótko i ponuro. — Specjalnie poprosiłem o to przeniesienie. Stopień sierżanta sztabowego był awansem, a Salt Creek miało być spokojną placówką, bym mógł wdrożyć się w nową rangę. Idealna przykrywka dla tego, co robiłem naprawdę: budowałem sprawę dla Crime and Corruption Commission przeciwko Finchowi i każdemu, kto był zamieszany w tuszowanie tego, co spotkało Iris.

Deszcz na zewnątrz w końcu lunął, wielkie krople uderzały o szybę, a nagła ulewa pasowała do intensywności jego wyznania. Garrett przysunął się bliżej, ściszając głos, jakby bał się, że zostanie podsłuchany mimo pustego pokoju.

— Powoli zbierałem dowody. Stare akta sprawy były... wygodnie niekompletne. Moje oryginalne raporty po prostu zniknęły, a to nie wszystko. Brakowało zdjęć. Zeznania świadków zostały zmienione. Trzy lata zajęło mi poskładanie w całość tego, co naprawdę się stało, a wciąż brakuje mi kluczowych elementów. — Głos mu zachrypł. — I wtedy pojawiłaś się ty.

Puls Zary przyspieszył na wspomnienie ich nocy w Childers, jego dłoni na jej skórze, jego ust na jej ustach, gdy żadne z nich nie wiedziało, kim jest to drugie ani co przyniesie przyszłość.

— Childers to było... — Zawahał się, szukając słów. — Przez kilka godzin zapomniałem o Iris Zhang. O sprawie, która pochłonęła jedną trzecią mojego życia. Byłem tylko facetem, który spotkał kobietę w pubie, i to było... — Urwał, nie potrafiąc dokończyć myśli.

— Wiem — powiedziała krótko Zara.

Podszedł jeszcze bliżej, tak blisko, że mogła dostrzec lekki zarost na jego szczęce, poczuć zapach kawy, potu i czegoś, co było tak wyraźnie jego własne. — Kiedy zobaczyłem cię na komisariacie pierwszego dnia, jak przedstawiasz się jako dziennikarka badająca śmierć Iris, pomyślałem, że to jakiś ponury żart. Że ktokolwiek za tym stoi, drwi ze mnie.

Uniósł dłoń, prawie dotknął jej twarzy, zanim ją opuścił. — A teraz ktoś ci grozi. Ci sami ludzie, którzy skutecznie grzebali tę sprawę przez jedenaście lat. Przeraża mnie to, Zara. — Głos mu się załamał przy jej imieniu, przyznanie się do strachu było surowe i obnażone. — Przeraża mnie, że stanie ci się krzywda albo zginiesz, zanim zdołam cię ochronić, zanim dotrzemy do prawdy. Zanim w końcu oddamy Iris i jej rodzicom sprawiedliwość, na którą zasługują.

Użycie słowa „my" nie umknęło uwadze Zary. W swoim wyznaniu ujawnił nie tylko prawdę o swoim zaangażowaniu, ale i świadomość, że mimo wszystko stoją po tej samej stronie.

Deszcz bębnił o okna, a mały pokój nagle wydał się okiem cyklonu, kruchym spokojem otoczonym narastającą furią. I w tym spokoju detektyw i dziennikarka stanęli twarzą w twarz, tajemnice zostały ujawnione, a dalsza droga nagle stała się jaskrawo wyraźna.

Zara siedziała bez ruchu na brzegu łóżka, jej butelka wody lekko drżała w dłoniach. Plastik zatrzeszczał, gdy mocniej zacisnęła palce, dźwięk ten był ostry na tle jednostajnego szumu deszczu. Wyznanie Garretta zmieniło coś fundamentalnego między nimi, układając elementy tego śledztwa niczym puzzle, które w końcu nabierają kształtu. Wentylator sufitowy nad nimi zacinał się, jego rytm był nieregularny, ledwie poruszając przesyconym deszczem powietrzem.

— Badasz tę sprawę od jedenastu lat — powiedziała w końcu, ważąc słowa i sondując grunt. — Sam.

Garrett skinął głową, nie spuszczając z niej wzroku. To wyjawienie prawdy coś z niego wypompowało; wyglądał teraz na jednocześnie wyczerpanego i uwolnionego od ciężaru. Oparł się o ścianę, jakby potrzebował jej wsparcia teraz, gdy jego tajemnica nie należała już tylko do niego.

Zara wzięła głęboki oddech, rozważając opcje. Nie szafowała zaufaniem zbyt łatwo, zwłaszcza wobec policji, a już w szczególności po katastrofie związanej z „Little Girls Lost". Ale Garrett właśnie powierzył jej swoją karierę, swój cel, swoją dziesięcioletnią misję. Szala się przechyliła.

— Ja też muszę ci coś powiedzieć — rzekła, odstawiając ostrożnie butelkę wody na stolik nocny. — Coś, czym nie zamierzałam dzielić się z żadnym policjantem.

Zainteresowanie wyostrzyło jego spojrzenie, detektyw ponownie wypłynął na wierzch spod wrażliwości sprzed chwili.

— Rankiem przed moim wyjazdem do Brisbane — zaczęła, uważnie obserwując jego reakcję — May Zhang poprosiła, bym poszła z nią nad potok. Na kładkę, gdzie znaleziono Iris.

Na zewnątrz błysnęło, oświetlając pokój na ułamek sekundy rażącą bielą, zanim powróciła ciemność. Grzmot nastąpił niemal natychmiast, na tyle blisko, że zadrżały okna.

— Coś znalazłyśmy — ciągnęła Zara, a jej głos był stabilny mimo przerwy spowodowanej burzą. — Coś zaklinowanego między deskami mostu, zahaczonego o belkę nośną pod spodem. Coś, co tkwiło tam przez jedenaście lat.

Zrozumienie zaświtało w oczach Garretta, zanim jeszcze wypowiedziała te słowa, ale i tak je wypowiedziała.

— Znalazłyśmy telefon Iris.

Garrett wyprostował się, odrywając od ściany; jego postawa stała się nagle czujna, instynkt zawodowy walczył z człowiekiem, który właśnie obnażył swoją duszę.

— May kazała mi przysiąc, że nie oddam go policji — dodała szybko Zara, zanim zdążył się odezwać. — Powiedziała mi o laptopie Iris, o tym, jak Finch zabrał go jako dowód i jak ten wygodnie zaginął. Bała się, że to samo stanie się z telefonem.

Szczęka Garretta zacisnęła się na wzmiankę o Finchu, ale milczał, pozwalając jej mówić dalej.

— Telefon był uszkodzony, pęknięty ekran, zalanie, jedenaście lat wystawienia na warunki pogodowe w Queensland. Ale mam w Brisbane współlokatora, Deva. Robi doktorat z inżynierii elektrycznej, specjalizuje się w odzyskiwaniu danych i informatyce śledczej. — W jej głosie pojawiła się nutka dumy. — Jest genialny. Jeśli komukolwiek uda się odzyskać dane z tego telefonu, to jemu.

— Po to pojechałaś do Brisbane — stwierdził Garrett. — Nie po ubrania.

— Nie tylko po ubrania — poprawiła go Zara. — Przywiozłam jednak czyste koszule.

Ta słaba próba rozładowania atmosfery humorem nie odniosła skutku, ale wyraz jego twarzy nieco złagodniał.

— Dev sądzi, że może zdoła odzyskać dane z karty microSD — kontynuowała. — Właśnie nad tym pracuje. Powiedział, że zajmie mu to co najmniej tydzień, może dłużej.

Garrett przesunął dłonią po twarzy, na której widać było walkę sprzecznych emocji: policjanta, który powinien zażądać natychmiastowego wydania dowodu, i człowieka, który spędził dekadę na walce z systemem, który sam reprezentował.

— Jeśli na tym telefonie coś jest — powiedział w końcu — cokolwiek, co pokaże, z kim Iris była tamtej nocy...

— Wiem — przerwała mu Zara. — To może rozbić całą tę sprawę. May też o tym wie i dlatego mi go powierzyła. — Spojrzała mu prosto w oczy. — A teraz ja ufam tobie.

Studiowali się nawzajem w małym pokoju: detektyw i dziennikarka, przeciwnicy z zawodu, lecz zjednoczeni wspólnym celem.

— Pracowaliśmy przeciwko sobie — odezwał się cicho Garrett. — Toczyliśmy tę samą bitwę po przeciwnych stronach.

— I do niczego nie dochodziliśmy — przyznała Zara.

Neonowy szyld WOLNE POKOJE na zewnątrz zamigotał, rzucając na zmianę czerwone światło i cień na jego twarz, podkreślając determinację w jego oczach i uparty wyraz szczęki, który dorównywał jej własnemu.

— Razem jednak... — powiedział, a to słowo niosło w sobie obietnicę formalnego sojuszu. — Razem możemy faktycznie mieć szansę.

Żaden uścisk dłoni nie przypieczętował ich umowy, nie podpisano żadnego kontraktu. Wystarczyło spojrzenie, pełne napięcia i pewności, które przekształciło ich relację z niechętnych sobie oponentów w partnerów.

— Ktoś wie, że jesteś blisko — powiedział Garrett, wskazując ręką w stronę okna, w kierunku jej samochodu. — Zanim to się skończy, groźby staną się ostrzejsze.

— Wiem — odparła po prostu Zara.

Na zewnątrz przetoczył się grzmot, tym razem dłuższy, przeciągły pomruk, który zdawał się być echem jej własnej determinacji. Deszcz przybrał na sile, połacie wody spływały po szybie, zamazując świat zewnętrzny.

— Musimy być ostrożni — ostrzegł Garrett. — Ktokolwiek zabił Iris, miał jedenaście lat na zatarcie śladów, na zbudowanie życia na tym kłamstwie. Nie poddadzą się bez walki.

— Kirsty Cannon — powiedziała Zara, a nazwisko to wymknęło się jej, zanim zdążyła się zastanowić. — Zaatakowała mnie dzisiaj w szkole. To było... przedstawienie. Żal, troska, słuszne oburzenie. Ale pod spodem chłód. Kalkulacja.

Garrett skinął głową bez zdziwienia. — Radna Cannon zdecydowanie znajduje się na mojej liście osób, które coś ukrywają. Razem ze swoim ojcem, Richardem, choć on zmarł kilka lat temu. No i oczywiście Finch, choć on teraz przebywa na emeryturze na Gold Coast.

— May powiedziała, że to Finch zabrał laptopa Iris — przypomniała mu Zara. — To nie jest przypadek.

— Nie — zgodził się Garrett. — To nie przypadek.

Podzedł do okna, wyglądając na chłostany burzą parking. Jego odbicie nałożyło się na ciemność na zewnątrz; twarz miał zastygłą w wyrazie ponurej determinacji, która współgrała z jej własną.

— Więc co teraz? — zapytała Zara, choć znała już odpowiedź.

— Teraz — powiedział Garrett, odwracając się do niej — zrobimy to, co powinniśmy byli zrobić od początku. Połączymy to, co wiemy. I znajdziemy sprawiedliwość dla Iris Zhang.

Znowu błysnęło, a zaraz potem uderzył grzmot, od którego zatrząsł się budynek. W tej chwili jasności stanęli naprzeciw siebie, nie będąc już osobno w dążeniu do prawdy, lecz w jednym szeregu, zdecydowani i zjednoczeni przeciwko siłom, które przez jedenaście lat trzymały prawdę o śmierci Iris w ukryciu.

Burza szalała dalej, ale w tym małym pokoju motelowym narodziło się partnerstwo wykute ze wspólnego celu i nowo odkrytego zaufania — wystarczająco silne, być może, by w końcu odkryć, co spotkało dziewczynę znad potoku.

Rozdział 14

Deszcz bębnił o dach land cruisera, gdy Garrett lawirował po opustoszałych ulicach. Pioruny rozdzierały niebo, oświetlając Salt Creek krótkimi błyskami. W ciągu godziny tak wiele się zmieniło: wyznanie Garretta o znalezieniu ciała Iris i jej własne ujawnienie prawdy o telefonie. Nie byli już przeciwnikami, lecz sojusznikami.

— Wszystko mam na komendzie — powiedział Garrett głosem ledwo słyszalnym w szumie burzy. — Jedenaście lat śledztwa. Rzeczy, których nigdy nie było w oficjalnych aktach.

Zara próbowała pogodzić tę jego nową wersję z mężczyzną, który na początku ostrzegał ją, by trzymała się z daleka.— Pracowałeś nad tym sam przez ten cały czas?

— Musiałem — odparł. Zacisnął dłonie na kierownicy, gdy przejeżdżali przez głęboką kałużę. — Nigdy nie wiedziałem, komu mogę ufać.

Doskonale znała to poczucie izolacji. Samotność towarzyszącą dążeniu do prawdy, gdy inni woleli karmić się kojącymi kłamstwami.

Wjechali na niewielki parking za posterunkiem policji. Budynek był pogrążony w mroku, z wyjątkiem jednego światła w recepcji. Garrett zgasił silnik.

— Gotowa? — zapytał, a w jego głosie było coś, co kazało jej sądzić, że pyta o coś więcej niż tylko o przejrzenie dowodów.

Gdy weszli do środka, dyżurny przy biurku skinął Garrettowi głową, ledwie zaszczycając Zarę spojrzeniem. Ta swoboda sugerowała, że takie wizyty nie były niczym niezwykłym.

Poprowadził ją wąskim korytarzem do gabinetu na samym końcu. Tabliczka na drzwiach głosiła: „sierżant sztabowy G. Pennell". Otworzył zamek, wpuścił ją do środka, a potem ponownie zamknął drzwi od wewnątrz.

Wnętrze było surowe, ale funkcjonalne: biurko, komputer, dwa krzesła i obracający się pod sufitem wentylator. Jedną ścianę zajmowała duża tablica korkowa, niemal pusta poza oficjalnymi zawiadomieniami i kilkoma mapami.

Garrett podszedł do szafki na dokumenty w kącie. Wyjął klucz. Szafka wyglądała zwyczajnie — szary metal, obite rogi. Ale kiedy ją otworzył i wysunął dolną szufladę, Zara zdała sobie sprawę, że to nie jest zwykłe archiwum.

Szuflada była wypchana folderami, notatnikami i workami na dowody. Każdy z nich został skrupulatnie opisany. Garrett zaczął je wyjmować, kładąc stertami na biurku.

— Moje notatki służbowe z 2014 roku — powiedział, odkładając oprawny w skórę notes. — I zeznania świadków, które nigdy nie trafiły do oficjalnych akt. Ludzi, którzy widzieli rzeczy przeczące teorii o utonięciu.

Wyładowywał kolejne rzeczy. Zdjęcia z miejsca zdarzenia, wycinki z gazet, mapy z obszarami zaznaczonymi różnokolorowym tuszem, arkusze z osią czasu opatrzone adnotacjami.

— Dokumentowałeś absolutnie wszystko — stwierdziła.

— Musiałem. Jeśli kiedykolwiek miałem zebrać dowody wystarczająco mocne dla Crime and Corruption Commission.

Rozłożyli materiały na biurku i małym stoliku konferencyjnym. Garrett ułożył je chronologicznie, tworząc oś czasu ostatniego dnia życia Iris i późniejszego śledztwa.

— To jest wszystko, czego opinia publiczna nigdy nie widziała — powiedział cicho. — Wszystko, co zostało wykluczone z oficjalnych raportów.

Wzrok Zary przykuły zdjęcia z miejsca zdarzenia. Przedstawiały Iris leżącą twarzą do dołu w płytkim potoku. Gdy przeszedł do następnego zdjęcia, Zarze zaparło dech w piersiach.

Iris w kostnicy, ułożona na boku. Na tylnej części jej ramion widniały ciemne sińce. Wyraźne ślady w kształcie palców. Dowód przemocy, którego całkowicie brakowało na zdjęciach i w raporcie z sekcji zwłok, jakie ona otrzymała.

— O tych siniakach nie ma ani słowa w oficjalnej autopsji.

— Wygodne, prawda? — Głos Garretta był napięty. — Notatki wstępne doktora Robinsona opisywały je szczegółowo. Potem Finch odbył z nim rozmowę i w raporcie końcowym pominięto wszelkie obrażenia, które nie pasowałyby do przypadkowego utonięcia. To zdjęcie nigdy nie trafiło do akt z sekcji zwłok.

Sięgnęli po fotografię w tym samym momencie. Ich palce się zetknęły. Żadne z nich nie odsunęło ręki natychmiast; dotyk trwał chwilę, zanim powoli się wycofali.

Garrett odchrząknął. — Jest tego więcej. Zeznania świadka, backpackera, który pracował wtedy w Salties. Wyszedł na papierosa i przeszedł się w stronę wejścia do parku. Powiedział, że widział Iris kłócącą się z kimś w pobliżu kładki około 22:15, co pokrywa się z jej wyjściem z The Golden Horse o 22:00. Jego zeznanie zostało spisane, ale nigdy go nie zarejestrowano. Pytałem o to Fincha, ale ten upierał się, że ten chłopak nawet nie znał Iris i nie mógł mieć pewności, że to ona. — Skrzywił się. — Jak myślisz, ile chińskich dziewczyn było wtedy w Salt Creek? Może nie znał imienia Iris, ale jestem pewien, że kojarzył jej twarz.

— Udało ci się go namierzyć, żeby dopytać o szczegóły?

— Niestety nie. Był Niemcem, ale nie podał tamtejszego adresu... a nazywał się Hans Braun. Niemiecki odpowiednik Jana Kowalskiego.

— Może mogłabym ogłosić to w podcaście — zastanowiła się Zara. — Mam wielu słuchaczy z Niemiec. Mogę powiedzieć, że wiem, że szanse są małe, ale... wiemy, ile miał wtedy lat?

Garrett przejrzał papiery. — Tak... dwadzieścia dwa.

— Czyli dziś ma trzydzieści trzy lub trzydzieści cztery lata. Mogłabym więc ogłosić, że jeśli ktoś zna Hansa Brauna w tym wieku, niech zapyta go, czy w 2014 roku podróżował z plecakiem po Australii?

— Warto spróbować — zgodził się Garrett. Posłał jej półuśmiech. — Wygląda na to, że posiadanie globalnej publiki jednak czasem się przydaje.

— Nawet nie wiesz jak bardzo — odparła, po czym wróciła do stosów dokumentów na stole.

Zara metodycznie przeglądała materiały, analizując każdy element. Ilość dowodów była przytłaczająca, a gdy patrzyło się na nie całościowo, zaczęły wyłaniać się pewne wzorce.

— Czekałeś na to — powiedziała, patrząc na niego. — Na kogoś, komu mógłbyś to pokazać. Na kogoś, kto by ci uwierzył.

Jego oczy spotkały jej wzrok, szaroniebieskie w słabym świetle. — Nie na byle kogo. Na kogoś, kto pomógłby to wszystko poskładać w całość. Na kogoś, kto by nie odpuścił.

Zara wróciła do dowodów. Do zdjęcia posiniaczonej skóry Iris, do zatajonego zeznania świadka. To, co rodziło się między nią a Garrettem, zeszło teraz na dalszy plan wobec prawdy, którą wspólnie odkrywali.

Nie potrafiła jednak zignorować jego bliskości. Tego, jak ich ciała poruszały się w nieświadomej synchronii. Tego, jak jego dłoń spoczywała blisko jej dłoni.

Godziny upływały niepostrzeżenie. Północ minęła, co odnotowała na zegarku Garretta. Puste kubki po kawie piętrzyły się, podczas gdy oni analizowali dowody. Oczy Zary piekły, ale umysł pozostawał ostry jak brzytwa.

— Spójrz na to — powiedziała, stukając palcem w kolejne dwa zeznania świadków. — Właściciel smażalni ryb początkowo zeznał, że około dziesiątej widział Kirsty Cannon idącą obok jego sklepu w stronę potoku. Ale po rozmowie z Richardem Cannonem zmienił wersję; stwierdził, że się pomylił i to wcale nie była Kirsty.

Garrett pochylił się, muskając ramieniem jej ramię. — Wygodne. — Sięgnął po inne akta. — Richard Cannon przewodniczył komisji bezpieczeństwa lokalnego, która nadzorowała finansowanie policji. Władza i wpływy.

— A teraz jego córka zajmuje to samo stanowisko, prawda? — Zara była ostrożna w wypytywaniu o Kirsty Cannon, ale nie było trudno tego ustalić.

Garrett przerzucił kolejne dokumenty. — Nawet jeśli udowodnimy wpływanie na świadków, to kwestia procesowa, a nie bezpośredni dowód morderstwa. Potrzebowalibyśmy motywu, możliwości i dowodów fizycznych łączących kogoś ze śmiercią Iris. Prawne wymogi wznowienia tak starej sprawy są ogromne.

Doceniła jego szczerość. Tak wielu funkcjonariuszy, których spotkała, przyjmowało postawę defensywną wobec wadliwych procedur. Otwartość Garretta sprawiła, że zaufała mu całkowicie.

Pracowali dalej, a noc wokół nich gęstniała. W pewnym momencie dłoń Garretta przykryła jej dłoń na dokumencie, po który oboje sięgnęli. Tym razem żadne z nich nie cofnęło ręki.

— Zara — powiedział, a sposób, w jaki wymówił jej imię, sprawił, że podniosła wzrok.

Patrzył jej w oczy, badawczo. — To skomplikowane.

— Wiem.

— Badasz sprawę, której jestem częścią. Technicznie rzecz biorąc, jestem źródłem. To przekracza kilkanaście zawodowych granic.

— To też wiem. — Odwróciła dłoń, stykając się z nim wnętrzami dłoni. — Ale nie jestem pewna, czy mnie to w tej chwili obchodzi.

— Mnie też nie. — Wstał, pociągając ją za sobą. — Chodź ze mną do domu. Możemy to kontynuować jutro, ale dzisiaj...

— Dzisiaj — zgodziła się.

Zebrali najważniejsze dokumenty i zamknęli je w szafce. Dyżurny ledwo podniósł wzrok, gdy wychodzili. Garrett trzymał dłoń na lędźwiach Zary — gest ten wydawał się zarazem opiekuńczy i zaborczy.

Droga do domu Garretta była krótka, ale każda sekunda wydawała się naelektryzowana. Deszcz nie przestawał padać, ale wewnątrz LandCruisera narastało między nimi ciepło.

Mieszkał w skromnym domu z oblicówki drewnianej przy cichej ulicy. To było miejsce kogoś, kto ceni funkcjonalność ponad formę. W środku panował porządek, ale nie sterylność. Dom był „zamieszkany", lecz zadbany.

— Piwo? Wino? — zapytał, idąc w stronę kuchni.

— Właściwie to wodę. — Zaschło jej w gardle.

Nalał dwie szklanki, podał jej jedną. Stanęli w salonie. Nagle oboje uderzyła niezręczność tej chwili. W gabinecie, w otoczeniu dowodów i akt śledztwa, więź między nimi wydawała się naturalna. Tutaj, w domowej przestrzeni, rzeczywistość tego, co miało się wydarzyć, uderzyła z inną siłą.

— Zara. — Odstawił szklankę, wziął od niej jej naczynie i postawił obok swojego. — Zazwyczaj nie jestem detektywem, który łamie wszelkie możliwe zasady. — Cień uśmiechu błąkał się na jego ustach. — Ale oto jesteśmy.

— Oto jesteśmy.

Kiedy ich usta się spotkały, nie było w tym gwałtownego żaru, lecz coś wolniejszego. Ujął jej twarz w dłonie, trzymając ją tak, jakby mogła zniknąć, gdyby poruszył się zbyt szybko. Palce Zary odnalazły guziki jego policyjnej koszuli, rozpinając je jeden po drugim. Nie spieszyła się, zupełnie inaczej niż wtedy w Childers.

Rozbierali się powoli. Każda zdjęta część garderoby była raczej odkryciem niż przeszkodą. Jego palce drżały lekko przy zapięciu jej biustonosza, a ta drobna słabość sprawiła, że coś ścisnęło ją w piersi.

Kiedy w końcu stanęli naprzeciwko siebie, Garrett znów sięgnął po jej dłoń. Przyłożył ją do ust, składając pocałunek na jej wnętrzu, na nadgarstku, na miękkiej skórze w zgięciu łokcia.

Prześcieradło było chłodne pod jej plecami, gdy Garrett kładł ją na łóżku. Podążył za nią, przyciskając ją do materaca w sposób, który dawał oparcie, a nie ograniczał. Ich ciała dopasowały się do siebie, znajome, a jednak zupełnie nowe.

Błądził wargami od jej ust ku szyi, ku obojczykom. Wygięła się pod jego dotykiem, a jej dłonie kreśliły linie na jego szerokich plecach. Czuła lekką szorstkość zarostu na dłoni, gdy gładziła go po szczęce. Każdy ruch nabierał tempa powoli.

Gdy w końcu się w nią wgłębił, a ich ciała się połączyły, Zara spojrzała mu prosto w oczy. W Childers oboje zamknęli oczy, zatracając się w doznaniach. Teraz patrzyli na siebie. Nie odrywali wzroku, poruszając się wspólnie, ustalając rytm, który świadczył o wzajemnym zrozumieniu.

Była w tym wrażliwość, której się nie spodziewała. Ta zdolność do bycia dostrzeżoną, naprawdę dostrzeżoną w chwili tak wielkiego otwarcia. Wyraz twarzy Garretta wyrażał podziw, czułość i coś głębszego, czego nie była jeszcze gotowa nazwać. Jej dłonie wodziły po konturach jego twarzy. Zapamiętywała zmarszczki w kącikach jego oczu, uparty zarys szczęki, który teraz złagodniał.

Poruszali się razem. Bliskość nigdy nie ustępowała miejsca dążeniu do samego końca. Kiedy w końcu nadeszło spełnienie, przypominało raczej fale niż gwałtowny przypływ.

Potem przyciągnął ją do swojej piersi. Jednym ramieniem objął ją w pasie, a ich nogi splątały się pod pogniecioną pościelą. Jego palce kreśliły leniwe wzory wzdłuż jej kręgosłupa, gdy ich oddechy zwalniały. Serca stopniowo wracały do normalnego rytmu. Na zewnątrz deszcz cicho stukał o szyby.

— Zostań — mruknął Garrett, tuląc twarz do jej włosów.

Zara skinęła głową. Już czuła, jak ogarnia ją senność. — Nigdzie się nie wybieram.

Jego ramię zacisnęło się wokół jej talii, przyciągając ją bliżej. Poczuła, jak przyciska usta do jej skroni. Gdy odpływała w sen, ostatnią świadomą myślą Zary było to, jak bardzo różniło się to od każdej innej bliskości, jakiej dotąd zaznała. Nie była to ucieczka ani odskocznia, lecz punkt porozumienia w samym środku chaosu.

Zara powoli otworzyła oczy. Przez moment była zdezorientowana, zanim wspomnienia nie wróciły falą.

Sypialnia Garretta. Łóżko Garretta. Pościel obok niej była pognieciona, ale pusta, wciąż niosąca ślad ciepła. Jej dłoń przesunęła się po wolnym miejscu, gdy dotarł do niej głęboki aromat parzonej kawy.

W świetle dziennym sypialnia wyglądała inaczej. Na jednej ze ścian wisiał dyskretnie oprawiony dyplom ukończenia akademii policyjnej. Na regale stała eklektyczna mieszanka kryminałów, magazynów wędkarskich i kilka tomów o lokalnej historii Queensland. W tym układzie widać było dbałość, ale nic nie sprawiało wrażenia wymuskanego czy pretensjonalnego.

Jej ubrania leżały starannie złożone na krześle w kącie. Domyśliła się, że to sprawka Garretta. Zamiast po nie sięgnąć, dostrzegła na podłodze jego jasnoniebieską koszulę mundurową, która musiała zsunąć się z krzesła. Zara podniosła ją i na chwilę przyłożyła do nosa. Pachniała nim. Czystym potem, subtelną wodą kolońską i ledwie wyczuwalną metaliczną nutą odznaki. Wsunęła ją na siebie. Materiał sięgał jej do połowy ud, a rękawy zwisały daleko poza koniuszki palców. Podwinęła je dwukrotnie, a potem boso poczłapała z sypialni.

Korytarz prowadził do skromnego salonu. Proste meble, telewizor, który wyglądał na rzadko używany, wędka oparta w rogu. Przez przejście w kształcie łuku widziała kuchnię i Garretta stojącego przy blacie, tyłem do niej. Miał na sobie tylko szorty. Poranne światło złociło mięśnie jego ramion i pleców. Robił kawę. Codzienność tej sceny uderzyła ją jako coś jednocześnie kojącego i nieco surrealistycznego.

Musiał ją usłyszeć, bo się odwrócił. Wyraz jego twarzy, gdy zobaczył ją w swojej koszuli, sprawił, że poczuła przyjemne drżenie w żołądku.

— Dzień dobry — powiedziała.

— Dzień dobry. — Jego głos był chrypliwy, jeszcze zaspany. Przesunął po niej wzrokiem, zatrzymując go na chwilę na tym, jak jego koszula leżała na jej sylwetce. — Kawy?

— Poproszę.

Nalał kawę do dwóch kubków i przyniósł je do małego stolika. Usiadła, obejmując dłońmi ciepłą ceramikę. On zajął miejsce naprzeciwko. Przez chwilę po prostu na siebie patrzyli. Ta nowa rzecz między nimi była wciąż zbyt krucha, by nadać jej imię.

— Powinniśmy pewnie o tym porozmawiać — powiedział w końcu Garrett.

— Pewnie tak. — Zara wzięła łyk kawy. — To skomplikowane.

— Mało powiedziane. — Przeczesał dłonią włosy. — Badasz sprawę, w którą jestem zaangażowany. Technicznie rzecz biorąc, jestem źródłem. Gdyby to wyszło na jaw...

— Podważyłoby to wiarygodność nas obojga — dokończyła. — Wiem.

— A jednak. — Sięgnął przez stół, splatając swoje palce z jej palcami. — Nie żałuję tego. Wczorajszej nocy. Dzisiejszego poranka. Niczego.

— Ja też nie. — Ścisnęła jego dłoń. — Ale musimy być ostrożni. Dla dobra nas obojga.

— Zgoda. — Przyglądał się jej twarzy. — Więc co robimy?

— Dalej zajmujemy się sprawą. Zachowujemy profesjonalizm. Nie pozwalamy, by to nas odciągnęło od tego, co ważne. — Zawahała się. — Ale kiedy będziemy sami...

— Kiedy będziemy sami... — powtórzył, a w jego oczach malowało się zrozumienie.

Dokończyli kawę w przyjaznej ciszy. W końcu Zara wstała, niechętnie, ale wiedząc, że oboje mają pracę do wykonania.

— Powinnam wracać do motelu. Wziąć prysznic, przebrać się. Dev będzie się zastanawiać, gdzie jestem.

Garrett też wstał. — Weź sobie dzisiaj wolne. To znaczy od tej sprawy. Daj sobie odpocząć.

— Odpocząć? — Ta koncepcja wydawała się obca.

— Tak. Czy wzięłaś choć jeden dzień wolnego, odkąd tu przyjechałaś? — Kiedy nie odpowiedziała, kontynuował: — Popłyń ze mną łodzią. Tylko na kilka godzin. Połowimy ryby, pewnie z marnym skutkiem, a ty zaczerpniesz słońca i świeżego powietrza. Żadnych rozmów o sprawie. Po prostu... jeden dzień.

Zara przyłapała się na tym, że się uśmiecha. — To brzmi właściwie idealnie.

— To dobrze. — Przyciągnął ją do siebie i pocałował w czoło. — Przyjadę po ciebie o dziewiątej. Włóż coś, czego nie będzie ci żal zmoczyć i wystawić na działanie wody morskiej.

Piętnastominutowa droga do Salt Creek Heads wiodła niedawno wyasfaltowaną trasą, która wiła się przez zarośla, po czym zaczęła łagodnie piąć się w górę. Wraz ze wzrostem wysokości między drzewami zaczęły prześwitywać błękitne połacie oceanu. Widok stawał się coraz szerszy, aż za zakrętem panorama otworzyła się całkowicie. Zarze zaparło dech w piersiach. Lazurowa woda ciągnęła się aż po horyzont, przylądki wrzynały się w morze, a odległe sylwetki wysp drżały w porannym upale.

— Pierwszy raz widzisz Heads? — zapytał Garrett, zauważając jej reakcję.

— Tak. — Wpatrywała się przed siebie. — Nie miałam właściwie powodu, żeby tu zaglądać. Teraz żałuję.

— To najlepsza część życia tutaj — powiedział, kierując Land-Cruiser na kolejny zakręt. — W gorsze dni przyjeżdżam tutaj tylko po to, żeby posiedzieć i popatrzeć na wodę.

Zara rozumiała dlaczego. W tym widoku było coś bezkresnego. Przypomnienie o przestrzeni i możliwościach wykraczających poza granice małego miasteczka z jego pogrzebanymi tajemnicami.

Gdy zjeżdżali w stronę małej osady w Salt Creek Heads, Zara zauważyła wzmożony ruch budowlany na zboczach wzgórz. Kilka dużych domów na różnych etapach budowy górowało na atrakcyjnych działkach z widokiem na ocean. Architektoniczne popisy ze szkła i drewna zdawały się nie pasować do skromnych domów z oblicówką drewnianą, które stanowiły pierwotną zabudowę osady.

— Cannon Developments — powiedział Garrett, śledząc jej wzrok. Jego ton pozostał neutralny, ale Zara dostrzegła lekkie napięcie szczęki. — Richard Cannon założył firmę budowlaną jakieś piętnaście lat temu. Kirsty przejęła ją po jego śmierci.

— Wyglądają na drogie.

— Bo są drogie. Żaden z miejscowych tu nie zamieszka. To wszystko luksusowe domy wakacyjne albo AirBnB, poza zasięgiem cenowym kogokolwiek z Salt Creek. — Skręcił, kierując się na mały parking w pobliżu betonowej rampy do wodowania łodzi. — Kirsty mocno naciska na dalszą rozbudowę, odkąd przejęła radę ds. planowania przestrzennego. Więcej turystów, większy napływ pieniędzy.

— I więcej władzy dla niej — wymruczała Zara, zauważając, że najnowsze domy zdawały się zajmować najlepsze miejsca wzdłuż przylądka. Najpiękniejsze widoki. Lokalna polityka, osobiste korzyści i być może coś mroczniejszego. Wszystko to łączyło się w sposób, który wciąż próbowała rozwikłać.

Wjechali na parking obok rampy. Kilka innych pojazdów z pustymi przyczepami sugerowało, że nie tylko oni korzystają z idealnej pogody, choć sama rampa była w tej chwili wolna.

Garrett pewnie wycofał przyczepę po rampie, dopóki rufa łodzi nie zanurzyła się w wodzie.

— Chcesz pomóc przy wodowaniu? — zapytał, wyłączając silnik.

Cały proces okazał się bardziej złożony, niż Zara przypuszczała. Odpinanie pasów, kontrolowanie liny wyciągarki, upewnianie się, że wszystko wewnątrz łodzi jest zabezpieczone, zanim ta dotknie tafli wody. Garrett prowadził ją przez każdy krok. Jego dłonie od czasu do czasu przykrywały jej, by pokazać właściwą technikę. Te przypadkowe dotknięcia wydawały się teraz inne. Naładowane świadomością po wspólnej nocy, a jednocześnie swobodne w sposób, którego się nie spodziewała.

Gdy łódź unosiła się już na wodzie, Garrett odprowadził ją do małego pomostu przylegającego do rampy i zawołał Zarę, by przytrzymała linę, podczas gdy on przestawi LandCruiser z przyczepą na parking. Słońce grzało ją w ramiona przez T-shirt. Powietrze było przesycone zapachem słonej wody i namorzynów. Wokół niej pelikany siedziały na zwietrzałych pylonach. Od czasu do czasu jakaś ryba mąciła powierzchnię wody lekkim pluskiem. Bielik morski leniwie krążył wysoko na niebie.

Garrett wrócił i wskoczył na łódź. Wysportowany i pełen gracji. Następnie wyciągnął rękę, by pomóc Zarze wejść na pokład. Jednostka zakołysała się lekko pod jej stopami, gdy szukała równowagi. Poczuła jego stabilizującą dłoń na swojej talii.

— Witaj na pokładzie — powiedział, prowadząc ją do siedzenia, po czym zwinął linę i przeszedł do małej konsoli sterowniczej. Silnik zapalił z uspokajającym mruczeniem. — Gotowa?

Zara skinęła głową. Czuła narastającą ekscytację, gdy oddalali się od pomostu. Woda była spokojna, marszczona jedynie przez łagodne fale, z którymi Quintrex radził sobie bez trudu. Garrett nawigował z cichą pewnością siebie. Jedną rękę trzymał na kole sterowym, a oczami skanował pławy, gdy wypływali na głębsze wody.

— Tu jest pięknie — powiedziała Zara, zanurzając palce w kilwaterze obok łodzi. Woda była zachęcająco przejrzysta, ukazując piaszczyste dno i przemykające rzadko ryby.

— Nie miej żadnych pomysłów na kąpiel tak blisko brzegu — ostrzegł Garrett, odgadując jej myśli. — Krokodyle uwielbiają te wody. Zaledwie w zeszłym tygodniu widziano tu czterometrowy krokodyl różańcowy.

Zara szybko cofnęła rękę. Garrett zaśmiał się pod nosem. — Dziewczyna z miasta — przekomarzał się, ale w jego słowach nie było złośliwości, a jedynie ciepłe rozbawienie.

Ominęli mały cypel, na którym dumnie stała latarnia morska. W zasięgu wzroku pojawił się imponujący dom, osadzony dramatycznie na krawędzi klifu. Nowoczesny i kanciasty, jego szklane ściany odbijały poranne słońce niczym sygnał nawigacyjny. Wiele balkonów wystawało nad wodę. Prywatny pomost sięgał w głąb małej, osłoniętej zatoczki poniżej. Nawet z tej odległości biło od niego bogactwo i przywileje.

— To posiadłość Kirsty — powiedział Garrett.

Zara mu się przyjrzała. Zauważyła ogrom, prestiżową lokalizację, ostentację. — To musi być warte miliony. Ma do stracenia o wiele więcej, niż sądziłam.

Garrett skinął głową. Przez moment jego twarz spoważniała. — To wszystko zbudowane na biznesie jej ojca, na jego układach politycznych. Cała jej tożsamość opiera się na byciu „złotym dzieckiem" Salt Creek. Dziedziczką jego imperium. — Spojrzał na dom jeszcze przez chwilę, po czym wyraźnie potrząsnął głową. — Ale umówiliśmy się, prawda? Dziś nie rozmawiamy o sprawie.

— Masz rację — zgodziła się Zara, chociaż jej dziennikarski umysł już katalogował te obserwacje, dopasowując je do szerszego obrazu, który wspólnie budowali.

Garrett skierował łódź z dala od linii brzegowej, wypływając na otwarte wody. Miarny szum silnika i delikatne uderzenia fal o kadłub tworzyły kojący rytm. Im dalej byli od lądu, tym bardziej Zara czuła, jak ciężar śledztwa tymczasowo opuszcza jej barki.

— No więc — zapytał Garrett, a jego poważna mina ustąpiła miejsca uśmiechowi, który zmrużył kąciki jego oczu — jakie masz doświadczenie w łowieniu ryb?

Zara roześmiała się. Dźwięk poniósł się po wodzie. — Żadne. Dorastałam na zachodnich przedmieściach Brisbane. Najbliżej wędkarstwa byłam, kiedy patrzyłam, jak mój kuzyn łapie raki śródlądowe w potoku za domem ciotki.

— Raki śródlądowe się liczą — odpowiedział z powagą, choć w jego oczach tańczyło rozbawienie. — To po prostu bardzo małe ryby z dużą liczbą nóg.

— Jestem niemal pewna, że to naukowa bzdura.

— Kwestionujesz moją wiedzę wędkarską, panno Langley?

— Nigdy w życiu, sierżancie sztabowy. W sprawach nautycznych jestem zdana całkowicie na twoją łaskę.

Ich śmiech zmieszał się ze sobą, porwany przez bryzę, gdy Garrett kierował ich ku odległemu punktowi, gdzie obiecał, że ryby będą brały. Patrząc na jego profil, gdy skanował horyzont — zrelaksowany i skoncentrowany w sposób, jakiego nigdy nie widziała u niego w samym Salt Creek — Zara poczuła, jak w jej piersi osiada coś niespodziewanego. Nie tylko pociąg czy echo fizycznej bliskości, ale rozpoznanie czegoś rzadszego. Możliwości porozumienia z kimś, kto rozumiał jej determinację. Jej oddanie. Jej niechęć do odwracania wzroku od niewygodnych prawd.

Jutro wrócą do śledztwa. Do danych z telefonów, które, jak mieli nadzieję, Dev odzyska. Do niebezpiecznych tajemnic Salt Creek. Ale dzisiaj, dzisiejszy dzień należał do nich. Skradzione godziny na błękitnej wodzie pod bezkresnym niebem. Krótka chwila wytchnienia przed burzą, która z pewnością nadchodziła.

Rozdział 15

Popołudniowe cienie wydłużały się na betonie, gdy LandCruiser wjechał na parking przed motelem. Skóra Zary wciąż przyjemnie mrowiła po godzinach spędzonych na słońcu, a kryształki soli wysychały w zagłębieniach jej dłoni. Dzień na wodzie z Garrettem był nieoczekiwanym wytchnieniem, skradzioną chwilą normalności pośród coraz niebezpieczniejszego śledztwa. Czule odczuwała mięśnie, o których istnieniu zapomniała, przyjemnie bolące od wyciągania ryb, choć wszystkie zdobycze wypuścili z powrotem, ustalając ze śmiechem, że na kolację kupią po prostu rybę z frytkami. Gdy Garrett zgasił silnik, czar wspólnego dnia zaczął pryskać, a rzeczywistość wkradła się z powrotem wraz z nikłym zapachem spalin.

— Odstawię łódź do domu i spotkamy się u mnie — powiedział Garrett, a jego oczy złagodniały, gdy na nią spojrzał. Zmarszczki wokół nich wygładziły się podczas dnia na wodzie; jego twarz była bardziej odprężona niż kiedykolwiek.

— Wezmę prysznic, spakuję się, kupię rybę z frytkami i do ciebie przyjadę — odpowiedziała Zara, odpinając pas. Decyzja o zamieszkaniu u Garretta przyszła łatwo po wczorajszej nocy, po groźbach, po tym wszystkim. Logika i pragnienie po raz pierwszy szły w parze. — Muszę tylko wrzucić wszystko do auta i się wymeldować. Zajmie mi to pewnie około godziny.

Skinął głową, bębniąc palcami o kierownicę. — Zamknij za sobą drzwi na klucz.

— Zawsze to robię. — Posłała mu uspokajający uśmiech. — Choć nie sądzę, żeby planowali włamanie, kiedy będę w środku.

— Mam taką nadzieję.

Pożegnali się krótko, muśnięciem palców, wymianą spojrzeń. Żadne z nich nie przyznało na głos, jak bardzo swojsko brzmiał ten swobodny układ — to, że spotkają się u niego, że będą dzielić przestrzeń. Zara wysiadła z samochodu i patrzyła, jak Garrett odjeżdża, a przyczepa z łodzią lekko kołysze się za LandCruiserem.

Podeszła do drzwi swojego pokoju z kartą w ręku, w myślach już układając plan pakowania, które zamierzała zacząć zaraz po zmyciu soli ze skóry. I tak nie przywiozła ze sobą zbyt wiele; życie na walizkach stało się jej drugą naturą przez lata, gdy trwała jej śledcza praca w terenie.

Karta kliknęła w czytniku, zamek puścił, a Zara pchnęła drzwi.

Od razu poczuła, że coś jest nie tak.

Powietrze wewnątrz wydawało się inne. Poruszone, subtelnie zmienione. Jej dziennikarski instynkt, wyostrzony przez lata szkoleń z przetrwania w trudnych warunkach i pracy nad niebezpiecznymi tematami, zaalarmował ją, zanim jeszcze racjonalny umysł przetworzył powód niepokoju.

Zatrzymała się na progu, trzymając dłoń na klamce. Zasłony były zaciągnięte, co pogrążało pokój w sztucznym półmroku mimo popołudniowego słońca na zewnątrz. Na pierwszy rzut oka nic nie wydawało się nie na swoim miejscu. Walizka ze sprzętem stała na biurku tam, gdzie zostawiła ją rano, wciąż zamknięta. Drzwi do łazienki były uchylone pod dokładnie tym samym kątem.

Ale zapach był inny. Coś chemicznego mieszało się z typową hotelową wonią środków czystości i sztucznego odświeżacza powietrza. Woń markera, gryząca i ostra.

I łóżko. Pościel była skotłowana inaczej, niż ją zostawiła.

Zara wstrzymała oddech, gdy jej oczy przyzwyczaiły się do mroku. Na niezasłanym łóżku rozrzucone były zdjęcia. Dziesiątki zdjęć.

Ona.

Idąca główną ulicą Salt Creek.

Stojąca przed Golden Horse.

Rozmawiająca z Jane Goulding na ławce w parku.

Siedząca w samochodzie przed domem jednej z dawnych szkolnych koleżanek Iris.

Każde ujęcie uchwycone z dystansu, ale z przerażającą ostrością; niektóre ewidentnie wykonano teleobiektywem. Obserwacja była profesjonalna, metodyczna i trwała od tygodni, sądząc po zmieniających się na zdjęciach ubraniach.

Jednak to, co sprawiło, że żołądek podszedł jej do gardła, to sposób, w jaki zdjęcia zniszczono. Na kilku fotografiach jej twarz została przekreślona grubym czarnym markerem, gwałtownymi pociągnięciami, które miejscami przedarły papier. A w samym centrum tej wystawy, przybijając do materaca jedno ze szczególnie bliskich ujęć jej twarzy, tkwił nóż kuchenny. Nie żaden scyzoryk czy nóż sprężynowy, ale porządny nóż szefa kuchni, przeznaczony do poważnego krojenia.

Żółć podeszła jej do gardła. Wiadomość nie mogłaby być wyraźniejsza, nawet gdyby napisali ją jej własną krwią.

Dłonie jej drżały, ale opanowała je siłą woli. Zmusiła się do oddechu — trzy sekundy wdech, trzy sekundy wydech — tak, jak nauczyła się na swoim pierwszym szkoleniu z przetrwania w trudnych warunkach lata temu.

Walizka ze sprzętem. Szybko do niej podeszła. Pokrywa była zamknięta, a zamki... nie, wciąż trzymały. Wydała na tę walizkę mnóstwo pieniędzy, chcąc mieć pewność, że sprzęt jest bezpieczny, gdy nie ma go przy sobie; zawsze zostawiała w niej też nadajnik GPS. Pieniądze dobrze wydane, pomyślała, gdy walizka otworzyła się z satysfakcjonującym kliknięciem, ukazując drogie mikrofony, dyktafon i dyski zapasowe, wszystko nietknięte.

To chociaż jedna dobra wiadomość. Jej praca pozostała bezpieczna, nawet jeśli jej bezpieczeństwo zostało narażone.

Zara zamknęła i ponownie zablokowała walizkę, po czym wyprostowała się i wyciągnęła telefon z kieszeni. Pokój nagle wydał się mniejszy, a ściany jakby się zacieśniały, ale odmówiła ucieczki bez swoich rzeczy. Ucieczka byłaby oznaką słabości, a ktokolwiek ją obserwował, wyraźnie się nią karmił.

Wybrała numer Garretta, starając się oddychać miarowo, gdy połączenie zostało nawiązane. Jej kłykcie zbielały od zaciskania dłoni na telefonie — był to jedyny widoczny objaw napięcia, na jaki sobie pozwoliła.

— Już za mną tęsknisz? — W jego głosie wciąż słychać było ciepło po wspólnie spędzonym dniu.

— Ktoś tu znowu był. — Zara celowo zachowała opanowany, profesjonalny ton. Spokój własnego głosu zaskoczył nawet ją samą.

Cisza, która zapadła, trwała zaledwie sekundę, ale wydała się znacznie dłuższa. Gdy Garrett znów się odezwał, ciepło zniknęło, zastąpione przez ostry ton detektywa. — Cholera, powinienem był wejść z tobą! Jesteś bezpieczna? Czy oni wciąż tam są?

— Nie ma śladu nikogo. Ale są zdjęcia. — Przełknęła ślinę. — Moje. Z nożem. To znaczy, nie ja z nożem, tylko nóż jest wbity w zdjęcie... — Mówiła bez większego ładu, co sama odnotowała w zakamarku umysłu. Szok? Na szczęście Garrett potraktował ją poważnie.

— Niczego nie dotykaj. Już zawracam. — Usłyszała ryk silnika. — Nie rozłączaj się. Trzymaj drzwi zamknięte na klucz.

— Nic mi nie jest — upierała się, choć oboje wiedzieli, że to kłamstwo. — Po prostu... pośpiesz się.

Zara podeszła do drzwi, przekręciła zasuwę i założyła łańcuch zabezpieczający, wiedząc, że to ochrona czysto symboliczna. Stanęła tak, by widzieć zarówno drzwi, jak i zbezczeszczone łóżko, nie spuszczając żadnego z nich z oczu.

Powietrze w pokoju wydawało się teraz naelektryzowane, jakby niosło w sobie złe intencje. Skatalogowała w myśli potencjalną broń. Lampa na biurku, wystarczająco ciężka, by ogłuszyć. Długopis w kieszeni, który w razie potrzeby można wbić w miękką tkankę. Nawet ten nóż, choć nie chciała go dotykać ze względu na ewentualne odciski palców; gdyby jednak przyszło co do czego, bez wahania wyrwałaby go z materaca i użyła do obrony. Drzemiąca w niej dziennikarka obserwowała te myśli z beznamiętnym zainteresowaniem, odnotowując, jak szybko jej umysł przestawił się na kalkulacje mające na celu przetrwanie.

W słuchawce słyszała opanowany oddech Garretta i sporadyczne przekleństwa, gdy lawirował w ruchu ulicznym. Jego obecność, choć tylko głosowa, dodawała jej sił.

— Trzy minuty — powiedział.

Zara skinęła głową, choć nie mógł jej widzieć. — Czekam.

Czekając i wypatrując ruchu w cieniach, myślała o ciemnych siniakach na ramionach Iris Zhang, o śladach palców od trzymania pod wodą. O kimś, kto chronił swój sekret przez jedenaście lat i najwyraźniej zrobiłby wszystko, by pozostał on pogrzebany na zawsze.

Pisk opon na parkingu oznajmił przyjazd Garretta, zanim zdążył cokolwiek powiedzieć.

Ciężkie kroki zadudniły na betonie, a po nich nastąpiły trzy głośne uderzenia w drzwi. Podeszła do nich i sprawdziła wizjer, zanim zwolniła zasuwę i łańcuch. Garrett wpadł do środka. Najpierw jego oczy odnalazły jej oczy — bystre, oceniające spojrzenie, które na moment złagodniało z ulgą, po czym znów stwardniało, gdy omiótł wzrokiem pokój. Przyczepa z łodzią wciąż była przypięta do LandCruisera; Zara zerknęła przez otwarte drzwi i zobaczyła auto zaparkowane w pośpiechu w poprzek kilku miejsc na parkingu motelu.

— Nic ci nie jest? – zapytał, zamykając za sobą drzwi.

Zara potrząsnęła głową. — Nie. Tylko... — wskazała ręką na łóżko.

Garrett ostrożnie podszedł do łóżka, trzymając ręce splecione za plecami, by nie zanieczyścić dowodów, i pochylił się nad zdjęciami, nie dotykając ich. Metodycznie analizował każdą fotografię, odtwarzając trasę prześladowcy, który śledził Zarę od tygodni.

— Te zdjęcia zrobiono porządnym aparatem — powiedział klinicznie chłodnym głosem. — Obiektyw o długiej ogniskowej. Profesjonalna jakość. — Przeszedł wokół łóżka, przyglądając się kompozycji pod różnymi kątami. — Nóż pochodzi ze zwykłego zestawu kuchennego. Tani; widziałem takie w sprzedaży w Kmarcie. Prawdopodobnie kupiony wysyłkowo. Albo ktoś pojechał do Bundaberg i tam go kupił, drukując przy okazji zdjęcia.

Zara obserwowała go przy pracy, wdzięczna za jego profesjonalne skupienie. Tworzyło ono bufor między nią a pogwałconą przestrzenią, zagrożeniem wyłożonym w formie błyszczących odbitek 10 na 15.

— To tutaj – kontynuował Garrett, wskazując na zdjęcie Zary wchodzącej do restauracji Zhangów – zrobiono wczoraj rano, zanim wypłynęliśmy na ryby. A to – jego palec zawisł nad innym, pokazującym jak wysiada z jego samochodu dziś nad ranem pod jego domem – jest z zeszłej nocy.

Kontekst stał się jasny dla obojga. Ktokolwiek ich obserwował, wiedział o nich, wiedział o ich zacieśniającej się więzi. Wiedział, że spędziła noc w jego domu.

— Więc nie jechali do Bundaberg, żeby wydrukować zdjęcia — mruknął. — Ciekawe. Niezbyt wiele osób w mieście posiada drukarkę, która mogłaby zapewnić taką jakość.

Wzrok Garretta spoczął w końcu na centralnej fotografii. Twarz Zary w zbliżeniu, przebita nożem wbitym w materac. Na krótką chwilę jego profesjonalna maska opadła, odsłaniając pod spodem coś surowego i wściekłego. Zacisnął szczęki tak mocno, że pod skórą wyraźnie drgnął mięsień.

— Śledzili cię bez przerwy — powiedział ściszonym głosem. — Dokumentowali każdy twój krok. Budowali kartotekę. To nie jest przypadkowe zastraszanie. To jest... — Urwał, walcząc o panowanie nad sobą. — To jest rozpoznanie przedoperacyjne.

Termin zawisł w powietrzu, kliniczny i przerażający. *Przedoperacyjne*. Etap przed działaniem. Przed przemocą.

Garrett wyprostował się i odwrócił całkiem w jej stronę. Profesjonalny dystans, który do tej pory zachowywał, pękł nagle i całkowicie, niczym lód pod niespodziewanym ciężarem. W trzech szybkich krokach dopadł do niej i przyciągnął ją do uścisku, jedną dłonią obejmując tył jej głowy, a drugim ramieniem mocno oplatając talię.

— Odchodziłem od zmysłów, próbując cię chronić i jednocześnie zachować dystans – wyznał, a jego głos załamał się przy jej włosach. — Próbowałem utrzymać jakieś profesjonalne bariery, podczas gdy jedyne, czego chcę, to dbać o twoje bezpieczeństwo.

Słowa wibrowały w jego piersi tuż przy jej policzku. Zara poczuła, jak coś w niej pęka, jakiś mur, o którego istnieniu nawet nie wiedziała. Drżała w jego ramionach — z lęku, do którego w końcu się przyznała, z ulgi, że nie musi stawiać temu czoła sama, i z intensywności ponownego kontaktu po całym dniu zachowywania ostrożnego, przyjacielskiego dystansu na wodzie.

Oplotła go ramionami w talii, zaciskając dłonie na jego koszuli. Czuła bicie jego serca pod policzkiem, czuła zapach wody morskiej na jego skórze zmieszany z ostrzejszą wonią potu podszytego strachem. Jego ciało było solidne i ciepłe, stanowiło punkt oparcia na niepewnym gruncie tego śledztwa.

— Wciąż myślę o Iris — szepnęła w jego pierś. — O siniakach na jej ramionach. O tym, że ktoś trzymał ją pod wodą. – Odchyliła się nieco, by na niego spojrzeć, narzucając swojemu głosowi spokój siłą woli. — Oni eskalują, prawda?

Garrett skinął głową, nie próbując ukrywać przed nią prawdy. Jego oczy, zazwyczaj chłodne i opanowane, płonęły czymś, co sprawiło, że poczuła ucisk w klatce piersiowej. Uniósł dłoń i ujął jej twarz, kciukiem gładząc jej kość policzkową z zaskakującą delikatnością, biorąc pod uwagę napięcie bijące z reszty jego ciała.

— Tak – odrzekł krótko. – Tak właśnie jest.

W tamtej chwili, patrząc na niego, Zara zrozumiała, że wszelkie pozory profesjonalizmu czy przyzwoitości zniknęły. Pozostało tylko to, co najważniejsze: mężczyzna i kobieta stojący ramię w ramię w obliczu zagrożenia, złączeni wspólnym celem i narastającym uczuciem, którego żadne z nich nie było jeszcze gotowe nazwać.

Jego dłoń lekko zadrżała na jej twarzy. — Nie powinienem był zostawiać cię samej — powiedział z wyraźną samokrytyką w głosie. — Nawet na dwadzieścia minut. Nie po tym wszystkim, co się wydarzyło.

— Nie mogłeś wiedzieć — odparła Zara, nakrywając jego dłoń swoją. — Nic mi nie jest. Jestem wstrząśnięta, ale nic mi nie jest.

Wzrok Garretta powrócił do łóżka, do noża, który miał ją sterroryzować i zastraszyć. Jego wyraz twarzy znów stwardniał, ale inaczej niż poprzednio — nie profesjonalnym chłodem, lecz osobistą determinacją.

— Nie zostaniesz tu ani minuty dłużej – powiedział tonem nieznoszącym sprzeciwu. — Nic w tym miejscu nie jest warte ryzykowania twojego bezpieczeństwa.

— Nie zamierzam się kłócić. — Zara spróbowała się uśmiechnąć, ale uśmiech nie dotarł do jej oczu. — Nagrałam już wystarczająco dużo materiału o urokach małomiasteczkowych moteli.

Nie odwzajemnił uśmiechu; jego spojrzenie znów spoczęło na jej twarzy z intensywnością, która zaparła jej dech. — Muszę to udokumentować — powiedział. — Zrobić zdjęcia, zabezpieczyć dowody. Ale nie zostawię cię już samej.

Profesjonalny śledczy na chwilę powrócił, ale w zmienionej formie; jego oddanie procedurom nie stało już w sprzeczności z osobistymi uczuciami, lecz było przez nie napędzane, zaostrzone do niebezpiecznej granicy.

— Pomogę — zaproponowała Zara, niechętnie uwalniając się z jego objęć, ale wciąż trzymając rękę na jego ramieniu, jakby oboje nie chcieli całkowicie zrywać kontaktu. — Powiedz, co mam robić.

Na krótką chwilę splótł swoje palce z jej, uściskiem, który brzmiał jak obietnica. — Najpierw dokumentacja. Potem cię stąd zabieram. — Jego oczy wbiły się w jej oczy, pewne i zdecydowane. — A potem znajdziemy tego, kto to zrobił.

Garrett metodycznie fotografował rozłożone zdjęcia, nóż i całą aranżację na łóżku. Jego ruchy były precyzyjne i profesjonalne, choć Zara dostrzegała napięcie w jego ramionach i opanowaną wściekłość w sposobie, w jaki się poruszał. Stała przy biurku, ze spakowanym już laptopem, obserwując, jak dokumentuje miejsce zdarzenia z taką samą dokładnością, z jaką przez jedenaście lat badał śmierć Iris Zhang. Gdy w końcu podniósł wzrok, chowając telefon do kieszeni, wspólne spojrzenie przekazało im wszystko, co wymagało powiedzenia. Czas iść.

— Dowodami zajmę się później — powiedział, wyciągając dużą torebkę na dowody z zestawu ratunkowego w swoim samochodzie. W rękawiczkach ostrożnie wsunął nóż i zdjęcia do torebki, po czym ją zapieczętował. — Co musisz stąd zabrać?

Poruszali się po małym pokoju z zaskakującą koordynacją, jakby pakowali się wspólnie dziesiątki razy. Zara wyciągnęła walizkę z szafy, podczas gdy Garrett sprawdzał łazienkę w poszukiwaniu jej przyborów toaletowych. W ich ruchach była sprawność, która przeczyła krótkiemu stażowi ich znajomości.

— Ładowarki? — zapytał Garrett, omiatając już wzrokiem gniazdka.

— Mam. — Zara pakowała ubrania do plecaka, stawiając na praktyczność zamiast na porządek. Jej palce lekko drżały, gdy adrenalina zaczęła opadać, ale przełamywała to z tą samą determinacją, która pozwalała jej przetrwać w strefach wojny czy na terenach klęsk żywiołowych.

Garrett podszedł, by pomóc jej złożyć koszulę, przy czym jego dłonie musnęły jej dłonie. Dotyk trwał o ułamek sekundy dłużej, niż było to konieczne; jego palce były ciepłe na jej skórze muśniętej słońcem. Ich oczy spotkały się nad materiałem, a między nimi przepłynął prąd. Nie chodziło tylko o groźbę czy sprawę, ale o nich samych, o to nieplanowane, nieoczekiwane zgranie celów i pragnień.

— Twój sprzęt do nagrywania — przypomniał jej cicho, przerywając chwilę, ale nie zrywając więzi.

Zara skinęła głową i podeszła do biurka, by zabrać walizkę Pelican. Garrett wziął go z jej rąk, sprawdzając ciężar. — Ciężka – skomentował. – Dobry zestaw?

— Najlepszy, na jaki mogłam sobie pozwolić – odpowiedziała, patrząc, jak ostrożnie stawia ją przy drzwiach obok jej plecaka.

Było coś w tym geście, w trosce, z jaką potraktował jej narzędzia pracy, co niespodziewanie ją poruszyło. Uznanie tego, co było dla niej ważne, co definiowało ją poza ramami tej sprawy.

Kontynuowali krążenie po pokoju w tym tańcu wydajności i bliskości. Garrett zabrał jej notatki z biurka, podczas gdy Zara zebrała kilka osobistych rzeczy z szafki nocnej: zniszczoną książkę w miękkiej oprawie, srebrną bransoletkę matki, małe pudełko miętówek. Czuła jego dłoń na dole pleców, gdy zaglądali pod łóżko, sprawdzając, czy nic nie upadło.

Przez cały ten czas Zara była boleśnie świadoma obecności zapieczętowanej torebki na dowody na biurku i tego, co ona reprezentuje. Ktoś śledził każdy jej krok, dokumentował rutynę, czekając na właściwy moment. A teraz postanowił przejść od obserwacji do bezpośredniej groźby.

— Coś jeszcze? — zapytał Garrett, omiatając wzrokiem opustoszały pokój. Był dokładny i profesjonalny, ale napięcie nie opuszczało jego ciała. Szczęki miał wciąż zaciśnięte, a wzrok nieustannie krążył między Zarą a drzwiami; był niczym drapieżnik w stanie czuwania.

Pokręciła głową, zasuwając suwak walizki z ostatecznością, która znaczyła więcej niż tylko zwykłą czynność. — To wszystko.

Garrett zrobił ostatni obchód pokoju, sprawdzając szafę i zaglądając pod łóżko. Gdy się wyprostował, jego twarz stwardniała, a oczy pociemniały od ledwie hamowanego gniewu, gdy spojrzał na skotłowaną pościel, w której tkwił nóż. W tej chwili widziała w nim tego potężnego śledczego, który spędził jedenaście lat, domagając się sprawiedliwości dla dziewczyny, której prawie nie znał.

— Chodźmy — powiedział niskim, napiętym głosem. Jedną ręką chwycił walizkę Pelican i torebkę na dowody, drugą torbę z laptopem.

Zara chwyciła walizkę i ruszyła do wyjścia. Gdy Garrett przytrzymał jej drzwi, zatrzymała się na progu, spoglądając ostatni raz na pokój, który przez tygodnie był jej bazą. Przestrzeń wydawała się teraz mniejsza, skażona wtargnięciem i groźbą. Poczucie bezpieczeństwa, które niegdyś zapewniała, bezpowrotnie zniknęło.

— Zara? — głos Garretta przywołał ją do rzeczywistości.

— Już idę. — Odwróciła się i wyszła na zewnątrz, w blask późnego popołudnia. Normalność fasady motelu, wyblakły szyld, pusty basen i nieliczne samochody wydawały się surrealistyczne po tym, czego doświadczyła wewnątrz.

Garrett zapakował jej rzeczy do LandCruisera, wciąż z przypiętą przyczepą — pamiątką po dniu na wodzie, który teraz zdawał się niemożliwie odległy. Jego ruchy były energiczne, ale oczy nieustannie skanowały parking, biuro motelu i drogę za nimi. Wypatrywał zagrożeń, obserwatorów, kogokolwiek, kto mógłby zwracać na nich zbyt dużą uwagę.

Patrząc na niego, Zara poczuła nagły przypływ wycieńczenia. Połączenie słońca, łowienia ryb i napędzanej strachem adrenaliny zostawiło ją kompletnie wyzutą z sił. Oparła się o zamknięte drzwi swojego pustego już pokoju i na moment zamknęła oczy.

— Wszystko w porządku? — zapytał cicho Garrett.

Otworzyła oczy i zobaczyła, że jej się przygląda, a w kącikach jego oczu maluje się troska. — Po prostu to przetwarzam — odpowiedziała szczerze. — To był dzień ekstremów.

Jego dłoń odnalazła jej dłoń, splotły się palcami. — Wiem. Ma się wrażenie, jakby to, co działo się rano, przydarzyło się zupełnie innym ludziom.

Ta prosta prawda zawisła między nimi. Rzeczywiście byli innymi ludźmi tam, na łodzi. Lżejszymi, nieobciążonymi sprawą ani niebezpieczeństwem. Teraz rzeczywistość upomniała się o nich z brutalną jasnością.

— Wiem, że miałaś przyjechać do mnie swoim autem. Ale uważam, że nie powinnaś go prowadzić.

Mrugnęła, próbując go zrozumieć. — Nie jestem aż tak zmęczona. Twój dom nie jest daleko.

— Nie o to mi chodziło. — Delikatnie puścił jej dłoń, by ująć ją pod łokieć i poprowadzić do drzwi pasażera LandCruisera. — Chodziło mi o to, że chcę, by Mick dokładnie je sprawdził, zanim znów do niego wsiądziesz.

— Och. — Spojrzała na swój samochód, stojący niewinnie na miejscu parkingowym przed pokojem, tam gdzie go zostawiła. — Chcesz powiedzieć, że...

— Może dojść do mniej oczywistego sabotażu niż tylko przebicie opon.

Zara nigdy nie interesowała się samochodami. Owszem, wiedziała, jak zmienić koło czy sprawdzić olej, ale przy najmniejszym podejrzeniu usterki od razu jechała do mechanika. Nie miała bladego pojęcia, co konkretnie ktoś mógłby zrobić z jej autem, by unieruchomić je w niezauważony sposób, ale była skłonna uwierzyć, że to możliwe. Przez myśl przemknęły jej przecięte przewody hamulcowe; otworzyła drzwi LandCruisera i wsiadła do środka.

— Zadzwońmy do Micka jutro rano. Proszę.

— Tak zrobimy. — Garrett ścisnął jej dłoń, po czym puścił ją i przeszedł na miejsce kierowcy. Gdy odjeżdżali spod motelu, Zara patrzyła w lusterko wsteczne, jak budynek znika w oddali. Ciężar tego, co wydarzyło się dzisiaj — zarówno radość ze wspólnie spędzonego czasu, jak i groźba, która po nim nastąpiła — osiadł między nimi niczym coś materialnego.

— Wiesz, że to wszystko zmienia – powiedziała w końcu, wciąż obserwując malejący motel. – Teraz nie da się już zachować profesjonalnych barier.

Garrett nie odrywał wzroku od drogi, ale jego twarz nieco złagodniała. — Myślę, że one zniknęły gdzieś między komisariatem a moją sypialnią – odpowiedział, a przez napięcie przebił się cień suchego humoru. — Ale tak. To jest... coś innego.

— Ktoś wie — kontynuowała Zara, wypowiadając na głos to, co oboje zrozumieli. — O nas. Obserwowali nas wczoraj w nocy, widzieli mnie u ciebie w domu.

Jego dłonie mocniej zacisnęły się na kierownicy. — Wiem.

— Próbują mnie wystraszyć, bym porzuciła tę sprawę. Chcą wystraszyć nas oboje.

— Tak.

— To nie zadziała. — Odwróciła się, by spojrzeć na jego profil, na determinację wypisaną w każdej linii jego twarzy.

Garrett zerknął na nią krótko, a przez jego twarz przemknęło coś, co sprawiło, że serce podeszło jej do gardła. — Nie — zgodził się. — Nie zadziała.

Włączył kierunkowskaz i zjechał z autostrady, wjeżdżając w to, co w Salt Creek uchodziło za przedmieścia, kierując się do swojego domu z jego uporządkowaną przestrzenią i obietnicą bezpieczeństwa. Za nimi, gdzieś w tym mieście, morderca patrzył i czekał — patrzył i czekał już od jedenastu lat.

Jedyną różnicą było to, że teraz ani Zara, ani Garrett nie stawiali czoła temu zagrożeniu samotnie.

ROZDZIAŁ 16

JEDLI RYBĘ Z FRYTKAMI na tylnym tarasie Garretta, na tłustym papierze rozłożonym między nimi, przy zimnym piwie pocącym się w wieczornym powietrzu. Żadne z nich niewiele mówiło. Dzień miotał się tak gwałtownie między ekstremami, że rozmowa wydawała się nieadekwatna. Zara skubała panierowanego morsa i patrzyła, jak rudawki przelatują nad ciemniejącym niebem; jej ciało było ociężałe od słońca i obolałe, a umysł wciąż analizował zdjęcia, nóż i naruszenie jej prywatności.

Garrett jadł miarowo, mechanicznie, tak jak — co zauważyła — robił to zawsze, gdy błądził myślami gdzie indziej. Kiedy skończył, zgniótł papier w kulkę, wziął długi łyk piwa i powiedział:

— Musimy przestać krążyć wokół tematu.

Zara spojrzała na niego.

— Musimy skonfrontować się z kimś bezpośrednio. Z kimś, kto zna prawdę i może pęknąć.

Myślała o tym samym przez całe popołudnie, nawet na wodzie, a pytanie to krążyło pod spokojną powierzchnią ich wyprawy na ryby. Relacje z drugiej ręki i ostrożne podchody nie doprowadzą do przełomu. Dzisiaj ktoś przeszedł od inwigilacji do bezpośrednich gróźb. Śledztwo musiało nadążyć za tą eskalacją.

— Finch — powiedziała.

Garrett skinął głową. Oparł się o krzesło i wbił wzrok w podwórze, gdzie na trawie stała odpięta przyczepa podłodziowa, relikt tych kilku godzin, w których udawali, że życie jest normalne.

— Kirsty nigdy nie zacznie mówić z własnej woli, a nie jestem pewien, czy ktokolwiek inny naprawdę coś wie, poza Finchem; on coś wie. Nie sądzę, by był bezpośrednio zamieszany w morderstwo Iris; nigdy tak nie uważałem. Ale sądzę, że był współsprawcą tuszowania sprawy. To czyni go najsłabszym ogniwem.

— Odmówił rozmowy ze mną, kiedy się z nim skontaktowałam — przypomniała mu Zara. — Twierdził, że nie pamięta szczegółów utonięcia sprzed jedenastu lat.

— Wtedy byłaś tylko dziennikarką, którą mógł zbyć. — Usta Garretta drgnęły w ponurym uśmiechu. — Ale ja jestem sierżantem sztabowym proszącym emerytowanego kolegę o zawodową uprzejmość. To inna dynamika.

— Myślisz, że zgodzi się na spotkanie?

— Z nami — poprawił ją Garrett, sięgając po komórkę. — Zgodzi się spotkać z nami. Finch to tchórz, ale praktyczny. Zgodzi się na spotkanie choćby po to, by sprawdzić, ile wiemy.

Patrzyła, jak przewija kontakty, szukając numeru, który trzymał przez te wszystkie lata. Jego kciuk zawisł na chwilę nad ekranem, po czym nacisnął przycisk połączenia i położył telefon na głośniku między nimi.

Po trzech sygnałach odezwał się szorstki głos.

— Garrett Pennell. Trochę późno na towarzyskie pogaduszki, nie uważa pan?

— Dobry wieczór, Finch. — Głos Garretta zmienił się, nabierając swobodnego autorytetu, jakiego używał w rozmowach z innymi funkcjonariuszami. — Od jakiegoś czasu chciałem się z panem skontaktować. Pomyślałem, że mógłbym jutro skoczyć do Gold Coast. Znajdzie pan czas na rozmowę?

Nastąpiła wymowna pauza.

— Jakiś konkretny powód nagłego zainteresowania starym kolegą? — Ton Fincha był opanowany, ale Zara wyczuła pod nim napięcie.

— Pomyślałem, że moglibyśmy pogadać o dawnych czasach. Szczególnie o jednym śledztwie z Salt Creek, 2014. Iris Zhang. Czy to nazwisko coś panu mówi?

Cisza przeciągała się tak długo, że Zara zaczęła się zastanawiać, czy Finch się nie rozłączył. W końcu usłyszała ciche westchnienie, bliższe rezygnacji niż zaskoczeniu.

— Zawsze byłeś upartym skurwysynem — powiedział Finch. — Wciąż nosisz w sobie tę urazę po tylu latach.

— To nie uraza. Pojawiły się nowe dowody. Rzeczy, o których wolałby pan pewnie porozmawiać prywatnie, zanim wyjdą na jaw innymi kanałami.

Kolejna pauza. Zara niemal widziała, jak Finch rozważa opcje, a umysł starego gliniarza dokonuje kalkulacji.

— Dobra — rzucił Finch. — Jutro po południu. U mnie w Broadbeach. O trzeciej. — Wyrecytował adres, który Garrett zapisał w notatniku. — Przyjedziesz sam czy z tą dziennikarką? Tą, która tak mąci.

Oczy Garretta spotkały się z oczami Zary nad stołem.

— Pani Langley mi towarzyszy.

— Tak myślałem. — Finch westchnął. — Z tego, co słyszę, tworzycie całkiem zgrany zespół. Do jutra. — Połączenie zostało przerwane.

Zara uniosła brew.

— „Z tego, co słyszę". Śledził nas.

— Ktoś w Salt Creek wciąż dostarcza mu informacji. — Garrett odłożył telefon. — Tak czy inaczej, jesteśmy umówieni.

Sprzątnęli papiery po rybie z frytkami, a stół w jadalni stał się ich sztabem operacyjnym: dowody rozłożone w schludnych stosach, zdjęcia Iris, Malcolma Fincha i Kirsty Cannon przypięte do tablicy korkowej, którą Garrett przyniósł z pokoju gościnnego. Zara stała przed nią, studiując twarze, a jej palce powędrowały raz w stronę zdjęcia noża, który zaledwie kilka godzin wcześniej przebił jej własny wizerunek.

Przez kolejne kilka godzin analizowali dowody, wybierając to, co zabrać i jakie wątki poruszyć. Garrett uporządkował swoje oryginalne notatki służbowe, zdjęcia obrażeń, które nigdy nie trafiły do oficjalnych raportów, oraz zeznania świadków, które zostały zmienione między pierwszymi przesłuchaniami a końcową dokumentacją.

— Musi poczuć się zapędzony w kozi róg, ale nie bezpośrednio zagrożony — powiedział Garrett. — Finch reaguje na wykalkulowaną presję, nie na agresję.

Zara dołożyła do akt własne notatki: znalezienie telefonu, rozbieżności w chronologii, narastające groźby pod jej adresem.

— A co z danymi z telefonu? Dev jeszcze nie skończył ich odzyskiwać; pisałam do niego wcześniej i odpisał, że wciąż nie ma pewności, czy w ogóle uda się cokolwiek z niego wyciągnąć.

Garrett podniósł wzrok. Światło lampy odbiło się w siwiźnie na jego skroniach.

— Finch o tym nie wie.

Spojrzała mu w oczy ze zrozumieniem.

— Blefujemy.

— Powiemy mu, że odzyskaliśmy telefon. Powiemy, że mamy dane z karty microSD, które są obecnie poddawane analizie kryminalistycznej. Pozwolimy, by jego wyobraźnia wypełniła luki. — Stuknął palcem w stół. — Winny zawsze zakłada, że wiesz więcej, niż wiesz w rzeczywistości.

— A jeśli sprawdzi nasz blef?

— Nie sprawdzi. Nie, jeśli będziemy wystarczająco konkretni w tym, co wiemy, i wystarczająco mgliści w tym, czego nie wiemy. — Wyraz twarzy Garretta był twardy, pewny. — Finch od jedenastu lat czeka, aż ktoś zapuka do jego drzwi. Usłyszy to, czego od dawna się boi.

Zara powoli skinęła głową. To było ryzykowne, ale rozsądne.

— Musimy to przećwiczyć. Żeby szczegóły były spójne.

— Zgoda.

Spędzili nad tym kolejną godzinę, nadając blefowi formę scenariusza: co przedstawić jako ustalony fakt, gdzie pozwolić działać ciszy, kiedy wspomnieć o danych z telefonu. Ich dłonie ocierały się o siebie sporadycznie, gdy podawali sobie dokumenty; każdy taki kontakt był drobnym ciepłem pośród tej poważnej pracy.

— A co, jeśli nie pęknie? — zapytała.

Wyraz twarzy Garretta na chwilę złagodniał.

— Pęknie. Finch nosi to w sobie od jedenastu lat, a to człowiek, który ceni sobie wygodę. Wizja utraty emerytury, reputacji, członkostwa w klubie golfowym... — Pokręcił głową. — Wyśpiewa wszystko.

Położyli się do łóżka tuż po północy. Zara słuchała, jak oddech Garretta zwalnia, a jej własny umysł wciąż analizował ewentualności i to, co może przynieść jutro.

Ranek nadszedł szybko. Garrett wstał przed nią, już rozmawiał przez telefon w kuchni. Usłyszała końcówkę rozmowy, gdy wyczłapała boso z sypialni:

— ...kilka dni urlopu; jadę dziś do Gold Coast, wracam jutro. Drinan ogarnie grafik. Ta. Dzięki. — Odłożył słuchawkę i spojrzał na nią. — Komisariat załatwiony. Kawa gotowa.

Ubierali się niemal w milczeniu, oboje wkładając coś, co przypominało zbroję: Zara czarną ołówkową spódnicę do kolan, świeżą koszulę z kołnierzykiem i botki na rozsądnym obcasie; Garrett schludne chinosy i niebieską koszulkę polo. Dostrzegła ich odbicie w lustrze w przedpokoju, gdy zabierali teczki z dowodami, i ten widok ją uderzył. Wyglądali jak partnerzy. Pod każdym względem.

Wyjeżdżając z miasta, Garrett wpadł do warsztatu Micka. Mechanik był już po łokcie umazany w silniku Hiluxa, gdy podjechali; wycierał ręce w szmatę, która tylko bardziej je brudziła.

— Samochód Zary wciąż stoi pod motelem — powiedział Garrett, podając mu kluczyki. — Ktoś był w jej pokoju. Chcę, żeby auto zostało dokładnie sprawdzone, zanim ona znowu do niego wsiądzie. Hamulce, układ kierowniczy, przewody paliwowe, wszystko.

Brwi Micka powędrowały w górę, ale nie zadawał pytań, tylko schował kluczyki do kieszeni.

— Odholuję go tutaj rano. Zerknę po południu, jeśli się uda, a najpóźniej jutro.

— Doceniam to. Wracamy jutro. Niech stoi tutaj, dopóki go nie odbierzemy.

Mick skinął głową, zerkając krótko na Zarę z czymś, co mogło być troską.

— Uważajcie na siebie, co?

— Zawsze — odparł Garrett z wymuszonym uśmiechem, który nie sięgał oczu.

Jazda do Gold Coast zajęła większość dnia, prawie siedem godzin prosto autostradą M1. Mało rozmawiali, oboje pochłonięci myślami. Zatrzymali się na stacji benzynowej niedaleko lotniska, by coś zjeść; siedzieli obok siebie, przeżuwając fast food, którego smaku żadne z nich tak naprawdę nie czuło, po czym ruszyli dalej.

— Nieźle się ustawił — powiedział Garrett, gdy wjechali na teren Gold Coast, a przed nimi zamajaczyły wieżowce. — Pełne świadczenia, pełna emerytura. Ładne lokum w strzeżonym osiedlu z widokiem na kanał. Golf trzy razy w tygodniu. Podczas gdy rodzice Iris wciąż budzą się każdego ranka ze świadomością, że mordercy ich córki nigdy nie schwytano.

— Skąd znasz jego zwyczaje?

— Śledziłem go — przyznał Garrett. — Musiałem zrozumieć, co ceni. Co ma do stracenia.

Skręcili w stronę osiedla dla emerytów, którego wejścia strzegły wypielęgnowane palmy i kwitnące hibiskusy. Między willami w stylu śródziemnomorskim ciągnęły się zielone trawniki, a obok luksusowych samochodów parkowały wózki golfowe. Komfort wypracowany, a w przypadku Fincha — kupiony za pogrzebaną prawdę.

Willa Fincha stała blisko wody; dach z terakoty i pobielone ściany lśniły w popołudniowym słońcu. Przy prywatnym pomoście z tyłu kołysała się niewielka łódź. Garrett zaparkował na podjeździe, ale nie kwapił się do wyjścia.

— Gotowa? — Jego dłoń odnalazła jej rękę na konsoli.

Zara uścisnęła jego palce, po czym puściła je, by zabrać swoją torbę.

— Chodźmy odświeżyć mu pamięć.

Oboje zatrzymali się na chwilę, by rozprostować kości, mięśnie mieli zastałe od całodziennego siedzenia w aucie. A potem ruszyli razem ogrodową ścieżką, niemal stykając się ramionami. Finch otworzył po drugim pukaniu, wypełniając sobą próg. Wyglądał na mniejszego niż na zdjęciach; emerytura złagodziła to, co niegdyś było budzącą respekt posturą. Ale jego oczy były bystre, taksując Garretta i Zarę z wprawą zawodowego gliniarza.

— No cóż — powiedział Finch, cofając się, by wpuścić ich do środka. — Miejmy to już za sobą.

Salon Fincha urządzony był skórzanymi meblami ustawionymi tak, by eksponować widok na wodę; w pokoju stała przeszklona gablota z medalami za służbę w policji i zdjęcia uśmiechniętych wnuków. Wentylator sufitowy mącił chłód z klimatyzacji. Zara usiadła obok Garretta na kremowej skórzanej sofie, obserwując, jak Finch odgrywa rolę gospodarza. Zaproponował drinki:

— Piwo? Wino? Trochę wcześnie, ale ja nikomu nie powiem, jeśli wy nie powiecie. — Jego jowialny ton sugerował, że to nic innego jak towarzyska wizyta. Garrett odmówił. Zara poprosiła o wodę.

Przyglądała się człowiekowi, który zatuszował morderstwo nastolatki. Emerytura mogła zastąpić policyjną sprawność wygodnym rozleniwieniem golfa i długich lunchów, ale te oczy pozostały bystre, kalkulujące pod maską dziadkowiej serdeczności.

Finch wrócił z tacą ze szklankami wody, w których brzęczał lód.

— A więc — powiedział, sadowiąc się w fotelu ustawionym tak, by mieć na oku i pokój, i widok — przejechali państwo siedem godzin, żeby pogadać o utonięciu sprzed jedenastu lat. To musi być niesamowity podcast, pani Langley.

— Nie chodzi tylko o podcast — odparła Zara.

— Nie? — uniósł brwi. — Więc o co? O sprawiedliwość? — Wypowiedział to słowo z lekką drwiną człowieka, który przez dekady decydował, którą jej wersję zastosować.

Garrett bez pośpiechu otworzył torbę.

— Na prawdę nigdy nie jest za późno, Malcolm.

Na dźwięk imienia coś mignęło na twarzy Fincha — subtelna zmiana z dawnego przełożonego na potencjalnego podejrzanego. Skomentował to lekceważącym machnięciem ręki.

— Prawda jest taka, że dziewczyna utonęła. Tragiczny wypadek. Nic więcej.

Nie odpowiadając, Garrett położył na stoliku kawowym teczkę.

— Moje oryginalne notatki służbowe z 15 października 2014 roku. Te, które w tajemniczy sposób zniknęły z akt sprawy.

Otworzył folder, ukazując kserokopie zapisane starannym pismem. Zara rozpoznała je z nocy spędzonej na komisariacie. Były to oryginalne notatki służbowe Garretta z miejsca zbrodni, szczegółowo opisujące wszystko, co zaobserwował. Głębokość wody. Położenie ciała. Temperaturę. I sińce w kształcie palców na ramionach Iris.

Finch ledwo rzucił okiem na notatki. — Obserwacje nowicjusza. Byłeś zielony, zbyt gorliwy.

— Czy patolog też był zielony? — Garrett położył drugi folder obok pierwszego. — Raport wstępny doktora Robinsona wskazywał, że zasinienia odpowiadały sytuacji, w której ktoś przytrzymywał Iris pod wodą od tyłu. Te ustalenia nigdy nie trafiły do końcowej autopsji. Robinson zmarł kilka lat temu, niestety. Zatrzymanie akcji serca. Więc jego już nie zapytamy.

— Dlatego pytamy pana — powiedziała Zara. Uważnie obserwowała Fincha. Mięsień w jego szczęce drgnął, niemal niedostrzegalnie, ale ona spędziła lata na odczytywaniu twarzy podczas przesłuchań. Był wytrącony z równowagi, mimo odgrywanej roli.

— Długo nosiłeś w sobie tę urazę — stwierdził Finch, sięgając po szklankę z wodą. — Może powinien pan rozważyć odpuszczenie, zanim zniszczy to pana karierę.

— Czy to groźba? — Głos Garretta nie drgnął.

— Rada. Od kogoś, kto był na pańskim miejscu. — Finch napił się, kostki lodu zadźwięczały o szkło. — Czasami sprawy nie rozwiązują się tak, jak byśmy chcieli. Bycie dobrym gliną polega między innymi na wiedzy, kiedy odpuścić.

Garrett kontynuował, jakby tamten w ogóle się nie odezwał, wyciągając trzeci folder. Zdjęcia z miejsca zbrodni przedstawiające płytką wodę, w której znaleziono Iris. Wycofane zeznanie właściciela sklepu z rybą i frytkami, złożone po tym, jak rozmawiał z nim Richard Cannon. Rozbieżności między początkowymi relacjami a raportem końcowym. Z każdym nowym dowodem Zara widziała, jak Finch pęka: napięcie wokół oczu, lekki połysk potu na skroniach mimo włączonego wentylatora, sposób, w jaki jego wzrok wciąż uciekał ku wodzie zamiast na dowody.

— Budujesz niezłą teorię spiskową — odezwał się w końcu Finch. — Ale to wciąż tylko to. Teoria. Nic konkretnego.

— Właściwie — powiedział Garrett, opierając się i uśmiechając blado — mamy coś konkretnego. Telefon Iris Zhang został odnaleziony w zeszłym tygodniu pod kładką, przy której zginęła.

Finch zamarł ze szklanką w połowie drogi do ust. — Jaki telefon?

— Jej telefon — powiedziała Zara, zauważając, jak krew odpływa mu z twarzy spod opalenizny. — Ten, którego nigdy nie znaleziono, mimo że rodzice potwierdzali, że zawsze miała go przy sobie. To właściwie May Zhang go znalazła, kiedy byliśmy razem przy kładce. Był zaklinowany na szczycie filaru wsporczego, poniżej poziomu pomostu.

— Był częściowo chroniony przed warunkami atmosferycznymi — dodał Garrett głosem spokojnym, wyćwiczonym, choć niebrzmiącym sztucznie — i zachował się w zaskakująco dobrym stanie. Technicy kryminalistyczni zdołali już odzyskać część danych z karty microSD. Obecnie pracują nad pełnym odzyskaniem; powinniśmy mieć wszystko w ciągu najbliższych dni.

Bluff zadziałał. Zara widziała, jak uderzył, widziała, jak twarz Fincha kompletnie blednie. Odstawił szklankę z łoskotem na stolik kawowy, a jego dłonie wyraźnie drżały.

Cisza trwała dalej, wypełniona jedynie szumem wentylatora sufitowego i odległym krzykiem mew znad wody.

— Nie rozumiecie, w jakiej byłem sytuacji — wykrztusił w końcu, niemal szeptem.

Zara powoli sięgnęła do kieszeni, włączając aplikację do nagrywania w telefonie. Lata przesłuchań nauczyły ją rozpoznawać moment, w którym opór puszcza, a przyznanie się do winy staje się nieuniknione. To była ta chwila.

— Dlaczego nam pan o tym nie opowie? — zapytała łagodnie.

Wzrok Fincha znów powędrował ku wodzie, szukając czegoś na horyzoncie. Kiedy ponownie przemówił, jego głos się zmienił. Nie był to już pewny siebie emerytowany detektyw, lecz stary człowiek przygnieciony tajemnicami zbyt ciężkimi, by dźwigać je samemu.

— Richard zadzwonił do mnie tamtej nocy — zaczął. — Nie na dyżurkę, nie na komisariat. Na moją prywatną komórkę. Powiedział, że nad potokiem zdarzył się wypadek z udziałem jego córki. — Wziął drżący oddech. — Wiedziałem, że coś jest nie tak w chwili, gdy wypowiedział słowo „wypadek". Po trzydziestu latach w fachu człowiek wypracowuje sobie szósty zmysł do takich rzeczy.

— Co pan zastał na miejscu? — Głos Garretta był neutralny, ale Zara widziała napięcie w jego dłoniach, kłykcie białe od zaciskania ich na kolanie.

— Dziewczyna już nie żyła. — Finch mówił do podłogi. — Twarzą w dół w wodzie, która ledwo zakrywała mi buty.

Richard tam był, cały przemoczony, a Kirsty siedziała na brzegu, po prostu… gapiąc się przed siebie. Ewidentnie w szoku. Nie trzeba było detektywa, żeby domyślić się, że to nie żaden wypadek.

— Co pan zrobił? — zapytała Zara, mówiąc cicho, zachęcająco.

Finch po raz pierwszy spojrzał jej prosto w oczy, a jego wyraz twarzy był pełen udręki. — To, co kazał mi zrobić Richard Cannon. — Splótł dłonie na kolanach, aż zbielały mu kłykcie. — I niech mi Bóg wybaczy, zrobiłem to.

— Wiedziałem, na co patrzę — kontynuował Finch, gdy żadne z nich się nie odezwało, teraz już pewniej, jakby przerwanie tamy przyniosło pewną ulgę. — Siedemnastoletnia dziewczyna, twarzą w dół w piętnastu centymetrach wody, sińce na ramionach. To nie była wyższa matematyka. — Pochylił się do przodu, opierając łokcie na kolanach, mówiąc do dywanu. — Richard twierdził, że Kirsty i Iris pokłóciły się o jakiegoś chłopaka, doszło do szamotaniny, Iris upadła, uderzyła się w głowę, utonęła. — Westchnął. — Ale sińce mówiły co innego. Ktoś przytrzymywał tę dziewczynę pod wodą, aż przestała oddychać.

Zara nie poruszyła się. Jej telefon nagrywał po cichu w kieszeni. Obok niej Garrett siedział sztywno, oddychając miarowo; zdradzał go jedynie uścisk na kolanie.

— Zapytał pan, kto ją zabił? — Głos Garretta był niebezpiecznie cichy.

Finch pokręcił głową. — Nie musiałem. Richard był przemoczony do suchej nitki, ale to Kirsty nie potrafiła spojrzeć na ciało. Siedziała na brzegu, obejmując kolana, kołysząc się. — Jego wzrok powędrował ku rodzinnym zdjęciom na gzymsie kominka. — W tym samym wieku, co moja najmłodsza wnuczka teraz.

— Więc założył pan, że zrobiła to Kirsty — powiedziała Zara. — O co? O chłopaka?

— Tak. — Finch skinął głową. — Richard powiedział, że między dziewczynami doszło do sporu o tego dzieciaka Thorne'a. Kirsty coś do niego czuła, ale on był z Iris. — Wykrzywił usta. — Nastoletni dramat ze skutkiem śmiertelnym. Richard desperacko chciał, żeby sprawa ucichła. Mówił, że stawką jest cała przyszłość jego córki.

— Więc pomógł mu pan zainscenizować przypadkowe utonięcie — powiedział Garrett. Beznamiętnie. To nie było pytanie.

— Wykonałem telefon — rzekł Finch, jakby to rozróżnienie miało znaczenie. — Jedna martwa dziewczyna kontra zniszczenie całej rodziny i straty uboczne w połowie miasteczka. Richard zatrudniał dziesiątki ludzi, zasiadał w każdej radzie społecznej, wpłacał darowizny na fundusz policyjny. Jego wpływy były...

— Daruj nam pan te usprawiedliwienia — przerwał mu Garrett. — Co się stało z laptopem Iris?

Finch na chwilę zamknął oczy. — Richard powiedział, że mogą tam być dowody na jakieś podłe rzeczy, które Kirsty wysyłała do Iris... cyberprzemoc, jak sądzę. Nie chciał, żeby to wyszło na jaw. Zabrałem go Zhangom, powiedziałem im, że to standardowa procedura, że potrzebujemy go do zweryfikowania jej ruchów tego dnia. — Głos mu się załamał. — Oddałem go Richardowi jeszcze tej samej nocy. Nigdy nie pytałem, co z nim zrobił.

— A moje raporty? — dopytywał Garrett. — Zdjęcia zasinień? Zeznania świadków?

— Zatuszowane. Albo zmienione. Richard miał przyjaciół w radzie, w biurze koronera. Ludzi, którzy byli mu winni przysługi albo potrzebowali jego wsparcia. — Machnął niejasno ręką w stronę dowodów na stole. — Nie zajmowałem się wszystkim osobiście. Niektóre rzeczy po prostu znikały oficjalnymi kanałami.

— A kiedy nie przestawałem zadawać pytań? — Mięsień w szczęce Garretta drgnął.

— Załatwiłem panu przeniesienie do Cairns. — Finch spojrzał mu w oczy. — Dla pańskiego własnego dobra, proszę mi wierzyć lub nie. Robił pan hałas wokół fabrykowania dowodów, niespójnych zeznań. Jeszcze tydzień i wpakowałby się pan w poważne kłopoty. Albo i gorzej.

— Gorzej? — zapytała Zara. Przeszły ją dreszcze.

Finch spojrzał na nią. — Richard Cannon nie był człowiekiem, który zostawiał niedokończone sprawy. To przeniesienie było aktem łaski.

W pokoju zapadła cisza. Na zewnątrz połyskiwała woda, dryfowały łodzie. Kontrast między tym idyllicznym widokiem a prawdą wychodzącą na jaw w salonie Fincha sprawił, że Zarze zakręciło się w głowie.

— Co miałem zrobić? — Głos Fincha pękł. Pytanie to było skierowane gdzieś obok nich, do jakiegoś niewidzialnego sędziego. — Richard posiadał połowę miasta. Miał brudy na każdego, w tym na mnie. Miałem długi hazardowe; spłacił je, nigdy nie prosząc o zwrot. Jedno jego słowo i moja emerytura, moja reputacja... — Rozejrzał się po willi. — Jedna martwa dziewczyna kontra zniszczenie życia dziesiątkom osób. Kalkulacja była prosta.

Czyste wyrachowanie. Łatwość, z jaką sprowadził życie Iris Zhang do zadania matematycznego, ofiary na ołtarzu własnego komfortu. Zarze zrobiło się niedobrze.

Garrett siedział całkowicie nieruchomo. Gdy przemówił, jego głos był lodowaty. — Właśnie przyznał się pan do fabrykowania dowodów, utrudniania śledztwa i poplecznictwa przy morderstwie. Zdaje pan sobie z tego sprawę?

Finch skinął powoli głową. — Domyśliłem się, że do tego to zmierza, kiedy pojawił się pan z tą dziennikarką. — Zerknął na Zarę. — Zakładam, że nagrywa pani naszą rozmowę?

Nie zaprzeczyła. Po prostu wytrzymała jego wzrok.

— Nagranie trafi do Crime and Corruption Commission — powiedział Garrett. — Niebawem bez wątpienia złoży panu wizytę.

Zara spodziewała się protestu, może próby wycofania słów. Zamiast tego ramiona Fincha opadły w geście bliskim ulgi. — Czekałem na ten dzień jedenaście lat — powiedział cicho. — Chyba od zawsze wiedziałem, że nadejdzie.

Brak oporu wydawał się pusty. Zara zrozumiała, że dźwiganie śmierci Iris było dla Fincha karą samą w sobie. Niewystarczającą, nigdy niewystarczającą, ale balastem, który teraz wydawał się gotowy odłożyć.

— Skończyliśmy tutaj — rzekł Garrett, zbierając foldery i chowając je do torby. Wstał. Zara podniosła się wraz z nim.

Finch pozostał w swoim fotelu, wyglądając na wszystkie swoje sześćdziesiąt sześć lat. — Kirsty nie podda się łatwo — ostrzegł. — Całe życie zbudowała na ochronie ojca. Bez niej... — Pokręcił głową. — Uważajcie. Ona nie jest stabilna.

— Wiemy o tym — odparła Zara.

Zostawili go tam, wpatrzonego w widok na wodę, który kupił za jedenaście lat milczenia. Żadne z nich nie odzywało się, idąc ogrodową ścieżką. Dopiero gdy dotarli do samochodu Land-

Cruiser, Zara sięgnęła po dłoń Garretta, splatając swoje palce z jego palcami.

— Jeden z głowy — powiedziała cicho.

Uścisnął jej dłoń, po czym puścił ją, by otworzyć samochód. — Ale to trudniejsze starcie wciąż przed nami.

Gdy odjeżdżali, Zara zerknęła w lusterko boczne. Finch stał na werandzie, mała postać kurcząca się z każdym obrotem kół. Zatrzymała nagrywanie i sprawdziła, czy wszystko zapisało się poprawnie, przesyłając kopię zapasową na swoje konto w chmurze.

— Jedenaście lat — powiedział Garrett, wyjeżdżając na główną drogę. — Wiedział dokładnie, co się stało, i każdego dnia przekładał własną wygodę nad sprawiedliwość.

— Ludzie potrafią racjonalizować to, co niewybaczalne — odparła Zara. — Znajdują sposoby, by móc ze sobą żyć.

— Kirsty miała jedenaście lat, by dopracować swoją wersję. By przekonać samą siebie, że miała rację albo że to ona jest prawdziwą ofiarą.

Zjechali na autostradę w kierunku północnym. Ich następna konfrontacja nie będzie miała tej względnej łatwości polegającej na złamaniu człowieka ugiętego pod ciężarem winy. Kirsty Cannon zbudowała swoją tożsamość na fundamencie tajemnicy: radna, liderka społeczna, filantropka. Wypielęgnowane życie stworzone po to, by przykryć dziewczynę, która trzymała przyjaciółkę pod wodą, aż przestały lecieć bąbelki.

— Obserwowała nas — powiedziała Zara, myśląc o zdjęciach na swoim łóżku w motelu. — Wie, że jesteśmy na jej tropie.

— To dobrze — odparł Garrett. — Niech się przygotuje. Niech się martwi. Zapędzone w kozi róg zwierzęta popełniają błędy.

Zara oparła głowę o siedzenie i patrzyła na przesuwającą się linię brzegową. Mieli przyznanie się Fincha, dowody mataczenia, a wkrótce, jeśli Dev się spisze, prawdziwe dane z telefonu Iris, które zastąpią blef. Elementy układanki wskakiwały na swoje miejsca.

Ale ostrzeżenie Fincha nie dawało jej spokoju. Kirsty zabiła raz, by chronić swoją przyszłość. Co zrobi teraz, gdy wszystko, co zbudowała, jest zagrożone?

Odpowiedź czekała na nich w Salt Creek.

Rozdział 17

W pubie w Nambour śmierdziało frytkami i starą wykładziną; było to jedno z tych miejsc, które gościły robotników wracających do domów i tirowców robiących sobie przerwę w długiej trasie. Zara dźgała widelcem kawałek steku, przesuwając go po talerzu; apetyt odebrała jej jazda i wyznanie Fincha, które wciąż ciążyło jej na sercu. Siedzący naprzeciwko Garrett miarowo pochłaniał sznycel z kurczaka, co jakiś czas zawieszając wzrok na meczu krykieta wyświetlanym na telewizorze nad barem. Żadne z nich nie dbało o wynik.

Zatrzymali się tutaj, bo żadne nie miało siły na kolejne cztery godziny jazdy do Salt Creek. Motel obok był tani i w miarę czysty; łóżko i prysznic — tylko tego potrzebowali. Jutro dokończą podróż, wymyślą, jak podejść Kirsty, mając w ręku przyznanie się Fincha, i zdecydują, kiedy powiadomić Crime and Corruption Commission.

— Powinnaś coś zjeść — powiedział Garrett, wskazując skinieniem głowy na jej talerz.

— Nie jestem głodna. — Zara upiła łyk swojej lemoniady gazowanej. Za słodka. — Ciągle myślę o tym, co powiedział Finch. Że czekał jedenaście lat, aż ktoś się zjawi.

— Wyrzuty sumienia zżerają ludzi. Nawet tych, którym wydaje się, że się z nimi pogodzili.

— Zniszczył dowody. Ukrył zeznania świadków. Odsunął cię od sprawy, kiedy podszedłeś zbyt blisko. Odstawiła szklankę. — Wszystko po to, by chronić córkę Richarda Cannona i własną emeryturę.

— A teraz ją straci. — Garrett miał ponurą minę. — CCC nie patyczkuje się w sprawach o korupcję.

Grupa mężczyzn przy barze wybuchnęła radosnym okrzykiem, gdy padł wicket. Zara drgnęła na ten dźwięk i znienawidziła siebie za tę reakcję. Garrett wyciągnął rękę nad stołem i na moment przykrył jej dłoń swoją.

— Mamy to, czego potrzebowaliśmy — powiedział. — Jego przyznanie się daje nam przewagę nad Kirsty. Nawet bez danych z telefonu, możemy...

Telefon Zary zawibrował na blacie. Na ekranie wyświetliło się imię Deva. Porwała aparat. — Dev?

— Zara! Słuchaj, próbowałem się do tego dobrać od kilku dni i w końcu... — Jego ekscytację słychać było w każdym słowie, które wyrzucał z siebie z prędkością karabinu maszynowego. — Ta karta microSD. Wszedłem. Naprawdę się włamałem.

Spojrzała na Garretta. Znieruchomiał z widelcem w połowie drogi do ust. Odłożył go.

— Co odzyskałeś? – zapytała.

— Notatki głosowe. Całą masę. I zdjęcia, kopie zapasowe SMS-ów, nawet jakieś pliki wideo. — W tle słychać było klikanie klawiatury Deva. — Właśnie przesyłam wszystko na twoje bezpieczne konto w chmurze. Powinno skończyć za jakieś dwadzieścia minut.

— Notatki głosowe? Od Iris?

— Tak, wygląda na to, że używała telefonu jako pamiętnika. Niektóre są opisane datami, inne mają tylko znaczniki czasu. — Kolejne kliknięcia. — Nie słuchałem ich, pomyślałem, że będziesz chciała być pierwsza. Ale na pewno są tam nagrania, a jakość jest całkiem niezła, biorąc pod uwagę okoliczności.

Garrett wpatrywał się w nią intensywnie zza stołu. Zara poczuła, jak włoski jeżą jej się na rękach. Blefowali przed Finchem dokładnie tym samym — obietnicą odzyskania danych z karty microSD. A teraz stało się to prawdą.

— Dziękuję — powiedziała. — Dev, to jest... nie masz pojęcia, jakie to ma znaczenie.

— Mogę się domyślać. — Jego głos spoważniał. — Tylko obiecaj mi, że będziesz bezpieczna. Cokolwiek jest na tym telefonie, stało się przyczyną czyjejś śmierci.

— Obiecuję. — Kłamstwo przyszło jej z łatwością. Bezpieczeństwo przestało być priorytetem w chwili, gdy ktoś wbił nóż w jej zdjęcie.

Zakończyła połączenie. Przez chwilę żadne z nich się nie odzywało. Gwar pubu dookoła nich nie cichł, obcy dla ich świata.

— Musimy iść — rzucił Garrett. — Już.

Zapłacili już przy składaniu zamówienia. Zara złapała torbę i ruszyła za nim w wilgotną noc. Motel znajdował się tuż obok, dwupiętrowy budynek z zewnętrznymi schodami i drzwiami pomalowanymi na wyblakły turkus. Ich pokój był na parterze, numer siedem; klucz wciąż spoczywał w kieszeni Garretta od czasu, gdy zameldowali się godzinę temu.

Wewnątrz Zara od razu podeszła do biurka i otworzyła laptopa, palcami błyskawicznie wpisując dane logowania, podczas gdy Garrett zamknął drzwi na klucz i przysunął krzesło obok niej.

Przesyłanie wciąż trwało. W milczeniu obserwowali pasek postępu. Dłoń Garretta spoczywała na jej ramieniu, ciepła i krzepiąca. Gdy w katalogu wreszcie pojawił się folder zatytułowany „Iris Zhang phone recovery", kursor Zary zawisł nad nim.

— Cokolwiek tam jest — powiedział cicho Garrett — jesteśmy gotowi.

Nie była pewna, czy to prawda. Kliknęła dwukrotnie.

Folder się otworzył. Pliki audio opatrzone datami z września i października 2014 roku. Zdjęcia Iris z przyjaciółmi, z rodzicami, samej w sypialni, gdy robiła miny do aparatu. Logi wiadomości tekstowych. I trzy pliki wideo, z których największy nosił nazwę „UQ_Final.mp4".

Jej ręka przesunęła się na ostatni plik wideo, z datą 15 października 2014 roku. Dzień śmierci Iris. Kursor zawisł nad przyciskiem odtwarzania.

Garrett przysunął krzesło jeszcze bliżej. Siedzieli ramię w ramię, a ekran laptopa był najjaśniejszym punktem w pokoju. Na zewnątrz, na autostradzie, z łoskotem przejechała ciężarówka.

Zara kliknęła „odtwórz".

Szum, potem oddech. Na ekranie pojawiła się młoda twarz: Iris Zhang, w swoich prostokątnych okularach, patrząca prosto w obiektyw. Była spokojna. Jej głos brzmiał wyraźnie.

— Nazywam się Iris Zhang. Jest piętnasty października 2014 roku i muszę udokumentować to, co odkryłam, bo jeśli coś mi się stanie, ludzie muszą poznać prawdę.

Zarze ścisnęło się gardło. To była ona. To była „Dziewczyna z potoku", żywa, poważna, siedemnastoletnia, mówiąca bezpośrednio do kogoś, kto pewnego dnia odnajdzie to nagranie. Obok niej Garrett przestał oddychać.

— Przyjaźnię się z Kirsty Cannon od czasów przedszkola. Ufałam jej bezgranicznie. Więc kiedy zauważyłam, że ktoś zaglądał do plików moich projektów, gdy nie było mnie w domu, albo gdy mój pendrive leżał w innym miejscu, niż go zostawiłam, wmawiałam sobie, że popadam w paranoję. — Pauza, drżący oddech. — Ale to nie była paranoja. Sprawdziłam logi dostępu w komputerze, te, które tata nauczył mnie czytać. Kirsty skopiowała całe moje portfolio artystyczne. Wszystko, nad czym pracowałam do podania na QCA.

Zara sięgnęła po dłoń Garretta spoczywającą na biurku. Ścisnął ją. Głos Iris był młody, ale opanowany, każde słowo starannie dobrane. To nie była panika. To była dziewczyna, która wiedziała, że musi zostawić po sobie ślad.

— Na początku myślałam, że może chciała przeanalizować mój styl, zobaczyć, jak konstruuję materiały. Zawsze pomagałyśmy sobie przy projektach. — Kolejna pauza. — Ale trzy dni temu byłam u niej w domu, uczyłyśmy się przy stole w jadalni, a ona poszła do łazienki. Jej laptop był otwarty. Nie powinnam była tam zaglądać, wiem, ale coś mnie tknęło.

Nawet w obliczu zdrady Iris kwestionowała własne zachowanie.

— Miała folder nazwany „UQ Portfolio - Final". W środku były moje pliki. Mój projekt wideo o tożsamości kulturowej i poczuciu przynależności. Moja seria zdjęć o doświadczeniach migrantów w regionalnym Queensland. Mój esej o wizualnej narracji. — Głos Iris stwardniał. — Ale pozmieniała nazwy, edytowała niektóre szczegóły. Dodała własny lektor do filmu. To nie były badania ani inspiracja. Ukradła moją pracę i przypisała ją sobie. — Spuściła wzrok, po czym znów spojrzała w kamerę. Na jej twarzy malował się smutek. — Kiedy skonfrontowałam się z Kirsty, rozpłakała się. Powiedziała, że była zdesperowana, że ojciec by ją zabił, gdyby nie dostała się na dobre studia, że miewała ataki paniki z powodu rekrutacji. Błagała, żebym nikomu nie mówiła. Twierdziła, że to tylko szkic, że w końcu stworzy coś własnego.

Gorzki śmiech.

— Ale termin składania podań już minął. Przesłała moją pracę jako własną. Kiedy powiedziałam jej, że nie mogę tego tak zostawić, że zamierzam to zgłosić, ona... spojrzała na mnie, jakbym to ja ją zdradzała. Jakbym to ja robiła coś złego.

Iris mówiła dalej, przedstawiając szczegóły. Zrobiła rozeznanie i dowiedziała się, że Kirsty składa papiery na prawo na UQ, podczas gdy ona aplikowała na sztuki kreatywne w QCA. Różne wydziały, różne komisje rekrutacyjne. Plagiat mógłby nigdy nie wyjść na jaw, gdyby Iris sama go nie odkryła.

Garrett odezwał się pierwszy. Jego głos był zachrypnięty. — To nie chodziło o Vince'a Thorne'a.

Zara wcisnęła pauzę i wpatrywała się w zamrożoną twarz Iris na ekranie. Tygodnie śledztwa; lata w przypadku Garretta. Każda teoria, którą zbudowali, każde założenie o nastoletniej zazdrości i miłosnym trójkącie. Wszystko błędne. — Myśleliśmy... wszyscy myśleli...

— Richard powiedział Finchowi, że poszło o chłopaka. To właśnie Finch przekazał nam wczoraj. I uwierzyliśmy, bo to pasowało. — Garrett wyciągnął dłoń z uścisku Zary i oparł obie dłonie płasko na biurku. — Chryste. Przez cały ten czas patrzyliśmy na to od złej strony.

Siedzieli tak przez chwilę. Przygniatał ich ciężar błędnego założenia i świadomość, że Richard Cannon sprzedał Finchowi tę wersję, bo była logiczna. Tragiczny wypadek spowodowany kłótnią nastolatek o chłopaka był brudny, ale zrozumiały — to rodzaj tragedii, nad którą ludzie mogli tylko pokiwać głowami. Prawda — że Kirsty zamordowała swoją najlepszą przyjaciółkę z zimną krwią, by chronić skradzione podanie na studia — była czymś znacznie szpetniejszym i trudniejszym do wyjaśnienia.

— Jeszcze nie włączaj — powiedział Garrett. — Sprawdźmy SMS-y. Chcę zobaczyć dowody na to, co opisywała Iris.

Zara przeszła do logów wiadomości. Wątek rozmowy między Iris a Kirsty nie był trudny do znalezienia, ale czytało się go z trudem. Przyjaźń staczała się w rozpaczliwe błagalne prośby, a potem w coś znacznie mroczniejszego.

30 września, 22:43

Kirsty: *Proszę. Błagam cię. Nie rób mi tego.*

Iris: *Ja ci nic nie robię. Sama sobie to zrobiłaś.*

Kirsty: *Niszczysz mi życie przez jakiś durny filmik.*

Iris: *Dla mnie nie jest durny. To moja praca. Moje pomysły. Mój głos.*

Kirsty: *Nikt się nigdy nie dowie. Podania idą do innych szkół.*

Iris: *Ja będę wiedzieć. I ty będziesz wiedzieć. To ma znaczenie.*

2 października, 02:15

Kirsty: *Nie mogę spać. Nie mogę jeść. Wykańczasz mnie.*

Iris: *Możesz to naprawić. Wycofaj podanie. Stwórz coś własnego. Pomogę ci.*

Kirsty: *Nie mogę! Termin już minął!*

Iris: *To trzeba było o tym myśleć, zanim mnie okradłaś.*

Kirsty: *NIC NIE UKRADŁAM. POŻYCZYŁAM TWOJE POMYSŁY.*

Iris: *Zabrałaś moje nagrania wideo. To kradzież, nawet jeśli podłożyłaś pod to własne słowa.*

4 października, 18:47

Kirsty: *Mój tata wie, że coś jest nie tak. Ciągle zadaje pytania.*

Iris: *Powiedz mu prawdę.*

Kirsty: *Nie mogę. Będzie taki rozczarowany. Pomyśli, że jestem nikim.*

Iris: *Będziesz nikim, jeśli zbudujesz przyszłość na kłamstwach.*

Kirsty: *Pieprz się, Iris. Poważnie. Pieprz się.*

Wiadomości płynęły dalej, ton Kirsty przeskakiwał od błagania przez wściekłość aż po groźby. Iris pozostawała opanowana, wierna zasadom i nieugięta. Czytając to, Zara doskonale zrozumiała, dlaczego Iris poczuła potrzebę nagrania tamtego wideo. Wiedziała, że to zmierza w złym kierunku.

— Otwórz ten film z portfolio — powiedział Garrett. Jego głos był napięty.

Zara kliknęła „QCA_Final.mp4" i odtwarzacz wypełnił ekran. Nagranie było jej dobrze znane; widziała je na dysku twardym, który dostała od Jane Goulding.

Ale lektor był inny.

Zamiast głosu Iris analizującego tematy tożsamości i więzi kulturowych, nad obrazami rozbrzmiewał głos Kirsty. Jej intonacja była inna, jej interpretacja skupiała się na asymilacji i przynależności w sposób, który wydawał się pusty, oderwany od samego materiału filmowego.

— To jest to, co wysłała Kirsty — powiedziała Zara. — Użyła ujęć Iris, ale nagrała własny komentarz.

— Chryste. — Garrett potarł twarz dłońmi. — Ona nie tylko ukradła pomysły. Wzięła gotowe dzieło i po prostu usunęła z niego ślady autora.

Obejrzeli całe sześć minut. Piękne zdjęcia psute przez narrację, która na każdym kroku mijała się z sensem. Kirsty mówiła o integracji tam, gdzie Iris zgłębiała dwoistość, o dopasowaniu się, podczas gdy praca celebrowała odmienność. Przepaść między obrazem a słowem była rażąca.

Gdy film się skończył, Zara wróciła do nagrania Iris.

— Podjęłam decyzję. Zgłoszę plagiat Kirsty na obie uczelnie. Próbowałam już wszystkiego innego. Proponowałam jej pomoc w stworzeniu autorskiej pracy. Dałam jej wiele szans, żeby sama wycofała podanie. Odmówiła. — Iris poprawiła okulary na nosie. — Wiem, że to koniec naszej przyjaźni. Wiem, że będą z tego problemy. Tata Kirsty jest w radzie hrabstwa, a nasza restauracja zależy od lokalnego wsparcia. Ale nie mogę tego odpuścić. Tu nie chodzi tylko o moją pracę. Chodzi o to, co jest słuszne.

Wyglądała na młodą, przerażoną i absolutnie pewną swego.

— Spotykam się z Kirsty dziś wieczorem przy kładce, jak skończę pracę. Poprosiła o jeszcze jedną szansę, żeby mnie od tego odwieść. Dam jej tę szansę. Ostatnią szansę, by sama postąpiła właściwie. — Pauza. — Ale jeśli tego nie zrobi, w poniedziałek wysyłam zgłoszenia. A jeśli coś mi się stanie, jeśli ktoś ogląda to wideo, bo nie ma mnie, żebym sama mogła to zgłosić, to musicie wiedzieć: to nie był wypadek. Kopie tych wszystkich plików są na moim laptopie. Wszystko jest udokumentowane. Kirsty Cannon ukradła moją pracę, a kiedy nie pozwoliłam jej ujść z tym na sucho, ona...

Iris urwała. Pokręciła głową.

— Nie. Popadam w paranoję. Kirsty nigdy by mnie naprawdę nie skrzywdziła. Przyjaźnimy się od małego. Jest po prostu przerażona i zdesperowana. Porozmawiamy i ona zrozumie. Zobaczy, że postąpienie uczciwie jest ważniejsze niż...

Wideo skończyło się w połowie zdania.

Znacznik czasu wskazywał 15 października 2014, 17:17. Zaledwie kilka godzin przed znalezieniem jej ciała w potoku.

Żadne z nich się nie poruszyło. Na ekranie twarz Iris została zamrożona w pół słowa — młoda, pełna nadziei i całkowicie myląca się co do tego, co miało nadejść.

Zara kliknęła w ostatnią wymianę wiadomości.

15 października, 16:32

Kirsty: *Możemy się spotkać dzisiaj wieczorem?*

Iris: *Nie sądzę, żeby dalsze rozmowy cokolwiek zmieniły. Poza tym pracuję dzisiaj. Mamy rezerwację na urodziny, mama potrzebuje mnie do obsługi stolików.*

Kirsty: *Proszę. Muszę ci to wytłumaczyć. Twarzą w twarz. Spotkaj się ze mną przy kładce, jak skończysz pracę?*

Iris: *Dobrze. 22:00.*

Kirsty: *Dziękuję. Obiecuję, nie pożałujesz tego.*

Wątek tu się urywał. Iris nagrała swoje ostatnie wideo zaledwie kilka minut później, a przed jedenastą w nocy leżała twarzą do dołu w Salt Creek, trzymana pod wodą, aż przestała oddychać, zamordowana przez przyjaciółkę, której ufała na tyle, by spotkać się z nią sam na sam w ciemności.

Zara zamknęła laptopa. Ekran zgasł, a pokój nagle jakby się skurczył; została tylko poświata nocnej lampki, szum klimatyzatora i ich dwoje siedzących przy biurku w głębokim milczeniu.

Uświadomiła sobie, że słyszy oddech Garretta. Rwany. Nierówny. Odwróciła się i zobaczywszy jego twarz, natychmiast uciekła wzrokiem, bo Garrett Pennell płakał, i czuła, że nie powinna być tego świadkiem. To nie były ciche, posągowe łzy mężczyzny odgrywającego żal, ale te brzydkie, mimowolne — szczęka mu drżała, oczy miał zaczerwienione, dłoń mocno przyciśniętą do ust.

Nigdy go takim nie widziała. Podejrzewała, że nikt go takim nie widział.

Wtedy i jej łzy popłynęły. Nieelegancko. Nigdy takie nie były. Gorące, wykrzywiające obraz, z nosa jej ciekło — był to ten rodzaj płaczu, przez który czuła się, jakby znów miała dwanaście lat. Płakała nad Iris, która tak bardzo starała się postąpić słusznie i została za to zabita. Nad May i Davidem Zhangami, którzy spędzili jedenaście lat w nieświadomości. Nad dziewczyną z tamtego nagrania, tak pewną, że przyjaciółka nie zrobi jej krzywdy, gromadzącą dowody na wszelki wypadek, a mimo to wciąż wierzącą w dobro kogoś, kto na to nie zasługiwał.

Garrett wydał z siebie zduszony odgłos. Sięgnęła ku niemu, a on w tym samym momencie przyciągnął ją do siebie; i tak trwali, ona wtulona w jego pierś, on z ramionami mocno zaciśniętymi wokół niej. Przez długi czas nie padło ani jedno słowo. Nie było nic do powiedzenia. Właśnie zobaczyli, jak siedemnastolatka przekonuje samą siebie, by się nie bać, a oboje doskonale wiedzieli, jak ta historia się kończy.

Kiedy Zara w końcu się odsunęła, miała opuchniętą twarz, a koszula Garretta była mokra w miejscu, gdzie w nią płakała. Wyglądał na wycieńczonego. Ona pewnie jeszcze gorzej.

— To nie chodziło o Vince'a Thorne'a — powiedziała głupio, bo jej umysł wracał do jedynej rzeczy, którą był w stanie przetworzyć. — Nigdy nie chodziło o chłopaka.

— Nie. — Głos Garretta był zdarty. Odchrząknął. — Poszło o podanie na studia. O cholerne portfolio. Kirsty zabiła ją za *plagiat*.

Zwyczajność tego wszystkiego. Małość. Żadnej wielkiej pasji, żadnego szału zrodzonego ze złamanego serca, tylko desperacka kalkulacja dziewczyny, która oszukiwała, wpadła i nie potrafiła zmierzyć się z konsekwencjami. Zara pomyślała, że wolałaby już ten miłosny trójkąt. To przynajmniej miałoby w sobie godność silnych uczuć. To tutaj było po prostu tchórzostwem.

— Iris powiedziała jej, że pomoże jej stworzyć autorską pracę — zauważyła Zara. — Dała jej każdą możliwą szansę.

Garrett wstał i podszedł do okna. Stał tam tyłem do niej, opierając dłoń o ramę i patrząc na parking. Pozwoliła mu na tę chwilę ciszy. Po minucie powiedział, nie odwracając się: — To ja znalazłem jej ciało. Miałem dwadzieścia pięć lat, wyciągnąłem ją z piętnastocentymetrowej wody i wiedziałem, że ktoś ją tam przytrzymał. Przez jedenaście lat nosiłem to w sobie, a teraz dowiaduję się, że poszło o pieprzone podanie na uniwek.

Odwrócił się. Twarz miał teraz stężałą, ból wciąż tam był, ale skondensował się w coś bardziej użytecznego. — Mamy wszystko. Notatki głosowe. SMS-y. Wideo. Przyznanie się Fincha. To wystarczy.

— Aż nadto. — Zara przetarła twarz wierzchem dłoni. — Iris wszystko udokumentowała. Sama zbudowała tę sprawę. My musieliśmy ją tylko odnaleźć.

— Laptop też musiał to wszystko mieć. Richard go zniszczył, tak zakładam, po tym jak Finch mu go oddał. Myśleli, że ją wymazali. — Coś drgnęło w wyrazie twarzy Garretta, błysk mściwej satysfakcji. — Ale nigdy nie znaleźli jej telefonu.

Zara pomyślała o telefonie zaklinowanym pod kładką przez jedenaście lat, o tym, jak tam czekał. O May Zhang przechodzącej przez tę kładkę co tydzień, by zostawić kwiaty, i nieświadomej, że dowód zbrodni znajduje się tuż pod jej stopami.

— Co robimy jutro? — zapytała, choć już znała odpowiedź.

— Wracamy. Wyślemy to do CCC. Wszystko: przyznanie się Fincha, dane z telefonu, moje oryginalne raporty. Niech przygotują sprawę jak należy. — Zawahał się. — A potem porozmawiamy z Kirsty.

— Przed CCC czy po?

— Po. Chcę, żeby to było oficjalnie zaklepane, zanim ona dostanie szansę, by uciec albo cokolwiek zniszczyć. — Usiadł na brzegu łóżka, nagle wyglądając na skrajnie wyczerpanego. — Ale ona musi wiedzieć. Musi usłyszeć głos Iris i zrozumieć, że to koniec.

Zara przesiadła się obok niego. Dotykali się ramionami. Przez cienkie motelowe ściany słyszała telewizor w sąsiednim pokoju, kogoś śmiejącego się z czegoś. Zwyczajne życie toczące się tuż obok, podczas gdy oni siedzieli przygnieceni ciężarem ostatnich słów martwej dziewczyny.

— Powinniśmy spróbować zasnąć — powiedziała, wiedząc, że żadne z nich nie zazna spokojnego snu.

Garrett skinął głową. Chwycił jej dłoń i trzymał ją, a oni siedzieli tak jeszcze przez jakiś czas, milcząc, po prostu oddychając, pozwalając, by ogrom tego, co odkryli, osiadł w nich i stał się czymś, co będą w stanie udźwignąć.

Jutro pojadą na północ z głosem Iris na laptopie między nimi, a prawda, która była pogrzebana przez jedenaście lat, w końcu, nareszcie ujrzy światło dzienne.

Rozdział 18

LandCruiser wjechał do warsztatu Micka tuż po południu. Zara wysiadła wprost w znajomy zapach oleju silnikowego i metalu, a jej ciało było sztywne po kolejnej długiej trasie. Wyjechali z Nambour wcześnie rano, zatrzymali się na marną kawę na stacji benzynowej w Bundaberg, a resztę drogi pokonali niemal w całkowitym milczeniu.

Mick wyszedł z warsztatu. Jego wzrok przenosił się z jednego na drugie, odnotowując to, co — jak podejrzewała Zara — było oczywistymi oznakami ciężkiej nocy: opuchnięte oczy, ściągnięte twarze i to specyficzne wyczerpanie, które przychodzi po wypłakaniu wszystkich łez.

— Auto jest czyste — powiedział, skinieniem głowy wskazując miejsce na parkingu, gdzie stał sedan Zary. — Sprawdziłem wszystko dwukrotnie. Hamulce, układ kierowniczy, przewody paliwowe, elektrykę. Nikt przy niczym nie grzebał.

Ulga sprawiła, że coś w piersi Zary odpuściło. — Dziękuję. Naprawdę.

Mick podał jej kluczyki, ale jego mina pozostała poważna. — W cokolwiek wy dwoje się wpakowaliście, kogoś to na tyle rozsierdziło, że włamuje się do pokoi hotelowych i przebija opony. To nie są przelewki. — Jego spojrzenie spoczęło na Garrettcie. — Pilnujesz jej?

— Najlepiej jak potrafię — odparł Garrett.

— To pilnuj lepiej. — Ton Micka nie był nieuprzejmy, po prostu szorstki. — Salt Creek to małe miasteczko. Wieści szybko się niosą. Ludzie zauważają, że spędzacie ze sobą czas. Wygląda na to, że nie wszystkim się to podoba.

Zara pomyślała o zdjęciach rozrzuconych na jej łóżku w motelu i o nożu wbitym w jej twarz. — Jesteśmy ostrożni.

Mick skinął głową, nie dając się przekonać. — No dobrze. Samochód gotowy do drogi. Nic nie płacicie. Tylko nie sprawcie, żebym tego żałował.

Pojechali osobnymi samochodami do domu Garretta. Miasteczko w południowym słońcu wyglądało zwyczajnie: ludzie zajmowali się swoimi sprawami, w sklepie z narzędziami panował ruch, przed barem z rybą i frytkami kręciły się dzieciaki na rowerach. Na rondzie w pobliżu szkoły stał na jałowym biegu biały pickup firmy Cannon Developments, a za kierownicą siedział postawny mężczyzna w kamizelce odblaskowej. Obserwował, jak przejeżdżają. Zara to odnotowała i jechała dalej.

Wewnątrz domu Garretta powietrze było duszne od zamkniętych okien. Garrett przeszedł się po pokojach, otwierając je, podczas gdy Zara uprzątnęła stół w jadalni i położyła na nim laptopa oraz torbę.

Spędzili popołudnie na przygotowywaniu wniosku do CCC. Najpierw chronologia: wrzesień i październik 2014 roku, każda data poparta konkretnym dowodem. Potem tuszowanie sprawy: działania Fincha, sfałszowane raporty, zatajone zeznania świadków, przeniesienie Garretta. Na koniec odzyskane dane z telefonu wraz z dokumentacją Deva dotyczącą procesu odzyskiwania. Każdy element opatrzony komentarzem, porównany z innymi źródłami i opisany.

To była metodyczna, mało efektowna praca i przez większość czasu prawie ze sobą nie rozmawiali. Od czasu do czasu ktoś przeczytał coś na głos albo podał dokument drugiemu do sprawdzenia. Zara przepisywała wyznanie Fincha, podczas gdy Garrett porządkował dowody rzeczowe w folderach. Na stole przybywało kubków z zimną kawą.

Późnym popołudniem mieli już spójny pakiet. Na tyle solidny, że CCC nie będzie miało innego wyjścia, jak wszcząć dochodzenie.

Garrett wpatrywał się w to, co leżało na stole, z mocno zaciśniętą szczęką. — Powinienem był to zrobić jedenaście lat temu.

— Próbowałeś. Finch cię zablokował i przeniósł. I nie miałeś wtedy tego telefonu.

— Powinienem był starać się bardziej.

Zara nie kłóciła się z tym. To nie była debata, która mogłaby przynieść jakąkolwiek pożyteczną odpowiedź, a Garrett nie szukał pocieszenia. Pozwoliła mu z tym zostać sam na sam.

Po chwili wypuścił powietrze i sięgnął po telefon. — Zadzwonię do kontaktu w CCC. Niech wiedzą, że jesteśmy gotowi do złożenia wniosku.

Podczas gdy on rozmawiał w kuchni, Zara zabrała aparat i statyw na taras z tyłu domu. Światło było tu dobre. Szybko się rozstawiła, sprawdziła poziom dźwięku w mikrofonie, usiadła na jednym z plastikowych krzeseł i wcisnęła nagrywanie.

Mówiła krótko. Przełom w sprawie. Dowody przekazane do QPS i CCC. Trwające śledztwo, o którym nie może mówić publicznie. Poprosiła o cierpliwość, przyznała, że nie jest to rodzaj aktualizacji, jakiej oczekiwali jej widzowie, i powiedziała, że kiedy sprawa trafi do wiadomości, zrozumieją, dlaczego zamilkła.

O mało nie skończyła w tym miejscu. Ale potem dodała: — Podczas mojego ostatniego dochodzenia popełniłam poważne błędy. Niektórzy z was wiedzą, co się stało. Nie zamierzam powtórzyć tych błędów, nawet jeśli miałoby to oznaczać utratę subskrybentów. Rodzina Iris Zhang i proces prawny są na pierwszym miejscu. Treści dla was są drugorzędne. Nie mogę ryzykować wymiaru sprawiedliwości dla rozrywki.

Zatrzymała nagrywanie, odtworzyła je raz i przesłała bez montażu. Żadnego chwytliwego tytułu, żadnej dramatycznej otoczki. Po prostu przedstawienie faktów.

Kiedy się odwróciła, Garrett obserwował ją z progu drzwi. — To było dobre — powiedział.

— To było konieczne. — Zdjęła aparat ze statywu. — Połowa moich widzów pomyśli, że się sprzedałam.

— Druga połowa poczeka.

— Mam taką nadzieję. I jak poszło z CCC?

— Portal do składania wniosków jest otwarty. Prześlę wszystko wieczorem. Przydzielą śledczego w ciągu czterdziestu ośmiu godzin. — Oparł się o futrynę, krzyżując ręce na piersi. — Co oznacza, że mamy krótkie okno czasowe, zanim sprawa stanie się oficjalna i wszystko będzie musiało przechodzić przez nich.

— Kirsty.

— Kirsty — przytaknął. — Jutro rano. Zanim CCC przejmie stery.

Zara skinęła głową. Potem powiedziała to, o czym myślała przez całe popołudnie. — Muszę powiedzieć Zhangom.

Wyraz twarzy Garretta się zmienił. To nie było zaskoczenie; prawdopodobnie domyślał się, że to nastąpi. — Zaro. Nie.

— Obiecałam May. Obiecałam jej, że powiem jej, co było na tym telefonie.

— I powiesz. Ale to jest dowód w sprawie, która zaraz stanie się śledztwem o morderstwo. Nie możesz im pokazać zawartości, zanim nie dostanie jej CCC.

— Nie mówię o pokazywaniu im wszystkiego. Mówię o przekazaniu im, że dane zostały odzyskane i że ich córka doczeka się sprawiedliwości.

— A jeśli May poprosi o obejrzenie nagrania? O przeczytanie wiadomości? Powiesz jej „nie”?

Zara zawahała się, bo miał rację. May poprosi. May będzie naciskać. A Zara nie była pewna, czy zdoła spojrzeć matce Iris w oczy i jej odmówić.

— Ciągłość dowodowa i tak już wisi na włosku — kontynuował Garrett ostrożnym głosem, tym tonem, którego używał, gdy starał się nie brzmieć jak gliniarz. — Znalazłaś telefon i oddałaś go Devowi zamiast na policję. Rozumiem dlaczego. Dokumentacja Deva pomoże. Ale każdy obrońca będzie w to uderzał. Jeśli dodamy do tego „pokazała dowody rodzinie ofiary przed formalnym zgłoszeniem”, dajemy adwokatowi Kirsty gotową amunicję.

— Nie zamierzam pokazywać im dowodów.

— Możesz nie być w stanie się powstrzymać. Nie wtedy, gdy usiądziesz naprzeciwko May Zhang, a ona zapyta, co powiedziała jej córka.

— Przez dwanaście lat przeprowadzałam wywiady z rodzinami w żałobie. Wiem, jak wyznaczać granice.

— To nie jest wywiad. Zależy ci na tych ludziach. To co innego.

To zabolało, bo było prawdą. Jadła przy ich stole, piła ich herbatę, przyjęła ich zaufanie. Znalazła to, na co czekali jedenaście lat.

— Właśnie dlatego nie mogę zostawić ich w niepewności — powiedziała. — Byli okłamywani przez policję, przez koronera, przez własną społeczność. Jeśli będę to trzymać w tajemnicy, dopóki biurokratyczna machina nie ruszy, nie będę lepsza od Fincha.

— To nie fair.

— Nie, ale tak to zobaczy May.

Cisza między nimi stała się ciężka. Na zewnątrz kookaburra odezwała się na jednym z eukaliptusów, wypełniając podwórko swoim szaleńczym śmiechem, po czym nagle umilkła.

— Czym różni się ukrywanie przeze mnie informacji, do których Zhangowie mają prawo, od tego, co zrobił Finch jedenaście lat temu zakopując dane? — Mówiła spokojnym głosem. — Chcesz, żebym czekała, żebym zaufała systemowi. Ale system zawiódł Iris. System pozwolił Richardowi Cannonowi to zatuszować.

Przez twarz Garretta przemknął grymas bólu. Przeszedł do kuchni, nalał sobie szklankę wody z kranu i wypił połowę, zanim się odezwał. — Masz rację. System ich zawiódł. — Jego głos był cichy. — A ja byłem częścią tego systemu.

Zara poczuła, jak złość z niej uchodzi. — Nie to miałam na myśli.

— Ale taka jest prawda. — Odstawił szklankę. — To ja znalazłem jej ciało. Skatalogowałem siniaki. Zgłosiłem obawy, uciszono mnie, a ja pozwoliłem się przenieść. Więc może nie mam prawa prosić cię, byś zaufała systemowi.

Podeszła do niego. — Próbowałeś to naprawić. To nie to samo i dobrze o tym wiesz.

Spojrzał jej w oczy. — A gdybyś im powiedziała, że telefon został odnaleziony i dane są zabezpieczone, ale dodała, że *nie możesz* podzielić się samą zawartością, dopóki nie złożymy wniosku? Zwal to na mnie, na procedury policyjne. Myślę, że May to zrozumie.

— Ogólne informacje bez szczegółów, tak?

— Wiedzieliby, że ich córka została zamordowana. Wiedzieliby, że nadchodzi sprawiedliwość. Ale nie ryzykujemy, że zrobią coś, co zaszkodzi sprawie.

To był kompromis, do którego dążyła podświadomie. — Zgoda. Nic o plagiacie, nic konkretnie o Kirsty, nic o Finchu.

— Tylko tyle, że odzyskaliśmy telefon. Że zawierał dowody. Że składamy wniosek do CCC i sprawa zostaje wznowiona. — Zawahał się. — A jeśli May będzie naciskać na więcej?

— Powiem jej, że ujawnienie czegokolwiek więcej może zaszkodzić oskarżeniu. Że musi mi zaufać jeszcze ten jeden raz. — Zara słyszała samą siebie, jak negocjuje, szukając złotego środka, tak jak robili to oboje od czasu Childers. — May czekała jedenaście lat. Poczeka jeszcze trochę, jeśli to ma oznaczać sprawiedliwość.

Garrett powoli skinął głową. Położył dłoń na jej ramieniu, ciepłą i pewną. — Przepraszam, że sprawiłem wrażenie, jakbyś nie rozumiała, o co toczy się stawka.

— A ja przepraszam, że porównałam cię do Fincha.

Stali tak przez chwilę, a napięcie ulatniało się z pokoju. Dowody wciąż pokrywały stół w jadalni za nimi, czekając na złożenie.

— Powinnam pojechać tam dziś wieczorem — powiedziała Zara. — The Golden Horse będzie jeszcze otwarte. Pojadę sama; dla May będzie łatwiej, jeśli będę tylko ja.

— A ja muszę pojechać na komisariat. Drinan brał za mnie zmiany; powinienem się zameldować, pokazać się. — Wziął kluczyki z blatu. — Podrzucę cię i pojadę na komisariat. Gdy skończysz, weźmiesz swój samochód stamtąd.

— Sama pojadę — odparła. — Mick dał zielone światło.

Przez jego twarz przemknęło wahanie, może niechęć, by wypuścić ją z zasięgu wzroku, ale skinął głową. — Napisz mi, jak wrócisz.

— Napiszę. Przywiozę chińszczyznę na kolację.

Pocałował ją w przedpokoju, krótko i mocno, trzymając dłoń na jej karku. Chwilę później wyszedł, z odznaką przypiętą do paska, wracając do roli detektywa sierżanta Pennella z łatwością wynikającą z lat praktyki. Słuchała odjeżdżającego land cruisera i stała przez moment w cichym domu, patrząc na stół zasłany dowodami, na jedenaście lat pogrzebanej prawdy ułożonej w schludne teczki, czekające na ludzi, którzy wreszcie będą mogli coś z tym zrobić.

Potem wzięła kluczyki i poszła powiedzieć May Zhang, że odnaleziono głos jej córki.

Dojazd do Golden Horse zajął osiem minut. Zara spędziła je na powtarzaniu słów, które wciąż brzmiały nie tak, kurczowo ściskając kierownicę, mrużąc oczy od zachodzącego słońca wpadającego przez przednią szybę. Mówiła już wcześniej rodzinom w żałobie trudne prawdy, siedziała naprzeciwko rodziców, których dzieci zostały zamordowane, przekazywała informacje zmieniające wszystko, podczas gdy kamery pracowały. Ale to wydawało się inne. May i David Zhangowie powierzyli jej pamięć o swojej córce, wpuścili ją do swojego cierpienia, gdy całe miasto już dawno o sprawie zapomniało. To, co zaraz im powie, miało roztrzaskać jedenaście lat niewiedzy i musiała ująć to idealnie.

Parking restauracji był w połowie pełny, właśnie zaczynała się pora kolacji. Przez przednie szyby widziała znajomy czerwono-złoty wystrój, schludne stoliki z białymi obrusami i młodego backpackera roznoszącego karty menu.

Zara pchnęła frontowe drzwi. May stała za ladą, przyjmując zamówienie telefoniczne, ale natychmiast podniosła głowę. Ich spojrzenia się spotkały i coś między nimi przeszło — może rozpoznanie, a może to, jak May nauczyła się odczytywać złe wieści z samego ułożenia czyichś ramion. Skończyła rozmowę i odłożyła telefon.

— Zara. — To nie było pytanie, tylko przyjęcie do wiadomości. Ręce May leżały nieruchomo na blacie.

— Czy możemy gdzieś porozmawiać? Z panią i z Davidem.

May raz skinęła głową, podeszła do drzwi kuchni. — David. Mógłbyś tu wyjść?

Pojawił się w przejściu, wycierając ręce w fartuch, z twarzą pełną rezerwy. Spojrzał na Zarę, potem na żonę i zacisnął szczęki.

— Do biura — powiedziała cicho May.

Biuro było małym pomieszczeniem na tyłach restauracji, ledwo mieszczącym biurko, szafkę na dokumenty i trzy krzesła upchnięte pod ścianami. Pachniało sosem sojowym i papierem, a światło jarzeniówki wydawało się ostre w porównaniu z łagodnym ciepłem sali jadalnej. May zamknęła za nimi drzwi. Dźwięki restauracji — rozmowy, brzęk sztućców, syk woka — stały się przytłumione.

Zara poczekała, aż oboje usiądą, zanim sama zajęła miejsce. David trzymał splecione dłonie między kolanami, lekko pochylony w stronę May. Ona siedziała bardzo prosto, z opanowaną twarzą, ale jej oczy już zaczynały zachodzić łzami.

— Mojej koleżance udało się odzyskać dane z telefonu Iris — powiedziała Zara. Bez zbędnych wstępów. Czekali zbyt długo, by marnować czas na podchody. — Było tam mnóstwo informacji. Wiadomości tekstowe. Nagrania głosowe. Filmy. Dowody na to, co wydarzyło się w noc jej śmierci.

Oddech May uwiązł w gardle. David znieruchomiał całkowicie.

— Dowody — powtórzył David. Jego głos był beznamiętny, ale ręce zaczęły mu drżeć. — Ma pani na myśli dowód. Że ktoś ją zabił.

— Że ktoś miał bardzo silny motyw, by to zrobić. Tak.

To słowo zawisło w małym pokoju niczym ciężki przedmiot. May wydała z siebie dźwięk będący skrzyżowaniem szlochu i jęku i zakryła usta obiema dłońmi. David odruchowo do niej przylgnął, obejmując ją ramieniem, ale jego wzrok ani na sekundę nie opuścił twarzy Zary.

— Kto — rzucił. To nie było pytanie. To było żądanie.

— Nie mogę wam jeszcze tego powiedzieć. Dowody zostaną dziś wieczorem przekazane do Crime and Corruption Commission. Zostanie wszczęte oficjalne śledztwo. Kiedy już ruszy...

— Kto zabił *moją córkę*? — Głos Davida się załamał. — Siedzi pani w moim biurze i mówi mi, że wie, kto zamordował Iris, a nie chce pani podać nazwiska?

Zara wytrzymała jego spojrzenie, dając mu odczuć, że rozumie jego gniew i że jest gotowa go przyjąć. — Mówię to państwu, bo obiecałam, że to zrobię. Ale jeśli podam nazwisko teraz, zanim ruszy machina prawna, mogłabym zaprzepaścić całą sprawę. Muszę prosić, by państwo mi zaufali. Jeszcze przez chwilę.

— Jak długo? — Głos May był stłumiony przez dłonie.

— Najwyżej kilka dni. To śledztwo w sprawie o morderstwo, a CCC działa szybko, gdy ma takie dowody.

David wstał, a jego krzesło zgrzytnęło o podłogę. Podszedł do szafki na dokumenty i oparł o nią płasko obie dłonie, odwrócony do nich plecami.

— Davidzie — powiedziała cicho May.

— Nie mogę. — Nie odwrócił się. — Nie mogę tego słuchać. Jeszcze nie teraz. Nie w ten sposób.

May spojrzała na Zarę; miała wilgotne oczy, ale jej wyraz twarzy był spokojny. — On potrzebuje czasu. Żeby się przygotować.

— Rozumiem.

— Ale ja nie potrzebuję czasu. — May odjęła dłonie od twarzy i położyła je na kolanach. — Cokolwiek jest na tym telefonie, chcę wiedzieć. Chcę to zobaczyć.

Zara wiedziała, że to nastąpi. Przygotowała się na to, przetrenowała tę granicę z Garrettem. Ale patrząc w twarz May, na jedenaście lat żałoby proszącej o tę jedną rzecz, która mogłaby nadać temu wszystkiemu sens, słowa uwięzły jej w gardle.

— Zobaczy pani — powiedziała w końcu. — Obiecuję pani, że pani to zobaczy. Ale jeszcze nie teraz. Materiał musi zostać odpowiednio przetworzony. Ciągłość dowodowa, weryfikacja kryminalistyczna — wszystkie te procesowe kwestie, dzięki którym dowód obroni się w sądzie. Jeśli pokażę to pani teraz...

— Mogłabym zaszkodzić sprawie. — May dokończyła zdanie zmęczonym głosem. — Wiem. Rozumiem, jak działa prawo, Zaro. Miałam jedenaście lat, żeby się tego nauczyć.

— Przykro mi.

— Niepotrzebnie. — May przetarła oczy wierzchem dłoni. — Zrobiła pani to, czego nikt inny nie chciał zrobić. Uwierzyła nam pani, gdy wszyscy inni mówili, żebyśmy dali spokój. — Pochyliła się nad biurkiem i chwyciła dłoń Zary w obie swoje. Jej dłonie były ciepłe, stwardniałe od lat pracy w kuchni. — Dziękuję. Za dotrzymanie obietnicy.

David wciąż nie ruszył się spod szafki. Zara widziała jego odbicie w małym oknie, jego twarz zwróconą ku szybie.

— Muszę jutro załatwić pewną sprawę — powiedziała ostrożnie Zara, wciąż trzymając dłonie May. — Potem tu wrócę. Powiem państwu wszystko, co będę mogła. A kiedy CCC wyrazi zgodę, usłyszy pani głos Iris i zobaczy jej twarz. Zostawiła nagrania, audio i wideo. Dokumentowała to, co się z nią działo.

Uścisk May zacieśnił się, a ona na moment zamknęła oczy. Gdy je otworzyła, były pełne determinacji. — Wiedziała, że grozi jej niebezpieczeństwo.

— Tak.

— I próbowała się chronić.

— Zrobiła wszystko tak, jak trzeba — powiedziała Zara i naprawdę tak uważała. — Była odważna, mądra i starała się postąpić właściwie. To, co się jej stało, nie było jej winą.

Coś w twarzy May pękło i na nowo się złożyło. Skinęła raz głową, puściła dłonie Zary i wstała. — Przygotuję pani zamówienie. Czego by pani sobie życzyła?

Ta nagła zmiana była uderzająca — ucieczka May w bezpieczny grunt gościnności — ale Zara to rozumiała. Niektóre rodzaje bólu są zbyt wielkie, by móc w nich trwać zbyt długo.

— Cokolwiek pani poleci — odrzekła Zara. — Porcję dla dwóch osób.

— Dla pani i detektywa. — Usta May wygięły się lekko, nie był to uśmiech, ale coś bliskiego. — To dobry człowiek. Uparty, ale dobry.

— Tak, jest taki.

— I wróci pani jutro. Gdy załatwi pani to, co musi zostać załatwione.

W tych słowach krył się ciężar, uznanie tego, czego Zara nie wypowiedziała na głos. May wiedziała. Oczywiście, że wiedziała. Spędziła jedenaście lat, patrząc, jak to miasteczko chroni samo siebie.

— Tak — potwierdziła Zara. — Obiecuję.

May podeszła do drzwi, zatrzymała się z dłonią na klamce. — Kimkolwiek ta osoba jest — powiedziała cicho, nie odwracając się — mam nadzieję, że się boi.

Potem wyszła, a drzwi cicho zamknęły się za nią. David pozostał przy szafce, wciąż odwrócony plecami. Zara siedziała na krześle, dając mu przestrzeń.

Po długiej chwili odezwał się, nie odwracając się. — Czy to ktoś, kogo znamy?

Zara zawahała się, ale uznała, że zasługuje chociaż na taką odpowiedź. — Tak.

Jego ramiona opadły; resztki nadziei, że to był ktoś obcy, przejezdny, ktokolwiek, byle nie osoba, która uśmiechała im się w twarz przez jedenaście lat, właśnie zniknęły. — Rozumiem — powiedział tylko. A potem: — Idź już. May przygotuje jedzenie.

Zara wstała i skierowała się do drzwi. Na progu oglądnęła się za siebie. David wreszcie odwrócił się od szafki. Jego twarz była poszarzała, w ciągu piętnastu minut postarzał się o dekadę.

— Dziękuję — powiedział. — Że się pani nie poddała. Że nie pozwoliła pani zapomnieć o naszej córce.

— Nigdy o niej nie zapomniano — odparła Zara. — Ani pan, ani May. I nie zapomniał o niej Garrett. Nosił ją w sobie przez jedenaście lat.

Wyraz twarzy Davida nieco się zmienił. Nie było to może zmiękczenie, ale rodzaj uznania. Skinął raz głową.

Zara zostawiła go tam i przeszła z powrotem przez restaurację. May stała przy ladzie, pakując pojemniki do plastikowej torby. Podała ją, nie napotykając wzroku Zary.

— Do jutra — powiedziała ponownie May.

— Do jutra — obiecała Zara.

ROZDZIAŁ 19

WIECZORNE POWIETRZE BYŁO CHŁODNIEJSZE, słońce prawie zaszło, a niebo przecinały smugi różu i pomarańczu. Zara położyła torbę z jedzeniem na wynos na siedzeniu pasażera, odpaliła silnik i siedziała przez chwilę, patrząc w świecące okna restauracji Golden Horse. W środku May wracała do pracy, David prawdopodobnie też. Będą podawać posiłki, rozmawiać z klientami, zamkną lokal i wrócą do domu, w którym pokój ich córki pewnie wciąż nosił ślady dziewczyny, którą kiedyś była Iris. A jutro, gdy Zara i Garrett skonfrontują się z Kirsty, w końcu dowiedzą się, kto ukradł im te jedenaście lat.

Rozmowa z May i Davidem ciążyła jej w piersi. Odwrócone plecy Davida, cicha siła May... jedenaście lat niepewności w końcu zaczęło pękać.

Kiedy wyjeżdżała z parkingu, ku jej zaskoczeniu w przednią szybę uderzyły krople deszczu. Odwróciła głowę i zobaczyła kłębiące się na zachodzie chmury o tym specyficznym, sinym kolorze, który zwiastował prawdziwą burzę. Torba z jedzeniem leżała na siedzeniu, a unoszący się z niej zapach smażonego czosnku sprawił, że Zara poczuła głód po raz pierwszy od wielu dni.

Jutro skonfrontują się z Kirsty. Jutro wszystko pęknie. Dziś musiała po prostu wrócić do domu Garretta, zjeść i spróbować zasnąć.

Jej telefon rozświetlił się na konsoli środkowej, a wibracje zabrzmiały głośno w cichym aucie. Zerknęła na ekran przy najbliższym znaku stopu, zobaczyła nazwisko Jane Goulding i zjechała do krawężnika przed sklepem z narzędziami. Zostawiając silnik na biegu jałowym, sięgnęła po telefon.

— Zara, znalazłam coś w moich starych aktach nauczycielskich, co, jak myślę, musisz zobaczyć. Chodzi o Iris i innego ucznia. Możesz się ze mną spotkać przy kładce? Jestem tu teraz. To pilne.

Zara przeczytała wiadomość dwa razy. Jane przez cały ten czas była rzetelna, dzieliła się wspomnieniami i spostrzeżeniami, jakich nie przekazałby nikt inny, a także nagraniem z portfolio Iris, które splagiatowała Kirsty, co stanowiło kluczowy dowód. Jeśli mówiła, że coś jest pilne, znaczyło to, że tak jest. Ale kładka? W nocy? Podczas nadciągającej burzy?

Odpisała: — Czy to może poczekać do jutra? Albo mogłabym przyjechać do ciebie do domu?

Odpowiedź przyszła natychmiast. — Już tu jestem. Proszę, przyjdź teraz, nie wiem, czy jutro starczy mi odwagi, by się tym podzielić.

Zara zmrużyła oczy, patrząc na ekran. To ostatnie zdanie brzmiało dziwnie. Jane Goulding można było opisać na wiele sposobów, ale na pewno nie jako osobę lękliwą. Z drugiej strony miała siedemdziesiąt lat, a sprawa dotyczyła jej byłej uczennicy, która została zamordowana. Może dręczyło ją poczucie winy, że nie odezwała się wcześniej.

Napisała do Garretta: — Robię szybki przystanek, żeby spotkać się z Jane Goulding. Znalazła coś o Iris. Jadę tam teraz.

Odczekała chwilę. Brak odpowiedzi. Pewnie wciąż był na komisariacie.

Włączyła się do ruchu i skręciła w stronę parku. Torba z jedzeniem przesunęła się po siedzeniu pasażera, gdy brała zakręt. Ostatnie resztki światła uciekały z nieba, deszcz padał już miarowo, a chmury burzowe gęstniały na zachodzie, co chwila rozświetlane błyskawicami.

Parking przy wejściu do parku był pusty. Żadnych innych samochodów. Tylko ciemne sylwetki urządzeń na placu zabaw za ogrodzeniem i ścieżka prowadząca w dół do potoku i kładki nad wąwozem. Zara wjechała na miejsce blisko wejścia na ścieżkę i zgasiła silnik.

To, że parking był pusty, nie zaniepokoiło jej. Domek Jane stał na skraju wąwozu; nie musiałaby przyjeżdżać samochodem. Pewnie przyszła pieszo z drugiej strony parku.

Deszcz bębnił o dach. Przez przednią szybę widziała, jak ścieżka znika w coraz głębszym mroku pod drzewami. Parkowe latarnie powinny zapalać się o zmierzchu, ale połowa z nich najwyraźniej nie działała, zostawiając plamy ciemności między tymi sprawnymi.

Jej telefon zawibrował. Garrett: — Gdzie dokładnie? Przyjadę.

— Przy kładce — odpisała. — Pewnie nic takiego. Wrócę za dwadzieścia minut.

Kolejna wibracja, natychmiast.

Jane: — Jestem przy moście. Widzisz mnie?

Zara wyjrzała przez deszcz. Ścieżka wiła się w dół w stronę wąwozu, gęsto porośniętego eukaliptusami po obu stronach. Stąd nie widziała kładki, nie widziała nic poza pierwszymi kilkoma metrami drogi. Odpisała: — Właśnie dotarłam. Schodzę w dół.

Chwyciła telefon i klucze, zostawiając jedzenie na miejscu. Cokolwiek znalazła Jane, było ważniejsze niż kolacja.

Deszcz uderzył w nią w momencie, gdy otworzyła drzwi samochodu; był zimniejszy, niż się spodziewała, pędzony przybierającym na sile wiatrem. Zamknęła auto i ruszyła szybko w stronę ścieżki, kuląc ramiona. Jej buty dotknęły betonu, którego powierzchnia była już śliska od deszczu i opadłych liści.

Ścieżka schodziła w gęstszy mrok, a działające latarnie stały zbyt daleko od siebie, by robić coś więcej niż wyznaczać drogę plamami sodowego pomarańczu. Deszcz zacinał teraz mocniej, niesiony bokiem przez wiatr, który zrywał liście z eukaliptusów i gonił je po betonie. Zara szła z pochyloną głową, stawiając kroki ostrożnie na śliskiej nawierzchni, z jedną ręką w kieszeni zaciśniętą na telefonie, a drugą odgarniając mokre włosy z twarzy. Plac zabaw został w tyle, połknięty przez drzewa, pogodę i ostatnie tchnienie zmierzchu.

Temperatura gwałtownie spadła. Jej oddech zamieniał się w mgiełkę mieszającą się z deszczem. Została w samochodzie bez kurtki, nie sądziła, że będzie tu na tyle długo, by jej potrzebować. Dwanaście lat pracy w terenie, a wciąż robiła amatorskie błędy, gdy była rozproszona.

Ścieżka skręcała w lewo, biegnąc wzdłuż zbocza w dół ku potokowi. Minęła wejście na strome podejście, którym schodziła nad wodę pierwszego dnia. Przez drzewa po prawej widziała niewyraźne kształty domów i ciepły blask okien. Po lewej teren opadał gwałtowniej, porośnięty gęstymi, ciemnymi zaroślami. Gdzieś tam w dole znajdował się wąwóz, a nad nim rozpięta kładka. Jeszcze jej nie widziała.

Jej telefon zawibrował. Zatrzymała się pod jedną z działających latarni, by go sprawdzić, a deszcz bębnił jej o ramiona.

Garrett: — Właśnie wyjeżdżam z komisariatu. Gdzie dokładnie przy kładce?

Odpisała zdrętwiałymi z zimna palcami: — Idę ścieżką od głównego parkingu. Będę za jakieś pięć minut. Jane już tam jest.

Nacisnęła „wyślij", po czym dodała: — Chyba spotkam się z nią na moście. Dam znać, jak skończymy.

Odpowiedź przyszła szybko: — Uważaj na siebie. Burza się rozkręca.

Zara schowała telefon do kieszeni i ruszyła dalej. Uważać na siebie. Przecież uważała. Szła do Jane Goulding, siedemdziesięcioletniej emerytowanej nauczycielki, która mieszkała w domku z widokiem na potok i hodowała nagradzane róże. Trudno ją było uznać za zagrożenie.

Tyle że park był pusty, światła w połowie pogasły, a Jane wspomniała, że może nie starczyć jej odwagi, by podzielić się odkryciem, jeśli poczekają do jutra. To sformułowanie jej nie pasowało. Jane nie była typem osoby, która traci rezon.

Dziennikarski instynkt Zary drgnął — ten sam instynkt, który zapewniał jej bezpieczeństwo w nieprzyjaznych miejscach, który uczył ją, kiedy naciskać, a kiedy się wycofać. Zignorowała go. Przekombinowała. To paranoja wywołana włamaniami, pociętymi oponami i nożem wbitym w zdjęcia. U Jane wszystko w porządku. Wszystko będzie dobrze.

Telefon znów zawibrował. Wyciągnęła go, spodziewając się wiadomości od Garretta. To było powiadomienie z YouTube: — Nowy komentarz do twojego najnowszego filmu.

Tapnęła odruchowo. Załadował się panel analityczny: 847 nowych subskrybentów od popołudniowego wrzutu. Liczba wyświetleń stale rosła. Wykres utrzymania uwagi pokazywał, że większość widzów ogląda materiał do końca.

Najpopularniejsze komentarze były mieszanką różnych opinii:

— W końcu jakaś rzetelność po tej katastrofie z Little Girls Lost.

— Cofam suba. Żerujesz na tym tylko dla zasięgów.

— Dziękuję, że postawiła Pani sprawiedliwość ponad rozrywkę.

— Wygląda na to, że tak naprawdę nic nie masz i tylko grasz na zwłokę.

Przewijała je zmarzniętymi, mokrymi palcami, nie czytając uważnie, a jedynie badając ogólne nastroje. Mieszane, z lekką przewagą pozytywnych. Mogło być gorzej. Przycisk „Rozpocznij transmisję” znajdował się na górze ekranu i pulsował delikatnie jak zawsze. Potknęła się na nierówności terenu i schowała telefon z powrotem do kieszeni. YouTube mógł poczekać.

Przez drzewa dostrzegła kładkę. Ciemne drewno na tle jeszcze ciemniejszego nieba, ledwo widoczne w gasnącym świetle. Nie widziała jeszcze Jane, ale kąt widzenia był niedogodny. Z bliska zobaczy lepiej.

Błyskawica rozdarła niebo na zachodzie, rozświetlając chmury od środka. Kilka sekund później przetoczył się niski, dudniący grzmot. Burza uderzała na dobre. Muszą załatwić to szybko.

Zara przyspieszyła, a jej buty rozbryzgiwały wodę z kałuż tworzących się w zagłębieniach ścieżki. Koszulę miała przemoczoną, przyklejoną do pleców. Lodowata woda spływała jej po karku. Będzie wyglądać jak zmokła kura, kiedy wróci do domu Garretta. Pewnie każe jej się rozebrać już w pralni, zanim pozwoli jej roznieść wodę po reszcie mieszkania.

Ta myśl przyniosła nieoczekiwane ciepło. Domowa troska. Rodzaj drobnej zażyłości, która rozwinęła się między nimi bez większego udziału uwagi. Trzy dni temu mieszkała w motelu; teraz miała swoje rzeczy w jego komodzie i szampon pod jego prysznicem.

Ścieżka się rozszerzyła. Kładka była tuż przed nią, może dwadzieścia metrów stąd, spinając mroczną wyrwę wąwozu. W dole szumiał potok, wezbrany od deszczu, choć wiedziała, że woda szybko opadnie po burzy. Po drugiej stronie ścieżka biegła dalej w stronę ulic mieszkalnych, gdzie znajdował się domek Jane.

Przy barierce stała postać, odcinająca się sylwetką na tle resztek światła na niebie. Kurtka z kapturem, z tej odległości nie sposób było rozpoznać rysów twarzy.

Ręka Zary zacisnęła się na telefonie w kieszeni. Coś było nie tak. Sposób, w jaki ta osoba stała — zbyt nieruchomo. I ta całkowita pustka w parku.

Znów wpadała w paranoję. To musiało być to. Jane do niej napisała, czekała na moście, tak jak powiedziała. I niby dlaczego ktokolwiek inny miałby tu być podczas takiej burzy?

Zara weszła na mokre drewniane deski, które mimo upływu lat sprawiały wrażenie solidnych. Jej buty wydawały głuchy odgłos na zwietrzałym drewnie.

— Jane? — Jej głos poniósł się nad przepaścią.

Postać się odwróciła.

To nie była Jane. Twarz, która zwróciła się ku niej w gasnącym świetle, należała do Kirsty Cannon. Jasne włosy pociemniały od deszczu, a rysy zastygły w czymś, co mogłoby uchodzić za współczucie, gdyby nie jej puste, martwe oczy. Ciało Zary zareagowało szybciej niż umysł: adrenalina skoczyła, mięśnie się napięły, a ciężar ciała przeniósł się na nogę z tyłu, gotowy do odwrotu na ścieżkę.

— Zara. — Głos Kirsty był łagodny, niemal ciepły, wyćwiczony ton polityka. — Dziękuję, że pani przyszła. Wiem, że nie tego się pani spodziewała.

Słowa były nie na miejscu, a sposób ich wypowiedzenia zbyt gładki, wyreżyserowany.

— Gdzie jest Jane? — Jej własny głos brzmiał pewniej, niż się czuła.

— Poprosiłam Jane o spotkanie tutaj godzinę temu. Powiedziałam jej, że chcę porozmawiać o Iris, jak nauczycielka z byłą uczennicą, żeby oczyścić sumienie. — Usta Kirsty wygięły się w uśmiechu. — Przyszła od razu. Zawsze była taka ufna. Zabrałam jej telefon, kiedy rozmawiała. Resztą zajął się Brody.

— Zajął się — to słowo zabrzmiało fatalnie w ustach Zary. — Gdzie ona jest?

— Niedaleko. — Kirsty przechyliła głowę, a woda z deszczu spływała z jej kaptura. — Dojdziemy do tego.

Zara miała już rękę w kieszeni, zaciskając palce na telefonie. — Wychodzę.

Odwróciła się w stronę ścieżki, którą tu przyszła.

Na końcu kładki stał mężczyzna, blokując drogę powrotną na parking. Wielki, wysoki i barczysty, ubrany w ciemną kurtkę i buty robocze, z rękami luźno opuszczonymi wzdłuż tułowia. Nie było go tam, kiedy wchodziła na most. Musiał ukrywać się w drzewach, czekając, aż go minie.

Zara znieruchomiała. Most rozciągał się między nimi — Kirsty za plecami, mężczyzna z przodu. Po obu stronach ziała otchłań wąwozu, siedmiometrowy upadek prosto na skały i rwącą wodę.

— To Brody. — Głos Kirsty dobiegł z tyłu, wciąż łagodny, wciąż nienaturalny. — Mój majster. Właściwie majster mojego ojca, ale teraz mój. Jest z rodziną od dwudziestu lat. Bardzo lojalny. Bardzo kompetentny.

Brody się nie odzywał. Nie poruszył się. Po prostu stał tam w deszczu, z kamienną twarzą, obserwując ją z cierpliwością kogoś, kto potrafi czekać.

— Ma tyle talentów. Włamywanie się do zamków. Mechanika. Jest też całkiem zdolnym fotografem — ciągnęła Kirsty. Zara usłyszała kroki, głuchy odgłos butów na drewnie, Kirsty podchodziła bliżej. — Te zdjęcia w twoim pokoju hotelowym? Jego robota. Ujęcia z obserwacji? Wszystko Brody. Jest bardzo skrupulatny.

Zara odwróciła się powoli, trzymając oboje w zasięgu wzroku. Kirsty przesunęła się na środek mostu, kilka metrów dalej, z rękami w kieszeniach kurtki i tym samym współczującym wyrazem twarzy.

— Przebite opony to też on — powiedziała Kirsty. — Poprosiłam go, żeby sprawił, by poczuła się pani niekomfortowo. Żeby zachęcił panią do wyjazdu z Salt Creek. Do porzucenia tego śledztwa, które rani tylu ludzi. — Jej głos lekko zadrżał przy słowie „śledztwo", to było pierwsze pęknięcie w tej grze. — Ale pani nie wyjechała. Nie przestała naciskać. Grzebała pani dalej.

— Bo Iris została zamordowana. — Głos Zary był opanowany mimo adrenaliny zalewającej jej organizm. Musiała zmusić ją do mówienia. Kupić czas. Garrett wiedział, gdzie jest. Przyjdzie. —

Bo zabiłaś swoją najlepszą przyjaciółkę, a twój ojciec to zatuszował.

Coś mignęło na twarzy Kirsty. — To nie tak było. — Jej głos stał się beznamiętny, kontrolowany.

„Wyreżyserowane" — pomyślała Zara. Wersja, którą wmawiała sobie przez jedenaście lat.

— Mój ojciec zabił Iris. Był tam tej nocy, bo zadzwoniłam do niego spanikowana, a kiedy przyjechał, pokłócili się, złapał ją i przycisnął do ziemi. — Jej twarz wykrzywiła się. — Próbowałam go powstrzymać. Krzyczałam, żeby przestał. Ale był taki wściekły na Iris za to, że groziła ujawnieniem plagiatu, taki wściekły na mnie, że byłam na tyle głupia, by dać się złapać. Trzymał jej twarz w wodzie, aż przestała się ruszać. Ja ją tylko spoliczkowałam. To wszystko. Jeden policzek.

Kłamstwo było wygładzone, wyćwiczone. Ale Zara siedziała w salonie Fincha i słyszała inną wersję.

— Finch powiedział nam co innego — odrzekła Zara.

Opanowanie Kirsty prysnęło, choć tylko na sekundę. — Finch to pijak i kłamca.

— Finch opisał, co zastał na miejscu. Twój ojciec był mokry, owszem. Ale to ty nie mogłaś potem spojrzeć na Iris. To ty siedziałaś na brzegu, kołysząc się jak dziecko.

— Finch nie wie, co widział. Był kupiony od momentu, gdy się tam pojawił. Mój ojciec go posiadał.

— Więc dlaczego twój ojciec był mokry, Kirsty? Piętnaście centymetrów wody. Nie musiałby cały przemoknąć, żeby kogoś przytrzymać w piętnastu centymetrach wody. — Zara słyszała własny głos, spokojny i chłodny; instynkt przeprowadzającej wywiad brał górę nad strachem. — Zmókł, bo próbował cię z niej ściągnąć.

— Nie ma pani pojęcia, o czym mówi. — Głos Kirsty stał się piskliwy, staranna poza pękała. — Nie wiesz, jak to było. Chciała zniszczyć wszystko. Całą moją przyszłość. Przez wniosek na studia. Przez pracę, którą obie przygotowałyśmy, która była wspólna, a za którą ona chciała całą zasługę tylko dlatego, że była samolubna, zadufana w sobie i... — Przerwała. Nabrała tchu. Gdy znów się odezwała, powrócił głos polityka, ale był cieńszy. — Teraz to bez znaczenia. Nic z tego nie ma znaczenia.

— Ma znaczenie dla May i Davida Zhangów.

Kirsty wzdrygnęła się na dźwięk tych nazwisk.

Zara wykorzystała przewagę. — Co się naprawdę stało, Kirsty? Może mi pani powiedzieć. — Jej palce odnalazły telefon w kieszeni. Przestała myśleć. Pamięć mięśniowa. Wzór odblokowania, kciuk kreślący znajomy kształt. Ekran, którego nie widziała, na który nie mogła spojrzeć. Zostawiła otwartą aplikację YouTube, po prostu wrzuciła telefon do kieszeni na ścieżce.

Przycisk „Rozpocznij transmisję". Góra ekranu, sam środek. Używała go dziesiątki razy, wiedziała dokładnie, gdzie jest. Ale w kieszeni, w deszczu, z palcami trzęsącymi się z zimna i adrenaliny, wszystko wydawało się niepewne. Nacisnęła miejsce, które miało być tym właściwym, potem potwierdziła.

Telefon zawibrował dwa razy w krótkich odstępach czasu. Albo właśnie zaczęła nadawać na żywo do swoich subskrybentów, albo przez pomyłkę otworzyła czyjś film. Nie było jak sprawdzić bez wyciągania go z kieszeni.

— Iris powinna była zrozumieć, że czasem trzeba się nawzajem chronić. A nie niszczyć. — Głos Kirsty był beznamiętny. — Pomogłabym jej. Wspierałabym jej karierę. Ale nie chciała słuchać. Była taka uparta, taka pewna swego...

— Ukradłaś jej pracę — powiedziała Zara, zachowując spokój. — Znaleźliśmy telefon Iris. Mamy dowody na to, dlaczego to zrobiła, Kirsty, więc dlaczego nie powie mi pani, co naprawdę wydarzyło się tamtej nocy?

Nad głowami huknął piorun, tak głośno, że obie wzdrygnęły się gwałtownie. Deszcz przybrał na sile, spadając ścianą. Błyskawica rozświetliła twarz Kirsty ostrym, białym światłem, by po chwili znów pogrążyć je w ciemności.

— Podczas burzy zdarzają się wypadki — powiedziała Kirsty, a jej głos stał się cichy, znów łagodny, jakby mówiła do kogoś, kogo chce uspokoić. — Mokre deski. Słaba widoczność. Dziennikarka przychodzi na most w czasie burzy, poślizgnęła się i spadła. — Podeszła bliżej. — Jak biedna Jane.

Krew zamarzła Zarze w żyłach. — Co jej pani zrobiła?

— Spójrz w dół.

Zara chwyciła się barierki i wyjrzała poza krawędź mostu. Kolejna błyskawica rozdarła niebo i w krótkim, białym błysku zobaczyła koryto potoku w dole, wodę rozbijającą się o skały i kształt, który tam nie pasował. Ciało, skulone u podstawy ściany wąwozu, tam, gdzie zbocze stykało się z wodą. Srebrne włosy.

Jane Goulding.

— Brody był delikatny — rzuciła Kirsty za jej plecami. — Prawie nie pisnęła, kiedy leciała w dół.

Ręce Zary drżały. Jane leżała tam w ciemności, w deszczu, a woda w potoku przybierała. Mogła jeszcze żyć, ale Zara nie mogła nic zrobić z tej wysokości, nie mijając najpierw Kirsty i Brody'ego.

— Potrzebowałam jej telefonu, rozumie pani. — Kirsty uśmiechnęła się. — Wiedziałam, że ucięłyście sobie pogawędkę. Wszystko mi opowiedziała. Była pod sporym wrażeniem pani osoby i myślę, że pani też ją polubiła, prawda? Na tyle, by jej zaufać, gdy kazała pani się tu zjawić.

Kirsty wciąż się uśmiechała. Tym samym uśmiechem, który miała na zdjęciach promocyjnych rady miasta, na materiałach wyborczych, na zbiórkach charytatywnych. W żadnym z nich ten uśmiech nie sięgał jej oczu.

— Brody jest świetny w pozorowaniu wypadków. Dziennikarze spadają z mostów. Uderzają się w głowę. Toną w wezbranych potokach podczas burzy. — Kirsty zrobiła kolejny krok do przodu. — To tragiczne. Ale się zdarza.

Grzmot przetoczył się przez niebo, długi i głęboki. Kładka zadrżała pod ich stopami. Zara wciąż trzymała rękę w kieszeni, ściskając telefon, mając nadzieję, że gdzieś, jakoś, ludzie to oglądają. Że jej subskrybenci słyszą słowa Kirsty. Że jeśli to się źle skończy, zostanie chociaż ślad.

Brody poruszył się za nią. Jeden krok do przodu, cierpliwy i nieunikniony, skracający dystans. Przyszpilając Zarę między nim a Kirsty.

Oddech Zary przyspieszył. Przez myśl przelatywały jej opcje, każda niebezpieczna sytuacja, z której kiedyś udało jej się wykaraskać rozmową. Ale stąd nie było wyjścia, żadnego planu ewakuacji. Tylko drewniany most w małym australijskim miasteczku i kobieta, która zabiła już jedenaście lat temu i wyraźnie była gotowa zrobić to znowu.

Telefon w jej kieszeni mógł właśnie transmitować wszystko na żywo. Albo nie robić kompletnie nic.

— Czy próbowała pani zepchnąć Iris z mostu? — zapytała Zara.
— Ale jej obrażenia nie pasowały do upadku. A pani uciekła?

Na twarzy Kirsty znów pojawił się błysk wściekłości. — Była ode mnie szybsza — powiedziała, dąsając się jak naburmuszona nastolatka. — Mówiłam jej, że musi przestać. Że zrujnujemy jej rodziców, Tatuś mógłby sprawić, że The Golden Horse nie przejdzie kontroli sanitarnej i zamknęliby ich na zawsze. Iris... była taka głupia! — podniosła głos do krzyku. — Powiedziała, że to mnie nie uratuje! Że nigdy nie dostanę się na żadne prawo, jak tylko wyda się, że jestem plagiatorką!

— I wtedy spróbowałaś ją zepchnąć — stwierdziła Zara. Widziała to oczyma wyobraźni: dwie dziewczyny kłócące się na kładce. Może szarpiące się, gdy Kirsty straciła panowanie nad sobą. Telefon Iris wypadający z kieszeni, klinujący się pod deskami mostu, gdy Iris się wyrwała i rzuciła do ucieczki.

— Tatuś czekał na mnie na parkingu. — Głos Kirsty był teraz cichszy. — On by jej nie skrzywdził, ale ona go zobaczyła i zawróciła, wbiegając ścieżką prosto do wąwozu. Pobiegłam za nią. Mogłaby uciec, ale potknęła się o kamień w wodzie i ją dopadłam... — Przerwała na chwilę, po czym uniosła podbródek i spojrzała Zarze prosto w oczy. — Była moją najlepszą przyjaciółką, a ja trzymałam jej twarz pod wodą, aż przestała się ruszać. Więc jeśli myśli pani chociaż przez sekundę, że będę żałować, że panią zabiłam, to jest pani w błędzie.

ROZDZIAŁ 20

DŹWIĘK SZYBKICH KROKÓW NA mokrym drewnie przebił się przez szum deszczu, a Zara gwałtownie odwróciła głowę w stronę kładki od strony parkingu. Potem usłyszała głos Garretta, ostry i władczy: — Policja! Ręce tam, gdzie będę je widział! — Stał na końcu kładki z bronią służbową wycelowaną w Brody'ego. Deszcz spływał mu po twarzy, ale stał pewnie mimo śliskich desek pod butami.

Przez ułamek sekundy Zarę zalała fala ulgi, zanim poczuła zimny metal dociśnięty do skroni. Zamarła.

— Proszę to rzucić, detektywie. — Głos Kirsty dobiegł bezpośrednio zza jej lewego ucha, był spokojny i opanowany. Lufa pistoletu mocniej wgniotła się w czaszkę Zary. — Rzuć broń, albo wpakuję jej kulkę w mózg.

Zarze zaparło dech. Czuła dłoń Kirsty, nieruchomą mimo deszczu, i lekki nacisk palca na spuście. Dwanaście lat pracy w niebezpiecznych warunkach i prowadzenia ryzykownych wywiadów, a nigdy nie miała pistoletu przy głowie. Metal był zimniejszy, niż się spodziewała.

Broń Garretta nie drgnęła. Jego oczy spotkały się z oczami Zary i widziała, jak w jego głowie trwają gorączkowe obliczenia. Odległość. Kąty. Ryzyko.

— Nie chce tego pani robić, Kirsty — powiedział Garrett. Jego głos uległ zmianie; wciąż był stanowczy, ale cichszy, o tonie osoby próbującej załagodzić sytuację. — Już i tak czekają cię zarzuty o morderstwo Iris.

— Tak czy inaczej grozi mi dożywocie. — Oddech Kirsty był ciepły na szyi Zary, a jej głos brzmiał przerażająco stabilnie. — Co za różnica, dwa trupy więcej czy mniej?

Nad ich głowami huknął grzmot, tak głośny, że Zara poczuła go w piersi. Natychmiast po nim błysnęła błyskawica, oświetlając kładkę ostrym, białym światłem. W tym rozbłysku dostrzegła twarz Brody'ego, beznamiętną jak zawsze, z jedną ręką pod kurtką. Zobaczyła Garretta, wodę spływającą mu z nosa, palec na osłonie spustu. Zobaczyła wąwóz po obu stronach, mroczną otchłań, w której na dole leżała połamana Jane.

— Powiedziałam, proszę to rzucić! — Głos Kirsty podniósł się. Pistolet przycisnął się mocniej, teraz już boleśnie. — Zabiję ją, Garrett. I niech pan nie myśli, że tego nie zrobię.

— Wiem, że pani to zrobi. — Ton Garretta się nie zmienił. — Zabijała już pani wcześniej. Jest w tym pani dobra. Ale to pani teraz nie pomoże.

Brody odezwał się po raz pierwszy, jego głos był płaski i rzeczowy. — Możemy sprawić, żeby to wyglądało tak, jakby to detektyw ją postrzelił. Obrona konieczna, która wymknęła się spod kontroli. Ciągle się to zdarza.

— Zamknij się, Brody. — Ręka Kirsty lekko drgnęła. Pistolet przesunął się po skórze Zary.

Wzrok Garretta mignął na Brody'ego, po czym wrócił do Kirsty.
— Więcej policji jest w drodze. Każdy funkcjonariusz w mieście. Będą tu za trzy minuty, może szybciej.

Jak na zawołanie, dźwięk syren przebił się przez deszcz. Daleki, ale coraz bliższy. Sądząc po dźwięku, jechało wiele pojazdów.

— W takim razie nie mamy czasu do stracenia. — Głos Kirsty stał się lodowaty. — Proszę odłożyć broń, Garrett. I odejść stąd.

— Nie ma mowy.

— Więc ona zginie.

— Jak to pani niby pomoże, Kirsty? — Garrett brzmiał tak spokojnie. Jakby nie stał w środku burzy, próbując przemówić do rozsądku socjopatce.

Myśli Zary gnały jak szalone. Kirsty była wyższa, stała za nią z pistoletem przy skroni. Nie było szansy na unik czy uniknięcie strzału. Brody stał między Garrettem a nimi. Wąwóz ział pustką po obu stronach. Utknęli w impasie, który musiał skończyć się jej śmiercią, o ile coś się nie zmieni.

Ciężar w kieszeni. Jej telefon.

Nacisnęła to, co uważała za przycisk Rozpocznij transmisję, jeszcze wtedy, gdy Kirsty zaczęła mówić. Telefon zawibrował dwa razy. Nie wiedziała, czy to zadziałało. Nie wiedziała, czy ktokolwiek ogląda.

Syreny były coraz głośniejsze.

Ręka Zary powoli, ostrożnie przesunęła się w stronę kieszeni. Kirsty zdawała się tego nie zauważać, skupiona na Garretcie, na broni w jego dłoniach, na zbliżających się syrenach. Palce Zary wyczuły telefon. Był ciepły, lekko wilgotny. Ekran świeciłby, gdyby trafiła w ten przycisk.

Wyciągnęła go, trzymając tak, by Kirsty widziała go zza jej ramienia. Ekran oświetlił jej twarz zimnym, niebieskim światłem.

Aplikacja YouTube była otwarta. Transmisja na żywo trwała. Licznik widzów w rogu: ponad czterdzieści trzy tysiące i ciągle rósł. Komentarze przewijały się szybciej, niż była w stanie czytać. Czas nagrania: 8:47 i dalej.

— Może zechce to pani przemyśleć — powiedziała Zara. Jej głos brzmiał pewniej, niż się czuła. — To leci na żywo, odkąd tu przyszłam. Ponad czterdzieści tysięcy widzów i liczba ta rośnie. Każde pani słowo. Każda groźba. Wszystko nagrane i wyemitowane. Do tej pory tylko dźwięk, ale teraz będą nas widzieć.

Pistolet pozostał przy jej głowie, ale Kirsty całkowicie znieruchomiała. — Kłamie pani.

— Sprawdź ekran. — Zara lekko przechyliła telefon, mając nadzieję, że kamera jest skierowana prosto na twarz Kirsty. — Ktoś o nicku Salties69 właśnie skomentował: „o cholera, przyznała się". TrueCrimeJenny chce wiedzieć, czy to na serio, czy według scenariusza. BrisbaneMum44 pisze, że dzwoni na policję. — Przerwała na chwilę. — Choć w tym momencie to pewnie zbędne.

Oddech Kirsty się zmienił. Stał się szybszy. Płytszy. Pistolet drżał przy skroni Zary.

— Wyłącz to — syknęła Kirsty.

— Nie mogę. To już poszło w świat. Nawet jeśli teraz przerwę transmisję, czterdzieści tysięcy ludzi słyszało twoje wyznanie. Słyszeli, jak przyznaje się pani do zamordowania Iris Zhang i zepchnięcia Jane Goulding z kładki. Słyszeli, jak grozisz mi śmiercią. — Zara mówiła opanowanym głosem. — To koniec, Kirsty.

Znów błysnęło. W krótkim rozbłysku Zara dostrzegła wyraz twarzy Garretta: ulgę i coś, co mogło być przerażeniem na widok tego, co właśnie zrobiła.

— Proszę to wyłączyć! — Głos Kirsty załamał się. Opanowanie polityka zniknęło, zostało zdarte. Pod spodem kryło się coś młodszego, bardziej przerażonego. Dziewczyna, która jedenaście lat temu przytrzymała najlepszą przyjaciółkę pod wodą i nigdy nie zdołała sobie wmówić, że to nie była jej wina.

— Nawet jeśli wyłączę transmisję, zapis i tak pozostanie — powiedziała Zara. — Prawdopodobnie dziesiątki osób już go pobrały. Tak działa internet. Tego nie da się cofnąć.

Syreny były już blisko. Niebieskie i czerwone światła migotały między drzewami.

— Nagrała mnie pani. — Głos Kirsty stał się pusty. — Zaplanowała to pani.

— To pani napisała do mnie z telefonu Jane i zwabiła mnie tutaj, żeby mnie zabić — odparła Zara. — Ja tylko udokumentowałam to, co się działo. To moja praca.

Pistolet odsunął się od głowy Zary. Usłyszała mokry odgłos metalu uderzającego o drewniane deski — broń Kirsty upadła na kładkę. Poczuła, jak dłoń Kirsty puszcza jej ramię.

— Na kolana — rzucił natychmiast Garrett, wciąż celując w Brody'ego. — Ręce na głowę. Oboje.

Kirsty opadła powoli, jej ruchy były mechaniczne. Podniosła ręce, splatając palce z tyłu głowy. Brody zrobił to samo, jego twarz wciąż była beznamiętna, jakby aresztowanie było tylko kolejnym zadaniem do odhaczenia.

Garrett ruszył naprzód z uniesioną bronią, najpierw sprawdzając Brody'ego. — Ręce za plecy. — Skuł nadgarstki Brody'ego, sięgnął pod jego kurtkę i wyciągnął pistolet. Potem podniósł broń Kirsty, sprawdził ją i wsunął do kieszeni kurtki.

Syreny wyły już na miejscu, a kilka pojazdów wjechało na parking. Trzaskanie drzwiami. Krzyki. Snopy latarek przecinające deszcz.

Garrett spojrzał na Zarę przez kładkę. — Nic ci nie jest?

Skinęła głową, choć ręce jej latały, a nogi miała jak z waty. Telefon wciąż był w jej dłoni, transmisja trwała, a licznik widzów nadal szybował w górę. Spojrzała na ekran, na przewijające się komentarze. Ktoś już nagrał przyznanie się do winy. Wiele osób. Do rana nagranie będzie wszędzie.

— Jane tam jest — powiedziała, a jej głos nagle stał się naglący. — Zepchnęli ją. Jest ranna.

Wyraz twarzy Garretta natychmiast się zmienił. — Idź. — Wskazał na ścieżkę prowadzącą w dół do potoku. — Ja się tym zajmę.

Zara zakończyła transmisję, schowała telefon do kieszeni i pobiegła w stronę ścieżki do wąwozu. Zejście było strome, zdradliwe w deszczu, w wielu miejscach była to raczej sugestia szlaku niż prawdziwa ścieżka. Chwytała się gałęzi eukaliptusów, by utrzymać równowagę; kora była szorstka i mokra pod jej dłońmi, a stopy ślizgały się na ściółce zamienionej przez ulewę w błotnistą papkę. Za plecami słyszała głosy na kładce, szum radiostacji, rozkazy Garretta wydawane przybyłym funkcjonariuszom. Nic z tego nie miało znaczenia. Jane gdzieś tu była, być może martwa w przybierającym potoku, a może — tylko może — wciąż żywa.

— Jane! — Jej głos poniósł się w deszczu. — Jane, idę!

Ścieżka wiła się serpentynami, gwałtownie opadając. Zara na zmianę biegła i zsuwała się w dół, podtrzymując się drzew, by kontrolować upadek, a błoto oblepiało jej buty. Szum pędzącej wody stawał się coraz głośniejszy. Między drzewami dostrzegła potok w dole, ciemny i rwący, wezbrany po burzy. Błyskawica rozświetliła wąwóz drgającym białym światłem, a potem znów zapadła ciemność.

Dotarła do dna, gdzie ścieżka łączyła się z korytem potoku. Woda gnała obok, tutaj sięgała do kostek, głębiej w głównym nurcie. W górze rzeki, wysoko nad sobą, dostrzegła zarys spodu kładki, a tam, przy ścianie wąwozu, gdzie zbocze było najłagodniejsze, blady kształt, który tam nie pasował.

— Jane! — Zara weszła w wodę, sapiąc z zimna. Nurt napierał na jej nogi, silniejszy niż się wydawało, próbując ją przewrócić. Przedzierała się w stronę tego kształtu, w stronę srebrnych włosów i jasnej kurtki skulonej przy skałach.

Jane leżała częściowo na kamienistym brzegu, częściowo w wodzie, jej nogi były wykręcone pod kątami, od których Zarę zemliło w żołądku. Oczy miała otwarte, nieobecne, a kiedy Zara do niej dotarła, wydała z siebie dźwięk będący na pograniczu jęku i szlochu.

— Mam cię. — Zara ustawiła się za Jane, wsuwając ramiona pod barki starszej kobiety. — Mam cię. Wszystko będzie dobrze.

Jane była cięższa, niż Zara się spodziewała. Zaparta butami o skałę, dźwignęła ją, unosząc głowę i klatkę piersiową Jane ponad lustro wody. Jane krzyknęła, a Zarę ścisnęło w sercu.

— Wiem, że boli. Przepraszam. Ale muszę cię trzymać w górze. — Poprawiła chwyt, zapierając się o brzeg i przyjmując ciężar Jane na własne ciało. Poziom wody wokół nich podniósł się w porównaniu z chwilą, gdy pierwszy raz wchodziła do koryta. Deszcz nie ustawał.

Oddech Jane był rzężący, jej twarz szara nawet w ciemności. Ale jej wzrok zaczął nabierać ostrości, odnajdując twarz Zary.

— Zara — wyszeptała.

— Jestem tutaj. Pomoc nadchodzi. Zostań ze mną.

— Kirsty. — Głos Jane załamał się na tym imieniu. — Myślałam, że chce porozmawiać o Iris. Że po tych wszystkich latach jest gotowa, by to zostawić za sobą. — Łzy mieszały się z deszczem na jej twarzy. — Popchnęła mnie. Myślałam, że jest moją przyjaciółką.

— Wiem. — Zara mówiła spokojnie, walcząc z zimnem, które przenikało jej kości. — Użyła twojego telefonu, żeby napisać do mnie. Zwabiła mnie tutaj w ten sam sposób.

Oczy Jane rozszerzyły się. — Nic ci nie jest?

— Nie. Garrett dotarł na czas. Kirsty i Brody są w areszcie. — Zara poprawiła uchwyt, gdy Jane zaczęła się wyślizgiwać, a rwący nurt ciągnął jej ciało. Ramiona Zary zaczęły drżeć z wysiłku i zimna. — Już nikomu więcej nie zrobią krzywdy.

— Moje nogi. — Jane aż zachłysnęła się powietrzem. — Nie czuję stóp.

— Nie próbuj się ruszać. Ratownicy jadą. — Zara zerknęła w górę na kładkę, na światła migoczące między drzewami. — To już niedługo.

Dłoń Jane znalazła ramię Zary, zaciskając się na nim słabo. — Znalazłaś ją?

Przez chwilę Zara nie rozumiała. Potem dotarło do niej. — Iris?

— Jej głos. Mówiłaś, że szukasz jej głosu. — Słowa Jane płynęły coraz wolniej, stały się lekko bełkotliwe. Wchodziła w szok. — Znalazłaś go?

— Tak. — Zara przyciągnęła Jane bliżej, zacieśniając uścisk. — Odzyskaliśmy jej telefon. Zostawiła nagrania. Notatki głosowe, wideo. Udokumentowała wszystko, co się wydarzyło, wszystko, co zrobiła Kirsty. Jej plagiat. Groźby. Powód, dla którego spotkały się tamtej nocy.

— Wiedziała. — Jane zamknęła oczy. — Wiedziała, że Kirsty może ją skrzywdzić.

— Miała nadzieję, że tego nie zrobi. Ale i tak się przygotowała. — Zara poczuła, że Jane staje się cięższa, jej ciało wiotczeje. — Jane! Zostań ze mną. Nie zasypiaj.

— Jestem zmęczona.

— Wiem. Ale musisz czuwać. Opowiedz mi o Iris. Powiedz, jaka była na twoich zajęciach.

Powieki Jane zadrgały. — Genialna. — Słowo padło cicho. — Najzdolniejsza studentka, jaką kiedykolwiek uczyłam. Widziała rzeczy, które inni pomijali. Sprawiała, że ty też je widziałaś, przez jej obiektyw. — Pauza. — Przypomniała mi, dlaczego zostałam nauczycielką.

— Myślę, że przypominała ci ciebie samą. — Zara mówiła dalej, jej głos był stabilny mimo zimna i palącego bólu w ramionach od trzymania Jane. — Tak mi powiedziałaś, kiedy spotkałyśmy się po raz pierwszy. Że miała osobowość.

— Ty też ją masz. — Dłoń Jane nieco mocniej zacisnęła się na ramieniu Zary. — Masz ten sam sposób bycia w pomieszczeniu. Sprawiania, że ludzie słuchają.

— W takim razie lepiej posłuchaj mnie teraz. Nie zasypiaj. Pomoc nadchodzi.

Z góry dobiegły ich głosy, ktoś wykrzykiwał polecenia. Snop silnej latarki omiótł wąwóz, znalazł ich i zatrzymał się w miejscu.

— Zlokalizowani! — Męski głos z góry. — Dwie osoby w wodzie. Jedna wygląda na ranną.

— Ciężko ranna! — odkrzyknęła Zara. — Połamane nogi, możliwe uszkodzenie kręgosłupa. Potrzebna deska ortopedyczna!

— Ratownicy już schodzą. Trzymajcie się.

Zara spojrzała na Jane, na wodę przybierającą wokół nich, na własne dłonie białe z zimna. Trzymała Jane może od trzech minut, ale czuła się, jakby minęła godzina. Barki ją rwały, nogi miała zdrętwiałe, a na obrzeżach świadomości czaiło się wycieńczenie.

— Już prawie — mruknęła. — Jeszcze tylko chwilka.

Światło latarek skakało po ścieżce, towarzyszyły mu głosy i szczęk sprzętu. Pojawiło się dwoje ratowników, poruszali się szybko, lecz ostrożnie po zdradliwym zboczu, niosąc deskę ortopedyczną i torbę medyczną. Trzecia osoba szła za nimi z resztą ekwipunku.

— Przejmujemy ją — powiedziała pierwsza ratowniczka, kobieta z siwymi włosami ciasno upiętymi z tyłu. Bez wahania weszła w wodę, brnąc przez potok, by stanąć nad nimi i sprawnie ocenić stan Jane. — Dobra robota, że trzymałaś ją nieruchomo i nad wodą.

Zara opadła do tyłu, gdy ratownicy przejęli Jane; jej ramiona opadły bezwładnie, nagle zupełnie bezużyteczne. Poprosili, by wyszła z wody, więc usiadła na kamienistym brzegu i przyciągnęła kolana do piersi, patrząc, jak zakładają Jane kołnierz ortopedyczny, przygotowują deskę ortopedyczną i koordynują swoje ruchy.

— Proszę iść — powiedziała siwowłosa ratowniczka niepozbawionym współczucia tonem, gdy w dół zaczęło schodzić więcej osób. — Jesteś wyziębiona. Idź do karetki.

Jeden z młodszych ratowników ujął ją pod łokieć i pomógł wstać. — Chodź. Krok po kroku.

Wspinaczka z powrotem była trudniejsza niż schodzenie. Nogi Zary trzęsły się przy każdym kroku, mięśnie były wyczerpane trzymaniem Jane, zimną wodą i nagłym spadkiem adrenaliny. Młody ratownik pewnie trzymał ją pod łokieć, prowadząc omijał najgorsze błoto i pozwalał się na sobie oprzeć, gdy jej buty się ślizgały. Chwytała się gałęzi zdrętwiałymi palcami, podciągając się na korzeniach i pniach; jej oddech był rwany, co nie miało związku z wysiłkiem, a raczej z tym, że jej organizm uznał, iż ma już dość.

Ścieżka się wyrównała. Niebieskie i czerwone światła pulsowały między drzewami. Głosy były wszędzie, trzeszczały radiostacje — trwał zorganizowany chaos akcji ratunkowej w pełnym toku. Zara pokonała ostatnie kilka metrów i wyszła w jasność parkingu.

Cztery radiowozy, trzy karetki, wóz strażacki. Taśma policyjna była już rozciągana wokół wejścia na kładkę. Deszcz zelżał do jednostajnej mżawki. Przenośne reflektory zalewały wszystko płaskim, białym światłem, od którego bolały oczy.

Spojrzała w stronę kładki. Kirsty już nie było, została zabrana. Jeden z radiowozów właśnie wyjeżdżał z parkingu na sygnale; przez tylną szybę przez ułamek sekundy mignęła blada twarz, zanim pojazd skręcił na drogę i zniknął. Brody był ładowany do innego samochodu z rękami skutymi za plecami; dwaj funkcjonariusze prowadzili go na tylne siedzenie. Nie stawiał oporu. Miał tak samo pusty wyraz twarzy jak na kładce.

Garrett stał niedaleko wejścia na kładkę, przyglądając się pracy służb. Gdy zobaczył Zarę, ruszył w jej stronę.

Ratownik puścił jej łokieć. — Powinienem cię zbadać pod kątem wychłodzenia.

— Za chwilę — powiedziała Zara.

Garrett podszedł do niej, zdjął kurtkę i zarzucił jej na ramiona. Materiał był wilgotny, ale i tak cieplejszy niż jej przemoczona koszula. Przyciągnęła ją mocno do siebie.

— Jane? — zapytał cicho.

— Żyje. Obie nogi połamały, pewnie coś więcej. Ale była przytomna i mówiła. — Głos Zary był zachrypnięty, gardło miała zdarte od krzyczenia w deszczu. — Kirsty powiedziała jej, że chce porozmawiać o Iris. Oczyścić sumienie. Jane jej zaufała.

— Kirsty jest dobra w sprawianiu, by ludzie jej ufali. — Szczęka Garretta zacisnęła się. — Miała mnóstwo praktyki.

Patrzyli, jak ratownicy wnoszą deskę ortopedyczną ścieżką. Nawet z tej odległości Zara widziała twarz Jane, bladą i wymizerowaną; kołnierz ortopedyczny odcinał się czystą bielą od jej srebrnych włosów. Drzwi karetki zamknęły się i pojazd odjechał na sygnale w stronę szpitala.

Do Garretta podeszła funkcjonariuszka, młoda kobieta z ciasno upiętymi włosami. — Panie detektywie, zabezpieczyliśmy teren. Brody Lygon jest w trakcie transportu. Kirsty Cannon jest już na komisariacie, domaga się prawnika.

— Dobrze. — Głos Garretta znów stał się profesjonalny. — Chcę zeznań od wszystkich, którzy brali udział w akcji. I niech ktoś z technologii zabezpieczy tę transmisję na żywo.

— Już się tym zajmujemy. Całe nagranie zostało zarchiwizowane. — Funkcjonariuszka zerknęła na Zarę. — Pięćdziesiąt osiem tysięcy widzów w szczytowym momencie. Huczy o tym w mediach społecznościowych. Setki tysięcy oglądają powtórkę w tej chwili.

Garrett skinął głową. — Będę na komendzie w ciągu godziny.

Policjantka odeszła. Garrett odwrócił się do Zary, a jego zawodowa maska opadła. — Trzęsiesz się.

Rzeczywiście. Całe jej ciało drżało, zęby dzwoniły. — Nic mi nie jest.

— Jesteś wyziębiona. — Spojrzał w stronę drugiej karetki. — Muszą panią zbadać.

— Za chwilę. — Nie chciała się jeszcze ruszać. — Daj mi minutę.

Nie kłócił się. Objął ją ramieniem, przyciągając do swojego boku. Zara oparła się o niego, czując, że samodzielne stanie prosto wymaga zbyt dużego wysiłku.

Stali tak na skraju parkingu w siąpiącej mżawce, podczas gdy światła ratunkowe malowały wszystko wokół zmiennymi kolorami. Żadne z nich się nie odzywało.

— To koniec — powiedziała cicho Zara.

Ramię Garretta mocniej ją uścisnęło. — May i David w końcu poznają prawdę.

— Tak. — Przerwała na chwilę. — Dotrzymaliśmy obietnicy.

Deszcz przestał padać. W górze chmury zaczęły się rozchodzić, odsłaniając przebłyski gwiazd.

— Chodź — powiedział Garrett. — Niech panią obejrzą.

Zara skinęła głową, opierając się o jego ramię. Razem ruszyli w stronę czekającej karetki, on wciąż ją obejmował, a jej kroki były niepewne.

ROZDZIAŁ 21

W salonie Garretta zrobiło się tłoczno, gdy zebrała się ich tam piątka; wytarta skórzana sofa i dwa fotele ustawione były wokół stolika kawowego, zarzuconego aktami sprawy i jej laptopem. Na zewnątrz noc po dwóch dniach deszczu była chłodna i pogodna, ale zasłony zaciągnięto, a pokój oświetlały jedynie lampa stojąca w kącie i mniejsza na bocznym stoliku. May i David Zhang siedzieli razem na sofie, nie dotykając się, ale blisko siebie, David miał ramiona mocno splecione na piersi. Vince Thorne zajmował jeden z foteli, siedząc na samym brzeżku, jakby w każdej chwili zamierzał zerwać się do biegu. Zara zajęła drugi fotel, ustawiony pod kątem tak, by mogła widzieć twarze wszystkich obecnych. Garrett stał przy przejściu, nie do końca w pokoju, ale też nie poza nim.

Minęło pięć dni od konfrontacji na kładce, a żebra Zary wciąż bolały w miejscu, gdzie zaparła się, by utrzymać ciężar Jane. W szpitalu wypisali ją po godzinie spędzonej pod ogrzewanymi kocami i po wypiciu gorącej słodkiej herbaty, choć nalegali na zatrzymanie jej na noc na obserwacji.

Przez kilka godzin stan Jane był niepewny, ale w końcu się ustabilizował i kobieta przeszła operację; jej nogi poskładano za pomocą metalowych śrub. Zostanie w szpitalu jeszcze przez jakiś czas, dopóki nie będzie w stanie sama zadbać o siebie w domu. Kirsty i Brody zostali szybko przewiezieni do Brisbane, ponieważ cele w areszcie w Salt Creek w żaden sposób nie były przystosowane do długotrwałego aresztu. Sędzia na wstępnym przesłuchaniu odmówił wyznaczenia kaucji, uznając ich za potencjalne zagrożenie dla społeczeństwa. Do pełnego procesu pozostało jeszcze wiele miesięcy, ale na razie oboje siedzieli za kratkami.

Media podchwyciły temat dzięki jej transmisji na żywo; jej telefon i telefony w Salt Creek nie przestawały dzwonić. Ale nic z tego nie miało teraz znaczenia. Liczył się tylko laptop na stoliku kawowym i plik czekający na otwarcie.

— Herbata — powiedział Garrett, a to słowo przerwało ciszę. — Wstawię wodę.

May skinęła głową, nie patrząc na niego. Dłonie miała splecione na kolanach, palce mocno zaciśnięte. David nie wypowiedział ani słowa od czasu przybycia, po prostu wszedł za May do środka i usiadł tam, gdzie ona.

Vince poruszył się w fotelu, a skóra skrzypnęła. Schudł od czasu, gdy Zara spotkała go po raz pierwszy w motelu, jego twarz stała się smuklejsza, twardsza. Miał na sobie zwykłą szarą koszulę i dżinsy, a robocze buty wciąż były mocno zasznurowane.

Garrett przeszedł do kuchni. Zara usłyszała szum wody z kranu i kliknięcie włączanego czajnika.

Spojrzała na laptopa. Nagranie, które mieli za chwilę obejrzeć, było opisane po prostu: „Iris_Final_Oct15_2014.mp4". Jedenaście minut z życia dziewczyny, która nie miała pojęcia, że jej najlepsza przyjaciółka zaraz ją zamorduje.

Oddech May zamarł. Zara zerknęła w bok i zobaczyła łzy spływające już po jej twarzy, ciche i miarowe. Nie szlochała, nie wydawała żadnego dźwięku. Po prostu płakała tak, jak płacze ktoś, czyje łzy czekały jedenaście lat, by wreszcie wypłynąć.

Ręka Davida spoczęła na kolanie May. Dłoń May nakryła jego dłoń.

Garrett wrócił z tacą, czterema kubkami herbaty i małym talerzykiem ciastek, których nikt nie zamierzał tknąć. Postawił ją na stoliku kawowym. May ujęła kubek obiema rękami, ogrzewając go między dłońmi. David pokręcił głową, gdy mu go oferowano. Vince wziął jeden, ale nie pił.

Garrett pozostał na stojąco przy przejściu, z rękami skrzyżowanymi na piersi.

— Zanim zaczniemy — powiedział cicho — muszę wyjaśnić, co za chwilę zobaczycie.

May spojrzała na niego.

— To nagranie, które Iris zarejestrowała wieczorem piętnastego października 2014 roku. W dniu swojej śmierci. — Głos Garretta był opanowany. — Nagrała to swoim telefonem, który May i Zara znalazły dwa tygodnie temu pod kładką. Nagranie znajdowało się na karcie microSD, która przetrwała jedenaście lat wystawienia na działanie warunków atmosferycznych. Zdolny specjalista ds. danych zdołał odzyskać wszystko, co się na niej znajdowało, a Biuro Prokuratora Krajowego upoważniło mnie do pokazania państwu tego konkretnego filmu. To najważniejszy dowód w sprawie, a Zara chciała obejrzeć go razem z państwem. Cieszymy się, że wszyscy zgodzili się państwo dziś wieczorem przyjść.

Uścisk dłoni Davida na kolanie May się zacieśnił.

— Na nagraniu Iris dokumentuje, dlaczego spotykała się z Kirsty tamtej nocy. Wyjaśnia kwestię plagiatu, fakt, że Kirsty ukradła jej portfolio rekrutacyjne na studia. Mówi o próbach rozwiązania tego problemu, o dawaniu Kirsty szans na właściwe zachowanie. — Garrett urwał. — Daje też jasno do zrozumienia, że wiedziała, iż mogą jej grozić konsekwencje. Że się bała, ale mimo to zamierzała spotkać się z Kirsty.

Vince wydał z siebie dźwięk, będący na wpół wydechem, na wpół czymś przepełnionym cierpieniem.

Zara odstawiła herbatę na boczny stolik i pochyliła się do przodu. — — Nagranie trwa jedenaście minut. Iris mówi prosto do kamery. Bardzo wyraźnie, bardzo szczegółowo. — Spojrzała na May i Davida. — Trudno się to ogląda. Ale to także dar. Chciała, żeby ludzie poznali prawdę. Udokumentowała wszystko, żeby nawet gdyby coś jej się stało, prawda przetrwała.

— Moja córka — powiedział David. To były pierwsze słowa, jakie wypowiedział po przyjściu. Głos miał zachrypnięty, ledwo słyszalny. — — Moja córka wiedziała, że ktoś może jej zrobić krzywdę, więc nagrała film.

Nikt nie odpowiedział. Nie było nic do dodania.

Garrett podszedł do laptopa, odnalazł plik. Kursor spoczął na ikonie.

— Są państwo gotowi? — zapytał, patrząc na May i Davida.

May skinęła głową. David również.

Garrett zerknął na Vince'a. — Ty nie musisz tego oglądać.

Vince potrząsnął głową. — Muszę ją zobaczyć. — Głos mu się załamał. Przełknął ślinę. — Muszę tu zostać.

W pokoju zapadła cisza. Garrett spojrzał na Zarę. Skinęła głową. Nacisnął „odtwórz".

Ekran wypełniła twarz Iris Zhang. Siedemnastolatka, żywa, patrząca prosto w kamerę ciemnymi oczami, w których za prostokątnymi okularami w równej mierze widać było strach i determinację.

— Nazywam się Iris Zhang — powiedziała, a jej głos był czysty i pewny. — Jest piętnasty października 2014 roku i muszę udokumentować to, co odkryłam, bo jeśli coś się stanie, ludzie muszą poznać prawdę.

Oddech May się rwał. Dłoń Davida teraz całkowicie przykrywała jej dłoń.

Iris mówiła dalej. Młoda, przerażona i tak pewna swoich zasad. Wyjaśniała sprawę Kirsty, kwestię plagiatu, decyzję, którą podjęła, by to zgłosić, mimo że wiedziała, jaką cenę może za to zapłacić.

Zara zamiast na ekran, patrzyła na ludzi w pokoju. Widziała to nagranie już wielokrotnie. Ale obserwowanie May i Davida, słyszących głos swojej córki po raz pierwszy od jedenastu lat, było czymś zupełnie innym.

Herbata stygła. A Iris Zhang, nieżyjąca od jedenastu lat, w końcu mogła opowiedzieć swoją historię.

Głos Iris wypełnił niewielki pokój, brzmiąc czysto i zdecydowanie pomimo drżenia ukrytego pod spodem. Na nagraniu siedziała w swojej sypialni; Zara rozpoznała turkusową ścianę ze zdjęć, za lewym ramieniem dziewczyny widać było róg plakatu. Jej okulary odbijały światło lampki biurkowej.

— Przyjaźnię się z Kirsty Cannon od przedszkola — mówiła Iris. — Ufałam jej całkowicie. Kiedy więc zauważyłam, że ktoś otwierał pliki z moimi projektami, gdy nie było mnie w domu, i że mój pendrive leży inaczej, niż go zostawiłam, wmawiałam sobie, że popadam w paranoję.

May wydała z siebie cichy, przepełniony bólem dźwięk. David objął ją ramieniem.

Na ekranie Iris poprawiła okulary na nosie. Ten gest był tak zwyczajny, tak pełen życia, że Zara poczuła, jak jej własne gardło się zaciska.

— Ale to nie była paranoja — kontynuowała Iris. — Sprawdziłam logi dostępu w komputerze, te, których czytania nauczył mnie tata. Kirsty skopiowała całe moje portfolio artystyczne. Wszystko, nad czym pracowałam do rekrutacji na QCA.

Iris wyjaśniła, jak znalazła skradzione pliki na laptopie Kirsty, opowiedziała o konfrontacji, o łzach i wymówkach przyjaciółki. Jej głos pozostawał opanowany, rzeczowy, ale pod spodem Zara słyszała ból.

— Błagała mnie, żebym nikomu nie mówiła. Twierdziła, że jest zdesperowana, że ojciec ją zabije, jeśli nie dostanie się na dobry uniwersytet, że miewa napady paniki z powodu rekrutacji. — Wyraz twarzy Iris na ekranie był smutny, pełen zawodu. — Powiedziała, że to tylko szkic, że w końcu stworzy własną pracę. Ale termin składania podań już minął. Już przesłała moją pracę jako własną.

Nagranie trwało dalej. Iris ze szczegółami opisywała plagiat z tą samą skrupulatnością, z jaką podchodziła do swoich projektów medialnych. Różne wydziały uczelni, niskie prawdopodobieństwo wykrycia, wyrachowany charakter kradzieży Kirsty. Potem SMS-y, narastająca desperacja w wiadomościach od Kirsty, groźby zawoalowane jako prośby.

— — Niszczysz mnie — — przeczytała Iris ze swojego telefonu na ekranie. — — Nie mogę spać. Nie mogę jeść. Ruinujesz mi życie przez jakiś głupi film. — Spojrzała w kamerę. — — Dla mnie nie jest głupi. To moja praca. Moje pomysły. Mój głos.

Łzy May płynęły teraz szybciej. David przyciągnął ją bliżej, opierając brodę na czubku jej głowy i mocno zaciskając powieki.

Iris mówiła o ojcu Kirsty, o wpływowości Richarda Cannona w Salt Creek, o ryzyku dla restauracji rodziców. Przyznawała to wszystko z ostrożną logiką osoby, która przemyślała każdy aspekt. A potem powiedziała po prostu: — — Ale nie mogę tego tak zostawić. Tu nie chodzi tylko o moją pracę. Chodzi o to, co jest słuszne.

— — Spotykam się z Kirsty dziś wieczorem przy kładce, gdy skończę pracę — — powiedziała Iris. — Poprosiła o jeszcze jedną szansę na rozmowę, bym zmieniła zdanie. Dam jej tę szansę. Jedną ostatnią okazję, by sama postąpiła właściwie.

Ręka Vince'a opadła z ust i zacisnęła się na oparciu fotela.

— Jeśli tego nie zrobi — kontynuowała Iris — w poniedziałek złożę zawiadomienia. Do UQ, do QCA, do wszystkich, którzy powinni wiedzieć. A jeśli coś mi się stanie... — Urwała, a na jej twarzy po raz pierwszy pojawiła się niepewność. — — Jeśli oglądacie to nagranie, bo nie ma mnie tutaj, bym mogła sama to zgłosić, to musicie wiedzieć: to nie był wypadek.

Szloch May wyrwał się na zewnątrz, stłumiony w piersi Davida. Jego dłoń powędrowała w górę, by podtrzymać tył jej głowy.

— — Kopie wszystkich tych plików są na moim laptopie — — powiedziała Iris, a jej głos znów stał się silniejszy. — Wszystko jest udokumentowane. Plagiat, SMS-y, wszystko. Kirsty Cannon ukradła moją pracę, a kiedy nie pozwoliłam jej, by uszło jej to na sucho, ona...

Urwała. Potrząsnęła głową. Mały, smutny uśmiech.

— Nie. Popadam w paranoję. Kirsty w rzeczywistości by mnie nie skrzywdziła. Przyjaźnimy się od małego. Jest po prostu przerażona i zdesperowana. — Iris spojrzała prosto w kamerę, prosto na nich przez barierę jedenastu lat. — — Porozmawiamy i ona zrozumie. Zobaczy, że postąpienie właściwie jest ważniejsze niż...

Nagranie się skończyło. W pół zdania ekran stał się czarny, a sygnatura czasowa zamarła na 11:04. Jedenaście minut i cztery sekundy z życia dziewczyny, która nie wierzyła, że jej najlepsza przyjaciółka naprawdę mogłaby ją skrzywdzić, i która zapłaciła za ten błąd własnym życiem.

W salonie Garretta zapadła absolutna cisza. Wentylator chłodzący laptopa cicho szumiał.

Oddech May stał się rzężący. David trzymał ją mocno, jego własna twarz również była mokra. Vince płakał otwarcie, nie starając się tego ukryć. W pewnym momencie kubek wypadł mu z dłoni i leżał teraz na boku na dywanie, w który wsiąkała herbata.

Garrett nie ruszył się ze swojego miejsca przy drzwiach. Nadal miał skrzyżowane ramiona, ale głowę trzymał spuszczoną. Kiedy w końcu podniósł wzrok, miał zaczerwienione oczy.

Zarze również widok się zamazał. Oglądała to nagranie wcześniej, kilkakrotnie. Myślała, że jest przygotowana. Ale oglądanie go z rodzicami Iris, z chłopakiem, który ją kochał, było czymś zupełnie innym.

Słychać było jedynie szloch May. Cichy, rozdzierający żal matki słyszącej głos zmarłej córki i zmuszonej tracić ją na nowo.

Ekran laptopa zgasł, gdy włączył się automatyczny tryb uśpienia. Niebieska poświata zniknęła, pozostawiając jedynie ciepłe żółte światło stojącej lampy.

May uniosła głowę z piersi Davida. Twarz miała opuchniętą i w plamach. Przez dłuższą chwilę patrzyła na ciemny laptop, a potem powiodła wzrokiem po pokoju.

— W końcu została wysłuchana — powiedziała May. Głos miała ledwo słyszalny, zachrypnięty od płaczu. — Po jedenastu latach. Moja córka w końcu została wysłuchana.

Vince gwałtownie wstał. Nogi jego krzesła zaszorowały o podłogę. — Potrzebuję świeżego powietrza — powiedział zdławionym głosem. — Przepraszam, ja po prostu...

Nie dokończył. Ruszył w stronę wyjścia. Garrett odsunął się, by go przepuścić. Drzwi wejściowe otworzyły się i zamknęły, ostrożnie i cicho mimo jego wyraźnego wzburzenia.

Przez okno Zara widziała go stojącego na małym ganku, odwróconego plecami do domu, z przygarbionymi ramionami i rękami w kieszeniach.

David rozplótł ramiona. Ten ruch zdawał się kosztować go wiele wysiłku. Położył dłonie na kolanach, a potem uniósł je, by przetrzeć twarz. Kiedy je opuścił, patrzył na Garretta.

— Jedenaście lat — powiedział David. — Nosił to pan przez jedenaście lat.

Garrett poruszył się przy ścianie. — Nie niosłem tego wystarczająco dobrze. Gdybym...

— Był pan młodszym posterunkowym — przerwał mu David. — Uciszyli pana. Przenieśli pana, kiedy nie przestał pan zadawać pytań. — Głos miał szorstki, ale opanowany. — Mógł pan to odpuścić. Ale pan tego nie zrobił.

— Nie. Nie mogłem.

May sięgnęła po chusteczkę z pudełka na stoliku kawowym. Wytarła oczy, wydmuchała nos. — Na początku pana obwiniałam — powiedziała cicho. — Kiedy usłyszeliśmy, że pana przenieśli. Myślałam, że zrezygnował pan z Iris tak jak wszyscy inni.

— Nigdy nie zrezygnowałem.

— Dziękuję — rzekła May. — Że pan o niej nie zapomniał.

Garrett skinął raz głową. Zara zdążyła się już nauczyć, że nie radzi sobie najlepiej z przyjmowaniem wdzięczności.

Zara wstała, czując sztywność w nogach od siedzenia. — Czy chcieliby państwo spędzić z tym nagraniem więcej czasu? Możemy zostawić państwa samych, żeby mogli je państwo obejrzeć ponownie.

Dłoń May odnalazła jej dłoń nad stolikiem kawowym. — Zostań — powiedziała. — Proszę. Nie mogę jeszcze zostać z tym sama.

— Oczywiście.

Wzrok Davida przeniósł się na Zarę. — I pani. Przyjechała pani i drążyła temat, kiedy wszyscy inni dawno odpuścili.

— May poprosiła mnie, bym dowiedziała się, co się stało. Dotrzymałam obietnicy.

— Oboje państwo dotrzymaliście słowa. — Głos Davida lekko zadrżał. Odchrząknął. — Dziękujemy. Za to, że przywrócili państwo głos naszej córce.

Garrett odszedł od ściany i stanął obok fotela Zary. Jego palce lekko dotknęły jej ramienia.

Drzwi wejściowe cicho się otworzyły. Vince wrócił do środka, jego twarz była już opanowana, choć oczy wciąż miał czerwone. Nie usiadł z powrotem, tylko oparł się o ścianę przy drzwiach. Trzymał się blisko, ale z boku.

— Ona zawsze wszystko nagrywała — powiedział Vince. Głos miał cichy, jakby mówił do siebie. — Nawet wtedy. Celowała kamerą w coś, a człowiek myślał: po co ona to filmuje? Pęknięcie w chodniku. Ptak na kablu. A potem pokazywała gotowy materiał i człowiek widział to, co ona widziała. — Przełknął ślinę. — Widziała rzeczy, których nikt inny nie dostrzegał.

Na te słowa twarz May wykrzywiła się, popłynęły nowe łzy. Ale potakiwała głową. — Dokładnie tak było.

W pokoju zapadł inny rodzaj ciszy. Nie było to już nerwowe wyczekiwanie jak przed filmem ani ciężka żałoba jak tuż po nim, ale coś w rodzaju wyczerpanego spokoju. Najgorsze minęło. Byli świadkami tego, co wymagało świadectwa.

May odstawiła kubek z herbatą na stolik. — Czy będziemy mogli otrzymać kopię? Tego nagrania?

— Gdy tylko proces prawny dobiegnie końca — odparł Garrett. — Materiał dowodowy musi pozostać zabezpieczony do czasu zakończenia procesu. Ale tak. Dopilnuję, żeby dostali państwo kopie wszystkiego. Wszystkich nagrań Iris, zdjęć, SMS-ów. Wszystkiego, co odzyskaliśmy z jej telefonu.

May skinęła głową. — Chcę znów słyszeć jej głos. Tyle razy, ile tylko zdołam.

Ramię Davida mocniej ją oplotło. Nie odezwał się, ale wyraz jego twarzy mówił wszystko.

Dłoń Garretta odnalazła dłoń Zary w przestrzeni między nimi; jego palce na chwilę splotły się z jej palcami. Ten dotyk był ciepły, dający wsparcie.

Czekali ich teraz prawnicy, formalne zeznania i powolne tryby sprawiedliwości. May i David będą musieli przejść przez proces, słuchać o morderstwie córki opisywanym w chłodny, medyczny sposób, stanąć twarzą w twarz z Kirsty Cannon na sali sądowej.

Ale dziś wieczorem, w tym małym ciepłym pokoju, rodzice Iris Zhang usłyszeli głos swojej córki. Poznali prawdę o jej śmierci. Odzyskali, jeśli nie samo dziecko, to przynajmniej pewność płynącą z wiedzy.

To musiało wystarczyć.

Rozdział 23

Schody gmachu sądu w Brisbane były szerokie, a szary kamień wygładziły dziesięciolecia stóp wynoszących wyroki w świat. Stała trzy stopnie od szczytu, profesjonalny kamerzysta dwa stopnie niżej — ten rodzaj wynajętej fachowości, na który do tej pory nigdy nie mogła sobie pozwolić.

Sześć miesięcy od zdarzenia na kładce. Sześć miesięcy od aresztowania Kirsty Cannon. I teraz, tego ranka, wyrok dwudziestu pięciu lat pozbawienia wolności ogłoszony w sali sądowej, w której Zara siedziała przez trzy bite tygodnie, obserwując sprawiedliwość poruszającą się w iście lodowatym tempie.

Lekka bluzka, którą wybrała rano, wydawała się zbyt cienka na klimatyzację, która hulała w sądzie przez cały dzień, ale tutaj, w sierpniowym słońcu późnego popołudnia, była idealna. Dopasowane spodnie, włosy spięte w schludny kucyk, oszczędny makijaż. Profesjonalnie, ale bez zbędnego popisu. Nauczyła się odróżniać jedno od drugiego.

Dev stał u dołu schodów, poza kadrem, ale na tyle blisko, by mogła go widzieć. Przychodził na każdy dzień procesu, siedział na widowni ze swoim laptopem i robił notatki w ten intensywny, właściwy dla siebie sposób, gdy był w coś w pełni zaangażowany. Teraz podniósł kciuk w górę; gest był nieco niezręczny, ale szczery.

Kamerzysta, Andy, poprawił coś przy sprzęcie. — Gotów, kiedy pani będzie.

Zara skinęła głową. Napisała ten segment zeszłej nocy, poprawiła rano, powtórzyła dwa razy w głowie podczas przerwy obiadowej. Słowa były gotowe. Musiała je tylko wygłosić.

Andy odliczał na palcach. *Trzy, dwa, jeden*. Czerwona lampka na kamerze mrugnęła, dając znak.

— Mówi Zara Langley, nadaję spod gmachu Sądu Najwyższego Queenslandu w Brisbane. — Jej głos brzmiał pewnie, z tą podcastową kadencją, którą odbudowała przez miesiące pracy. — Dzisiaj Kirsty Cannon została skazana na dwadzieścia pięć lat więzienia za morderstwo siedemnastoletniej Iris Zhang w październiku 2014 roku. Ten wyrok oznacza koniec jedenastoletniego śledztwa w sprawie śmierci, którą uznawano za nieszczęśliwy wypadek, dopóki nie pojawiły się dowody świadczące o czymś przeciwnym.

Fakty były łatwiejsze. Mogła podawać fakty, nie czując ich.

— Proces trwał trzy tygodnie. Oskarżenie przedstawiło dowody kryminalistyczne, zeznania świadków i, co najważniejsze, nagrania wykonane przez samą Iris w dniu jej śmierci. Nagrania te, odzyskane z telefonu komórkowego Iris po jedenastu latach, dokumentowały plagiat, który doprowadził do morderstwa, oraz decyzję Iris o zgłoszeniu go, mimo świadomości osobistych kosztów.

Za jej plecami przeszedł mężczyzna w garniturze z teczką w ręku, nawet na nich nie spoglądając. Miasto żyło swoim rytmem. Autobusy, ruch uliczny, ludzie kończący dzień pracy. Obojętni na wyroki.

— Obrona Kirsty Cannon argumentowała, że zabójstwo nie było zaplanowane, a konfrontacja wymknęła się spod kontroli. — Zara utrzymała wzrok na kamerze, na twarzy Andy'ego tuż obok obiektywu. — Ława przysięgłych odrzuciła ten argument. Dowody wskazywały na planowanie. Zamiar. Podstęp, który sprowadził Iris na kładkę tamtej nocy, kłamstwa mające to zatuszować, jedenaście lat milczenia, podczas gdy rodzice Iris opłakiwali córkę, o której powiedziano im, że utonęła przypadkowo.

Przerwała. Scenariusz tego wymagał — chwili pauzy, by te słowa wybrzmiały. Ale pauza trwała dłużej niż planowała, ponieważ w jej głowie pojawiła się twarz Iris, dziewczyny z tego ostatniego filmu, tak pewnej, że przyjaciółka naprawdę jej nie skrzywdzi.

Kiedy kontynuowała, głos jej drgnął. Tylko nieco, półsekundowe zawahanie, które Andy prawdopodobnie wytnie później, jeśli go o to poprosi.

— Iris Zhang była utalentowaną artystką. Kochającą córką. Pryncypialną młodą kobietą, która wierzyła, że postąpienie słusznie jest ważniejsze niż ochrona przyjaźni zbudowanej na kłamstwach. — Zara poczuła ucisk w gardle. Przełamała go. — Udokumentowała swoją historię, ponieważ podejrzewała, że może nie przeżyć, by opowiedzieć ją sama. I dzięki tej dokumentacji, dzięki jej przewidywalności i odwadze, jej morderczyni została pociągnięta do odpowiedzialności.

Słowa wydawały się niewystarczające. Dwadzieścia pięć lat za życie.

— Sprawa ta nie trafiłaby przed sąd, gdyby nie determinacja inspektora śledczego Garretta Pennella, który spędził jedenaście lat na poszukiwaniu dowodów pogrzebanych przez korupcję w policji stanu Queensland. Były starszy sierżant Malcolm Finch został skazany w zeszłym miesiącu na sześć lat więzienia za udział w tuszowaniu morderstwa Iris. Brody Lygon, który działał jako współsprawca i brał udział w próbie zabójstwa Jane Goulding, otrzymał piętnaście lat.

W trakcie nagrania Dev podszedł bliżej. Widziała go kątem oka, stał z rękami w kieszeniach i patrzył.

— Rodzina Zhang poprosiła mnie o podziękowanie wszystkim, którzy wspierali śledztwo. Członkom społeczności, którzy zgłosili się z informacjami. Ekspertom technicznym, którzy odzyskali kluczowe dowody. — Pozwoliła sobie na blady uśmiech. — Oraz słuchaczom „Zaginionych Australijczyków", którzy nie pozwolili, by ta historia została zapomniana.

Uśmiech wydał się jej dziwny. Nie była przyzwyczajona do uśmiechania się w tych segmentach. Ale był szczery, więc go nie gasiła.

— To finałowy odcinek „Dziewczyny z potoku". Historia Iris została opowiedziana. Jej rodzina poznała prawdę, na którą czekała jedenaście lat. I choć nic nie przywróci jej życia, choć żaden wyrok nie zrównoważy tego, co zostało odebrane, sprawiedliwość się dokonała. Wadliwa, niedoskonała, spóźniona. Ale jednak sprawiedliwość.

Zastygła na dłuższą chwilę, patrząc prosto w obiektyw.

— Dziękuję za wysłuchanie. Dziękuję, że przejęliście się losem dziewczyny, której nigdy nie poznaliście, w mieście, którego prawdopodobnie nigdy nie odwiedzicie. Dziękuję za wiarę w to, że prawda ma znaczenie, nawet gdy jest głęboko pogrzebana i chroniona przez ludzi u władzy. — Jej głos uspokoił się, stał się mocniejszy. — „Zaginieni Australijczycy" powrócą wkrótce z nową sprawą. Do usłyszenia, mówiła Zara Langley.

Andy filmował jeszcze przez kilka sekund, po czym opuścił kamerę. — Mamy to. Było idealnie, za pierwszym podejściem.

Napięcie, które trzymało kręgosłup Zary prosto, nagle puściło. Poczuła, jak jej ramiona opadają, a oddech ulatuje w długim wydechu. Ciężar niesienia historii Iris przez sześć miesięcy, siedzenia na procesie, obserwowania twarzy Kirsty, gdy odczytywano wyrok — to wszystko zelżało na tyle, że mogła po raz pierwszy od tygodni odetchnąć pełną piersią.

Dev wbiegł po schodach z szerokim uśmiechem. — To było genialne. Absolutnie w punkt. Ten fragment o tym, że sprawiedliwość jest ułomna, ale jednak sprawiedliwość? Idealny.

— Dzięki. — Teraz uśmiechnęła się już naturalnie. — Nie udałoby mi się to bez ciebie. Dane z telefonu były kluczowe.

— No cóż. — Policzki Deva poczerwieniały. — Ja tylko je odzyskałem. To ty wiedziałaś, co z nimi zrobić.

Andy przeglądał materiał na ekranie kamery. Zara podeszła, by spojrzeć mu przez ramię. Kadrowanie było dobre, gmach sądu widoczny za jej plecami, światło padało na twarz, nie rozmywając jej rysów. Na nagraniu wyglądała na zmęczoną, starszą niż na swoje trzydzieści dwa lata, ale w jej wyrazie twarzy było coś solidnego, czego nie było rok temu.

— Gotowe — powiedział Andy. — Prześlę pani zmontowaną wersję jutro rano.

— Dzięki. — Zara uścisnęła mu dłoń. — Doceniam, że pan przyjechał.

— Nie mógłbym tego odpuścić, pochlebiło mi, że pani zadzwoniła. Ta transmisja na żywo, którą pani zrobiła przy kładce... — Gwizdnął cicho. — Ma pani dar do bywania w odpowiednim miejscu w katastrofalnie niewłaściwym czasie.

Zara zaśmiała się, zaskoczona tym spostrzeżeniem. — Można to i tak ująć.

Andy zaczął pakować sprzęt. Dev pomagał mu zwijać kable, pracowali w przyjaznym milczeniu.

Zara odwróciła się w stronę schodów sądu, patrząc na imponującą fasadę budynku. Gdzieś wewnątrz Kirsty Cannon była właśnie poddawana procedurom, przygotowywana do transportu do zakładu karnego, w którym spędzi kolejne ćwierć wieku.

Na szczycie schodów pojawiła się May Zhang, a obok niej David; oboje poruszali się powoli, jakby wyrok dodał im fizycznego ciężaru. Zara wyprostowała się.

Twarz May była opanowana, ale oczy miała zaczerwienione. Wyraz twarzy Davida był trudniejszy do odczytania, rysy zastygłe w starannej neutralności, ale jego dłoń unosiła się blisko łokcia May, gdy schodzili, gotowa ją podtrzymać w razie potrzeby.

May początkowo nic nie mówiła. Po prostu podeszła i objęła Zarę ramionami, przyciągając ją mocno, mimo swojej drobnej budowy. Zara poczuła drżenie ramion starszej kobiety i sama odwzajemniła uścisk.

— Dziękuję — szepnęła May przy jej uchu. — Za dotrzymanie obietnicy.

Zarę ścisnęło w gardle. Trzymała ją tak, dopóki uścisk May nie zelżał i nie rozdzieliły się.

David postąpił naprzód i wyciągnął rękę. Zara ją uścisnęła, spodziewając się zwykłego gestu, ale lewa dłoń Davida spoczęła na jej dłoni, przykrywając ją.

— Nasza córka — powiedział chrapliwym głosem. — Oddała nam ją pani. Nie życie, ale jej głos. — Przerwał. — To ma znaczenie. Większe, niż potrafię wyrazić.

— Zasługiwała na to, by ją usłyszano.

David skinął głową i puścił jej rękę, ponownie obejmując żonę. Oboje pasowali do siebie jak elementy wygładzone przez lata bliskości; ramię May wtulało się w przestrzeń pod ramieniem Davida.

— Dwadzieścia pięć lat — powiedziała May, jakby sprawdzała ciężar tych słów.

— Możliwość ubiegania się o zwolnienie warunkowe po siedemnastu latach — odparła Zara. — Ale przy takich okolicznościach, tuszowaniu sprawy i próbie zabójstwa Jane komisja penitencjarna nie będzie przychylna.

— To dobrze — stwierdził David. Krótko. Ostatecznie.

Ruch na szczycie schodów przyciągnął uwagę Zary. Jane Goulding schodziła na dół, trzymając się jedną ręką poręczy, a drugą ściskając laskę. Jej kroki były ostrożne, ale pewne, a lekkie utykanie na prawą nogę było jedynym widocznym śladem upadku. Sześć miesięcy fizjoterapii zdziałało cuda, ale Zara wątpiła, czy Jane kiedykolwiek będzie poruszać się tak jak dawniej.

Za Jane, stojąc nieco z boku, szedł Vince Thorne.

Jane dotarła do nich, lekko zdyszana po pokonaniu stopni. Jej srebrne włosy były ścięte krócej, niż Zara pamiętała, być może tak było łatwiej o nie dbać niż o dawnego, stylowego boba. Miała na sobie luźną lnianą koszulę i wygodne spodnie oraz praktyczne płaskie buty. Rodzaj ubrań, które nosi ktoś, kto nauczył się stawiać funkcjonalność nad formę.

— Zara. — Głos Jane był ciepły mimo zmęczenia malującego się na twarzy. Przełożyła laskę do lewej ręki i uścisnęła ramię Zary.
— Dobrze cię widzieć.

— Dziękuję, że przyszłaś. Jak się czujesz?

— Staro. — Kącik ust Jane drgnął. — Ale żyję, co przez chwilę wydawało się mało prawdopodobne. — Jej palce zacisnęły się na moment mocniej na ramieniu Zary i w tym małym geście Zara poczuła wszystko, czego Jane nie potrafiła lub nie chciała ubrać w słowa. Przerażenie upadkiem. Zimną wodę. Godziny operacji.

— Uparta — dodała. — Tak mówią fizjoterapeuci. Zbyt uparta, by pozwolić, żeby upadek z mostu mnie spowolnił.

Vince zszedł po schodach podczas ich rozmowy, trzymając ręce w kieszeniach. Zatrzymał się kilka kroków dalej, nie dołączając w pełni do grupy. Na ogłoszenie wyroku ubrał się elegancko: koszula z kołnierzykiem, czyste spodnie chino, wypastowane buty. Miał zaczerwienione oczy.

Po chwili podszedł bliżej. — Zara. — Wyciągnął rękę, którą uścisnęła. Trzymał jej dłoń dłużej, niż wymagał tego zwykły uścisk.

— Iris byłaby ci wdzięczna — powiedział Vince niepewnym głosem. — Że nie pozwoliłaś o niej zapomnieć.

— Żałuję, że nie mogłam zrobić tego wcześniej.

— Zrobiłaś to, gdy tylko było to możliwe. — Vince puścił jej rękę i spojrzał za nią, w stronę gmachu sądu. — Spędziłem jedenaście lat, starając się o niej za dużo nie myśleć. Próbując żyć dalej. Ale ona zawsze tu była. — Pokręcił głową. — Cieszę się, że to już koniec. Cieszę się, że nie mogą już dłużej udawać.

W wyrazie twarzy Vince'a było coś na kształt spokoju i Zara miała nadzieję dla jego dobra, że teraz, gdy sprawiedliwości stało się zadość, naprawdę ruszy naprzód. Miał dwadzieścia dziewięć lat, wciąż był młodym człowiekiem. Zasługiwał na to, by kogoś pokochać, bez cienia Iris wiecznie wiszącego nad nim.

Grupa stała razem w luźnym kręgu na schodach. Dev skończył pomagać Andy'emu i stał teraz blisko dołu, dając im prywatność. Napotkał wzrok Zary i skinął głową.

— Powinniśmy już iść — powiedziała w końcu May. — Jutro czeka nas długa droga powrotna do Salt Creek.

— Zostajecie Państwo na noc? — zapytała Zara.

— Mamy hotel niedaleko — odparł David. — Wyjedziemy wcześnie, żeby uniknąć korków.

May spojrzała na Zarę, na Jane i na Vince'a. — Dziękuję państwu wszystkim. Za to, że państwo tu dziś byli. Za bycie świadkami. — Głos jej zadrżał. — Iris cieszyłaby się wiedząc, że tak wielu ludzi o nią walczyło.

Jane wyciągnęła rękę i uścisnęła dłoń May. — Była niezwykłą uczennicą. Tak mi przykro, że nie zdołałam jej ochronić.

— Nikt z nas nie mógł — rzekła May. — Nie przed czymś takim.

Drzwi sądu otworzyły się za nimi i w świetle późnego popołudnia wyłonił się Garrett, wciąż w galowym mundurze. Schodził po dwa stopnie naraz, z tą opanowaną energią kogoś, kto zbyt długo siedział w bezruchu. Gdy do nich dotarł, jego ramię wsunęło się na ramiona Zary w geście, który stał się naturalny w ciągu ostatnich miesięcy.

May spojrzała na niego, potem na Zarę. — I co dalej? Jaką sprawę będzie pani teraz badać?

Zara uśmiechnęła się. — Będzie pani musiała włączyć „Zaginionych Australijczyków", żeby się dowiedzieć.

May zaśmiała się. Dźwięk był zaskakujący i szczery. Kącik ust Davida drgnął. Nawet Jane się uśmiechnęła, opierając się na lasce.

— Będziemy słuchać — obiecała May.

Pożegnali się, krótko i cicho. May i David zeszli po schodach razem; David prowadził ją do czekającego samochodu. Jane podążyła za nimi, a jej laska stukała o kamień. Przy aucie zatrzymała się, spojrzała na schody sądu i lekko uniosła laskę w geście pożegnania. Zara odmachała jej ręką. Potem Jane ostrożnie wsiadła na tylne siedzenie, a samochód odjechał w stronę korków Brisbane.

Vince zwlekał jeszcze chwilę, wpatrując się w gmach sądu, po czym skinął Zarze głową i zniknął w bocznej uliczce, w ciągu kilku sekund wchłonięty przez tłum.

— Dobry segment? — zapytał Garrett.

— Andy uważa, że tak. Za pierwszym razem.

— To dlatego, że jesteś dobra w tym, co robisz. — Ścisnął ją za ramię. — Pomimo dowodów z sekcji komentarzy świadczących o czymś przeciwnym.

Dev wszedł po schodach, by do nich dołączyć. — Trolle dziś szaleją. Wczoraj ktoś nazwał ją „szukającą sensacji hieną cmentarną".

— Uroczo — odparł sucho Garrett.

— Wyzywano mnie od gorszych. — Zara zerknęła na niego. — Jak się czułeś, obserwując ogłoszenie wyroku z widowni zamiast z ławy świadków?

— Dziwnie. W ten dobry sposób. — Satysfakcja mieszała się z czymś bardziej złożonym. — Dwadzieścia pięć lat. Powinno być dożywocie, naprawdę, ale kobiety prawie nigdy go nie dostają. Dwadzieścia pięć musi wystarczyć.

— To sprawiedliwość — rzekła Zara. — Niedoskonała, ale prawdziwa.

Dev sprawdził telefon. — Uber nadjeżdża. — Spojrzał na Zarę. — Jesteś moją współlokatorką i przyjaciółką. Do tego obiecałaś mi kolację, jeśli dziś zapadnie wyrok, więc nigdzie się nie wybieram, dopóki nie dostanę swojego. — Wykrzywił usta w uśmiechu. — W Valley otworzyli nową, strasznie drogą koreańską restaurację. Zarezerwowałem stolik dla trzech osób. Rezerwacja na siódmą. Wyślę ci adres.

Zbiegł po schodach, torba z laptopem obijała mu się o biodro, i wskoczył do Ubera, który podjechał pod krawężnik.

Zara i Garrett zostali na schodach.

— To dobry dzieciak — rzekł Garrett.

— Ma dwadzieścia cztery lata.

— Wciąż dzieciak. — Ramię Garretta zsunęło się z jej barków i odwrócił się do niej przodem. — Jak się czujesz tak naprawdę? Nie głosem z podcastu, daj mi prawdziwą odpowiedź.

Zara rozważyła pytanie.

— Jestem zmęczona — powiedziała. — Czuję ulgę. Może trochę zagubienie. Ta sprawa była moim całym światem przez tak długi czas. Teraz jest zakończona i nie bardzo wiem, co ze sobą począć.

— Zrób sobie przerwę. Prześpij trzy dni z rzędu. Jedz posiłki, które nie są fast foodem. — Garrett uśmiechnął się. — Spędź czas ze swoim zdecydowanie-nie-chłopakiem, który tak się składa, że mieszka teraz w tym samym mieście.

— Moim zdecydowanie-nie-chłopakiem — powtórzyła Zara. — To wciąż oficjalne określenie?

— Jestem otwarty na negocjacje. — Jego dłoń odnalazła jej dłoń.
— Ale później. Kiedy nie będziesz wyczerpana, a ja nie będę
musiał być na odprawie za czterdzieści minut.

— Inspektor śledczy Pennell nie może spóźniać się na odprawy.

— Inspektor śledczy Pennell wciąż przyzwyczaja się do tytułu.
— Ścisnął jej rękę. — I wolałby zostać tutaj z tobą.

Awans nadszedł trzy miesiące temu, a przeniesienie z powrotem
do Brisbane zorganizowano z zaskakującą szybkością, gdy tylko
śledztwo CCC go oczyściło. Przeprowadził się do wynajętego
mieszkania blisko centrum, małego lokum z widokiem na wodę,
które kosztowało więcej niż jego cały dom w Salt Creek. Jego
łódź cumowała w małej marinie nad zatoką. Wypływali na ryby
przynajmniej raz w tygodniu, wciąż nie łowiąc nic nadającego
się do zjedzenia, ale ciesząc się spokojem i wolnością na wodzie.

Oboje mieli już dość Salt Creek.

— Powinieneś iść — powiedziała Zara. — Do zobaczenia wieczorem. Dev zrobił rezerwację na troje.

— A potem możesz wrócić ze mną do domu. — To nie brzmiało
do końca jak pytanie. — Mam lepszą kawę niż ty.

— Kuszysz mnie swoim ekspresem do kawy?

— Każdy sposób jest dobry. — Przyciągnął ją bliżej i pocałował
w czoło. — Jestem z ciebie dumny. Że doprowadziłaś to do
końca.

— Ja też jestem z siebie dumna — odparła Zara. — Tak myślę.

— Powinnaś być. — Puścił ją i cofnął się o krok. — Idź na
kolację. Świętuj.

Patrzyła, jak zbiega po schodach. Poruszał się teraz inaczej, zdało jej się, że z mniejszym ciężarem. Na dole odwrócił się i podniósł rękę. Odmachała mu.

Potem zniknął, wchłonięty przez wieczorny rytm miasta.

Zara została na schodach jeszcze chwilę. Zabrzęczał jej telefon. Zerknęła na ekran. Nadchodziły komentarze, typowa mieszanka. Ale wyniki były dobre. „Zaginieni Australijczycy" mieli stabilną pozycję, kanał rósł i sam się utrzymywał.

Kolejny SMS od Deva: *Kierowca Ubera się zgubił, ratuj*

Uśmiechnęła się i odpisała: *Jesteś dorosły, poradź sobie*

Odpowiedź nadeszła natychmiast: *Brutalne, ale sprawiedliwe*

Zara schowała telefon i po raz ostatni spojrzała na schody gmachu sądu, na miejsce, w którym stała, filmując swój ostatni segment. Ta sprawa była zamknięta. Historia Iris Zhang została opowiedziana. Sprawiedliwości — ułomnej, niedoskonałej i spóźnionej o jedenaście lat — stało się zadość.

To, co nadejdzie, to będzie kolejna sprawa, kolejna historia, kolejna szansa na wykonywanie tej pracy we właściwy sposób. Nie dla odkupienia, choć to też była część motywacji. Nie dla treści, choć zależała od nich jej kariera. Ale dlatego, że to miało znaczenie. Ponieważ te głosy musiały zostać usłyszane. Ponieważ warto było dążyć do prawdy, nawet gdy była głęboko pogrzebana i chroniona przez ludzi u władzy.

Zeszła po schodach, a jej buty klikały o kamień wygładzony przez dekady ludzkich stóp. Za jej plecami gmach sądu wznosił się nieruchomy i potężny, sprawiedliwość wykuta w szarym kamieniu. Przed nią wieczorne Brisbane rozlewało się światłami, ruchem ulicznym i zwyczajnym chaosem toczącego się dalej życia.

Zara ruszyła przed siebie, gotowa na wszystko, co przyniesie przyszłość.

OD AUTORKI

Caitlyn Lynch to Brytyjka, która wyszła za Australijczyka i w 2001 roku przeprowadziła się do Queensland.

Pisze współczesne romanse i romantic suspense.

Dziewczyna z potoku to jej pierwszy thriller kryminalny; to pierwszy tom serii *Zaginieni Australijczycy*.

Zara i Garrett powrócą w drugim tomie, *Dziewczyna na Jachcie*.

Inne książki autorki Caitlyn Lynch

Zaginieni Australijczycy

Dziewczyna z potoku

Dziewczyna na Jachcie

Dziewczyna w Rezydencji

Oddział Ratunkowy

Ratunek Rangera

Powrót Rangera

Misja Rangera

Krew Rangera

Żar Rangera (tylko dla subskrybentów newslettera)

Amazonki z Ridgewater

Zaufaj procesowi

Przełamywać bariery

Wspólny grunt

Zapisane w gwiazdach

Święta w Ridgewater

Zagrajmy o miłość – Gorący romans kapitana rugby i księżniczki pop

Poznaj wszystkie publikacje Shenanigans Press, odwiedzając naszą stronę internetową, https://www.shenanig anspress.com/pl!

Możesz też obserwować nas w mediach społecznościowych – jesteśmy na Facebooku i Instagramie (@ShenanigansPressPolska)

I nie zapomnij zapisać się do naszego newslettera, aby otrzymywać informacje o nowościach, promocjach, konkursach i wiele więcej!